やわらかアカデミズム
〈わかる〉シリーズ

よくわかる
イギリス文学史

浦野 郁/奥村沙矢香
[編著]

ya
SERIES

ミネルヴァ書房

はじめに

大学で初めてイギリス文学というものを知り，自分で勉強しようとする。途端に，どこから――どの時代の，どの作品から――始めたものかと戸惑ってしまう。基本的にはどこからでも，自分の好きなところから始めればよいのである。とは言うものの，何の予備知識もない状態で好みに合うところを見定めるというのも，いささか心もとないような気がするかもしれない。それはまるで，地図を持たずにどこか未知の大陸を旅するようなものだ。もちろん，そのこと自体はロマンチックでわくわくすることではあるけれども，大学生活の限られた時間のうちで，手探りから始めて，何らかの手ごたえを得ようとするのはなかなかに難しい。

イギリス文学史を学ぶひとつの意義は，イギリス文学の見取り図を得ることにあるといってもいい。時代ごとの作家や作品をいくつか見ていくと，これはと思うものに出会うことができるかもしれない。あるいは，特定の時代について興味をそそられ，その時代についてもう少し詳しく知りたいと思い，時代のひとつの所産であるところの文学作品について調べてみたいとさえ思うかもしれない。イギリス文学史のテキストは，自分に合った作家・作品・時代領域等を探し出すための大変便利で効率のよい資料だといえる。

もちろん，中には，興味の対象がすでにはっきりと決まっている人もいるだろう。しかしそのような人たちにとっても，イギリス文学の歴史を知るということは，また別の意味で重要である。およそ物事というものは，そのものひとつだけをじっと睨んでいても，本当の意味でそれ自体について知り得たことにはならないものだ。例えば，同じひとりの作家について調べるにも，その作家の生い立ちや作品だけしか知らずにそうするのと，その作家がどのような社会的・文化的背景のなかで，またそれ以前から以降まで脈々と続く時代の流れの中で，どのように作家として成長し，作品を生み出していったかということを知った上でそうするのとでは，作家への理解の深さが格段に違ってくるはずである。そもそも，時代の区分というのは便宜上のもので，実際はどの時代もその前後の時代と繋がっている。また，どの時代に生きるどの作家も，それ自身で完全に独立した存在であろうはずはなく，必ず周囲の作家や前の時代の先達からの直接的・間接的な影響を受けて育っているものだ。したがって，特定の作家がイギリス文学の長い歴史においてどのような位置づけにあるかを知ることは，その作家のことを探究する上でも欠かせないことなのである。

本書は，このような考えのもとに，初めてイギリス文学を学ぶ読者を念頭に，若手から中堅層の研究者が集まって編んだものである。第Ⅰ部「イギリス文学の流れ」では，「A　時代背景と文学」において各時代の歴史的事実を押さえた上で，その時代の文学の特色を紹介する。各項目が見開き２ページで完結する形で，イギリスという国の成り立ちとその文学について，是非とも知っておきたい事柄をコンパクトに記述した。続く「B　ジャンルの変遷」では，イギリスにおいて詩・演劇・小説という三大ジャンルのそれぞれが，黎明期から現代にかけてどのような発展・変遷を遂げたのか，通時的に解説している（ここのみ各４ページ構成）。第Ⅰ部を通読することで，イギリス文学の大まかな見取り図を得ることが出来るだろう。

第Ⅱ部「イギリス文学作品ガイド」では，各時代を代表する名作を紹介する。最新の研究動向を踏まえた作家・作品紹介がなされるのはもちろんのこと，作品から選りすぐった場面を原文引用することで，実際に作品の一部に触れてもらう（邦訳を付した）。さらに「考えてみよう」のコーナーを設け，作品を読む上で読者諸氏に考えてもらいたい問いを３つ挙げた。作品のどのような点に注目して読むべきかの指標になり，実際に授業内で，あるいはレポート課題として活用してもらえるものを厳選した。側注スペースには「おすすめ文献」と共に，近年文学作品の映画化・ドラマ化がますます増加傾向にあることを踏まえ，「映像化作品」のリストも付した（タイトルが日本語表記のものは字幕つき，英語表記のものは字幕なし）。作品を読んだ後に映像を楽しむのも良いし，まずは映像で印象を得てから原作に当たるのも良いだろう。色々な方向から文学に親しんでもらいたいものである。第Ⅰ部の「B　ジャンルの変遷」と並び，「考えてみよう」のコーナーや映像化作品の紹介は，類書にはないものであると自負している。

本書のねらい・構成・特色については以上の通りだが，第Ⅱ部の後には，これからイギリス文学の世界を旅する読者に向けた贅沢なメッセージを用意した。長年東京大学でイギリス文学を講じたジョージ・ヒューズ氏と，世界的に著名な英文学研究者であるデレック・アトリッジ氏によるエッセイである。文学を心から愛し，その世界に真摯に携わってきた二氏の綴る言葉からは，文学が人生に与えてくれる喜びや豊かさ，そして文学研究の奥深さや厳しさまでもが，味わい深く立ちのぼってくる。原文の後に邦訳のページも付したので，英文読解の練習に役立ててもらうことも出来るだろう。

本書を手に取った一人でも多くの読者がイギリス文学に魅力を感じ，自分の興味をひく作品と出会ってくれることを願っている。本書は初学者向けであるため，紙幅の都合上，紹介できなかった事項や掲載を諦めた作家・作品も数多く存在するが，そうした事柄については読者諸氏が今後それぞれに知見を深めていってほしい。最後に，編者という慣れない立場に戸惑う我々を温かく見守り，常に適切な助言を下さったミネルヴァ書房の河野菜穂さんに心から感謝申し上げます。

2020年３月　　　　　　　　　編著者　浦野郁・奥村沙矢香

もくじ

E　20世紀前半

F　20世紀後半

特別寄稿（エッセイ）

イギリスとアイルランド共和国の地図

イギリスの地方自治体区分図

I イギリス文学の流れ

A　時代背景と文学

1　古英語・中英語時代のイギリス
——変遷する言語地図

1 「イギリス文学」の起源

「イギリス文学」はいつ始まったのだろうか。それは英語の祖先である「古英語（Old English）」で文学作品が生み出され始めた8世紀頃ということも出来るだろう。しかし，5世紀頃から11世紀半頃まで話されていた古英語は，私たちが「英語」として知っている言語とは似ても似つかぬ言語であり，一見してシェイクスピアやワーズワースの「先祖」と見ることは難しい。そのあとの「中英語（Middle English）」の時代の後半，14世紀頃になって初めて，私たちが慣れ親しんでいる現代英語の片鱗がわずかに見えてくるのみである。そこでまずは，5世紀頃から1500年頃までのブリテン島，特にイングランドの言語文化の変遷について概観しておこう。

2 アングロ・サクソン人の到来

ブリテン島には，紀元前2000年頃からヨーロッパ大陸やスカンディナヴィア半島からケルト人[◁1]を含む様々な民族による移住や入植が断続的に行われていた。ローマ人たちが2世紀頃から短い間ブリテン島を侵略したが，ケルト語が支配的なブリテン島の言語地図をラテン語が大きく塗り替えることはなかった。

▷1　インド・ヨーロッパ語族に属する，ヨーロッパ大陸に広く居住していた民族。ケルト人たちが話していたのは，今のウェールズ語やスコットランド・ゲール語，そしてアイルランド・ゲール語などの祖先であるケルト系言語である。

ブリテン島の言語風景が大きく変わったのはローマ軍が撤退した後である。ブリテン島に5世紀以降アングル人やサクソン人（まとめて「アングロ・サクソン人」と呼ばれる）が現在のデンマークからゲルマン系の言語を持ち込んだ時，イングランドは一度目の政治的・文化的地殻変動を経験した。以後，「英語（English）」つまりアングル人たち（Angles）の話す言葉がブリテン島の主流言語のひとつになった。航海術に長け，戦場での勇猛な戦いぶりを重んじたアングロ・サクソン人たちの文化は，『ベオウルフ』（*Beowulf*）をはじめとする頭韻詩や，イングランド東部サットン・フーから出土した戦士の仮面などにその一端をうかがうことが出来る（図1参照）。

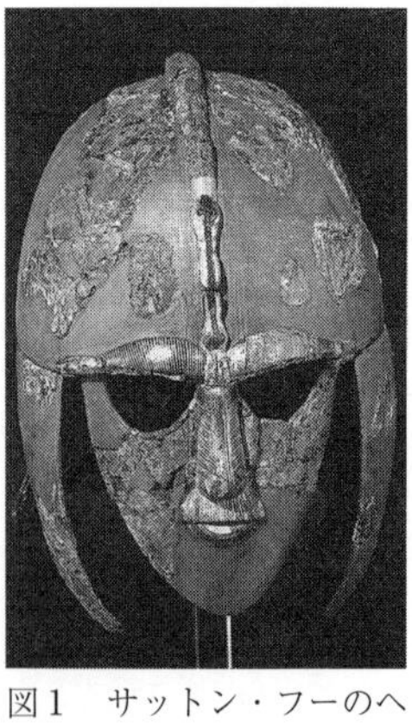

図1　サットン・フーのヘルメット
（出典：大英博物館HPより）

アングロ・サクソン人たちは数々の王国を築いて肥沃なイングランドの覇権を争った。これらの王国のうち，抜きん出て台頭したのがアルフレッド王（King Alfred, 849-899）のウェセックス王国である。アルフレッド王の時代にはスカンディナヴィア半島からやってきたヴァイキングたちが特にイングランド東部の海岸で略奪行為をはたらいていたが，アルフレッドはヴァイキングたちと協定を結んで主権の及ぶ地域とヴァイキングたちの法律が支配する地域

(「デーンロー」)の境界線を定め，一時的ではあるがイングランドに平和をもたらした。アングロ・サクソン人たちはゲルマン民族に共通の神々を信仰していたが◁2，6世紀末以後徐々にキリスト教化してゆく。敬虔なアルフレッドは基本的なキリスト教の教義を広く普及させる改革を行い，多くのラテン語宗教文献を英語に翻訳するプロジェクトを主導した。また，修道院は古代のラテン語文化を保存して次世代に伝える役割を担ったのみならず，『ベオウルフ』などの世俗の英語文学の転写も行った。

アルフレッドの死後イングランドには再び抗争の嵐が吹き荒れた。一時はデンマーク王クヌート（King Canute [Knut], 995?-1035）に侵略され，彼がスウェーデンとデンマークに版図を広げる北海帝国に吸収されたが，ヴァイキングたちの北欧系ゲルマン言語の英語への影響は，限られた語彙（例えば‘call’，‘die’，‘take’，‘ill’，‘skirt’など）を除いて極めて少なかった。この時代の英語文化の精髄は，特に修道院で書かれた聖書注解やラテン語文法，そして年代記などに見られる。

▷2　大陸やスカンディナヴィア半島のゲルマン民族は，知恵の神オーディン（Odin）やその妻フリッグ（Frigg），雷の神トール（Thor）などの神々を信仰していた。これらの神々の名前は，形を変えて現代英語の曜日に痕跡を残している。Wednesday（オーディンの日），Friday（フリッグの日），Thursday（トールの日）などである。

3 ノルマン征服と英語のフランス語化

中世イギリスの言語文化に二度目の地殻変動が起こったのは，11世紀半ばにフランスはノルマンディー地方の貴族たちがイングランドを侵略した時である。この「ノルマン征服」により，イングランドの支配層がアングロ・サクソン人からフランス人に入れ替わり，宮廷や法廷などの公的な場で使用される言語が英語からフランス語へと変わった。このため，少数の例外を除き，征服後2世紀ほどは英語での著作が下火になった。しかし，100年以上にわたって断続的に戦われた英仏百年戦争（1337-1453）など，英仏間の絶えざる抗争も主たる原因となり，イングランドとフランスとの絆が弱くなっていくにつれて◁3支配層の言語もフランス語から英語へと変わっていった。書き言葉としての権威は，中世を通してヨーロッパの共通語であったラテン語と，支配者の言語であるフランス語のみに与えられていたが，14世紀以降は英語で書くことも徐々に受け入れられるようになってきた。もっとも，フランス語での執筆は行われ続けたし，新しく書き言葉として生まれ変わった英語の語彙や文法は，フランス語の影響で多大な変化を遂げたことを忘れてはならない。例えば，14世紀終わりに書かれた『カンタベリ物語』（*The Canterbury Tales*, 1387-1400）においては，フランス語起源の単語が多く使われている。このように，英語で書かれた文学は中世後期において徐々にラテン語やフランス語の「軛《くびき》」から自由になっていくのだが，このことはとりもなおさずノルマン征服以後の中英語文学が当時のラテン語文学やフランス語文学との緊張関係の中で捉えられなければならないことを示している。

（井口　篤）

▷3　イングランドに定住したノルマン貴族たちが土着化し，またイングランド王家がフランス領を徐々に失うにつれて，ノルマン貴族の末裔たちの第一言語も英語になっていった。

おすすめ文献

堀越宏一・甚野尚志編（2013）『15のテーマで学ぶ中世ヨーロッパ史』ミネルヴァ書房。

Cunliffe, Barry (2011), *Europe between the Oceans: Themes and Variations: 9000 BC–AD 1000,* Yale University Press.

幸村誠（2005-）『ヴィンランド・サガ』講談社。

A　時代背景と文学

2 古英語・中英語の文学
——規範の中での創造

1 中世イギリス文化の規範 (1)——ゲルマン文化

私たちがものを書こうとするときには，意識的にせよ無意識的にせよ，何らかのモデルに従おうとするのではないだろうか。人間は真空状態では創造することができず，それは文学という言語芸術も例外ではない。では，古英語・中英語時代の作家たちはどのようなモデルや規範をもとに著作をしていたのだろうか。作家たちに影響を与えた伝統としては，まずはゲルマン文化が挙げられる。古英語時代の詩作品に通底するのは，ゲルマン語系の「頭韻」の技法である。第Ⅱ部で紹介する『ベオウルフ』（44-45ページ参照）も，同じ子音で始まる語を一行において複数回使う頭韻を使って書かれている。この頭韻詩は，他にも古ノルド語のサガ[1]などにも見られ，古英語詩がゲルマン語文化圏という広い文脈から読まれる必要があることを私たちに思い出させてくれる。

2 中世イギリス文化の規範 (2)——ラテン語文化

中世イギリス文学の二つ目のモデルは，ラテン語文化である。中世キリスト教文化圏においてはラテン語聖書[2]が使われていたため，ラテン語が聖なる信仰の言語として，また学問や法律の言語として絶対的な権威を持っていた。このため，12世紀頃まで書き言葉といえばもっぱらラテン語であり，イギリス文学は，聖・俗またはジャンルにかかわらず，ラテン語で書かれた作品を翻訳することで大きく発展した。

3 古英語文学の隆盛とノルマン征服後の英語文学

大陸ヨーロッパにおいては各地で俗語の文学が発展するのは13世紀以降であったが，ブリテン島においてはおそらくはラテン語を始祖とするロマンス語文化圏[3]からの地理的な遠さと言語的な遠さが相まって，早くから俗語で書く文化が起こった。例えば早くも９世紀にウェセックスのアルフレッド大王は宗教作品や哲学作品を英語に翻訳する運動を主導したし，11世紀には修道士エルフリッチ（Aelfric, 955?-1010?）が聖書の注解や説教を英語で書いた。また，イングランドで起こったことを克明に記した『アングロ・サクソン年代記[4]』という歴史書も，当時の文化と言語を知るうえで貴重な資料となっている。

しかし，1066年のいわゆる「ノルマン征服」以降のイギリスにおいては，英語文学は再びラテン語およびフランス語文化を範とする大きな知的伝統の中に

▷1　古ノルド語とは，中世のデンマークやスカンディナヴィア半島，そしてアイスランドなどの北欧で広く話されていた言語。この古ノルド語で書かれた英雄物語詩がサガである。

▷2　４世紀末に神学者ヒエロニムスが，教皇の命により聖書をヘブライ語およびギリシア語からラテン語に翻訳した。このラテン語聖書は「ウルガタ聖書」（＝共通に使用される聖書）と呼ばれ，中世のキリスト教世界で広く使用された。

▷3　フランス語･イタリア語･スペイン語などの，ラテン語から派生した諸言語を基盤とする，地中海周辺の地域。

▷4　*Anglo-Saxon Chronicle*。９世紀後半のアルフレッド王の治世に修道士たちによって始められた歴史書で，キリストの誕生およびローマ軍のブリテン島侵略から語り起こし，12世紀のヘンリ２世の治世までの出来事を記録している。

▷5　ともに古代ローマの詩人。ウェルギリウスはローマの始祖について謳った叙事詩『アエネーイス』（紀元前１世紀後半），オウィディウスは『変身物語』（１世紀始め）で特に知られる。

組み込まれることになる。この時代のイギリス文学は，ヨーロッパ文学，特に圧倒的権威を持つラテン語文学やフランス文学を規範として模倣し，乗り越えようとしていた。

このように書くと，当時の作家たちがまるで創造性を発揮する余地がなかったように聞こえるかもしれない。しかし，「しばり」は創造性の源泉でもある。13世紀の後半以降徐々に母語で書く可能性を探り始めたラテン・キリスト教世界の作家たちは，ラテン語や他のヨーロッパ言語で書かれた作品の持つ伝統や権威と葛藤しながら，独自の作品を練り上げていった。イギリスにおいてはチョーサー（Geoffrey Chancer, 1343?-1400）が同時代のフランス語・イタリア語文学のみならず，ウェルギリウスやオウィディウス[5]などの詩を創造的に翻訳したし，ラングランド（William Langland, 1332?-86?）もラテン語神学の伝統を参照しながら壮大な宗教詩を書いた。マロリー（Thomas Malory, 1415?-71）は英語・フランス語のアーサー王ロマンスをひとつの作品にまとめ上げた。

英語という俗語で恐る恐る書くことを始めたイングランドの作家たちは，詩作品においては大陸で流通していた詩の形式を使うようになった。特に好まれたのは，弱強5歩格[6]などの韻律，そして各行の終わりの音を揃える脚韻である。

4 手書き写本の時代

15世紀半ばに印刷技術が導入される以前のヨーロッパでは[7]，羊の皮や子牛の皮で作られたページの上に，手書きで文字を記していた。これにはとてつもない量のコストと労力がかかるし，また中世を通じて一般大衆の識字率は低かったため，ほとんどの書物は宮廷や貴族，そして教会や修道院の占有物であった。商業の発達に力を得た商人たちが自らの読みたい内容の写本を独自に作らせるようになったのは，14世紀も終わりになってからのことである。

作品を発表する媒体が手書き写本であったことは，英語という言語のあり方に決定的な影響を及ぼした。1470年代のイングランドへの印刷術導入以降，英語も他のヨーロッパ諸語同様標準化されていくが，これは，廉価で大量に同じ書物を流通させることが出来ると，支配的な地域の言語が他の地域に効率的に拡散されるからである。これに対し，手書き写本には，地域ごとの方言の差が温存されていた。ロンドン詩人であるチョーサーの英語を読んだ後に，イングランド北西部で書かれたロマンス[8]『ガウェイン卿と緑の騎士[9]』を読むと，まるで全く異なる言語を読んでいるかのように感じられる。つまり，中英語イギリス文学を特徴付ける多様性・多面性は，テーマやジャンルにおいてのみならず，その表現媒体である言語そのものにおいても見られたのである。

（井口　篤）

▶6　詩の1行につき「弱く読む音節+強く読む音節」の組み合わせが5回繰り返されるのが「弱強5歩格」。次に「弱強5歩格」の例を挙げる（大文字が弱い音節，小文字が強い音節を表す）。

The HOly BLISful MARtyr FOR to SEke
That HEM hath HOLpen WHAN that THEY were SEke.

（『カンタベリ物語』「総序の歌」17-18行）

▶7　1450年代にグーテンベルク（Johannes Gutenberg, 1399?-1468）によって発明されたとされる活版印刷術は，1470年代にはイングランドにもキャクストン（William Caxton, 1422?-91）によって導入された。

▶8　元来は「俗語（つまりラテン語ではなく，フランス語・イタリア語などのロマンス諸語）で書かれた作品」の意。転じて，中世において様々に書かれた，勇敢な騎士の冒険や貴婦人との不倫などを題材とする恋愛冒険譚を指すようになる。

▶9　*Sir Gawain and the Green Knight*, 1400年頃成立。作者不詳。アーサー王の円卓の騎士（50ページ参照）の一人であるガウェインが，緑の騎士の挑戦を受けて冒険の旅に出る冒険詩。

おすすめ文献

市河三喜・松浪有（1986）『古英語・中英語初歩』研究社。
高宮利行・松田隆美編（2008）『中世イギリス文学入門――研究と文献案内』雄松堂。
寺澤盾（2008）『英語の歴史――過去から未来への物語』中央公論新社。

A　時代背景と文学

3　16世紀のイギリス
——近代国家の誕生とエリザベス朝の繁栄

1　ヘンリ８世と宗教改革

バラ戦争と呼ばれる内乱（1455-85）を終結させチューダー朝を始めたヘンリ７世（Henry VII, 1457-1509）が没すると，息子ヘンリ８世（Henry VIII, 1491-1547）が王位を継いだ。彼の施策で最も大きなものは1534年の国王至上法である。これによってイングランドは，ヨーロッパにおいて絶大な影響力を持っていたローマ・カトリック教会の枠組みから離脱し，国王を首長とする独自のイングランド国教会[1]を設立した。この政策の直接原因は，ヘンリ８世が王妃キャサリン（Catherine of Aragon, 1485-1536）との離婚の許可をカトリック教会に求めたが，キャサリンの甥，神聖ローマ皇帝カール５世（Charles V, 1500-58）の存在もあり，教会がこれを認めなかったことにある。ヘンリ８世は，独立した宗教体系の設立によってローマ教会への上納金を払う必要がなくなっただけでなく，国内のカトリック修道院の土地や財産を没収したので，収益は上った。一方で，成果の上がらないフランスへの軍事遠征は国庫を逼迫した。国教会設立の背後には16世紀始めに起こった宗教改革がある。これはドイツ・サクソン地方のルター（Martin Luther, 1483-1546）等の神学者が広めた運動で，彼らはカトリック教会の儀礼主義や権威主義を批判し，個人が聖書と向き合うことの重要性を説いた。ヘンリ８世はプロテスタンティズムと呼ばれるこの動きを取り込んで国教会を設立したのである。イングランドと大陸との新たな関係性を生み出し，ヨーロッパの政治体制をプロテスタントとカトリックに二分する端緒となった。

▷１　Church of England。本書では以降「国教会」とする。

そもそもヘンリ８世がキャサリンとの離婚を望んだのは，彼女の侍女アン・ブーリン（Anne Boleyn, 1507?-36）と結婚し，男子の跡継ぎを得て，チューダー朝の基盤を強化するためであった。キャサリンとの子供で，成人したのは娘メアリだけであったからである。アンとの間に娘エリザベスは生まれたが，やはり男子は生まれなかった。彼女は３年後に不義の罪で処刑され，次に結婚したジェーン・シーモア（Jane Seymour, 1509?-37）との間に待望の男子が誕生した。

2　エドワード６世とメアリ１世

1547年にヘンリ８世が没すると，この王子が９歳でエドワード６世（Edward VI, 1537-53）として王位を継ぐが1553年に病死する。この間の実質上の統治は始めはサマセット公シーモア（Edward Seymour, 1506?-52）が，1549年に地方で起こった反乱[2]を受けて彼が失脚した後は，ノーサンバランド公ダドリー

▷２　1549年の礼拝統一法にカトリック教徒が反発したイングランド西部の反乱，ならびに囲い込み運動に反対するイングランド東部の農民反乱。当時，毛織物業が盛んになっており，地主は羊の放牧に土地を確保するため，それまでの土地の共有利用を制限し，生垣などで私有地を囲い込んだ。

(John Dudley, 1504-53）が摂政として行った。エドワード6世没後，ヘンリ8世が残した王位継承法により，キャサリンの娘メアリ（Mary I, 1516-58）が即位した[3]。彼女はカトリック教徒であったため，国の宗教をカトリックに戻し，ローマ教会との和解を推し進め，プロテスタントに対する弾圧も行った。1554年にカール5世の息子フェリペ（1556年からスペイン王フェリペ2世，Felipe II, 1527-98）と結婚したが，子供が生まれないまま58年に病死し，アン・ブーリンの娘であり，プロテスタントのエリザベス[4]が王位を継ぐこととなる。

3 エリザベス1世時代の繁栄

25歳のエリザベス1世（Elizabeth I, 1533-1603）がまず行ったことは，新たな国王至上法と礼拝統一法による，プロテスタントの国教会の再開であった。しかし治世の前半では極端なカトリック弾圧は行わず，温和に国教会の安定を図った。彼女が誰と結婚するかは国内外に大きな影響力があり，亡きメアリの夫フェリペ2世やオーストリアのカール大公等との結婚の話があったが，結局，生涯独身のままであった。強力な同盟関係の可能性を残し続けたことで一定の政治効果を挙げたといえる。国内では後継者不在の不安も呼んだが，独身を貫く女王の姿は，国や国民と結婚した処女王としてのイメージを生み出した。エリザベスは文学・演劇を庇護し，イギリス文学は黄金期を迎え，多くの作品にエリザベス崇拝の意匠が表れている。

在位中の大きな事件としてスペインとのアルマダの海戦が挙げられる。原因のひとつは元スコットランド女王でカトリックのメアリ・スチュアート（Mary Stuart, 1542-87）の処刑である。彼女はイングランドに亡命していたが，カトリック教徒の反乱に関わったことから処刑され，スペインを含めカトリック諸国はこれに反発した。さらに，エリザベス1世がイングランドの私掠船に，新大陸から銀などの物資を運ぶスペインの艦船や港への襲撃を許していたことも引き金となり，1588年にフェリペ2世は当時「無敵艦隊（アルマダ）」と呼ばれていた海軍をイングランドに向けた。両軍は英仏海峡で戦い，イングランド海軍が無敵艦隊を破る結果となった。この後も両国の小競り合いは続き，必ずしもイングランドが優勢とはならなかったが，大国スペインの無敵艦隊を破ったことは国威を発揚する象徴的な事件となった。

エリザベス1世時代にイングランドは海洋国としても発展した。ドレイク（Francis Drake, 1540?-96）は世界で二番目に世界一周（1577-80）を果たし，女王の寵臣ローリー（Walter Raleigh, 1554?-1618）は北米に幾度も船を派遣し（1585-88），ヴァージニア植民地を築いた。1600年にはインドの香辛料貿易を目的とした東インド会社も設立された。こうした活動が後の大英帝国の礎となっていった。

（楽山智成）

▶3　エドワード6世が没すると，ノーサンバランド公の思惑によってジェーン・グレイ（Jane Grey, 1537-54）が女王に即位したが，9日後にメアリ派によって王座を追われ，翌年処刑された。

▶4　エリザベスの人生はこれまで何度も映像化・映画化されており，現在でもその人気や関心の高さをうかがい知ることができる。

『エリザベス1世』，2007年，エイベックス・マーケティング。

おすすめ文献

川北稔編（1998）『イギリス史』新版世界各国史11，山川出版社。

指昭博（2012）『ヘンリ8世の迷宮――イギリスのルネサンス君主』昭和堂。

スターキー，デイヴィッド／香西史子訳（2006）『エリザベス――女王への道』原書房。

竹村はるみ（2018）『グロリアーナの祝祭――エリザベス一世の文学的表象』研究社。

フレイザー，アントーニア／森野聡子・森野和弥訳（1999）『ヘンリー8世の6人の王妃』創元社。

Tittler, Robert, and Jones, Norman（2009）, *A Companion to Tudor Britain*, Wiley-Blackwell.

A　時代背景と文学

4　16世紀の文学 ——イギリス・ルネサンス

1　16世紀の文学

イングランドにとって16世紀，特にその後半は，大量の書籍が出版された時代であった。神学，医学，天文学，地理学，歴史学，修辞学，剣術など多岐にわたる学術書だけでなく，今日でも読み継がれる（あるいは上演される）文学作品も数多く生み出された。この要因にはキャクストン（William Caxton, 1422?-91）が15世紀末にロンドンで始めた活版印刷技術が16世紀に広まったこと，ヘンリ８世とエリザベス１世の治世が長く比較的安定しており，イタリアの人文主義がイングランドにおいても熟したこと，さらに，ヘンリ８世とエリザベス１世自身も芸術や文学への造詣が深かったことなどが挙げられる。

2　詩

英詩の発展においては，イタリアからソネットが取り入れられて発展したことと，１行が弱強５歩格[1]のリズムを持ち，脚韻[2]を踏まないブランク・ヴァース（無韻詩）の発見と定着が意義深い。ソネットはペトラルカ（Francesco Petrarca, 1304-74）などの詩人によってイタリアで発展した14行詩であるが，16世紀前半にワイアット（Thomas Wyatt, 1503-42）がペトラルカの翻訳や自身の創作を通して英詩に導入した。同様に英詩の可能性を広げたのがサリー伯ハワード（Henry Howard, 1517?-47）である。彼はウェルギリウス[3]（Publius Vergilius Maro, 70BC-19BC）作『アエネーイス[4]』の翻訳（*The Fourth Book of Virgil,* 1554；*Certain Books of Virgil's Aeneis,* 1557）においてブランク・ヴァースを使用し，この形式が詩や台詞の標準形となっていく。16世紀後半には重厚な詩作品も多数生み出された。シドニー（Philip Sidney, 1554-86）がソネット集『アストロフェルとステラ』（*Astrophel and Stella,* 1591）を，スペンサー（Edmund Spenser, 1552?-99）が長編叙事詩『妖精の女王』（*The Faerie Queene,* 1590, 1596, 1609）を，シェイクスピア（William Shakespeare, 1564-1616）が『ヴィーナスとアドーニス』（*Venus and Adonis,* 1593）などを執筆し，それぞれ人気を博した。

3　演　劇

詩の流れと関連しながら発展したのが演劇である。中世から16世紀前半まで，町をあげて聖書のエピソードを上演する聖史劇や，聖書に沿った倫理観を寓意的登場人物を使って観客に伝える道徳劇が上演されていたが，16世紀半ばから

▷1　５ページ，▷６参照。

▷2　二行以上の行末の末尾が同音で，直前の子音は異なる韻のこと。

▷3　古代ローマの叙事詩人。ラテン文学の黄金時代を築いた。

▷4　19BC 年出版。トロイ滅亡後，英雄アエネーアースが放浪の末，ローマを建国するまでを描いた英雄叙事詩。

▷5　古代ローマの後期ストア派の哲学者・劇作家。劇作では『狂えるヘルクレス』（*Hercules Furens,* 54 BC 頃）など10作品が現存している。過度の情念によってもたらされる悪や暴力を主題とし，修辞の効いた台詞や５幕構成，コーラスの使用が特徴的である。

▷6　本書で取り上げる演劇作品の発表年は，特定の指示がない限り，初演の年とする。初演年が推定の場合は数字の後に「頃」と表記。

▷7

オランダ人デ・ウィット（Johannes De Witt）が描

はより具体的な人物と劇世界を持った作品が作られ始めた。例えば悲劇ではセネカ[5]（Lucios Annaevs Seneca, 4?BC-AD65）悲劇に影響を受けた『ゴーボダック』（*Gorboduc*, 1561[6]）が，喜劇では『レイフ・ロイスター・ドイスター』（*Ralph Roister Doister*, 1553頃）が上演された。前者の台詞はブランク・ヴァースで書かれており，英詩との連動が見られる。16世紀の演劇の隆盛を決定づけたのは常設劇場の建設であった。それまで上演は宿屋の中庭などで行われていたが，1576年に本格的な常設劇場シアター座がロンドン市の北郊外に建てられて以降，多数の劇場が作られた[7]。この頃，オックスフォード大学やケンブリッジ大学でギリシア・ローマの古典を学んだ，大学才人と呼ばれる作家たち[8]が活躍した。たとえばマーロウ（Christopher Marlowe, 1564-93）はこの一人である。1590年以降には後世の芸術にも影響を与えるシェイクスピアの作品が上演され，人気を博した。演劇が人気であったことや，その文学性が認識されていたことは，台本が印刷販売され，版を重ねたことからもうかがえる。

4 翻訳・散文など

上述のワイアットやハワードの翻訳詩のように，ギリシア・ローマの古典や当時のヨーロッパの文学・書籍が数多く翻訳された。例えばゴールディング（Arthur Golding, 1536?-1606）によるオウィディウス[9]（Publius Ovidius Naso, 43BC-AD17）作『変身物語』の翻訳（*Ovid's Metamorphosis*, 1567）や，ハリントン[10]（John Harington, 1560-1612）によるアリオスト[11]（Ludovico Ariosto, 1474-1533）の『狂えるオーランド』の翻訳（*Orlando Furioso*, 1591）がある。ヘンリ8世に仕え，キャサリンとの離婚に反対し処刑された神学者モア（Thomas More, 1478-1535）は『ユートピア』（*Utopia*, 1516）で理想国家を描いたが，これはラテン語で1516年にベルギーで出版され，1551年に英語に翻訳された。このような多言語的性質も16世紀文学を特徴付けている。散文小説では大学才人リリー（John Lyly, 1554?-1606）の，華麗な修辞を効かせた『ユーヒュイーズ，機知の解剖』（*Euphues, the Anatomy of Wit*, 1578）やシドニーの冒険譚『アーケイディア』（*Arcadia*, 1590, 1593）などがある。英語の表現技法に対する自意識も高まっており，パットナム（George Puttenham, 1529-90）の『英詩の技法』（*The Art of English Poesy*, 1589）や，ピューリタンの批判から詩や演劇を擁護するシドニーの『詩の弁護』（*An Apology for Poetry*; *The Defence of Poesy*, 1595）も書かれた。また，ティンダル（William Tyndale, 1494?-1536）の英訳聖書が1526年にドイツのヴォルムスで出版され，ジュネーブ聖書（*The Geneva Bible*, 1557, 1560）や次世紀初頭の『欽定訳聖書』（13ページ4参照）など一連の英訳聖書のきっかけとなった。このように多様な文献の翻訳を通して，そしてルネサンスと宗教改革の思想的展開・衝突の中で英語表現は陶冶され，独自の英語作品が華開いていった。

（桒山智成）

いたスワン座（The Swan）のスケッチが残っている（Gurr, Andrew（2009）, *The Shakespearean Stage 1574-1642*, fourth edition, Cambridge University Press, p. 163より）。

▶8　他にロバート・グリーン（Robert Greene, 1558-92），トマス・ナッシュ（Thomas Nashe, 1567-1601?），後出のリリーなどがいる。

▶9　古代ローマの詩人。恋愛詩集『愛の歌』（*Amores*, 16BC）等で人気が出たが，AD 8 年にアウグストゥス帝（Augustus; Gaius Octavius, 63BC-AD14）に黒海沿岸の町トミスに追放された。『変身物語』（*Metamorphoses*, AD8）はシェイクスピアなど後世の作家に多大な影響を与えた。

▶10　イングランドの宮廷人，著作家，翻訳家。

▶11　イタリアの詩人，劇作家。1516年出版のこの長編叙事詩でヨーロッパ文学に多大なる影響を与えた。

おすすめ文献

荒井良雄・大場建治・川崎淳之助（2002）『シェイクスピア大辞典』日本図書センター。

Cartwright, Kent, ed.（2010）, *A Companion to Tudor Literature*, Wiley-Blackwell.

Ford, Boris, ed.（1955；1982；1993）, *The Age of Shakespeare*, The New Pelican Guide to English Literature, vol. 2, rev. and expanded edition, Penguin Books.

Kastan, David Scott, ed.（1999）, *A Companion to Shakespeare*, Blackwell.

A　時代背景と文学

5　17世紀のイギリス
——市民革命と王政復古に揺れる時代

1　戦争，革命

1603年エリザベス１世の死去を受け，スコットランド王はイギリス議会からの誘いを承諾して，イギリス王になり，ジェイムズ１世（James I, 1566-1625）となった。息子のチャールズ１世（Charles I, 1600-49）は，専制政治[1]を行い，議会で多数を占めるジェントリ層[2]との対立が深まった。議会は王に対して，議会の承認なしの課税や，逮捕など，王権濫用を防ぐために，1628年に権利の請願（Petition of Right）を提出した。しかし，チャールズ１世は議会の要請を受け入れず，1629年に議会を解散した。王と議会は，それぞれ，王党派，議会派として軍隊を組織して戦争になった。議会の多数派が清教徒[3]であったため，この内乱は清教徒革命と呼ばれている。ジェントリや商工業者や地方の民兵などで構成されていた議会派軍を勝利に導いたのが清教徒クロムウェル（Oliver Cromwell, 1599-1658）であった。クロムウェルは敬虔な清教徒の信者を選りすぐって兵士に採用し，戦闘前夜には彼を中心にして跪いて神に祈りを捧げる，騎兵隊を作った。クロムウェルが指揮する新型軍《ニューモデルアーミー》は1645年にネイズビーの戦いで王党派軍に勝利した。1649年１月30日ホワイトホールで，国王チャールズ１世は断頭台の露と消えた。死刑判決文は，国王が国民とそれを代表する議会に反逆し不正な戦いをしかけた罪を糾弾し，「専制君主，反逆者，殺人者であり，国家に対する公敵」であるとしている。しかし，王党派にとっては，国王はむしろ「殉教者」として讃えられた。

護国卿[4]となったクロムウェルが死去した後，1658年，息子のリチャード（Richard Cromwell, 1626-1712）がその後を継いだが，議会と軍隊の対立を収拾することが出来ないまま無政府状態が続いた。王政復古の声が強まる中，1660年５月，処刑されたチャールズ１世の息子チャールズ２世（Charles II, 1630-85）が亡命先のフランスから帰国し，王政復古となった。王政復古後，クロムウェルらの墓があばかれただけではなく，30名の革命首謀者は死刑となった。王政復古後には，支配者層の中でも共和政時代に対する反省が見られ，清教徒自身がその教義としていた「熱狂」は嫌悪すべきものとして捉えられるようになった。その後1688年に名誉革命[5]が起こり，イギリス国内の革命は幕を閉じる。

▷1　支配者が独断で思いのままに事を決する政治のこと。

▷2　イギリスにおける下級地主層のことである。貴族階級である男爵の下に位置し，貴族と共に上流階級を構成する。

▷3　ピューリタン（Puritan）とも呼ばれる，国教会の改革を唱えたグループであり，プロテスタントの立場をとるものが多い。清教徒の中でも，国教会から分離せずに教会内部を改革しようとする者（長老派）と，国教会から分離しようとする者（分離派），その中間に位置する者（独立派）がいた。分離派の中には祖国イギリスでの弾圧を逃れ，メイフラワー号に乗ってアメリカに移住した者などがいる。

▷4　イングランド王国において王権に匹敵する最高統治権を与えられた官職。

▷5　名誉革命については「18世紀のイギリス」の項目（14-15ページ）参照。

2　医学，科学

17世紀は医学や科学が発達した時代でもある。国王ジェイムズ１世とチャールズ1世の侍医となった解剖学者，ハーヴェイ（William Harvey, 1578-1657）は1628年に血液循環の学説[6]を発表した。それは，一部の解剖学者による批判を受けたが，デカルト（René Descartes, 1596-1650）が賛同したことにより，より急速に広まった。

また，バートン（Robert Burton, 1577-1640）がメランコリー気質の治療のための論文『憂鬱質の解剖』（*The Anatomy of Melancholy,* 1621）を発表し，メランコリー治療のブームも巻き起こした[7]。また，ガレノス医学に異論を唱えたパラケルスス（Paracelsus, 1493-1541）の医学書が英語に翻訳され，出版された。後者は錬金術師でもあり，「エリクシル」と呼ばれる不老不死の薬を取り出そうとした。錬金術は，卑金属を黄金に変える，実践的錬金術が主であったが，17世紀後半に入ると，錬金術から魔術的な要素が分離され，それが応用化学の側面を発展させるものとなった[8]。

科学の発達には，チャールズ2世の勅許を得て1660年に設立された王立学士院（Royal Society）の設立が大きかった。ボイル（Robert Boyle, 1627-91）やニュートン（Isaac Newton, 1642-1727）も王立学士院のメンバーであり，後の時代に大きな影響を与えることになる。

3 自然観の変化

17世紀以前は，人間が世界の中心であり，他の被造物は人間の下に存在するという考え方が支配的であった。例えば，チャールズ1世の処刑が，木を伐採する様子として寓意的に描かれたように，清教徒たちは多くの木を実際に伐採した。彼らにとって自然は，統御の対象でしかなく，芸術の対象とはなりえなかった。しかし，（内乱の混乱期において，清教徒たちが王党派の祭壇を破壊したこともあって）ヴォーン（Henry Vaughan, 1621-95）などの王党派詩人は，自然そのものを神が宿る場所として捉え，自然を賛美する詩を書くようになった。

4 子どものイメージの変遷

17世紀のイギリスでは子どもの死亡率も高かった。詩人たちは挽歌で子どもを描くことで，子どもを失う悲しみを詠った。例えば，B.ジョンソン（Ben Jonson, 1572-1637）は自身の子どもを「私の最良の作品」と表現すると同時に「私の罪はお前を愛しすぎたことだ」とも言っている。子どもが死んだ時に悲しみが大きくないよう，子どもにあまり愛情をかけずに育てることがひとつの防衛機制だったほどである。清教徒たちは，原罪を背負った子どもを邪悪な存在として捉え，幼年期が早く過ぎ去るよう，子どもを小さな大人として育てることが多かったが，ヴォーンは，幼年時代こそが人類の堕落前の純粋無垢な時代として捉えた。この思想は，後に，トラハーン（Thomas Traherne, 1636?-74）や，ロマン派の詩人たちに受け継がれていくこととなる。（松本　舞）

▶6　血液は心臓から出て，身体の各部を動脈経由で経て，静脈を通り再び心臓へと戻るという説。

▶7　中野春夫『恋のメランコリー』（研究社，2008年）ではメランコリーの治療法とシェイクスピア喜劇における表現との関連が論じられている。

▶8　ディー（John Dee, 1527-1608）の魔術，錬金術の分野が，アシュモール（Elias Ashmole, 1617-92）や，マイヤー（Michael Maier, 1568-1622）などの錬金術師たちによって確立された。また，パラケルススの理論が再認識されることによって錬金術再生運動がなされた。16-17世紀における科学と魔術については，横山茂雄『神の聖なる天使たち――ジョン・ディーの精霊召喚 1581-1607』（研究社，2016年）などを参照。

おすすめ文献

田村秀夫編（1990）『イギリス革命と千年王国』同文舘。
鶴島博和監修（2015）『17世紀 1603年-1688年（オックスフォード ブリテン諸島の歴史）』慶應義塾大学出版会。
十七世紀英文学会編（2017）『17世紀の革命／革命の17世紀』金星堂。

A　時代背景と文学

6　17世紀の文学
――内政混乱期の文学

1　内政混乱，革命がもたらしたもの

17世紀というひとつの世紀において，革命を挟んでその文学はかなり異なる様相をみせる。内政の混乱は17世紀の文学者たちの政治的立場や彼らの運命をも左右した。17世紀後半に入ると終末思想が盛んに唱えられるようになり，宗教詩の中では，最後の審判の描写，死後の世界や魂の行方についての瞑想や，天国と地獄を描くものが多く書かれた。王政復古後，17世紀末にかけては，革命の反動としての安定志向がみられるようになった。

2　17世紀の演劇

B. ジョンソンは，全ての登場人物の言動の原因が体液（humours）のバランスによるものだという考え方のもと，気質喜劇（comedy of humours）という新たなジャンルを作った。『十人十色』（*Every Man in His Humour*, 1598）等が有名である。そのほか諷刺を込めた『錬金術師』（*The Alchemist*, 1610）なども書いた。

他方で，エリザベス朝が幕を閉じジェイムズ1世が即位すると，悲劇作家たちは革命が迫る世相を反映させながら，死への憧れをも表現する作品を書いた。ウェブスター（John Webster, 1580?-1625）の悲劇『白い悪魔』（*The White Devil*, 1608頃）などの復讐悲劇においては，復讐させられる者に焦点があてられた。

過度な装飾を嫌い，祭壇を破壊した清教徒によって，1642年，劇場も封鎖に追い込まれたが，王政復古の後は，いわゆる復古劇（Restoration Drama）が上演された。ドライデン（John Dryden, 1631-1700）によるシェイクスピア劇をリメイクした戯曲『すべては愛のために』（*All For Love*, 1678）などが人気を博した。革命への反動として陽気で浮薄なものが好まれ，上流社会の風習を題材にする風習喜劇（comedy of manners）が流行した。1690年代に入ると，いわばコーヒー・ハウス[1]出身の作家，コングリーヴ（William Congreve, 1670-1729）らによって書かれた。

3　17世紀の詩

後にB. ジョンソンが揶揄をこめて形而上派詩人（Metaphysical Poets）と呼んだダン（John Donne, 1572-1631）らが，機知と奇想，逆説を用いて詩を書いた[2]。奇想的な発想はハーバート（George Herbert, 1593-1633）によって詩形にも

▷1　清教徒革命期にオックスフォードやロンドンなどで開店したコーヒー・ハウスは，王政復古に至る内乱を経てその数を増やしていった。やがてコーヒー・ハウスは階層を超えた議論の場所となり，金融取引の場所としても機能した。小林章夫『コーヒー・ハウス――18世紀ロンドン，都市の生活史』（講談社学術文庫，2000年）などを参照。

▷2　例えば，ダンは，まったく似たところのない二つの概念をひとつに結合させる拡大したメタファーを詩の中で用いた。ドライデンは後に「諷刺談義」（'Discourse affects the metaphysics'）と皮肉を込めていい，また，ジョンソンは，『詩人伝』（*Lives of the Most Eminent English Poets*, 1779-81）の中で「カウリーのみならず，おそらく形而上派詩人すべてが犯した過ちは，詩想を枝葉末節まで追究しすぎたために，普遍的なものにそなわる威容と荘厳が失われたことである」と述べ，18世紀の散文の作者にとって，非難の対象になった。

応用された。形而上派詩人には他に，クラショー（Richard Crashaw, 1612?-49）や，マーヴェル（Andrew Marvell, 1621-78），カウリー（Abraham Cowley, 1618-67），ヴォーン，トラハーンなどがいる。

B.ジョンソンは，詩的才能も持ち合わせていた。彼を囲んだ詩人たちは「ベン一派（'the Tribe of Ben'）」と呼ばれることもあり，その中にはヘリック（Robert Herrick, 1591-1674），ウォーラー（Edmund Waller, 1606-87）など，利那主義的で宮廷文化の悲しい華やかさを特徴とする王党派詩人（Cavalier Poets）が含まれた。

チャールズ1世処刑後，ミルトン（John Milton, 1608-74）は王の処刑の正当性を論じるパンフレットを出版し，共和政下でラテン語書記官となったが，王政復古後，投獄された。その後叙事詩『楽園の喪失』（*Paradise Lost*, 1667）を執筆した。

ドライデンはクロムウェルの死去に際して追悼文を書いたが王政復古後は王党派の立場をとっている。『驚異の年』（*Annus Mirabilis,* 1667）が評価され桂冠詩人[3]となったが，トーリー党の立場をとりカトリックに改宗していたために，名誉革命後失脚し，桂冠詩人の地位も失った。ドライデンは『詩論』（*An Essay on Dramatic Poesy,* 1668）を残しており，S.ジョンソン（Samuel Johnson, 1709-84）には「近代文学批評の父」とも呼ばれた。ウィルモット（John Wilmot, 1647-80）は美徳として賞賛される言動の偽善性や人間性そのものを批判した「人間に対する諷刺（A Satire Against Mankind）」を書いた。

4 散文，図像

ジェイムズ1世が編纂させた『欽定訳聖書』（*The Authorized Version of the Bible,* 1611）は後の時代に模範的散文として影響を及ぼした[4]。『欽定訳聖書』は簡素な表現をもって格調と華麗さを保ち，イギリス国民にとって標準となる英語と思考法を形成するのに貢献した。この聖書は，19世紀末に至るまで国教会で用いられた唯一の公式英訳聖書である。この出版以降，散文が多く書かれ，ベイコン（Francis Bacon, 1561-1626）やロック（John Lock, 1632-1704），ホッブズ（Thomas Hobbes, 1588-1679）らによる哲学書も多く書かれた。また，医学や科学の論文も数多く出版されている。王政復古後，清教徒として捕らえられたバニヤン（John Bunyan, 1628-88）は『天路歴程』（*The Pilgrim's Progress,* 1678, 1684）を書いた。さらに，『オルノーコ』（*Oroonoko,* 1688）を書いた女流作家ベイン（Aphra Behn, 1640-89）は小説の先駆者とみなされている。

また，17世紀にはエンブレム集[5]が多く出版された。ウィザー（George Wither, 1588-1667）やクォールズ（Francis Quarles, 1592-1644）などの『エンブレム集』（*Emblems,* 1635）は文学作品にも大きな影響を与えた。

（松本　舞）

▷3　王宮の慶弔の際に詩を作る役職。

▷4　ジェイムズ1世は教会内の対立の解決を試み，宗教関係者を召集して会議をひらいた。対立解決は失敗に終わったが，標準的な聖書の英訳事業をするための翻訳集団が発足し，1611年に『欽定訳聖書』が完成した。

▷5　エンブレム集とは，象徴的なイメージにモットーを付し，それを説明するテキストを集めたものである。運命や死などの概念が教訓的に意味付けられ，擬人化されている。

おすすめ文献

Corns, Thomas, ed. (1993), *The Cambridge Companion to English Poetry: Donne to Marvell,* Cambridge University Press.

Kuchar, Gary (2008), *The Poetry of Religious Sorrow in Modern England,* Cambridge University Press.

Newstock, Scott (2009), *Quoting Death in Early Modern England: The Poetics of Epitaphs Beyond the Tomb,* Palgrave.

Yoshinaka, Takashi (2011), *Marvell's Ambivalence: Religion and the Politics of Imagination in Mid-Seventeenth Century England,* Brewer.

A　時代背景と文学

7　18世紀のイギリス ——近代社会の形成

1　名誉革命以降の議会政治の展開

イギリスの歴史研究において18世紀とは，おおよそ名誉革命（1688-89）を起点とし，ナポレオン戦争（1803-15）の終結をもってその区切りとするのがひとつの典型となっている。一般にこの期間のことを「長い18世紀」（Long Eighteenth Century）と呼ぶ。

名誉革命によって，カトリック王であったジェイムズ２世（James II, 1633-1701）はフランスに亡命し，オランダから招請されたプロテスタント王ウィリアム３世（William III, 1650-1702）と妻メアリ２世（Mary II, 1662-94）の共同統治が始まった。この「革命」は，王政と国教会体制の維持に資する保守的なものだったのか，あるいは権利章典（1689）の制定に伴って近代的な議会制度を確立するものだったのか，その解釈をめぐる議論はいまだに尽きていないが，いずれにしても立憲君主制とプロテスタント王位継承を国体の柱として安定させる重要な契機となった。

女王アン（Anne, 1665-1714）の崩御によってスチュアート朝が終焉を迎えると，王位継承法[1]（1701）に基づいてハノーファー選帝侯ゲオルクがジョージ１世（George I, 1660-1727）として即位し，ハノーヴァー朝が開始される。革命以後からたびたびジャコバイト[2]の反乱が起こるもことごとく失敗に終わったことで，プロテスタント王を頂点にいただく政教の国家体制は確固たるものになった。議会ではホイッグ党が優勢となり，R. ウォルポール（Robert Walpole, 1676-1745）が台頭して，イギリス史上最初の総理大臣となる。下院議員であった彼が約20年にわたって権勢をふるったことにより，政治上のパワーバランスにも変化が起き，下院の影響力が国王・上院に比して強まったのもこの時代の特徴である。

18世紀後半にはジョージ３世（George III, 1738-1820）の積極的な介入がもとで政局が混乱し，ホイッグ党優位の状況が崩れて，トーリー党が復権する事態も生じるようになる。また，貴族や地主階級のみならず，交易によって富を築いた商業階級が議会内で存在感を増すようになった。やがてピット（小ピット）（William Pitt [the Younger], 1759-1806）の登場を機に政権は安定をとりもどすが，二大政党を中核とした政党政治は，保守主義と急進主義のせめぎあいの中で，改革の機運をはらみながら徐々に変容し，自由主義への道を歩む19世紀に向かってゆく。18世紀は内乱の相次いだ17世紀と比べると，戦争ではなく「論

▷1　ウィリアム３世に嗣子がなく，また後継のアンの子が全員夭折したことから，ジェイムズ２世の息子である老王位僭称者（Old Pretender）ジェイムズ・フランシス・エドワード・スチュアート（James Francis Edward Stuart, 1688-1766）の即位を防ぐため，カトリックが王位に就けないように規定された。これにより，アンの死後はスチュアート朝の開祖ジェイムズ１世（James I, 1566-1625）の血を引くプロテスタントである，ハノーファー選帝侯妃ゾフィー（Sophie von der Pfalz, 1630-1714）とその子孫に王位が引き継がれることになった。ゾフィーはアンより２カ月ほど先に死去したため，長男ゲオルクがイギリス国王の資格を得る。

▷2　ジェイムズのラテン名 Jacobus に由来し，退位したジェイムズ２世とその直系の子孫をイギリスの正統な国王として支持する者を指す。

争」によって政治決着がはかられるようになり，議会の機能が社会に定着した時代だったといえる。

2 連合王国の成立と国外情勢の影響

1707年にイングランドとスコットランドが合邦し，「グレート・ブリテン連合王国」が成立。さらに1801年にはアイルランドとも合邦して，ついに「グレート・ブリテンおよびアイルランド連合王国」が誕生した。合邦に際してスコットランド・アイルランドの両議会は解散し，イングランド議会に議員を送りこむ形で吸収されることとなった。

対外的には，九年戦争（1688-97）・スペイン継承戦争（1701-14）・オーストリア継承戦争（1740-48）・七年戦争（1756-63）・アメリカ独立戦争（1775-83）・フランス革命戦争（1792-1802）・ナポレオン戦争を通じて，大国フランスと第2次百年戦争を展開した時代でもあった。アメリカ独立戦争で苦杯を喫したほかはイギリスの勝利に終わり，帝国として世界の覇権を握る礎が築かれた。

アメリカ独立（1783）とフランス革命（1789-99）は国内にも強い影響を及ぼした。名誉革命後の体制は有産階級と国教会派による権益の寡占を前提としていたが，これに対する不満が高じて非国教徒・中間層などからの改革要求が熱を帯びた。だが自由主義や急進主義の興隆は反革命の意識も喚起したため，政治改革を進展させるには，バーク[◁3]（Edmund Burke, 1729-97）に代表される保守主義の潮流との対峙が必須であった。

▶3　ダブリン生まれの政治家・思想家。ホイッグ党の下院議員として活動し，アメリカ独立運動を支持する一方でフランス革命には反対を叫び，『フランス革命の省察』（*Reflections on the Revolution in France*, 1790）を著した。近代保守主義の祖と目される。

3 経済の近代化

対仏戦争の拡大に伴い，増大する戦費をまかなうために国債の発行が盛んになり，金融業の発達が促進された。イングランド銀行設立（1694）はこうした財政革命の流れの一環として捉えることができる。国家の税収源は直接税である土地税から，間接税である関税や消費税にシフトし，徴税のシステムも整備が進んで，イギリスは財政軍事国家として成長を遂げた。

南海泡沫事件（1720）は，近代化した経済が生み出した金融恐慌といえる。1711年設立の南海会社は，スペイン領中南米植民地との独占的貿易をうたう一方で，スペイン継承戦争遂行のために増発された国債の引き受けを目的としていた。空前の投機熱を煽って株価は急騰したが，利益が見込めない実態が明らかになるや，バブルが崩壊して破産者が続出する事態となった。

18世紀は産業革命が始まった時代でもある。実際には「革命」と呼ぶほど急激ではない，ゆるやかな変化であったとされるが，大量生産を可能にする工業化へのあゆみは，消費社会の到来と都市化の進行を促す要因となった。

（中島　渉）

おすすめ文献

今井宏編（1990）『世界歴史大系　イギリス史2――近世』山川出版社。
近藤和彦編（2010）『イギリス史研究入門』山川出版社。
木畑洋一・秋田茂編（2011）『近代イギリスの歴史――16世紀から現代まで』ミネルヴァ書房。
ラングフォード，ポール編／鶴島博和日本語版監修／坂下史監訳（2013）『オックスフォード　ブリテン諸島の歴史　第8巻　18世紀　1688年～1815年』慶應義塾大学出版会。
君塚直隆（2015）『物語　イギリスの歴史』（下）中央公論新社。

A　時代背景と文学

8　18世紀の文学 ——小説が生まれた時代

1　新しい言説空間の出現——商業・ジャーナリズム・コーヒーハウス

近代的な議会政治が安定しだしたイギリスの18世紀は，互いに武器をとりあっての決戦をなるべく避け，言葉による論戦を積み重ねて重要な意思決定をしていく，社会的な仕組みが整備されてきた時期であったと捉えることができる。それはとりもなおさず，言論の力が広く世の中に対して，具体的な影響を及ぼしうるだけの存在感を放つようになったということでもある。

金融経済の発達に伴って商業は活性化し，奢侈や消費が肯定的なものとして受け入れられる気運が社会に醸成された。そうした経済環境の変化は中産階級の台頭を促しただけでなく，貴族をはじめとした上流階級も商業活動に関わっていく流れを生んだ。多くの消費者をひきつけるには，宣伝や広報の役割が重要性を増すことから，物品やサービス自体はもとより，モノを売るための情報もビジネスの対象となっていく。かくして消費社会の発展は，メディアやジャーナリズムの進歩を助長することにもなった。

この時代を象徴する新たな言説空間として注目を集めるのがコーヒーハウスである。商業化の波は都市の振興をもたらし，経済的・文化的な交流の拠点としてその機能を向上させた。様々な商業施設や娯楽施設がしだいに充実をみせるなか，17世紀後半から18世紀半ばにかけて，とりわけロンドンには多くのコーヒーハウスが出店され，階級をこえた社交や情報交換の場となっていた。コーヒーという嗜好品がたしなまれつつ，新聞や雑誌が回し読みされ，ときに猥雑でいかがわしい空気をはらみながら，政治や文学に関する談論が活発におこなわれたのである。アディソン◁1（Joseph Addison, 1672-1719）とスティール◁2（Richard Steele, 1672-1729）が発行した定期刊行物である『タトラー』（*The Tatler*, 1709-11）や『スペクテイター』（*The Spectator*, 1711-12, 1714）などは，話題に彩りを添える格好の情報源であった。

18世紀も後半になると，コーヒーハウスは公的な議論の場から個人の私的な空間へとその役割を移行させたようである。しかし近代化を遂げたこの時代において，宮廷や上流階級のみに閉じられることのない，いわゆる「世論」を形成する場が都市に出現したことは，ジャーナリズムを社会に定着させ，新しい文学ジャンルを生み出す下地をつくったといってよい。

▷1　イングランド南西部ウィルトシャー生まれの随筆家・詩人・政治家。オックスフォード大学で学び，ホイッグ党の政治家モンタギュー（Charles Montagu, 1st Earl of Halifax, 1661-1715）の後援を得てイタリアを旅した。のちにホイッグ党の下院議員となり，政治家としても出世する。個人としては悲劇『カトー』（*Cato*, 1713）が高い評価を受けた。

▷2　ダブリン生まれのジャーナリスト・劇作家・政治家。オックスフォード大学で学ぶが，中退して軍人となる。陸軍大尉にまで昇任するが，劇作家に転向。ホイッグ党の下院議員にもなった。晩年は友人アディソンと不仲になってしまう。個人としては喜劇『葬儀』（*The Funeral*, 1701）や『心ある恋人たち』（*The Conscious Lovers*, 1722）が成功を収めている。

▷3　スウィフト（Jonathan Swift, 1667-1745）の『ガリバー旅行記』（*Gulliver's Travels*, 1726）は諷刺物語としての色彩が強く，小説の形成史上では特殊な位置にある。また，スモレット（Tobias George Smol-

2 近代小説の夜明け

18世紀に興隆した小説（novel）の定義は容易ではないが，一般的には，一定以上の長さをもち，散文で書かれた虚構の物語であることが大前提となっている。その特質としては，中世以来のロマンスやアレゴリーに比べ，より現実性の強いリアリズムを基調とし，神や英雄ではない等身大の人間による，日常的な営みを写実的に描いている点が挙げられよう。

“Novel”の語源はイタリア語の“novella”で，“news”という意味である。政治と文学をつなぐジャーナリズムの発達によって，現実に根ざした人間と社会のありようを，読者に対して散文の形で伝える技術が磨かれていったと考えられる。くしくも，近代小説の祖と位置付けられることの多いデフォー（Daniel Defoe, 1660?-1731），リチャードソン（Samuel Richardson, 1689-1761），フィールディング（Henry Fielding, 1707-54）のいずれもが，小説家として活躍する以前に，政治ジャーナリズムの活動にたずさわり，最新の世情や思想を大衆に届ける役割を担っていた[3]。

作風としては，デフォーは市民階級に属する個人が自立して生きていくさまを活写し，リチャードソンは書簡体形式を用いて人間の内面を映し出すことに成功した。またフィールディングは喜劇的な要素を作品に込めつつ，様々な社会階層の群像を描いてみせた。スターン（Laurence Sterne, 1713-68）に至っては，物語の筋立てや時系列すら錯綜するような作品[4]を生み出したが，複雑な人間心理の流動性を反映したその手法は，20世紀の「意識の流れ[5]」を先取りしたものとさえいえるであろう。

3 伝統と革新の狭間で開花した文人たち

18世紀の文壇では，S. ジョンソン（Samuel Johnson, 1709-84）が大御所として一時代を築いた。『英語辞典』（*A Dictionary of the English Language*, 1755）は国語としての英語の確立に大きく寄与し，『イギリス詩人伝』（*Lives of the Most Eminent English Poets*, 1779-81）は17世紀以降のイギリス文学史としての側面をもった秀逸な批評・評伝の集成である。

詩の分野では，古典主義が主流を占めつつも，ロマン主義への移行の萌芽が見られる。ポウプ（Alexander Pope, 1688-1744）やS. ジョンソン[6]は前者の傾向を汲んで伝統的な作風を踏襲したが，その一方で，個人の感情や想像力を重んじ，自然の美を称揚する詩人が現れてきた。後者の流れにくみするトムソン[7]（James Thomson, 1700-48）やグレイ[8]（Thomas Gray, 1716-71）らは，のちのロマン派の先駆けになったとみなすことができよう。

（中島　渉）

lett, 1721-71）はピカレスク小説，H. ウォルポール（Horace Walpole, 1717-97）はゴシック小説というバリエーションの発達に大きく貢献した。女性作家の台頭も見られ，小説の先駆的作品ともいわれる『オルノーコ』（*Oroonoko*, 1688）を著したベイン（Aphra Behn, 1640-89）は，イギリスの女性ではじめて職業作家になった人物とされる。彼女はマンリー（Delarivier Manley, 1670?-1724）やヘイウッド（Eliza Haywood, 1693?-1756）とともに三大才女と並び称された。

▷4　『トリストラム・シャンディ』の項目（86-87ページ）参照。

▷5　24ページ，▷4参照。

▷6　代表作として『ロンドン』（*London*, 1738）や『人の願いのむなしさ』（*The Vanity of Human Wishes*, 1749）など。

▷7　スコットランド南東部ロクスバラ州生まれの詩人。エディンバラ大学で教育を受け，ロンドンに出てきてからはポウプら一流の詩人と交流をもつ。若くして田園の美を愛でる詩を書いていた。代表作に『四季』（*The Seasons*, 1726-30）がある。

▷8　『オトラント城』の項目（88-89ページ）参照。

おすすめ文献

ワット，イアン／藤田永祐訳（1999）『小説の勃興』南雲堂。

塩谷清人（2001）『十八世紀イギリス小説』北星堂書店。

冨樫剛編（2014）『名誉革命とイギリス文学——新しい言説空間の誕生』春風社。

A　時代背景と文学

9　19世紀のイギリス ——大英帝国の時代

1　拡大する帝国

イギリスの19世紀はまさに世界との戦いの時代といってもよい。19世紀に入って間もなく，イギリスはフランスとのナポレオン戦争に突入する。まず1805年のトラファルガー海戦において，ネルソン提督（Horatio Nelson, 1758-1805）率いる海軍が勝利して制海権を確保，ついで1815年にはワーテルローの戦いに勝利し，ヨーロッパの列強国としての覇権を確立した。

しかしイギリスにとっての敵は，身近なフランスだけではなかった。世紀の中頃にはアヘンの輸入を巡って対立した清と阿片戦争（1840-42）を，またクリミア半島を巡り，ロシアとの間にクリミア戦争（1853-56）を，それぞれ戦った。植民地のインドではインド大反乱（1857-58）が勃発したが，軍事力によってこれを鎮圧，結果としてイギリスによるインドの直接統治[1]に繋がった。

世紀の終盤には帝国主義[2]の名の下，植民地の拡大を目指して他の列強諸国とアフリカで戦い，エジプトへの侵略（1882），２度にわたるボーア戦争（1880-81, 1899-1902）を行った。こうしてイギリスは広大な植民地を有する大英帝国として世界に君臨したのである。

2　国家の成熟

19世紀のイギリスは数々の戦いに勝利した。これを可能にしたのは，18世紀から19世紀前半にかけての産業革命による国力の強化である。18世紀後半には主に綿工業の分野での変革が目覚ましかったが，19世紀前半においては蒸気機関が発達し，特にスティーブンソン（George Stephenson, 1781-1848）によって蒸気機関車が実用化された。これにより1830年にマンチェスターとリヴァプール間で鉄道が開通し，これを皮切りに急激に鉄道が普及していった。また蒸気船も登場し，輸送手段そのものの幅が広がった。これらの技術革新がイギリスを世界最大の工業国へと登りつめさせ，「世界の工場」という呼び名を得るに至った。また産業革命の発展と工業生産の拡大に伴い，資本家の存在感が高まっていき，1832年の第一次選挙法改正による中産階級への選挙権の付与へと繋がった。そして選挙法の改正により，これまで政治を担ってきたトーリー党とホイッグ党も変質を余儀なくされ，それぞれ保守党と自由党へ変化，イギリスの議会制民主主義はより成熟した段階へと入った。

▷1　主権者が国および人民を直接的に支配すること。当初イギリスは徴税権，治安維持権を持つイギリス東インド会社（114ページ，▷1参照）を通じてインドを間接統治していた。しかしインド大反乱を経た1858年にインド帝国を設立，1877年にはヴィクトリア女王をインド皇帝とし，完全な直接統治に移行した。

▷2　ある国家が拡大を目指して軍事力を背景に国境外の人々に対して支配権を及ぼそうとする思想や政策のこと。イギリス文学研究においては，基本的に19世紀半ば以降のイギリスの植民地獲得を目指す動きを指して用いられる。

▷3　イギリスの伝統的な私立中等学校。人文・古典教科を中心とする教育を行い，後にリーダーとなるような多くの優秀な人材を輩出してきた。イートン校やハロー校などがその代表的学校として知られる。

▷4　イギリスが飢餓に苦しんだ1840年から49年を指す言葉。1839年の不況に伴う失業者の増加，作物の不

3 繁栄の時代

1837年に，若いヴィクトリア（Alexandrina Victoria, 1819-1901）が女王として即位し，ヴィクトリア朝が始まると，向こう数十年はイギリスにとって最も国力の充実した時期となった。特に1850年から70年頃までは「繁栄の時代」と評されることもある。その象徴的役割を果たすのが，1851年にロンドンで開催された世界初の万国博覧会である。女王の夫であるアルバート公（Prince Albert of Saxe-Coburg and Gotha, 1819-61）が中心的役割を果たし，まさに国家プロジェクトとして行われたこの万博の目玉は，水晶宮（クリスタル・パレス）と呼ばれる全館ガラス張りの巨大な展示館であった。開催期間の5月1日から10月15日までの5カ月半に，延べ600万の観客を集め，利益は約18万ポンドに達したという。

また，国家を安定させるとともに，その礎となる人材を生み出すという観点から，教育面でも大きな変化が見られたことは見逃せない。中等教育の分野でパブリック・スクール[3]，そして大学の整備が進む一方，初等教育においても1870年に小学校教育法が導入され，義務教育の基盤がつくられた。

4 不安の影

全体として繁栄のイメージの強い19世紀イギリスであるが，貧富の差の拡大，「飢餓の40年代[4]」，70年代以降に訪れる大不況など，決して明るいだけの時代ではなかった。特に，これまで人々がよりどころとしたものを根底から揺さぶるような動きがいくつも見られた。中でも最大のものは，ダーウィン（Charles Darwin, 1809-82）の提唱した「進化論[5]」であろう。生物は進化を経て今の形になったという主張は，全ての生物は神が創り出したものである，というキリスト教の根本思想を大きく揺るがした。

また社会主義運動が激化するのもこの時代である。1884年に社会民主連盟とフェビアン協会，1893年には独立労働党と，立て続けに社会主義を信奉する団体が設立され，1887年11月にはトラファルガー広場でデモ隊に向かって軍と警察が発砲する「血の日曜日」事件も起きた。

もうひとつ，忘れてはならないのは「女性」の問題である。父権制社会において女性は常に抑圧を余儀なくされてきたが，この時代にはそれを打破し，女性の社会進出を求める動きが見られるようになった。ひとつのきっかけは，ミル（John Stuart Mill, 1806-73）が議会に女性参政権を求める法案を提出したことである（のちに否決）。これを機に女性の選挙権を求める組織が複数設立され，過激な活動で知られることとなる「女性社会政治連合[6]」（1903）の設立へと繋がる。様々な火種を抱えつつ，イギリスは20世紀，そして大英帝国没落の時代へと進んでいくのである。

（渡部智也）

作，穀物法によるパンの値段の高騰，さらにはジャガイモの疫病による飢饉など，複数の要素が絡み合って発生した。

▶5　生物が進化したものであるとする説。進化論自体は複数存在するが，ここではダーウィンが『種の起源』（1859）において提唱した説を指す。最大の特徴は「自然選択」，すなわち適者生存の考え方であり，帝国主義思想とも結びついた。

▶6　女性参政権の獲得を目指し，1903年にマンチェスターで結成された団体。当時存在したより穏健な他の組織と異なり，政府機関への投石，刑務所でのハンガー・ストライキ，さらには放火といった過激な活動を行ったため，賛否両論を集めた。なお最終的に女性の参政権が一部認められたのは，同団体が解散後の1918年のことである。

おすすめ文献

谷川稔・北原敦・鈴木健夫・村岡健次（1999）『近代ヨーロッパの情熱と苦悩（世界の歴史：第22巻）』中央公論新社。

村岡健次・川北稔（2003）『イギリス近代史――宗教改革から現代まで』ミネルヴァ書房。

川北稔（2010）『イギリス近代史講義』講談社。

アレックス・ワーナー他／松尾恭子訳（2013）『写真で見るヴィクトリア朝ロンドンの都市と生活』原書房。

ライト，ジョン・D.／角敦子訳（2019）『図説ヴィクトリア朝時代―― 一九世紀のロンドンの世相・暮らし・人々』原書房。

A　時代背景と文学

10　19世紀の文学
——ロマン主義とヴィクトリア朝の文学

1　ロマン主義の詩と小説

18世紀末に起こったアメリカ独立とフランス革命の影響は政治改革だけでなく，文学におけるロマン主義運動にも表れる。個人の感情を重視し，強烈な内面的体験や想像力から外在する世界を変えていく考え方は，まずワーズワース（William Wordsworth, 1770-1850）とコウルリッジ（Samuel Taylor Coleridge, 1772-1834）の『抒情民謡集』（*Lyrical Ballads*, 1798）によって表明され，その基本的理念は第二世代の詩人，バイロン（George Gordon Byron, 1788-1824），P. B. シェリー（Percy Bysshe Shelley, 1792-1822），キーツ（John Keats, 1795-1821）などに引き継がれ，19世紀初期の文学はロマン主義の詩人たちがけん引した。18世紀の古典主義の時代，詩人の使命は「理性」の神が支配する「自然」を模倣することだったが，ロマン主義の「自然」はより個人の「感性」に寄り添い，特に個々の感覚器官を通して内在的に体験される対象となった。例えばワーズワースは，山が意志を持つように自分に襲い迫る姿を新たな想像力の源泉として記している。

このロマン主義的な「感性」が小説に与えた影響の産物に「ゴシック・ロマンス」がある。18世紀後半から19世紀初頭に流行した一連の恐怖物語で，非現実的あるいは「超自然」の出来事が介在する。断崖絶壁の山並み，流れ落ちる滝，荒れ狂う海などの荒々しい動的な自然風景[1]もまた恐怖や畏怖の対象として，人々の感覚を刺激した。現実的な日常生活を描く小説とは趣が異なるが，様々な驚異が引き起こす人間の感情や恐怖に焦点を当てた点で，後世のリアリズム小説にも大きな影響を与え，ラドクリフ（Ann Radcliffe, 1764-1823）やメアリ・シェリー（Mary Shelley, 1797-1851）など女性の作家も活躍した。

2　小説の成熟と隆盛

19世紀は小説の時代といわれる。ロマン主義運動が詩の世界に新しい言葉や声をもたらし，社会を変革する機運を高めた一方，小説は新しい読者を次々と取りこむ形でその変化する社会を積極的に吸収し，表現する媒体となった。ヴィクトリア朝の産業化と資本拡大は経済的に余裕ある階級層の社会進出を生み，小説はそのような中産階級を読者層に迎えて発展する。教育水準が向上する19世紀後半に至ると，さらに多くの庶民に受容された。小説の世界も多種多様の広がりを見せる。田舎の家庭生活から都市の社会生活まで人間を克明に描くリアリズム小説，歴史的事件や英雄を扱う歴史小説といった長編もの[2]から，時代

▷1　このような自然風景の特徴を「ピクチャレスク」と呼ぶ。18世紀末から19世紀初頭のイギリスで流行し，古典主義的な調和のとれた美しさとは異なる風景が好まれた。イギリスの田園風景では，不規則で変化のある，粗野で荒涼とした自然に対する美意識を指すことが多い。

▷2　ヴィクトリア朝では小説を「三巻本」という長編の形式で売り出すことが通常の出版形態であった。「三巻本」は高価だったため，貸本屋で安く入手することが一般的であった。そのほか，雑誌連載の形態も人気となっていく。

▷3　98ページ，▷2参照。

▷4　ブロンテ姉妹(Brontë sisters, the Brontës)は，長姉シャーロット・ブロンテと二人の妹エミリ・ブロンテ(Emily Brontë, 1818-48)とアン・ブロンテ（Anne Brontë, 1820-49）を指す。

の新しい科学的関心や即物的関心を反映するミステリーや冒険小説など，娯楽的な中編・短編小説も豊富に登場した。

19世紀は小説家が職業作家として認められた時代でもあるが，その道筋を用意したのがオースティン（Jane Austen, 1775-1817）とスコット（Walter Scott, 1771-1832）である。オースティンは地域社会の風俗や家庭生活を鋭い観察眼で描き，スコットは歴史的事件をもとに過去の社会を現実的に描いた。対極的な二人の作家はそれぞれ，イギリスにおける家庭小説と歴史小説[3]の祖となり，後世の小説家に大きな影響をもたらした。

ヴィクトリア朝に入り，作家の地位を確立したのがディケンズ（Charles Dickens, 1812-70）やサッカレー（William Makepeace Thackeray, 1811-63）などの人気作家である。ディケンズの『オリヴァー・ツイスト』（*Oliver Twist*, 1837-39）やサッカレーの『虚栄の市』（*Vanity Fair*, 1847-48）は，富裕層社会や都会の貧困を皮肉と批判の目で描き，社会小説の先駆けとなった。女性作家の活躍もめざましい時代となった。ディケンズの文学仲間だったギャスケル（Elizabeth Gaskell, 1810-65）は『北と南』（*North and South*, 1854-55）などの社会小説を発表し，一方，ギャスケルの友人シャーロット・ブロンテ（Charlotte Brontë, 1816-55）は一人称の語り手の視点から個人の内面や感情に迫った。父権的社会を生きる女性主人公の物語は女性作家の現実的関心となり，ブロンテ姉妹[4]の他，人間の心理や意識の描写に優れたG. エリオット（George Eliot, 1819-80），社会問題を取り上げた高名な女流詩人E. B. ブラウニング（Elizabeth Barrett Browning, 1806-61）など数多くの作品に見られ，それらは新しい女性像を提示しながら，個人と社会の相克というヴィクトリア朝の大きな文学的テーマを反映する。

3 信仰への懐疑と世紀末の潮流

大英帝国の繁栄には不安の影が常につきまとった。産業化社会によって物質主義的傾向が強まったヴィクトリア朝には信仰の危機が訪れ，世俗化する社会に対する不安や懐疑は特に文学や芸術を通して表現された。テニスン（Alfred Tennyson, 1809-92）は相次ぐ科学的発見によるキリスト教信仰への不安を表現した代表的詩人である。宗教と科学，精神と物質の対立はヴィクトリア朝芸術の主要なテーマであり，例えばラファエル前派[5]の詩や絵画にも見られる。ダーウィン（Charles Darwin, 1809-82）の進化論は，神や「自然」の法則などの合理性によって裏打ちされていた進歩思想を大きく揺るがしながら，一方で競争社会を助長し，安定した精神的価値観の不在は世紀末の潮流を生み出した。ワイルド（Oscar Wilde, 1854-1900）は唯美主義的な快楽[6]を求め，ハーディ（Thomas Hardy, 1840-1928）は無慈悲な世界に翻弄される人間の運命を描き，コンラッド（Joseph Conrad, 1857-1924）は帝国主義がさらけ出す人間性の真実を追求し，時代はさらに人間心理の深層の追究へと向かった。

（佗美真理）

▶5 ラファエル前派（Pre-Raphaelite Brotherhood, the Pre-Raphaelites）とは，純粋な信仰を表現した中世や初期ルネサンスの絵画を理想に据えつつ，近代の新しい芸術のあり方を模索したグループである。中心的人物であるロセッティ（Dante Gabriel Rossetti, 1828-82）は詩人でもあり，絵画と詩の融合を目指した。

▶6 唯美主義（aestheticism）とはこの場合，19世紀後半の芸術至上主義の傾向を指す。文学や芸術の役割は社会の道徳的行動や倫理を体現することにあるという伝統的な考え方に対抗し，その役割は純粋に芸術のためであり，美の追求そのものであるとする。ペイター（Walter Pater, 1839-94）の芸術論が代表的である。一方，唯美主義は快楽や官能の追求などの危険性をはらみ，その人生や芸術に対する実験的態度は退廃的とも批判された。

おすすめ文献

新井潤美（2016）『魅惑のヴィクトリア朝——アリスとホームズの英国文化』NHK 出版。

川本静子（2007）『ガヴァネス——ヴィクトリア時代の〈余った女〉たち』みすず書房。

小池滋（1999）『ゴシック小説をよむ』岩波書店。

オールティック，リチャード・D.／要田圭治・大嶋浩・田中孝信訳（1998）『ヴィクトリア朝の人と思想』音羽書房鶴見書店。

Croft, Steven, ed. (2009), *Victorian Literature* (*Oxford Student Texts*), Oxford University Press.

A　時代背景と文学

11　20世紀前半のイギリス
——二つの大戦に揺れる時代

1　新世紀の幕開け

20世紀になり間もない1901年1月にヴィクトリア女王が死去し，エドワード7世（Edward Ⅶ，1841-1910）が即位する。翌1902年にはボーア戦争[1]が終結するが，繁栄の象徴であった女王の死と，予想外に長期化した戦争に加え，アメリカやドイツが次第に力をつけてきたことで，人々は大英帝国が危機に瀕していると感じるようになる。

この時代には労働者の権利を叫ぶ声がいっそう高まる一方，女性参政権運動もさらに活発化していく。女性社会政治連合[2]による投石行為やハンガーストライキといった過激な運動が日々報じられ，アイルランドでも自治を求める運動が絶えず，世相は不安定であった。しかし同時に国民の生活水準は向上を続け，電話や電報という新しい通信手段が確立し，自動車や映画も徐々に市民権を得て，人々が近代的な暮らしの恩恵にあずかるようになる時代でもある。

▷1　ここでは1899年に勃発した第二次ボーア戦争を指す。イギリスはケープ植民地を中心とする英領南アフリカ連邦を創設し帝国を拡張する構想を描くが，ボーア人（オランダ系白人）の頑強な抵抗にあう。1902年にようやく講和が成立するが，この戦争は巨額の財政赤字と外交上の孤立をもたらし，国際舞台でのイギリスの威信は低下する。

▷2　19ページ，▷6参照。

2　第一次世界大戦（1914-18年）

1914年7月に第一次世界大戦が勃発し，イギリスはドイツのベルギー侵攻を機に戦列に加わる。人々の戦争熱は高揚し，開戦前には反戦を唱えていた社会主義者や労働運動家だけでなく，過激な運動を繰り広げた女性参政権運動家たちも戦争協力の立場に転じ，国家あげての総力戦体制になっていく。開戦当初，戦争はすぐに終わるだろうとの楽観的な見通しが大半だったが，予想に反して戦争は長期化し，アメリカの参戦を待って1918年にようやく終結した。第一次世界大戦は科学技術の発達によって史上初めて大量殺戮が行われた戦争であり，戦勝国になったとはいえイギリス側の戦死者は70万人を超し，大量の戦傷者が残った。復員した兵士たちは失業者となって世にあふれ，戦争神経症が社会問題になるなど，大戦は人々の生活に消すことの出来ない爪あとを残した[3]。

▷3　悲惨な体験をした兵士たちの多くがシェル・ショックと呼ばれる戦争神経症を患い，終戦後も心身の不調に苦しんだ。文学作品においても，本書で取り上げるロレンスの『チャタレー夫人の恋人』（148-149ページ参照）における半身不随のクリフォードや，ウルフ作『ダロウェイ夫人』で戦争神経症に悩み自殺を図るセプティマスなど，戦争によって心身に深い傷を負った人物が数多く登場する。前線での過酷な体験を描いた作品としては，オーウェン（Wilfred Owen, 1893-1918）の詩が知られる。

3　変化する社会——戦間期の世の中

二つの大戦に挟まれた時代を「戦間期」と呼ぶが，この時期に社会は大きく変わっていく。まずは1918年の選挙法改正で，女性たちの戦時協力に報いる形で，30歳以上の全ての女性に選挙権が与えられた[4]。1921年秋にはアイルランド問題に終止符を打つべく，北部の六州を除く地域の独立が決まりアイルランド自由国が誕生している。さらに1923年末の選挙では保守党が過半数をとれず，

▷4　21歳以上の全ての女性に参政権が与えられ，その選挙資格が男性と全く同等になるのは1928年のことである。

初めて労働党[5]が政権を担う事態となった。

このように，女性や労働者，国内にありながら属国的な扱いを受けてきたアイルランドといった，支配される側だった者たちの権利や自由が認められるようになってきたのがこの戦間期といえる。国外に目を向けても，最大の植民地であったインドではガンディー（Mohandas Karamchand Gandhi, 1869-1948）率いる国民会議派の運動が活発化し，第二次世界大戦後の旧植民地諸国の独立と大英帝国の終焉へと向かう。

1929年にはアメリカに端を発する世界恐慌が起こり，イギリスでも失業者数が増大し深刻な貧困が問題となる。その一方で，自動車，電機，化学などの新産業は急成長しており，拠点となったロンドン周辺地域では人々が豊かな生活を享受していた。貧困と豊かさが共存したこの時代に抱かれた問題意識が，以降の社会福祉の充実へと繋がっていく。

▷5　1900年に「労働代表委員会」として誕生し，1906年に労働党と改称した，労働組合と社会主義団体からなる連合組織。この時の政権は短命に終わるが，以後は保守党と政権を争う二大政党のひとつに成長する。

4 第二次世界大戦（1939-45年）――「反ファシズム」の戦い

1930年代に入ると，国際情勢は再び不安の色を増していく。日本による中国東北部の侵略（満州事変）が起こり，ドイツではヒトラー（Adolf Hitler, 1889-1945）が政権を掌握，ムッソリーニ（Benito Mussolini, 1883-1945）率いるイタリアはエチオピアに侵攻した。イギリスは当初これらの新興国に対し宥和的な政策をとったが功を奏さず，1939年秋，ポーランドに侵攻したドイツに対し宣戦布告した。40年夏にはドイツ空軍による空襲が始まり，セント・ポール寺院やコヴェントリー大聖堂が焼けるなど大きな被害を出す。イギリスは再び総力戦体制となり，徴兵制のもとで男性は軍隊に動員され，1941年末からは女性も徴兵の対象となって補助部隊や軍需工場に送られた。ガソリンやバター，砂糖は配給制となったが，人々は「反ファシズム戦争」の大義のもとに逆境を耐えぬいた。ソ連，アメリカの参戦によって次第に戦局が変わり，1945年の終戦を迎えることになる。

ファシズムに反対し民主主義を守れとの声は，国内では社会改革を要求する論調と結びつき，新聞やラジオを通じて広がりを見せた。このためこの戦争は「民衆の戦争」とも呼ばれる。こうした動きを受け，1942年には従来国民の半分以下にしか適用されていなかった健康保険，失業保険，年金を全国民に適用する政府案が出され，「ゆりかごから墓場まで」を保障する方向性が示された。この戦争を通じて所得の平準化はさらに進み，中流以上の家庭に奉公していたいわゆる「使用人[6]」も姿を消していく。産業革命期を経て19世紀に進んだ社会の大衆化が，人々が激動の時代を生き抜く中でさらに加速したのが20世紀前半である。

（浦野　郁）

▷6　家事全般をこなす召使のこと。もとは上流の家庭で雇っていたものが，ヴィクトリア朝期には中産階級家庭でも使用人を雇うことがステイタスとなっていく。使用人として奉公したのは主に労働者階級の者たちであり，使用人制度はイギリス階級社会を象徴するものである。

おすすめ文献

川北稔編（1998）『新版世界各国史11　イギリス史』山川出版社。
村岡健次・木畑洋一編（1991）『世界歴史体系　イギリス史3　近現代』山川出版社。
トッド，セリーナ／近藤康裕訳（2016）『ザ・ピープル　イギリス労働者階級の盛衰』みすず書房。
ストレイチー，レイ／出淵敬子他監訳（2008）『イギリス女性運動史1792-1928』みすず書房。
武藤浩一他編（2007）『愛と戦いのイギリス文化史1900-1950年』慶応義塾大学出版会。

A　時代背景と文学

12　20世紀前半の文学
——モダニズムの時代

1　20世紀初頭の文学

20世紀初頭の文学は，おおむねヴィクトリア朝の伝統を受け継ぎ，リアリズムの手法に則ったものだった。ベネット[1]（Arnold Bennett, 1867-1931），ゴールズワージー[2]（John Galsworthy, 1867-1933）に加え，19世紀末から活躍を続けるSFの祖ウェルズ（Herbert George Wells, 1866-1946），インドを舞台とした作品を発表したキプリング（Rudyard Kipling, 1865-1936）がこの時期の作家として知られる。しかし，視点の工夫によって登場人物の心理を綿密に描き出したジェイムズ（Henry James, 1843-1916），多彩な人間関係を内面的に捉えようとしたフォースター（Edward Morgan Forster, 1879-1970）の作品には，前世紀末から引き続き，文学の関心事が外界から人間の内面へと移っていくようすを見ることができる。

2　モダニズムの隆盛

20世紀前半に花開いた芸術運動を総称して「モダニズム（Modernism）」と呼ぶ。様々な国や地域で展開し，多分野にわたるこの運動の性質をひとくくりにすることは難しいが，端的にいうならば，芸術家たちが自分たちは新しい時代に生きる「近代的（modern）」な存在だとの強い意識を持ち，前世紀とは異なる思想や表現を追求したものである。

文学におけるモダニズムの最盛期は1910年以降，特に戦間期にあたる1920年代である。小説においては，リアリズムの約束事であった「全知の語り手[3]」を放棄し，「意識の流れ[4]」または「内的独白」と呼ばれる手法で人間の刻々と移ろう感情や思考を捉えようとしたウルフ（Virginia Woolf, 1882-1941），革新的な言語実験を行ったジョイス（James Joyce, 1882-1941）がモダニズムの旗手と見なされる[5]。一方でロレンス（David Herbert Lawrence, 1885-1930）は，こうした形式上の実験とは距離を置きつつも，性や身体性の問題を通じて独自の鋭い文明批判を行った。

詩の分野では，アメリカ人詩人パウンド（Ezra Pound, 1885-1972）が，従来の装飾的な詩句の連なりを捨て，知性や感情に直接訴えるイメージや極度に抑制された表現を用いることをうたい，「イマジズム（Imagism）」と呼ばれる運動[6]が出現した。パウンドの影響下に書かれたT. S. エリオット（Thomas Stearns Eliot, 1888-1965）やイェイツ（William Butler Yeats, 1865-1939）の作品は，モダ

▷1　フランスの自然主義に影響を受けた小説を発表した。代表作は『二人の女の物語』（*The Old Wive's Tale*, 1908）。

▷2　ヴィクトリア朝末期の中産階級の一族を描いた『フォーサイト家年代記』（*The Forsyte Chronicles*, 1906-28）で知られる。

▷3　全てを知っているかのように出来事を語る語り手。登場人物の一人ではなく，三人称を用いて登場人物たちに言及する。20世紀に入るまで最も一般的な語りの手法だった。

▷4　「意識の流れ」とは，アメリカの心理学者ウィリアム・ジェイムズ（William James, 1842-1910）の造語で，人間の心に去来する様々な思考や感情，知覚や記憶を指す。これが転じ，こうした心の動きを再現しようとする文体を指すようになった。「内的独白」もほぼ同じ文体上の試みを指すが，この手法をフランス人作家デュジャルダン（Édouard Dujardin, 1861-1949）から学んだとするジョイスの作品に対し用いられることが多い。

▷5　他にも『かくも悲しい話を……』（*The Good Soldier*, 1915）で「信頼できない語り手」を用いたフォード（Ford Madox Ford,

ニスト詩を代表するものである。

この時期の文学が人間の内面や感情という主観的なものに関心を寄せていった背景には，世界の全体像が把握できない，外的世界に拠り所が見つからない，という感覚がある。こうした感覚は，進化論[◁7]の登場以来キリスト教への信頼が決定的に揺らいだこと，拡大し続ける植民地や新しいテクノロジーが日常生活にもたらした急速な変化，第一次世界大戦の惨禍を目にして人々が抱いた文明や科学の進歩への根本的な疑問，といった要素が複合的に絡み合って生じている[◁8]。こうした事態に直面し，作家たちは芸術表現を刷新し，新しい伝統を創り出す必要性を感じていたのである。

3 1930年代，40年代の文学――「政治の季節」と戦争

1930年代に入り国際情勢が再び不穏なものになると，文学者たちも政治色を強めていく。文学と現実社会との関連が再び密接になりモダニズムの文学運動は下火となっていくが，戦後に起こった「ポストモダニズム[◁9]」の思潮において，その意義は再考されることになる。

この時期，ファシズムに対抗するものとしての共産主義に傾倒する若者が急増し，その一人であったオーデン（Wystan Hugh Auden, 1907-73）を中心とする若き詩人の集まり「オーデン・グループ[◁10]」が存在感を示した。ウォー（Evelyn Waugh, 1903-66），グリーン（Graham Greene, 1904-91），オーウェル（George Orwell, 1903-50）が作家としての経歴をスタートさせたのもこの時期である。第一次世界大戦やモダニズムの実験という大きな出来事が終わった後に登場した彼らは，社会諷刺や政治性の強い作品を執筆した。また，アングロ＝アイリッシュ[◁11]の作家ボウエン（Elizabeth Bowen, 1899-1973）が，その出自に由来する独特の小説世界を構築していくのもこの頃である。

4 揺らぎはじめる境界《ボーダー》

20世紀前半には社会の大衆化が進み，読書を楽しむ階層もいっそう拡大した。難解なモダニズム作品が生まれる一方で，人々が推理小説に代表される「軽い読み物」を楽しんだ時代でもある。大衆にアピールする平易な表現と展開の面白さは，ウォーやグリーン，オーウェルらの作品に取り込まれていく。さらに，作家たちの地理的移動にも目を向けてみると，ジェイムズやパウンド，エリオットはアメリカからやってきてイギリス文学に新しい風を送り込んだ。一方のロレンスやジョイス，オーデンは作家としての経歴《キャリア》の途中で母国を去っている。イギリスで生まれ育ち，執筆した作家のみが文学史を彩る時代は過去のものになっていく。20世紀後半から現代にかけて，純文学と大衆文学の境目が曖昧になり，文学の国境も不定形になっていくが，そうした事象はこの時期に現れたものであることも心に留めておきたい。

（浦野　郁）

1873-1939），「意識の流れ」の創始者リチャードソン（Dorothy Richardson, 1873-1957），ニュージーランド出身で短編の名手マンスフィールド（Katherine Mansfield, 1888-1923）らが知られる。

▷6　他にも H. D. として知られるヒルダ・ドゥーリトル（Hilda Doolittle, 1886-1961），ウィリアムズ（William Carlos Williams, 1886-1963）らアメリカ人詩人が多く携わった。

▷7　19ページ，▷5参照。

▷8　こうした感覚は，新しい学問の登場にも繋がった。フレイザー（James George Frazer, 1854-1941）の人類学や，フロイト（Sigmund Freud, 1856-1939），ユング（Carl Jung, 1875-1961）による心理学の発展が文学にも大きな影響を与えた。

▷9　28ページ，2参照。

▷10　後に桂冠詩人となるデイ＝ルイス（Cecil Day Lewis, 1904-72），スペンダー（Stephen Spender, 1909-95）が知られる。

▷11　アイルランド在住のイギリス人のこと。実質的にイギリスの植民地であった当時のアイルランドにおける支配層。

おすすめ文献

レヴェンソン，マイケル／加藤めぐみ他訳（2002）『モダニズムとは何か』松柏社。

丹治愛（1994）『モダニズムの詩学――解体と創造』みすず書房。

遠藤不比人他編（2008）『転回するモダン――イギリス戦間期の文化と文学』研究社。

A　時代背景と文学

13　20世紀後半〜現代のイギリス
——冷戦，多文化主義からEU離脱へ

1　帝国の終焉，冷戦，福祉国家へ（1945-60年）

第二次世界大戦終戦時，イギリスの国家財政は破綻の危機にあった。社会経済再建を目指し，労働党政権，続く保守党政権で，福祉国家実現に向けた社会主義的政策がとられた。労働力不足解消のために政府は植民地から多くの移民を受け入れ，社会に大きな変化をもたらした。人種関係が緊張し，1958年にはロンドンなどで暴動が起きた。国際政治においては，冷戦[1]の中でイギリスの地位は低下した。インドなど植民地の多くが独立し，1956年のスエズ危機[2]は大英帝国が過去のものであることを浮き彫りにした。

2　新しい社会秩序へ（1950-60年代）

1950年代は既存の社会構造に対する不満が高まり，新しい社会秩序を模索する動きが生まれた。その例が，主に労働者階級の若者を担い手とした，または，彼らのスタイルを模倣した，若者文化であった。特権階級の専有物であった「高級文化」に対し，「サブカルチャー」と呼ばれ，旧体制・価値観への抵抗を象徴した。文化社会改革の波は1960年代も続いた。自由で快楽的な気風が風靡し，若者や大衆を中心とする新しい文化が音楽やファッションを中心に開花した[3]。また，冷戦の深まりを背景に，反核や反戦運動も盛んになった[4]。

3　移りゆくジェンダー観

戦後の社会変革の動きはジェンダー[5]にも影響し，権利の制度保障が徐々に進んだ[6]。しかし，女性は結婚し，子供を育て，家庭を守るものという思想は根強く，女性の生き方を様々に拘束していた。そこで，性，生殖，家庭生活など，より広範な女性の自由や選択を求めた運動が白人中産階級の女性を中心に1960年代後半頃に起き，1970年代に高まりをみせた[7]。これは一般に第二波フェミニズムと呼ばれている[8]。性やジェンダーの規範の刷新が続き，1967年には同性愛が一定条件下で合法化され，2014年に同性婚が法的に認められた（北アイルランド除く）。現在も多様なジェンダー・性アイデンティティの認知が進む。

4　サッチャリズムと保守党政治（1979-97年）

1960年代から1970年代にかけて，経済が停滞し，社会全体の活力が低下する「英国病」が問題となった。1979年に保守党政権首相に就いたサッチャー（Mar-

▷1　第二次世界大戦後の地政学的緊張関係で，ソビエト連邦を中心とする共産主義圏の「東」とアメリカを中心とする資本主義圏の「西」が対立する構造。朝鮮戦争やベトナム戦争はこの二陣営の代理戦争とされるが，ソ連とアメリカの直接的な軍事対立はなかったため，「冷戦」と呼ばれる。

▷2　イスラエル，さらに，スエズ運河掌握を目論んだイギリスとフランスがエジプトを侵略したが，諸政治勢力の介入で撤退した。

▷3　今も有名なビートルズは当時国内外で人気を博した。

▷4　1958年設立の「核軍縮キャンペーン（Campaign for Nuclear Disarmament）」など。

▷5　一般的に，性を生物学的な違いとみなすのに対し，ジェンダーは文化的に規定された男性性や女性性を指す。しかし最近は，身体と文化を切り離して考えること自体を問題視する動きがある。

▷6　中絶合法化（Abortion Law Reform Act, 1967），両者の同意による離婚を認める法改正（Divorce Reform Act, 1969），教育と雇用における性差別禁止（Sex Discrimination Act, Equal Pay Act, 1975）など。

▷7　経口避妊薬が1974年に国民健康制度（National

garet Thatcher, 1925-2008）は，この状況を脱すべく，戦後以来続いた福祉国家政策を大転換した。国有の基幹産業企業の民営化，金融規制緩和，財政支出削減，税制改革などを断行し，経済回復を目指した。「鉄の女」と称される通り，しばしば強圧的な政治手法をとり，炭鉱閉鎖反対のストが長期化した際には，武力を投じた。1980年代以降，北海で発見された石油の輸出に助けられて経済が上向いたが，商業経済優先の強硬なサッチャー政治は，その後イギリスに新自由主義[9]が広まる基盤をつくったとされ，現在も評価が分かれる。

5 「新しい労働党」の時代（1997-2010年）

保守党政権に対し行き詰まりの感が高まり，1997年に労働党政権が誕生した。ブレア首相が謳う「新しい労働党」は，労働党の社会主義的伝統を離れ，新自由主義への傾倒を示した。その結果のひとつとして，国民間の経済格差や貧困が問題となった。また，「イングリッシュネス[10]（Englishness）」とは何かが改めて問われた時代であった。背景のひとつには移民増加がある。2000年頃から旧東欧圏 EU 加盟国からの移民が急増すると，反移民受け入れの世情が一部社会で高まり，戦後の多文化主義[11]の理想が揺らいだ。さらに，2003年にイラク戦争に参戦，2005年にはロンドン地下鉄テロ事件が発生し，テロの脅威が国内に及んだ。これで国内の民族・人種関係の緊張がより深まった。また，地方分権も進んだ。1998年のベルファスト合意で北アイルランド議会発足が認められ，1999年にスコットランド議会，ウェールズ議会も設立された。こうした中，イギリス社会の多様性を鑑み，「ブリティッシュネス（Britishness）」という概念・語を通して国のあり方が語られることが増えた。

6 金融危機，緊縮財政，EU 離脱（2010年-現在）

2008年の世界的金融危機はイギリスの経済にも打撃を与え，社会的動揺の中，2010年の総選挙でブラウン首相率いる労働党が破れた。続く保守・自由民主党の連立政権，キャメロン首相率いる保守党単独政権は，国家財政回復を目的に社会福祉予算を大幅に削減し，国民間の経済格差，不安定雇用や住宅不足，貧困が深刻化した。中東の戦闘地域からの移民流入は，移民をめぐる議論を活発，複雑にした。このような社会状況下，EU 残留を問う2016年の国民投票で離脱（Britain と exit（EU を「出る」の意）という語をかけて，ブレグジット（Brexit）[12]と呼ばれる）支持がごく僅差で多数（51.9％）を占めた。この結果は，年齢，階級，地域などにより分断された国の姿を露呈し，その後の EU との交渉，国政合意形成は長期困難化した。保守党離脱派ジョンソン首相のもと，2020年１月末に EU 離脱が実現したが，通商貿易，司法，労働，医療，教育など多方面での影響が心配されている。今後の進展はイギリスの将来を大きく左右しているといえるだろう。

（迫　桂）

Health Service）で広く提供されるようになり，女性の生き方に大きな影響を与えたとされる。

▶8　19世紀後半から20世紀前半の女性参政権運動が第一波フェミニズムと見なされる。

▶9　元々は19世紀の放任自由主義経済に関連する考え方が20世紀に再来したことを指した。20世紀後半以降，自由主義経済を擁護するような政策や政治思想一般に対して広く使われる。

▶10　厳密には，イングランドの文化や人の特質を指す語。このように広義に，イギリス全体を対象に使われることもある。イギリス（正式には「グレート・ブリテン及び北アイルランド連合王国（the United Kingdom）」）は，イングランド，ウェールズ，スコットランド，北アイルランドという，独自の歴史文化をもつ４つの国家から成る。

▶11　一般的には，異なる文化や民族が平等で有益な関係にありながら共存することを指す。

▶12　実際の英語の発音に近いのは「ブレクシット」。

おすすめ文献

川端康雄・河野真太郎・佐藤元状・大貫隆史・秦邦生編（2011）『愛と戦いのイギリス文化史1950-2010年』慶應義塾大学出版会。

ストーリー，M.・チャイルズ，P. 編／塩谷清人監訳（2013）『イギリスの今——文化的アイデンティティ（第４版）』世界思想社。

Christopher, David. P. (2015), *British Culture: An Introduction*, 3rd edn., Routledge.

A　時代背景と文学

14　20世紀後半～現代の文学
――多様化する文学

1　文学と社会批評

文学は多かれ少なかれ社会批評の要素を持つものであるが，戦後イギリスでは，その傾向が強まる時期がいくつか存在する。1950年代には戦後社会変化の中，「ムーブメント」と呼ばれる新しい文学潮流が生まれた。抽象的で神話的なモダニズム文学に対し，写実性や実証性を重視するもので，本書第Ⅱ部で紹介するヒューズやダフィの他，著名な詩人に様々な影響を与えたとされる[1]。小説や演劇の分野では「怒れる若者たち[2]」と称された若手の作家らが，硬直した社会構造に対する不満を表す作品を発表した。特に労働者階級の生活を描くリアリズム作品が多かった。また，国際秩序の変化，国内の政治・文化風土の変容により，「イングリッシュネス[3]」を問う気風も強まった。特に，戦後イギリスの転換点とされるサッチャー政権時代は，社会批評性の高い作品を生んだ[4]。

2　ポストモダン文学

1960年代以降，西欧文化圏において，ポストモダニズムと呼ばれる新しい芸術・文化実践が広まった。誕生の背景には，資本主義市場経済と消費文化の発達など，当時の歴史的状況があるとされる。芸術を日常から自立したものと捉えたモダニズムに対し，芸術を消費資本主義経済の一部とみなし，皮肉で懐疑的なアプローチをとる。同様に，「真実」や「歴史」の絶対性についても懐疑的である。文学においては，同時期に発展する言語理論[5]の影響も大きく，文学作品を固定の意味が内在しない言語構築物と捉え，リアリズムの伝統的な前提を問う動きを生んだ。自らの虚構性を前景化する「メタフィクション[6]」や，他のテクストへの直接的・非直接的言及を含む「間テクスト性[7]」を駆使した実践が例にある。過度の相対主義との指摘も招き，1990年代以降はリアリズム回帰や，モダニズム文学の現代性を再考する動きがみられる。

3　第二波フェミニズム，ポスト・フェミニズム文化

第二波フェミニズムは，思想として，また，文学実践として，男性中心的な文学・出版界に大きな影響を与えた。すでに1960年代にドラブル（Margaret Drabble, 1939-）や本書で紹介するバイアット（Antonia Susan Byatt, 1936-），レッシング（Doris Lessing, 1919-2001）らが女性の限られた生き方を主題とする小説を出版していたが，1970年代以降，女性作家による作品や，女性の生活を主

▷1　他には，ラーキン（Philip Larkin, 1922-85），ベッチマン（John Betjeman, 1906-84），モーション（Andrew Motion, 1952-）など。

▷2　エイミス（Kingsley Amis, 1922-96），ウェイン（John Wain, 1907-79），シリトー（Alan Sillitoe, 1928-2010），ストーリー（David Storey, 1933-2017），ブレイン（John Braine, 1925-94）らが有名。

▷3　27ページ，▷10参照。

▷4　ドラブルの『光輝く道』（*The Radiant Way*, 1987），コー（Jonathan Coe, 1961-）の『何たるこま切れ！』（*What a Carve Up!*, 1994），マンテル（Hilary Mantel, 1952-）の「マーガレット・サッチャーの暗殺――1983年8月6日」（"The Assassination of Margaret Thatcher—August 6th 1983", 2014）など。

▷5　言語が世界を客観的に示す伝達媒体として扱われることが一般的であったのに対し，言語が人間の認識，経験，思想形成に果たす役割を改めて見直し，理論化する動き。現代批評理論の多くに通底する。詳しくはおすすめ文献『文学理論講義』第2，3章を参照。

▷6　41ページ，▷12参照。

▷7　190ページ，▷4参照。

▷8　映画や演劇作品も複

題とした作品の出版が増え，フェミニスト出版社も生まれた[8]。さらに，ジェンダーと階級，人種，民族などの複層的な関係性も重視されるようになった。1990年以降はポスト・フェミニズムと呼ばれる文化が現れた。それまでのフェミニズムと異なる方向性を示し，個人主義的で消費者としての主体を重視する傾向が顕著である。この傾向を反映した文学作品も生まれた（下記 5 参照)。

4 国家《ネーション》，ポストコロニアリズム，「英語文学」

イギリス社会で「ブリティッシュネス」が議論されるようになった（27ページ 5 参照）のと同様に，20世紀後半は「イギリス文学」というカテゴリー自体が揺らぎ始めた時代である。過去の植民地政策や移民増加は，現代イギリスの国としてのアイデンティティのあり方を複雑にした。文学においても，イギリス社会の多様性，そこに潜む曖昧さや矛盾に対する関心が高まった。代表例が，ポストコロニアリズムと呼ばれる文学・知的動向で，過去の植民支配の影響は現在もあらゆる形で残るとし，これらの影響を検証するものである。民族文化的遺産とアイデンティティの問題は，移民（特に英連邦出身の移民），その子孫の多くが直面する問題で，これを主題とする作品が多数発表されている[9]。さらに，スコットランド，ウェールズ，コーンウォールの文学も，独自の文学として注目されている。こうして，民族文化の違いが認識され，人の移動が活発化し，文化の国境が曖昧になった結果，作家の出身地ではなく，作品が英語で書かれていることを基準とする「英語文学」というカテゴリーも登場している。

5 現代文学のあり方

現代文学で顕著なのが，ジャンルの境界が曖昧になり，多様化していることである。「児童文学」の枠を超え大人も魅了した『ハリー・ポッター』シリーズが好例である。10代向けのヤング・アダルトのジャンルも人気である。20-30代の（主に独身）女性の生活を描くチック・リット（chick lit）はポスト・フェミニズムの産物ともいわれ，フィールディング（Helen Fielding, 1958-）作『ブリジット・ジョーンズの日記』(*Bridget Jones's Dairy,* 1996）は典型例とされる。純文学と大衆文学ジャンルの境界を超越する作家も増えており，本書第Ⅱ部で紹介するレッシング，ストッパード，イシグロ，アトキンソンがよい例である。

また，環境破壊，人口高齢化，科学技術や医学の進歩，それに伴う倫理問題，社会・個人生活の不確実性の高まりなど，現代世界特有の現実を扱う作品も増えている。文学出版も，市場原理により大きく変化している。各種文学賞[10]や文学作品の映像化は文学作品の商業的成功を左右するといわれる。各地で開催される文学祭は，作家本人が作品を宣伝するだけでなく，読者と直接出会う場となっている。

（迫　桂）

数ある。第二波フェミニズムの世代の有名な作家として，本書で紹介するカーター（Angela Carter, 1940-92）やウェルドン（Fay Weldon, 1931-）が挙げられる。第三波フェミニズムと呼ばれる世代では，レズビアンの関係やヴィクトリア朝を舞台とする小説で有名なウォーターズ（Sarah Waters, 1966-）が挙げられる。

▷9　通常，旧植民地と関係の深い作家で，本書で紹介するナイポールやラシュディの他，クレイシ（Hanif Kureishi, 1954-）やアリ（Monica Ali, 1967-）らが有名。

▷10　マン・ブッカー賞が有名。1968年設立。英連邦，アイルランド，南アフリカの作家の英語作品が対象であったが，2014年からイギリスで出版される全英語作品が対象となった。

おすすめ文献

バリー，P.／高橋和久監訳（2014）『文学理論講義——新しいスタンダード』ミネルヴァ書房。

高橋和久・丹治愛編著（2020）『20世紀「英国」小説の展開』松柏社。

Davies, Alastair and Sinfield, Alan (2000), *British Culture of the Post-War: An Introduction to Literature and Society 1945-1999,* Routledge.

James, David, ed. (2015), *The Cambridge Companion to British Fiction since 1945,* Cambridge University Press.

Boxall, Peter, ed. (2019), *The Cambridge Companion to British Fiction : 1980-2018,* Cambridge University Press.

B　ジャンルの変遷

15 詩の歴史

1 詩とは何か

「詩（poetry）」とは一体どのようなジャンルなのだろう。定義は案外難しい。「韻文体小説（verse novel）」「劇詩（dramatic poem）」「詩劇（poetic drama）」といったものもあるから，小説や演劇といった他の文学ジャンルとの区別が厳密にはしにくいところがある。「散文（prose）」に対して「詩」「韻文（verse）」という図式化もしばしばなされるが，中間に「散文詩（prose poem）」なるものが入り込み，二項対立はもろくも崩されてしまう。そもそも詩と韻文にしても決して同一のものではなく，前者は広義の詩全てを含むのに対し，後者は韻律など一定の形式的要件を備えた作品のみを指す。とすると，韻文体で書かれていない詩，例えば「自由詩（free verse）」などは，詩ではあるが韻文ではないということになる。これは困った。詩を定義しようとすると必ずといっていいほど例外が現れて，明確な線引きを阻んでしまうではないか。

では詩は何でも呑み込むブラックボックスなのかというと，そういう訳でもない。劇詩・詩劇は別として，上に挙げた韻文体小説や散文詩，自由詩などは主に近代の産物である。もともとは古代ギリシア以来の伝統的文学観が詩のありようをある程度明確に規定していた。さらにいえば，文学史的に見れば詩・演劇・小説という文学の三ジャンルは全て詩を基底に置いており，演劇はもともと詩として韻文体で書かれる場合が多かったし，小説は詩（特に叙事詩）から派生した新ジャンルだともいえる。現在，詩の輪郭がつかみにくく感じられるのは，近代以降，詩の特権的位置が相対化された結果だと見てよいだろう。つまり，伝統的・権威的な文学観が弱まるとともに，詩の外延が一気に広がり，それまで詩とはみなされにくかったようなものも詩を名のることが出来るようになったともいえるのだ。

ならばまずはイギリス詩の歴史を整理するにあたっても一旦古代ギリシアにまで立ち返って考える必要がある。とりわけ後世まで強い影響を及ぼしたのは，哲学者アリストテレス（Aristotle/Aristoteles, 384BC–322BC）による『詩学』（*Poetics/Peri poietikes,* 335BC 頃）だ。そこでの主張によれば，詩は「抒情詩（lyric）」「叙事詩（epic）」「劇詩（dramatic）」に分類されるという。抒情詩とはもともと竪琴の音にあわせて歌われたもので，主に一人称で心の内面を語るタイプの詩である。それに対して叙事詩は，神々や英雄が中心となって繰り広げる出来事（神話や歴史）に視点を置いた物語ベースの作品だ。劇詩においては特に悲劇が重要であり，抒情詩や叙事詩よりも上位に位置付けられている。これは詩の内容面に焦点を当てた分類法だが，古代ギリシア以来の伝統の影響下にあるヨーロッパ文学において基本となる考え方である。

また「抒情詩」「叙事詩」「劇詩」という区分とゆるやかに重なりつつ，別種の存在感を持つのが「牧歌（pastoral）」「農耕詩（georgics）」「叙事詩（epic）」という分類である。牧歌は羊飼いの生活を扱い，農耕詩は文字通り農業を題材とした詩である。後にいくほど詩としての格が上がるとされ，ローマ建国叙事詩『アエネーイス』（*Aeneid*, 30?BC-19?BC）の作者であるウェルギリウスがこの順番で詩作したことから，後世の詩人たち（イギリス文学においてはスペンサーやミルトンなど）もそれにならって書き進めた。つまり，詩のサブジャンルは横並びなのではなく，歴史画を最高位として下に肖像画，風俗画などを位置付ける絵画観にも似たヒエラルキーが，歴史的・伝統的には存在するのである（こうしたヒエラルキーの影響力は現在ではあまり見られない）。

2 イギリス文学における詩の流れ——古英語期からルネサンス期まで

詩の成立は文字以前にまでさかのぼるものである。したがって，失われた口承詩をイギリス詩の遠い祖先として想定することは可能だが，現実的には文字テクストが残っている古英語の詩が現在にまで至るイギリス詩の起源ということになろう。

とはいうものの，『ベオウルフ』（*Beowulf*）をはじめとする古英語詩は，中英語期以降の詩と比べてかなり異質なものである。古英語の言語的特性は脇に置いて形式面に焦点を当てると，韻において「頭韻（alliteration[◁1]）」が主として用いられ，韻律においては「強勢主体の韻文（accentual verse[◁2]）」が中心的位置を占めていたことが見えてくる。

これがノルマン征服（1066）以降，ラテン語文学やラテン語系統の俗語（フランス語やイタリア語）文学の影響のもとに中英語詩が徐々に成立し，「脚韻（rhyme[◁3]）」と「音節主体の韻文（syllabic verse[◁4]）」中心の詩法が広く普及していくことになる。当時の文化的先進地域の詩から影響を受け，イギリス詩をそれに似せていった結果といえよう。中英語期を代表する作品といえばチョーサーの『カンタベリ物語』（*The Canterbury Tales*, 1387-1400）が挙げられるが，形式面はもちろんのこと内容面についても，イタリア文学（例えばボッカッチョ（Giovanni Boccaccio, 1313-75）の『デカメロン[◁5]』（*Decameron*, 1349-1353頃））などの影響を色濃く反映している。

イタリア文学およびフランス文学からの影響は，初期近代英語の成立後も続いていくが，その中で特に注目したいのはルネサンス期からイギリスにおいても流行した「ソネット（sonnet）」の移入プロセスだ。これはもともと13世紀にシチリアで生まれた14行の押韻定型詩である。それが14世紀のイタリアで洗練

▷1　詩の一行（あるいは数行）の中での同音反復のこと。特に語頭で，同じ子音が2回以上繰り返される場合を指す。

▷2　一行あたりの音節数はまちまちかもしれないが，各行に置かれる強勢の数については複数行にわたって同一の韻文のこと。

▷3　8ページ，▷2参照。

▷4　一行あたりの音節数を揃え，音節ごとに音の強弱をつける韻文のこと。

▷5　ペストを逃れてフィレンツェ郊外のヴィラに滞在する10人の若者が語り合うという設定を持つ計100話の物語集。

され，16世紀になるとワイアット（Thomas Wyatt, 1503-42）らが英語で書きはじめるようになった。英語ソネットの白眉はスペンサーの『アモレッティ』（*Amoretti*, 1595）とシェイクスピアの『ソネット集』（*Shakespeare's Sonnets*, 1609）であるが，両者の違いは形式面においては脚韻のパターンに現われている。スペンサーはイタリア式の押韻規則を踏襲した。それは語尾のバリエーションが英語より少なく，脚韻を比較的踏ませやすいイタリア語ならではのもので，英語での詩作の際には大きな足枷となってしまう。そこでシェイクスピアはイタリア式よりも押韻規則がゆるいパターンを用いてソネットを創作した。もちろんスペンサーのようにある程度忠実に規範にしたがうのもよいが，他方でシェイクスピアのように英語の特性にあわせて柔軟に変容させて移入するのもひとつの受容方法だといえる。他言語の文学からの影響の受容は，決して透明かつ機械的にはなされないことを示す好例である。

3　イギリス文学における詩の流れ――ルネサンス期から現代まで

ルネサンスとは古典ギリシア期の文学・美術・学芸の復興運動であるが，それは英詩の世界にも豊かな影響を及ぼした。ギリシア神話・文学のモチーフが集中的に導入されるようになったのである（影響下にある代表的な作品としては，シドニーの散文ロマンス『アーケイディア』が挙げられる）。その流れは18世紀にはポウプらの新古典主義へと継承されていき，古代ギリシア的な理性や全体的調和に主眼を置く文学潮流が花開いていった。なお，ルネサンスから新古典主義にかけての展開は汎ヨーロッパ的なものであり，イギリスにおける動きもその中に位置付けられる。他方で，そうした運動と部分的に重なりつつも，16世紀以降プロテスタント化したイギリス社会の状況を反映するかのように，厳格なキリスト教信仰に基づく作品も書かれていく。とりわけ清教徒であるミルトンの『楽園の喪失』は徹底的にキリスト教文脈の叙事詩であるという意味において注目できる。

新古典主義が汎ヨーロッパ的な文学潮流だったとすれば，18世紀末以降に展開されたロマン主義はヨーロッパ各地で同時並行的な盛り上がりを見せつつ，それぞれの国民意識を濃厚に反映させた運動であったといえよう。1789年に勃発したフランス革命に刺激を受け，理性よりも感情を重視する芸術的意識が高まった，というところまでは各国で割合共通しているが，イギリスにはイギリスらしいロマン主義の立ち上がり方があった。それはひとつには，ワーズワース（Willam Wordsworth, 1770-1850）とコウルリッジ（Samuel Taylor Coleridge, 1772-1834）の手による『抒情民謡集』（*Lyilical Ballads*, 1798）に見られるような「バラッド（ballad）[6]」などの民衆詩への傾倒や，湖水地方をはじめとするイギリス国内の土地への強い関心といったかたちをとっている。もちろん，ロマン主義詩人の中にもバイロンのように汎ヨーロッパ的に名声を博した詩人もいる

▶6　伝承された抒情的な物語詩のこと。しばしば曲をつけて歌われた。

が，彼にしても故郷イギリスへの郷愁は隠さない。もっとも，モダニズム以降確立し，詩の批評・研究に多大なる影響を与えた「抒情詩中心主義」的視点において見過ごされてしまった新古典主義風の詩も同時期に書かれており，新古典主義とロマン主義のあいだの連続性も無視出来ないものがある。

ロマン主義以降の19世紀詩においても，国民意識あるいは「イングリッシュネス◁7（Englishness）」が時に強まる傾向がある。ロセッティ（Dante Gabriel Rossetti, 1828-82）を中心とする詩人・画家のグループであるラファエル前派◁8がそうしたように，アーサー王伝説などの身近で国民的な物語を扱うことで新たな芸術作品の購買層である新興中産階級の歓心を買おうとした，という事情もあるようだ。

20世紀に入ると再度国際的な詩の潮流であるモダニズムが勃興する。主導したのはパウンド（Ezra Pound, 1885-1972），T. S. エリオット（Thomas Sterns Eliot, 1888-1965），イェイツ（William Butler Yeats, 1865-1939）など，アメリカやアイルランドからの移入組の詩人たちであった。中でもT. S. エリオットに特徴的なのは，古典主義的な感性を持ち，イギリス一国を超えるヨーロッパの文学的伝統の中で創作をしようという意識がはたらいていた点である。また，あくまでヨーロッパ中心主義的でありながらも，インドなど非ヨーロッパの文学的伝統とも接続しようとする試みがなされたことも注目に値する。さらには，それまであまり顧みられることのなかった17世紀の詩人ダンを初めとする「形而上派詩人◁9」の再評価を行い，イギリス文学史の読み直しも行ったのも彼の偉大な業績のひとつである。

モダニズム以降（また，モダニズムと同時期にも），「イングリッシュネス」を前面に打ち出した詩はふたたび反動のように書かれるようになった。そのひとつの流れは，第一次世界大戦期の戦争詩人のうちの何人かを含むジョージアン（ジョージ王朝時代）詩人（Georgians）に見ることが可能である。20世紀後半以降は，多文化社会となったイギリスの現状を反映するように多種多様な背景を持った詩人たちが活躍するようになってきている。例えば，バルバドス出身の父とジャマイカ出身の母のもとバーミンガムで生まれたベンジャミン・ゼファナイア（Benjamin Zephaniah, 1958-）は現代イギリス詩の多様性を支える一人である。また，同時に忘れてはならないのは，並行して女性詩人の存在感が高まったことである。ようやく2009年になってダフィ（Carol Ann Duffy, 1955-）が女性として初の桂冠詩人◁10に選ばれたことからも分かるように，これまでの英詩の歴史における女性詩人の扱いは不当なものだった。決して女性詩人がいなかった訳ではない。イギリス白人男性がつくってきた文学史において，彼女らの存在はほんの一部を除き軽視あるいは無視されてきたのだ。現在，批評・研究の世界で，過去の女性詩人たちを再評価する動きが進められている。

（田代尚路）

▷7　27ページ，▷10参照。

▷8　21ページ，▷5参照。

▷9　12-13ページ，3参照。

▷10　13ページ，3参照。

おすすめ文献

志子田光雄（1980）『英詩理解の基礎知識』金星堂。

イーグルトン，テリー／川本皓嗣訳（2011）『詩をどう読むか』岩波書店。

阿部公彦（2007）『英詩のわかり方』研究社。

B　ジャンルの変遷

16 演劇の歴史

1 聖史劇

イギリスの演劇は中世から現代に至るまで，国内外の政治・文化の影響を受けて，上演形態やその世界観が大きく変化してきた。17世紀半ばには公の場で演劇上演が禁止された20年弱の空白期間さえ存在した。主要な作品を取り上げながら，演劇文化の変遷をたどってみよう。

イギリスにおける最初の大規模な演劇上演は14世紀から16世紀まで演じられた聖史劇である。これは聖体祭[1]を祝って町ぐるみで旧約・新約聖書の主なエピソードを上演する演劇イベントであった。ヨークやウェイクフィールド[2]といった町の台本写本が現存している。上演は野外で行われ，舞台は可動式山車あるいは仮設舞台が使われた。町の職人組合が職種に関連するエピソードを担当することがあり，例えばヨークでは「キリストの磔刑」は釘屋組合が担当した。聖書を扱うものの，民衆の日常性を盛り込む趣向もうかがえる。ウェイクフィールドの「第二羊飼い劇[3]」は，天使による羊飼いへのキリスト誕生の知らせを扱うが，その前に，盗んだ羊を自分たちの赤子だと偽る羊泥棒マックと妻，そしてその羊を探す羊飼いたちとの喜劇的なエピソードがある。聖史劇は祝祭性や虚構性が強いが，最後の審判や神の救済を描くという点で，観客の究極の現実や未来を捉えており，こうした虚構と真実との融合に特徴がある。プロテスタントが嫌う，信仰対象の物理的表象といったカトリック的性質を持っていたため，国教会設立後に徐々に弾圧され，エリザベス朝末には上演されることがなくなった。

2 道徳劇・インタルード

聖史劇と平行して15世紀から発展したジャンルに道徳劇がある。これらはキリスト教の道徳観に基づくメッセージ性を持ち，特定の個人ではなく抽象概念を登場人物とした。『万人』[4]（作者不詳，*Everyman*, 1500頃）において，主人公「万人」は死への旅に向かうことになるが，「友情」や「財産」たちは旅に付いて来ず，途中まで同行した「力」や「分別」たちも墓に近づくと去り，結局，墓に共に入るのは「善行」のみとなる。『人間』（作者不詳，*Mankind,* 1465-70頃）では「人間」の魂を自分の側に引き入れようとする「慈悲」と悪魔ティティヴィルスが現れ，「人間」は後者の策略に騙された後，最終的には前者に救われる。ティティヴィルスのような登場人物は悪徳（Vice）と呼ばれる型で，

▷1　ローマ教皇ウルバヌス4世（Urbanus IV, 1200?-64）によって提唱された祝日。三位一体の日曜後の木曜に設定され，最後の晩餐でキリストがパンを自分の身体に，ワインを自分の血に聖別したことを祝う。

▷2　共にイングランド北部の町。

▷3　これを含む一連の聖書劇は，18世紀の写本所有者の名を冠してタウンリー・サイクルと呼ばれる。おそらくウェイクフィールドで上演された。

▷4　『万人』はオランダの『エルカリック』（*Elkerlijc*, 1470頃出版）の翻訳と見なされている。

▷5　古代ローマの喜劇作家。奴隷階級出身。

▷6　古代ローマ，後期ストア派の哲学者，劇作家。

▷7　作者は，共に詩人，政治家であったノートン（Thomas Norton, 1532-84）とサックヴィル（Thomas Sackville, 1536-1608）。

▷8　作者は劇作家，ラテン語教師のユーダル（Nicholas Udall, 1504-56）。

▷9　現存する当時の劇場スケッチは8ページ，▷7

観客に話しかけたり物語を展開したりするなど演劇的な魅力を持ち，シェイクスピア演劇を含む後世の作品でも活用された。同時期にインタルードと呼ばれる演劇も上演された。道徳劇との違いは明確ではないが，名前を持つ特定の人物を扱うものをインタルードと呼ぶことが多い。16世紀半ばになると古代ローマのテレンティウス[5]（Publius Terentius Afer, 195?BC-159?BC）やセネカ[6]（Lucius Annaeus Seneca, 4?BC-AD65）の影響を受けて構成や人物造形は複雑になり，喜劇や悲劇と呼べる作品へと発展していった。例えば喜劇には『レイフ・ロイスター・ドイスター[7]』（*Ralph Roister Doister*, 1553頃）が，悲劇には『ゴーボダック[8]』（*Gorboduc*, 1561）がある。

3 エリザベス朝の公衆劇場

道徳劇やインタルードは広場や宿屋の中庭で演じられていたが，1576年に本格的な常設劇場がロンドン市の北郊外に建てられた。シアター座（The Theatre）と名付けられたこの劇場は中央が大きな吹き抜けになっており，上演は自然光のもと，観客の中に張り出した（つまり三方から観客に囲まれる）舞台で行われた。この後，公衆劇場（public playhouse）と呼ばれる同様の建物が多く建てられた[9]。2000-3000人収容したと考えられ，舞台を囲む立ち見席が安価であったことから，ロンドンの多様な階層が観劇した。公衆劇場の演目は，しばしば宮廷でも上演された。こうした中，頭角を現したのがマーロウ（Christopher Marlowe, 1564-93）など大学才人[10]と呼ばれる大学出身の作家たちであった。マーロウは力強いブランク・ヴァース[11]の台詞を使って，中央・西アジアを征服するタンバレイン大王（ティムール）を主人公にする等，スケールの大きい劇世界を展開した。1590年代からはシェイクスピア（William Shakespeare, 1564-1616）が活躍する。言葉の力とその限界や，人間存在の演劇性を示しつつ，観客によって様々に捉え得る劇世界を生み出し，当時の，そして後世の演劇に多大な影響を与えた。少し遅れて活躍したB.ジョンソン（Ben Jonson, 1572-1637）は西洋古典劇の影響を受けながら，『ヴォルポーネ』（*Volpone*, 1606）などロンドン社会を諷刺する喜劇を執筆した。特に1603年のジェイムズ1世即位後，ジョンソンは公衆劇場だけでなく少年劇団[12]の室内劇場上演や，宮廷仮面劇[13]の戯曲も数多く執筆した。ジョンソンの宮廷仮面劇では建築家ジョーンズ（Inigo Jones, 1573-1652）が大がかりな舞台装置や遠近法を持った背景幕を導入し，王政復古期以降の室内上演の先駆けとなった。ジョンソンと同時期にボーモント[14]（Francis Beaumont, 1584-1616）とフレッチャー[15]（John Fletcher, 1579-1625）による共作の悲喜劇や，ウェブスター[16]（John Webster, 1580?-1632?）の華やかな修辞とグロテスクな世界観を持つ悲劇が人気を博した。エリザベス朝とジェイムズ朝は数多くの傑作戯曲が生み出されたイギリス演劇の黄金期であった。チャールズ1世期（1625-49）になるとシャーリー[17]（James Shirley, 1596-1666）等が活躍したが，1642年には

を参照。

▶10　9ページ，▶8参照。

▶11　「16世紀の文学」の項目（8-9ページ）2を参照。

▶12　セント・ポール少年劇団やチャペル・ロイアル少年劇団など，小さな室内劇場を使い，少年だけで全登場人物を演じる劇団。

▶13　宮廷など室内において，仮面を付けた役者が神話的あるいは寓意的物語を上演する演劇ジャンル。上演最後のダンスには仮装した貴族の観客も参加することがあった。

▶14　劇作家。単独作には『輝けるすりこぎの騎士』（*The Knight of Burning Pestle*, 1607頃）などがある。フレッチャーと『フィラスター』（*Philaster*, 1609頃）など10篇近くの悲喜劇を共作した。

▶15　『ヘンリ8世』（*Henry VIII*, 1613）など，シェイクスピアとも共作している。

▶16　劇作家。代表作に『モルフィ侯爵夫人』（*The Duchess of Malfi*, 1614頃）。

▶17　悲劇・喜劇・ロマンス劇・仮面劇など約40編にわたる戯曲を執筆した。代表作に喜劇『快楽夫人』（*The Lady of Pleasure*, 1635）がある。

▶18　劇作家，詩人。他の作品に音楽劇『ロードス島包囲第1部・第2部』（*The Siege of Rhodes*, Part 1 1656；Part 2, 1659頃）などがある。1638年に桂冠詩人となっている。

▶19　劇作家。代表作に『牧師の結婚』（*The Parson's Wedding*, 1641）。

▶20　舞台が観客席に突き出ず，観客が，絵画を額縁

国王と議会が対立する内乱（清教徒革命）が起こり，全劇場が閉鎖された。

4 王政復古演劇

革命の中心的存在であったクロムウェル（Oliver Cromwell, 1599-1658）が没すると，1660年のチャールズ２世（Charles II, 1630-85）の即位で王政が復古し，演劇上演は再開された。しかし1642年までの演劇とは様々な点で性質を異にした。王室が亡命していたフランスの演劇の影響を受けたこと，ダヴェナント[18]（William Davenant, 1606-68）とキルグルー[19]（Thomas Killigrew, 1612-83）の二人のみに上演の認可が与えられたこと，半野外の公衆劇場から小さな室内劇場（500人程度の収容）へと移り，張り出し舞台から額縁舞台[20]に近づいたこと，職業的女優が登場したこと，上流階級の観客を上演対象にしたこと等が挙げられる。作品としてはドライデン[21]（John Dryden, 1631-1700）の壮大な『グラナダの征服』二部作[22]（*The Conquest of Granada*, 1670, 71）などの英雄劇が一時流行した。しかし後世への流れをつくったのは風習（風俗）喜劇であった。ここでは，恋愛に走る既婚者，見栄を張る男女，洒落者など，お決まりの登場人物が登場する。自分の状況や性格が何であれ，機知にあふれた台詞を語る，あるいは語ろうとする点に言葉と演技性の面白さがある。ただし登場人物の不道徳な行いはしばしば批判の的となった[23]。人気を博した作品としてはウィッチャリー[24]（William Wycherley, 1641-1716）の『田舎女房』（*The Country Wife*, 1675）が挙げられる。少し後のコングリーヴ[25]（William Congreve, 1670-1729）の『世の習い』（*The Way of the World*, 1700）では性的な放縦さよりも人物造形や言葉の喜劇性が深められた。王政復古期より観客の趣向や劇場形態に合わせたシェイクスピア作品の翻案も始まった。ダヴェナントの『マクベス』（*Macbeth*, 1664頃）では舞台のスペクタクル性や女性登場人物の重要性が高められ，テイト[26]（Nahum Tate, 1652-1715）の『リア王』（*The History of King Lear*, 1681）ではリアは死なず，末娘コーディリアは結婚するというハッピーエンドで終わる。その後『マクベス』はダヴェナント版で80年間近く，『リア王』はテイト版で150年間近く上演されることになる。

5 18世紀から19世紀へ

18世紀になると上流階級だけでなく裕福な市民階級にも観客層が広がり，劇場数も増え，収容数が2000人を超える劇場も作られた。風習喜劇の伝統は生きていたが，一定の道徳性を保つようになる。現代でもしばしば上演される作品にゴールドスミス[27]（Oliver Goldsmith, 1728-74）の『彼女は頭を垂れて征服する』（*She Stoops to Conquer*, 1773）やシェリダン[28]（Richard Brinsley Butler Sheridan, 1751-1816）の『悪口学校』（*The School for Scandal*, 1777）がある。他のジャンルでは，ゲイ[29]（John Gay, 1685-1732）の『乞食オペラ』（*The Beggar's Opera*,

を通して鑑賞するように，正面のみから舞台を見る劇場。

▶21　劇作家，詩人，批評家。『劇詩論』（*Of Dramatick Poesie*, 1668）はイギリス初の演劇批評論。1668年から88年まで桂冠詩人。

▶22　弱強５歩格（５ページ，▶６参照）の韻律を持ち，２行ごとに脚韻を踏む，英雄対韻句（heroic cooplet）という詩形で格調高く書かれている。

▶23　聖職者コリアー（Jeremy Collier, 1650-1726）による批判パンフレットが有名である。

▶24　劇作家。他の作品にフランスの劇作家モリエール（Molière: Jean-Baptiste Poquelin, 1622-73）の『人間嫌い』（*Le Misanthrope*, 1666）を基にした風習喜劇『率直な男』（*The Plain Dealer*, 1676）などがある。

▶25　劇作家，詩人，政治家。1693年から1700年まで５つの喜劇で人気を博したが，劇作からは本作で引退。

▶26　アイルランドに生まれ，後にロンドンで劇作家，詩人として活躍した。1692年に桂冠詩人となった。

▶27　アイルランドに生まれ，後にロンドンで活動した詩人，小説家，劇作家。他の作品に小説『ウェイクフィールドの牧師』（*The Vicar of Wakefield*, 1766）などがある。

▶28　劇作家，政治家。他の作品に風習喜劇『恋敵』（*The Rivals*, 1775）などがある。1780年から1812年まで庶民院議員。

▶29　詩人，劇作家。他の作品に本作の続編『ポリー』（*Polly*, 1729（出版），1777（初演））などがある。

1728）というミュージカルの先駆けとも呼べるバラッドオペラ[30]が人気を博した。主人公は英雄ではなく盗賊マクヒースで，歌と台詞でオペラや政治を諷刺しながら，裏社会のボスとの確執や，その娘との恋愛が小気味よく展開する。18世紀の演劇人として注目すべきはギャリック（David Garrick, 1717-79）である。名優，劇作家であるだけでなく，ドゥルーリ・レイン劇場（The Theatre Royal, Drury Lane）の経営者でもあり，フランスから美術家を招へいし舞台装置や蠟燭照明に革新をもたらした。ギャリックの後もケンブル[31]（John Philip Kemble, 1757-1823）など多才な役者兼劇場主（アクター・マネジャー）が多く現われた。

6 19世紀から20世紀へ

19世紀になると観客層は市民階級においてさらに広がり，歌や音楽を多用した勧善懲悪のメロドラマが主流となる。この時代の特筆すべき革新は照明効果であった。それまで使われてきた蠟燭やオイルランプが19世紀半ばにガス灯に変わり，光量が増しただけでなく，細かな調整も可能になり，反対に観客席は暗くなった[32]。20世紀に電気照明が導入されるとこの傾向は加速した。この時期の注目すべき作品としてはまずワイルド（Oscar Wilde, 1854-1900）の『真面目が肝心』（*The Importance of Being Earnest*, 1895）が挙げられる。機知や警句，そしてそれらのパロディにあふれるだけでなく，現実と虚構とが絡み合い，20世紀の自意識的な演劇の先鞭ともいえる。一方で，ショー（George Bernard Shaw, 1856-1950）はノルウェーの劇作家イプセン[33]（Henrik Johan Ibsen, 1828-1906）の演劇に影響を受け，社会に問題を提起する作品を多く発表した。20世紀において全世界の演劇に衝撃をもたらしたのはベケット（Samuel Beckett, 1906-89）の『ゴドーを待ちながら』（*En attendant Godot*, 1953; *Waiting for Godot*, 1955）である。通常の演劇とは異なり，劇中人物が自分の状況や因果関係を把握できないだけでなく，観客もそれらについて知らされないまま作品は終わる。こうした性質は二つの大戦後の世界を反映するとともに，戯曲表現の可能性も大きく広げた。ピンター（Harold Pinter, 1930-2008）やストッパード（Tom Stoppard, 1937-）など多くの劇作家がベケットの影響を受けている。照明や装置が複雑化するにつれて演出家の役割が大きくなったことも20世紀の特徴である。そのような流れの中で革新的だったのはブルック[34]（Peter Brook, 1925-）演出のシェイクスピア作『夏の夜の夢』公演（1970）である。真っ白な舞台でサーカスの趣向を使い，演劇の力とは，必ずしも大掛かりな舞台装置にあるのではなく，言葉と役者の身体，そして観客の想像の中に存在することを再認識させた。イギリス演劇はこのように500年以上にわたり様々な作品を生み出し，過去の作品も再演・再演出してきた。今後もこうした脚本や上演を通して人間や社会に鏡を掲げ続けることであろう。

（桒山智成）

▶30　オペラの歌や流行歌の替え歌と，音楽を伴わない台詞で進行する音楽劇。

▶31　当たり役に，姉のシドンズ（Sarah Siddons, 1755-1831）と共演したシェイクスピアの『マクベス』の表題役などがある。ドゥルーリ・レイン劇場ならびにコベント・ガーデン劇場を運営した。

▶32　アクター・マネジャーであるアーヴィング（Henry Irving, 1838-1905）はライシアム劇場でガス灯による照明を導入し，舞台効果として活用した。

▶33　『人形の家』（*Et Dukkehjem*, 1879）など社会劇によって近代演劇を確立した。

▶34　王立シェイクスピア劇団（RSC）で数多くの演出を手がけた後，パリに拠点を移し活動を続けている。『何もない空間』（*The Empty Space*, 1968）など演劇論も執筆している。

おすすめ文献

喜志哲雄（2003）『英米演劇入門』研究社。

喜志哲雄監修／圓月勝博・佐々木和貴・末廣幹・南隆太編（2009）『イギリス王政復古演劇案内』松柏社。

松田隆美編（1998）『イギリス中世・チューダー朝演劇事典』慶應義塾大学出版会。

川島健（2016）『演出家の誕生——演劇の近代とその変遷』彩流社。

Dutton, Richard, ed. (2009), *The Oxford Handbook of Early Modern Theatre*, Oxford University Press.

B　ジャンルの変遷

17 小説の歴史

1 18世紀――市民社会の誕生と小説の起こり

今日小説として知られるものは，いわゆる近代小説である。イギリスにおける近代小説の起こりは18世紀のことであり，17世紀までの時代に書かれた散文が聖書の世界とそれに依拠する人の営みを描く宗教的散文であったのに対し，特定の社会や環境における人間同士の関係性や個人の思考・感情・行動・経験などを主題としている点に特徴がある。

このように散文の性質が変化した背景には，17世紀半ばから末にかけて清教徒革命（1642-60），名誉革命（1688-89）という二つの市民革命が起こり，その結果，18世紀に市民社会が成立したという事情がある。1695年，それまで市民の自由な思考を制限するために敷かれていた出版統制令が解かれると，新聞をはじめとする定期刊行物が次々と創刊・出版されるようになった。貴族に対抗して勢力を増してきた市民階級（ブルジョワジー）の生業は主に商業であったので，こうしたジャーナリズムの隆盛は実利を重んじる彼らに益するところが大きかった。彼らはやがて英語で書かれたより幅広いジャンルの散文（主として小説）を好んで読むようになった。デフォーの『ロビンソン・クルーソー』（76-77ページ参照）やスウィフトの『ガリバー旅行記』（78-79ページ参照）は，ジャーナリストであった著者らが，そうした民衆の嗜好や関心に敏感に反応する中で生み出した作品であるといっていいであろう。続いて出たリチャードソンの『パミラ』（80-81ページ参照）とフィールディングの『トム・ジョウンズ』（84-85ページ参照）は，上記二作が非日常世界を扱っていたのとは対照的に日常世界を舞台とし，読者にとってより身近な人間ドラマを展開している。以上の作品は写実的な手法で書かれているという点で共通しており，一般にリアリズム小説と呼ばれる。

18世紀の後半になると，合理性や秩序を重んじたそれまでの文学に対する反動として，リアリズムの範疇を逸脱する小説が出てくる。スターンの『トリストラム・シャンディ』（86-87ページ参照）はリチャードソンやフィールディングが重んじていたプロット（筋書き）を完全に廃した小説で，語り手および作中人物の意識や連想，果ては黒塗りのページなど，種々雑多な要素が盛り込まれることによって錯綜を極めている。ちょうど同じ頃に登場したゴシック小説は，中世の薄暗い城を舞台とし，亡霊・魔法・予言などが現れるという特徴がある。ウォルポールの『オトラント城』（88-89ページ参照）やラドクリフ（Ann Radcliffe, 1764-1823）の『ユードルフォーの謎』（*The Mysteries of Udolpho*, 1794）などがその例である。この他，18世紀には，スモレット（Tobias George Smollett, 1721-71）による『ロデリック・ランダムの冒険』（82-83ページ参照）などのピカレスク小説（悪漢小説[1]）が登場した。近代小説の始まりにおいて早くも幅広い種類の小説が書かれたという事実は，イギリスという国と小説というジャンルの相性のよさを物語っているといってよい。

2 19世紀——繁栄の時代とヴィクトリア朝小説

18世紀後半に勃発した七年戦争（1756-63年）において，イギリスは当時強大な勢力を誇っていたフランスを降伏させることに成功した。これを皮切りに，イギリスは急速に国力を伸ばし，海外へと進出。植民地を拡大したり貿易を盛んに行ったりするようになった。イギリスの海外進出は，18世紀後半から国内で起こった産業革命によって，さらに推し進められることになる。特にアメリカやドイツが先進国へと躍進する19世紀末までは，順調な成長が続いた。

産業革命の進展は，印刷技術の向上とともに市民階級のさらなる成長を促すこととなり，社会生活の多方面において力を増した彼らの後ろ盾によって，文化や芸術はいっそうの成熟度を見せ始めた。それを如実に示す例のひとつが，小説の種類のさらなる増大である。19世紀には社会小説[2]，歴史小説[3]，家庭小説[4]，教養小説[5]，推理小説[6]，SF[7]，児童文学[8]など，実に多様なジャンルが登場した。また，男性作家だけでなく女性作家も数多く輩出されるようになった。ジェントリ階級に属する数軒の家庭の内情を描出することを通してイギリス社会の縮図を提示して見せたオースティン。人の内面で密かに渦巻く情念を焙り出しにしたブロンテ姉妹。第一次選挙法改正（1832年）前夜のイギリスを舞台に，保守と革新の二つの勢力の間を揺れ動く人間の心理を描いたジョージ・エリオット。このように多くの女性作家が登場し，多様な作品を生み出した。女性作家の輩出はイギリスの国力の充実と決して無縁ではない。すなわち，国内情勢の安定が文学の裾野を広げ，その結果，とかく歴史の裏舞台に葬り去られがちな女性たちが小説執筆という行為を通して社会と繋がることが出来るようになったのである。

一方，この時代は，国の繁栄の蔭で社会問題が多発した時代でもあった。都市部には職を求めて人口が集中し，それに伴い，労働問題・失業問題・貧困問題などが次々と起こった。ディケンズはそうした矛盾をはらむ国内状況に取材した小説を生み出した。同様に同時代の社会の闇に深く切り込んだ作家にサッカレーやハーディがいる。世紀末になると，長らく文壇の主流であったリアリズムに飽き足らず，ジェイムズやコンラッドなどによって，人間の内面を掘り下げ，よりいっそう微細に描く作品が生み出されるようになった。

▷1　悪党である主人公が世人を嘲笑いながら社会内部を探究する小説。主人公は下層階級に属することが多い。82ページ，▷2も参照のこと。

▷2　ある時代における特定の社会的経済的状況を設定し，その状況が個人の人格に与える影響を描いたもの。

▷3　史実や歴史上の実在の人物を扱った小説。

▷4　家庭内の日常の出来事に取材した小説。

▷5　主人公が様々な苦難を乗り越えて成長を遂げていく様を描いた小説。

▷6　犯罪事件を軸とし，その謎解きの過程を扱った小説。

▷7　サイエンス・フィクション（science fiction）の略称で，主に20世紀に盛んになった文学ジャンルのひとつ。科学の発達とその驚異を扱い，架空の未来，現在，過去を舞台とするのが基本。

▷8　子どもの情操教育を主な目的とした小説。

3 20世紀前半――戦間期とモダニズム小説

19世紀末から20世紀前半にかけての世紀転換期には，産業のさらなる発展によって新たな科学技術発明品が次々と登場し，主に都市部における市民生活が大きく変容を遂げた。無線電信・電話・蓄音機・自動車・バス・飛行機などは遠近に関わる人の知覚を刺激し，その結果，人々の時空間認識は大きく変化した。一方で，毒ガス・戦闘機・サーチライトなどの新兵器も生み出され，その結果，1914年に勃発した第一次世界大戦は未曽有の死傷者を出す史上最悪の大惨事となった。この戦争はアメリカやドイツといったそれまでの後進国が力をつけ，じわじわと台頭しつつあることを裏付けるものでもあり，ヴィクトリア朝を通じて世界に君臨してきたイギリスの威信を深く傷つけることとなった。

20世紀初頭に生じたモダニズム小説は，このような功罪入り混じる産業成長の時代の申し子といっていい。すなわち，科学技術革新がもたらした全く新しい知覚体験に刺激される中，ヴィクトリア朝の帝国主義的価値観や倫理観からの脱却を目指して誕生したのが，モダニズム小説なのである。モダニズム小説は，ヴィクトリア朝小説が得意としたリアリズムの描写を人生の表層部をなぞるものにすぎないとして退け，人間の本質に深く切り込むべく，より緻密な内面描写を採用した。心の内側で毎分毎秒ごとに生起する無数の思考・感情・連想・欲望をありのままに表現しようとする「意識の流れ[◁9]」の手法は，その一例である。ことに第一次世界大戦後の1920年代から第二次世界大戦の足音が聞かれ始める30年代初頭にかけての戦間期はモダニズム文学の最盛期（盛期モダニズム期）にあたる。例えば1922年にはジョイスの『ユリシーズ』（144-145ページ参照）とウルフの『ジェイコブの部屋』（*Jacob's Room*）が出版された。

1930年代半ば頃からナチスを始めとするファシスト勢力がヨーロッパ全域に台頭し始めると，モダニズム小説もまた変容し始めた。それまでひたすら個人の内面へと向けられていた眼差しは国全体に，すなわち国家の危機的状況とそのもとで問われるイギリスの伝統的文化のあり方やイギリス人らしさ（イングリッシュネス）の問題へと注がれるようになった。内面から外的事象への関心の移ろいはリアリズムへの回帰を思わせなくもないが，この時期の小説は客観的現実をリアリズムのように直接的に描くのではなく，個人の思考や感情のフィルターを通してあくまでも間接的に描いている。この時期の小説が盛期モダニズムの遺産を引き継いだ，いわゆる後期モダニズム小説と称される所以である。ウルフの『幕間』（*Between the Acts*, 1941）はその好例である。

20世紀前半には，また，モダニズム小説とはやや異なる路線で同時代の社会文化的事象に取材する小説もあった。スターリニズム[◁10]を始めとする独裁体制・全体主義に警鐘を鳴らしたオーウェルの『動物農場』（158-159ページ参照），イギリス上流階級が名実ともに没落していく様をアイロニカルに描いたウォーの『一握の塵』（152-153ページ参照），イギリス社会の暗部を描くことを通して人間の道徳性

▶9　24ページ，▶4参照。

▶10　旧ソ連の政治家スターリン（Joseph Stalin, 1879-1953）が打ち出した政治上の信条。共産党が唯一の正しい政党として社会に君臨し，政治経済の全システムを支配すべきであるという考え。

を探究したグリーンの『ブライトン・ロック』(*Brighton Rock*, 1938)，第二次世界大戦下において個人の幸福と国家の政治的な思惑との間で揺れ動く女性の心理を描いたボウエンの『日ざかり』(*The Heat of the Day*, 1949) などが挙げられる。

4 20世紀後半〜現代――多様化の時代

第二次世界大戦後の1950年代半ばには，イギリスは徐々に経済復興を遂げつつあった。しかし豊かさと寛容さを取り戻しつつあるその国内に，なおも不平等や階級の問題が潜んでいることを敏感に感じとり，それを主題とした作家らがいた。エイミス，ウェイン，シリトーら，いわゆる「怒れる若者たち◁11」である。彼らはリアリズムの手法によって，それまで文学の周縁部に押しやられていた社会下層部の人々の日常を描いた。

1960年代にはポストモダン小説が登場した。これは，モダニズムの伝統脱却的な姿勢にならって同時代の社会文化的趨勢に積極的に取材しつつも，モダニズム小説とはまた異なる意味で挑戦的な世界観を提示しようとするものである。小説家である主人公の創造的な自叙伝を周囲の人物らの所見で包み込むという重層的な語りの構造によって，小説とその批評とを融合させたマードックの『ブラック・プリンス』(*The Black Prince*, 1973) や，死を警告する謎の電話に翻弄される老人たちの姿を皮肉まじりのユーモラスなタッチで描いたスパーク (Muriel Spark, 1918-2006) の『死を忘れるな』(*Memento Mori*, 1959)，未婚の母となった若い女性が戸惑い悩みつつも，徐々に新しい生を受け入れていく心理プロセスを回想形式で綴ったドラブル (Margaret Drabble, 1939-) の『碾臼』(*The Millstone*, 1965) がその例である。この時期に出たメタフィクション◁12は，より一層複雑化していく社会の様相を，果たして小説の言葉が忠実に捉え切ることが出来るのかという作家らの問いかけともいえる。

20世紀後半は，また，相次ぐ植民地の独立と，それに伴う旧植民地住人のイギリスへの流入によって，ポストコロニアル◁13小説が登場した時期でもあった。旧植民地が支配される以前に有していたもともとの民族性や風土色を強く打ち出していることが特徴のこの小説には，アチェベ (Chinua Achebe, 1930-2013) の『崩れゆく絆』(*Things Fall Apart*, 1958) やリースの『サルガッソーの広い海』(174-175ページ参照)，クッツェー (J. M. Coetzee, 1940-) の『フォー』(*Foe*, 1986) などの例がある。旧宗主国からの精神的自立を謳うポストコロニアル小説は1980年代以降，徐々に台頭してきた多文化主義によってさらにその範疇を押し広げられ，現在では，イギリスと複雑な歴史的関係にあるウェールズ・スコットランド・北アイルランドなどの地域における独自の小説をも含むに至っている。今後，イギリス小説はますます多様化を遂げ，イギリスという国の枠組みを超えたコスモポリタンな様相をさらに呈していくことであろう。

(奥村沙矢香)

▷11 28ページ，▷2参照。

▷12 小説の語り手が小説内において，自分が現在進行中の物語の語り手であることをわざわざ告白し，物語の虚構性を強調したり，物語について独自の見解や注釈を加えたりするような小説。ジョン・ファウルズ (John Fowles, 1926-2005) の『フランス軍中尉の女』(178-179ページ参照)やジュリアン・バーンズ (Julian Barnes, 1946-) の『フロベールのオウム』(*Flaubert's Parrot*, 1984) などが有名。本文中の『ブラック・プリンス』もこのカテゴリーに入る。179ページ，▷5も参照のこと。

▷13 旧植民地を，旧宗主国の精神的支配から解放しようとする動き。従来の文化的・文学的言説がいかに支配者側の一方的な視点で形成されていたかを暴き，被支配者側の視点からその語り直しを試みる点に特徴がある。

おすすめ文献

野町二・荒井良雄編著／広川浩・逢見明久増補 (2002)『イギリス文学案内』朝日出版社。

川口喬一 (2010)『イギリス小説入門』研究社。

Thornley, G. C. and Gwyneth Roberts (1994), *An Outline of English Literature*, Longman.

上田和夫編 (2004)『イギリス文学辞典』研究社。

Ⅱ イギリス文学作品ガイド

A　古英語・中英語の時代

1 『ベオウルフ』

作者不詳

1 作家紹介

『ベオウルフ』(*Beowulf*) が誰によって，いつ，どこで書かれたのか，については何も分かっていない。『ベオウルフ』が収められた唯一の写本が転写されたのは11世紀初頭であるが，作品自体はおそらく口頭伝承の形で何世紀も前から流通していたと推測されている。

2 作品紹介

『ベオウルフ』の言語は，現代英語はおろか，シェイクスピアの時代の英語にさえも似ても似つかないゲルマン系言語である。また，主人公のベオウルフは，スウェーデンの王子であり，詩の冒頭では怪物グレンデルの襲撃に悩むデンマーク王フロスガールを助けにやってくる。さらに，内容は主としてベオウルフの英雄譚であるが，そこには北欧神話やゲルマン民族に伝わる伝説，同時代の歴史事件，そして旧約聖書への言及も見られる。イギリス文学は北海を中心に交易・交流が活発に繰り広げられる北欧世界の中で様々な文化を育て親として産声をあげたのだ。

3 作品を味わう

怪物グレンデルがフロスガール王の館を襲う場面を読んでみよう。宴も終わり館が眠りにつく頃，グレンデルが兵士たちに襲いかかるが，眠ったふりをして待ち受けていたベオウルフは反撃に出る。

[…] þryðswyð beheold
mæg Higelaces[①] hu se manscaða
under færgripum gefaran wolde.
Ne þæt se aglæca yldan þohte,
ac he gefeng hraðe forman siðe
slæpendne rinc, slat unwearnum,
bat banlocan, blod edrum dranc,
synsnædum swealh; sona hæfde
unlyfigendes eal gefeormod,
fet ond folma. Forð near ætstop,

① Higelaces＜Hegelac ヒュゲラーク（「ヒゲラーク」とも。スウェーデン南部に居住していたイェーアト人たちの王で，ベオウルフの叔父にあたる。）

nam þa mid handa higeþihtigne
rinc on ræste, him ræhte ongean
feond mid folme; he onfeng hraþe
inwitþancum ond wið earm gesæt.
Sona þæt onfunde fyrena hyrde,
þæt he ne mette middangeardes,
eorþan sceata on elran men
mundgripe maran; he on mode wearð
forht on ferhðe; no þy ær fram meahte.
Hyge wæs him hinfus, wolde on heolster fleon,
secan deofla gedræg; ne wæs his drohtoð þær
swylce he on ealderdagum ær gemette.◁1

ヒュゲラークの勇敢な血縁者［＝ベオウルフ］は／邪悪なる破壊者が／突然の攻撃をどのように仕掛けて突進してくるのかを／じっと見守っていた。／凶暴なる攻撃者は攻撃を遅らせるつもりはなく，／すばやく最初の機会に／眠っている兵士をつかんで貪欲そうに引き裂き，／関節を嚙みちぎって血を飲み，／罪深い肉片を飲み込んだ。すぐに怪物は／動かなくなった男を完全に食べてしまった，／手足もろとも。この者はさらに前進し，／両手で強い心を持っている男，／休んでいる兵士［＝ベオウルフ］を摑み取った。悪魔は／両手を伸ばした。彼は素早く受け入れた，／敵意に満ちた者［＝ベオウルフ］は。そして腕をつかって起き上がった。／悪行の主にはすぐにわかった。／この世で出会ったことがなかったのだ，／地上のいかなる場所でも／かくも力強い手の力には。怪物は心の底から／縮み上がった。しかし逃げることは叶わなかった。／逃げたい，暗闇の中に逃げ込んでしまいたい／悪魔どもとつるむために。心からそう願った。怪物はこれまでに生きてきた中で／このような目にあったことはなかった。

4 考えてみよう

1．この詩は各行に同じ子音で始まる単語をいくつか持つ「頭韻詩」である。例えば，7行目においては bat, banlocan, blod が頭韻語である。引用文中で他に目につくものをいくつか挙げてみよう。

2．引用文中でベオウルフとグレンデルがそれぞれどのような言葉で表現されているか，例を挙げてみよう。

3．作品全体を翻訳で読んで，どのような箇所にキリスト教の影響が見られるか考えてみよう。

（井口　篤）

▷1　この引用を見れば分かる通り，古英語（Old English）は，現代英語の知識では全く読むことができないゲルマン語である。古英語が現代英語と大きく違っている点としては，以下のような特徴が挙げられる。(1)現代英語では使われない文字が使われている。例えば，1行目の þryðwyð において使われている‘þ’や‘ð’は，現代英語では‘th’で綴られる /θ/ もしくは /ð/ の音を表す。(2)名詞・形容詞・定冠詞などが，文中での機能によって格変化する。例えば，2行目の Higelaces は，Higelac の「属格」であり，「ヒュゲラークの」という所属や所有を表している。(3)(2)の結果，文中での語順が現代英語よりも自由であり，特に韻文においては必ずしも「主語＋動詞＋目的語」という語順に従わなくてもよいし，修飾する語とされる語が近接している必要はない。2行目の Higelaces は，1行目の þryðwyð を修飾しているが，この修飾関係が可能なのは，þryðwyð が名詞の主格であり，Higelaces が名詞の属格であることがすぐ分かるためである。

興味を持った読者は，市河三喜・松浪有（1986）『古英語・中英語初歩』（研究社）などの教科書で勉強してみよう。

おすすめ文献

唐澤一友（2004）『アングロ・サクソン文学史：韻文編』東信堂。

長谷川寛（2010）『原典対照「ベーオウルフ」読解』春風社。

A　古英語・中英語の時代

2 『農夫ピアズ』
ウィリアム・ラングランド

1 作家紹介

ラングランド（William Langland, 1332?-86?）については，確たることはほとんど分かっていない。おそらく1330年代から1380年代にかけて生涯を送り，聖職者として教育を受け，ロンドンとイングランド中西部のモールヴァンに住んだことがあり，詩篇などの祈りを葬式で唱えることで生計を立てていたと推測されている。

2 作品紹介

A, B, C の三つのヴァージョンで現存する『農夫ピアズ』（*Piers Plowman*, 1370-86）に形式的な枠を与えているのは，主人公ウィル（Will）のみるいくつかの「夢」である。ウィルは立て続けにみる夢の中で「教会」「報酬姫」「理性」「良心」などの擬人化された人物に出会い，魂の救済・教会の堕落・貧困など，当時の社会的・宗教的問題について対話を繰り広げる。『農夫ピアズ』は社会諷刺を夢の中の幻想として展開する寓意詩[1]である。

『農夫ピアズ』は，パッスス（*passus*）というラテン語で「一歩，足取り」（つまり英語の‘step’）を意味する詩行のまとまりに分けられている。詩全体がキリスト者として真実・正しい生き方へと一歩一歩近づいていく過程と見なされているのである。

3 作品を味わう

Bテクストの第7パッススでは，第5パッススで初めて登場した農夫ピアズ（詩の中でのちにキリストと同一視されることになる）が，登場人物の一人である「真実」が改悛者たちに送った免罪符[2]（pardon）を怒って破り捨てる。

> ‘Piers’, quod① a presst thoo,② ‘thi pardon moste I rede;
> For I shal construe ech clause and kenne③ it thee on Englissh.’
> 　And Piers at his preiere④ the pardon unfoldeth—
> And I bihynde hym bothe biheld al the bulle.⑤
> In two lynes it lay, and noght a lettre moore,
> And was written right thus in witnesse of Truthe:
> *Et qui bona⑥ egerunt ibunt in vitam eternam;*

＊　図版は『農夫ピアズ』の語り手。

▷1　「真実」や「愛」などの抽象的な概念を擬人化した登場人物が中心になって物語を繰り広げるジャンルで，中世においては『薔薇物語』（48ページ▷1参照）など多くの作品を生み出した。

▷2　キリスト教神学において，この世の終わりである最後の審判の際に救済されて天国にいけるか否かは大問題であるが，人間はこの世にいる間に多くの罪を犯してしまう。この現世での罪を軽減することができるという名目で，カトリック教会が発行・販売したのが免罪符である。16世紀の宗教改革時には，免罪符は堕落した教会が私腹を肥やす手段に堕してしまっているとして，ルターなどの改革派陣営が激しく非難した。

① quod 言った／② thoo それから（＝then）／③ kenne 教える，説明する／④ preiere すすめ，要望／⑤ bulle 教皇の出す勅令，命令／⑥ *Et qui bona* … アタナシオス信条（三位一体の教義を規定している）の第43条／⑦ yvel 悪事

Qui vero mala, in ignem eternum.
  'Peter!' quod the preest thoo, 'I kan no pardon fynde
But "Do wel and have wel, and God shal have thi soule,"
And "Do ⑦yvel and have yvel, and hope ⑧thow noon oother
That after thi deeth ⑨day the devel shal have thi soule!"'
  And Piers for pure ⑩tene pulled it ⑪atweyne
And seide, '*Si* ⑫*ambulavero* in medio umbre mortis
Non timebo mala, quoniam tu mecum es.
  'I shal cessen ⑬of my sowyng,' quod Piers, 'and ⑭swynke ⑮noght so harde,
Ne aboute my bely ⑯joye so bisy be na moore;
Of preiers and of penaunce my plough shal ben herafter,
And wepen ⑰whan I should slepe, though whete breed me faille.'

「ピアズよ」と司祭がそこで言った。「お前の免罪符を読んであげよう。／私には一つ一つの言葉遣いがわかるから，英語に訳してあげよう」／そこでピアズは司祭の勧めに従って免罪符を開いた。／私は二人の後ろから文書を読んだ。／そこにはたった2行のみ書かれており，／「真実」も証言するとおりこのような内容であった。／「善い行いをなすものは永遠の命を得るだろう。／悪事をなすものは永遠の火に焼かれるだろう」／「ピアズよ！」と司祭は言った。「免罪符に書いてあるのはこれだけだ。／「善行をすれば神が魂を救ってくださるが，／悪事をなして望みうるのは／死後悪魔に魂が奪われることだけだ」と。そこでピアズは怒り狂って免罪符を二つに破りちぎった。／そして言った。「死の影のただ中を歩いたとしても，／私は悪など恐れない。主よ，あなたが私とともにいてくださるからです」と。／「私は種を植えるのはやめよう」とピアズは言った。「そして懸命に汗水を流して働くのはやめよう。／お腹の快楽を求めてあくせくするのはおしまいだ。／これからは祈りや悔い改めが私の鋤となるのだ。／そして小麦のパンが手に入らなくとも，眠る時に涙を流そう。」

(evil) ／⑧ thou, thi おまえが，おまえの (you, your の古形) ／⑨ That after thi deeth day … 行頭の that は but that (〜以外には) の意。／⑩ pure tene 激昂して／⑪ atweyne 二つに／⑫ *Si amburavero* … 詩篇22章4節／⑬ cessen of 〜をやめる，放擲する／⑭ swynke (あくせく) はたらく／⑮ noght = not／⑯ bely joie お腹の楽しみ (belly's joy)，食べて快楽を得ること／⑰ wepen whan … 「私には自分の涙が日夜のパンとなりました」(詩篇41章4節) を踏まえている。

4 考えてみよう

1．『農夫ピアズ』は『ベオウルフ』同様「頭韻詩」である。引用テクストの各行において頭韻がどのように使われているか，指摘してみよう。
2．ピアズはなぜ免罪符を破りちぎったのか考えてみよう。
3．ラングランドはなぜ夢・ヴィジョンという仕掛けを使う必要があったのか考えてみよう。

（井口　篤）

おすすめ文献

Hanna, Ralph (2009), 'William Langland', in *The Cambridge Companion to Medieval English Literature 1100-1500,* ed. Larry Scanlon, Cambridge University Press, pp. 125-38.
Simpson, James (2007), *Piers Plowman: An Introduction*, 2nd edn, Exeter University Press.

A　古英語・中英語の時代

3 『カンタベリ物語』

ジェフリー・チョーサー

1 作家紹介

著者のチョーサー（Geoffrey Chaucer, 1343?-1400）は，1343年頃にワイン商の息子として生まれ育った。若い頃から宮廷に仕えて貴族文化に触れる機会の何かと多かったチョーサーは，長じて外交官となり，イタリアやフランスへと外交上の任務で旅をすることが出来た。そのような任地先でチョーサーは『デカメロン』（*Decameron*, 1353）や『薔薇物語』[1]（*Le Roman de la Rose*. 1230-75）などイタリア語・フランス語の優れた文学作品に出会い，これらを英語に翻訳・翻案した。

▶1 『薔薇物語』は，ジャン・ド・マンとギョーム・ド・ロリスによる13世紀のフランス語寓意詩（『農夫ピアズ』の項目（46-47ページ）参照）。『デカメロン』は，イタリアの詩人ボッカッチョによって14世紀半ばに書かれた物語集。

2 作品紹介

「甘い雨が３月の日照りを根元まで潤す」４月のある日，聖トマス・ベケット（St Thomas à Becket, 1118?-70）の遺物が眠るカンタベリ大聖堂（図１参照）へ詣でようとロンドンの宿屋タバード亭に29人の巡礼者たちが集まる。彼らは騎士や弁護士，粉屋や尼僧，学僧，船長，商人など様々な社会階層の人物たちであった。意気投合した一行はともにカンタベリを目指すことになるのだが，宿屋の主人の提案で，「旅路を縮めるために」互いに競って面白い話をすることで単調な旅路の気晴らしをする。このカンタベリ巡礼途上の「物語コンテスト」が，1387年から1400年にかけて書かれた未完の壮大な物語詩『カンタベリ物語』（*The Canterbury Tales*）に骨組みを提供している。

巡礼者たちの語る物語のジャンルは多岐にわたっており，騎士道ロマンスや若い妻を寝取られる年老いた男の滑稽話などの世俗的な物語だけではなく，説教や聖者伝などの宗教的な話も収められている。そして，これらの多種多様な物語を結びつける役割を果たしているのが，カンタベリに向かう巡礼者たち同士のやりとりと，時にコミカルで時に辛辣な合いの手を挟む宿屋の主人の絶妙な狂言回し，というわけである。

図１　カンタベリ大聖堂
（出典：筆者撮影）

3 作品を味わう

ここでは，序文である「総序の歌（The General Prologue）」に続く「騎士の物語（The Knight's Tale）」を読んでみよう。ボッカッチョの『テセイダ』[2]（*Teseida*, 1340-41）の翻案であるこの韻文ロマンスでは，アテネの将軍テセウスによって囚われの身となったテーバイの騎士パラモンが，ある陽光降り注ぐ

▶2　アテネの大公テセウスの事績を歌い上げた，ボッカッチョ（Giovanni Boccaccio, 1313-75）による長大なラテン語の英雄詩。もっとも，物語の中心はパラモンとアルシーテ二人の争いである。

朝，テセウスの妻の妹エメリーを牢獄の塔から偶然目にし，恋に落ちてしまう。

This sorweful prisoner, this Palamoun,
Goth① in the chamber romynge② to and fro
And to himself compleynynge of his wo.
That he was born, ful often he sayde, “alas!”
And so bifel,③ by aventure④ or cas,
That thurgh a window, thikke of⑤ many a barre
Of iren greet⑥ and square as any sparre,⑦
He cast his eye upon Emelya,
And therwithal⑧ he bleinte⑨ and cride, ‘A!’
As though he stonge⑩ were unto the herte.

悲しめる囚人，このパラモンは／自らの不運をかこちながら部屋の中を歩き回ります。／彼にとっては，自分が生まれてきたことさえも，しばしば「ああ！」という絶望のため息を産み出すきっかけとなるのです。／そんな中，偶然の巡り合わせで／いかなる梁よりも大きく四角い鉄格子に厚く覆われた窓越しに／パラモンはエメリーの姿を目にします。／すると彼は即座に立ち止まり，「ああ！」と叫ぶのでした。／まるで心臓を突き刺されたかのように。

しかし，パラモンと兄弟の誓いを交わした親友アルシーテも，エメリーを目に止めるや心を奪われてしまう。「彼女のみずみずしい美しさといったら！／あそこで歩いている姿を目にするや，わたしはぼろぼろだ」(‘The fresshe beautee sleeth me sodeinly/Of hire that rometh in the yonder place’)。かくして，親友同士の間で1人の美しい女性を容赦無く奪い合う戦いが始まるのであった。

4 考えてみよう

1．「騎士の物語」は，「弱強5歩格」という韻律で書かれている（5ページ▶6参照）。つまり，各行は「弱－強」のリズムが5回現れるリズムに則っている。引用部分を，この弱強5歩格を意識しながら音読してみよう。

2．引用部分は，「脚韻」も踏んでいる。つまり，2行目末のfroと3行目末のwoなどに見られるように，複数の詩行の最後が同じ音で揃えられている。引用文中に見られる他の脚韻を指摘してみよう。

3．翻訳で「騎士の物語」と，これに続く「粉屋の物語」を読み，これら二つの物語が互いにどう関連し合っているのか考えてみよう。

（井口　篤）

① Goth 行く，歩く（＝goes）／② romynge うろつく（＝roaming）／③ bifel 起こった（befell）／④ aventure 偶然（chance）／⑤ thikke of ～で分厚く覆われた／⑥ greet 格子（grate）／⑦ sparre たる木／⑧ therwithal そこで，そのとき（thereupon）／⑨ bleynte おののいた，顔をしかめた／⑩ stonge 刺される（＝stung）

映像化作品

『カンタベリ物語』，1972年，ユナイト。

Canterbury Tales, 2004, BBC Worldwide.

おすすめ文献

ブルーア，デレク／海老久人・朝倉文市訳（2010）『チョーサーの世界——詩人と歩く中世』八坂書房。

A　古英語・中英語の時代

4 『アーサー王の死』

トマス・マロリー

1 作家紹介

作者であるマロリー（Thomas Malory, 1415?-71）は，ウォリックシャの騎士であり，女性に暴行をはたらいた科で投獄中に『アーサー王の死』（*Le Morte Darthur*）の執筆に取り組んだ。マロリーは主としてフランス語と英語のアーサー王伝説作品をかき集めて翻訳し，若干の創作も加えて，アーサー王の悲劇的な死で終結する一つの物語を編み上げた。

2 作品紹介

『アーサー王の死』は印刷業者キャクストン（William Caxton, 1422?-91）によって1485年に出版された[1]。アーサー王伝説[2]を扱った中世のロマンスは数多くあるが，マロリーのこの作品がおそらくイギリス文学においては最もよく知られているであろう。『アーサー王の死』はアーサー王とグィネヴィア妃，そして円卓の騎士[3]たちを中心に展開する騎士道物語[4]である。この全21巻からなるロマンスは散文で書かれており，円卓の騎士たちの様々な事績，例えば伝説の聖杯[5]探求，数々の冒険の旅，そしてアーサー王が戦死した後彼の王国が瓦解する様子が描かれている。実生活においては騎士道精神とは程遠かったマロリーではあったが，作品においては，ヨーク家とランカスター家の権力闘争（いわゆる「薔薇戦争[6]」）で国土が荒廃するイングランドにおいて，理想的な騎士道的道徳が崩れゆくさまを美しく描き出している。

3 作品を味わう

アーサー王の妻グィネヴィア妃（Queen Guenivere）は，夫を裏切って円卓の騎士の１人であるランスロット（Lancelot）と不倫の関係にあったが，アーサー王が宿敵モルドレッド卿との戦いで命を落とした後，彼女は姦通の罪を償うために修道院に身を寄せていた。そこにかつての愛人ランスロットが現れる。この場面を，キャクストンの印刷本ではなく，マロリーの原本に近いとされており，現存する唯一の手書き写本（「ウィンチェスター写本」，1471頃-83，大英図書館所蔵）で読んでみよう。

‘[…] sir Launcelot, I requyre the① and beseche② the hartily,③ for all the love that ever was betwyxt④ us, that thou never se me more in the

▷1　この『アーサー王の死』が印刷によって大量に流布した最初の作品となった。

▷2　アングロ・サクソン人の侵攻に対して，アーサーというブリトン人（土着のケルト人）の王が抗戦したと『カンブリア年代記』（*Annales Cambriae*）などの歴史書が伝えているが，史実は明らかではない。この伝説が12世紀においてジェフリー・オヴ・モンマスによってラテン語の散文にまとめられ，以後イギリスにおいてアーサーを主人公とする物語がはじめはフランス語で，そして13世紀以降は英語で数多く書かれることになった。

▷3　アーサーの元に集ったランスロット，ガウェイン，トリスタンなどの忠実な騎士たちをいう。円卓の騎士の正確な人数は物語によって異なる。アーサー王ロマンスにおいては，王と騎士たちは，互いの平等な関係を象徴する円卓に集って協議していた。

▷4　典型的には，勇敢で品格があり，貴婦人に忠誠を尽くす騎士が様々な困難を経験する物語。「ロマンス」ともいう（「古英語・中英語の文学」の項目（4-5ページ）参照）。

① the　あなたに（＝thee; you の古形）／② beseche　お願いする（＝beseech）

visayge⑤. And I commaunde the, on Goddis behalff, that thou forsake my company. And to thy kyngedom loke thou turne agayne, and kepe well thy realme frome warre and wrake⑥, for as well as I have loved the heretofore, myne harte woll nat⑦ serve now to se the; for thorow⑧ the and me ys the floure⑨ of kyngis and knyghtes destroyed. And therefore go thou to thy realme, and there take ye a wyff⑩, and lyff with hir wyth joy and blys. And I pray the hartely to pray for me to the Everlastynge Lorde that I may amende my mysselyvyng⑪.'

'Now, swete madame,' seyde sir Launcelot, 'wolde ye that I shuld turne agayne unto my contrey, and there to wedde a lady? Nay, madame, wyte⑫ you well that shall I never do, for I shall never be so false unto you of that I have promysed⑬. But the selff⑭ desteny that ye have taken you to, I will take me to, for the pleasure of Jesu, and ever for you I caste⑮ me specially to pray.'

[中略]「ランスロット卿，心からあなたにお願いいたします。私たちの間にあった愛のためにも，もう二度と私に会いに来ないでください。神に代わって命じます。私から離れて，あなたの王国に帰りなさい。王国を戦争と荒廃から守りなさい。私はかつてあなたを愛しましたが，私の心はもうあなたに会うことを許しません。あなたと私ゆえに，王たちと騎士たちの花が散ってしまったのですから。ですから，ランスロット卿，あなたの王国に帰り，妻を娶り，喜びと至福のうちに彼女とお暮らしなさい。心からお願いします。私が過ちを償えるように，永遠の主にお祈りしてください。」

「愛しい奥様」とランスロット卿は言った。「故郷へ帰って妻を娶れですと？　私にそんなことできっこないとご存知でしょう。約束したことをあなたに対して反故にしたことはないからです。あなたがお引き受けになった運命に，私も身をまかせましょう。イエス様を喜ばせるために。そして，あなたのために永遠に祈りを捧げるつもりです。」

4 考えてみよう

1．作品を読み，グィネヴィア妃とランスロット卿の不倫がどのような役割を果たしているかについて考えてみよう。

2．作品を読み，マロリーの理想とする騎士道とはどのようなものか考えてみよう。

3．アーサー王伝説は中世のイングランドでどのような発展を遂げたのか調べてみよう。

（井口　篤）

／③ hartily, hartely　心から（＝heartily）／④ betwyxt　～の間に（＝between）／⑤ visayge　顔（＝visage, face）／⑥ wrake　害悪，争い／⑦ woll nat　will not／⑧ thorow　～によって，～が原因で（＝through）／⑨ floure　花（＝flower）／⑩ wyff　妻（＝wife）／⑪ mysselyvyng　罪深い人生／⑫ wyte　知る，分かる／⑬ that I have promysed　私が約束したこと（that は関係代名詞の what に相当）／⑭ selff　same／⑮ caste me to　私は～するつもりだ（＝intend to）

▶5　聖杯とは，キリストが最後の晩餐でワインを飲んだとされる杯。

▶6　15世紀中葉にヨーク家とランカスター家の間で繰り広げられた王権をめぐる抗争。この内戦を平定してチューダー朝を開いたのがヘンリ7世である。

映像化作品

『円卓の騎士』，2006［1953］年，ファースト・トレーディング。

『エクスカリバー』，2011［1981］年，ワーナー・ホーム・ビデオ。

『キング・アーサー』，2006［2004］年，ブエナ・ビスタ・ホーム・エンターテイメント。

『キング・アーサー』，2018［2017］年，ワーナー・ブラザーズ・ホームエンターテインメント。

おすすめ文献

ベルトゥロ，アンヌ／村上伸子訳（1997）『アーサー王伝説』創元社。

高宮利行（1995）『アーサー王伝説万華鏡』中央公論社。

B　16・17世紀

5『妖精の女王』
エドマンド・スペンサー

1 作家紹介

スペンサー（Edmund Spenser, 1552?-99）はロンドンで織物職人の父の元に生まれ，仕立屋組合が設立した学校でギリシア語・ラテン語を学んだ後，ケンブリッジ大学に入学し，修士号を得た。1578年にはケント州のロチェスター主教の秘書を務め，その後ロンドンでシドニー（Philip Sidney, 1554-86）の叔父のレスター伯に仕えた。スペンサーの詩集『羊飼いの暦』（*The Shepheardes Calendar*, 1579）はシドニーに捧げられ，シドニーも『詩の弁護』（*An Apologie for Poetrie*; *The Defence of Poesie*, 1595）でこの詩を称えている。1580年にはアイルランド総督秘書となり，その後アイルランド南部マンスター州で行政職に就き，1580年代末，キルコルマンに城を得ている。『妖精の女王』（*The Faerie Queene*, 1590, 1596, 1609）は出版前の1589年にローリー（Walter Raleigh, 1554?-1618）の仲介でエリザベス女王に献じられ，スペンサーは2年後に50ポンドの年給を得ている。1595年には前年の再婚を祝して『アモレッティとエピサレイミオン[1]』（*Amoretti and Epithalamion*）を出版した。1598年にアイルランド人の反乱で城を焼かれ，翌年，反乱の状況報告のためのロンドン滞在中に没した。

▷1　『アモレッティ』はソネット集，『エピサレイミオン』は祝婚歌である。

2 作品紹介

『妖精の女王』は1590年に1－3巻版が出版され，1596年に1－6巻が出版された。一つの巻は序歌と12篇で構成され，それぞれ序歌は5連前後，篇は50連前後，一つの連は9行で構成されており，英詩の中でも有数の長編詩である。1590年版巻末に収められたローリーへの手紙（1589年1月23日付）でスペンサーは本作のねらいを，物語を通して高貴な人々の徳を高めることにあるとし，さらに以下のような構想を述べている。ホメロス[2]，ウェルギリウス[3]，アリオスト[4]（Ludovico Ariosto, 1474-1533）等の詩人にならったこと，12巻を使って個人の徳を，次の12巻では政治の徳を描く予定であること，最初の12巻ではそれぞれの騎士が特定の徳を表わすこと，全ての個人の徳を備えた騎士アーサー（後のアーサー王）も登場すること，妖精の女王が開く12日間の祝宴でそれぞれの冒険が起きること，妖精の女王とは「栄光」だけでなくエリザベス女王をも示すこと等である。この手紙は1596年版からは削除されている。作者の死後1609年には第7巻『転変の巻』（*Book of Mutability*）の一部[5]が加えられた版が出版された。手紙で述べられた構想とは異なり，神聖・節制・貞節・友情・正義・礼節の六

▷2　74ページ，▷2参照。
▷3　8ページ，▷3参照。
▷4　9ページ，▷11参照。

▷5　第6篇（55連），第7篇（59連），第8篇（2連）のみ。

つの個人の徳と，転変を示す巻で終わったことになる。しかし，これを完成状態とみなすことも出来，必ずしも未完とはいえない。

3 作品を味わう

第1巻は赤十字の騎士（聖ジョージ）が，竜に捕らわれたユーナ姫の両親を救うため，姫と共に旅に出る冒険譚である。騎士は最初に遭遇する怪物を倒すものの，魔術師に騙されてユーナを悪女だと思い込み，彼女から離れて冒険を続ける。異教徒の悪しき騎士と遭遇し，彼を倒した後，妖女デュエッサに騙され，彼女と行動を共にする。その後，異教徒の弟も倒すが，巨人との戦いに負けて幽閉されてしまう。状況を打開するのがユーナと，彼女に乞われて巨人を倒す騎士アーサーである。赤十字の騎士はユーナに神聖の館へと導かれ，そこで聖なる人々と出会い，罪を清める。その後，竜を激しい戦いの末に倒し，ユーナの祖国に平和を取り戻す。最後に騎士と彼女は婚約する。赤十字の騎士は「神聖」，騎士が最初に遭遇する怪物は「誤謬」，ユーナは「真理」，デュエッサは「虚偽」，アーサーは「神の恩寵」の寓意である。次の引用は赤十字の騎士と竜との対決を描く連である。◁6

"And in his first encounter, gaping wide,（脚韻 a）/ He thought attonce him to haue swallowd quight,（b）/ And rusht vpon him with outragious pride;（a）/ Who him r'encountring fierce, as hauke in flight,（b）/ Perforce rebutted backe. The weapon bright（b）/ Taking aduantage of his open iaw,（c）/ Ran through his mouth with so importune might,（b）/ That deepe emperst his darksome hollow maw,（c）/ And back retyrd, his life bloud forth with all did draw.（c）"（下線やスラッシュは筆者。下線は強音節）

「出会うや否や，竜は顎を大きく開き／すぐに飲み込もうと／傲慢に彼に襲いかかった。／彼は飛ぶ鷹のように激しく立ち合い／力づくではねつける。輝く武器は／顎が開いた機会を捉え，／容赦なき力で口を貫き，／暗き空洞の胃まで深く傷付けた。／引き抜かれると，剣と共に竜の命が噴き出した。」

4 考えてみよう

1．第2-6巻から一つを選び，登場人物がそれぞれどのような概念の寓意となっているのか考えてみよう。

2．第7巻と他の巻を比べ，主題や文体の特徴を考えてみよう。

3．『妖精の女王』が後世の文学や芸術に与えた影響を調べてみよう。

（桒山智成）

▷6　この作品では各連は行末で ababbcbcc（同一のアルファベットは同一の音を表す）と脚韻を踏み，最初の8行は弱強5歩格（5ページ，▷6参照），最終行は弱強6歩格となっている。本作で初めて使われた詩形式で，スペンサー連と呼ばれている。

おすすめ文献

日本スペンサー協会編（2006）『詩人の詩人スペンサー』九州大学出版会。

Hadfield, Andrew, ed.（1996）, *Edmund Spenser*, Addison Wesley Longman.

Hadfield, Andrew, ed.（2001）, *The Cambridge Companion to Spenser*, Cambridge University Press.

Mizuno, Mari, Murasato, Yoshitoshi, and Takemura, Harumi, ed.（2018）, *Spenser in History, History in Spenser*, Osaka Kyoiku Tosho.

B　16・17世紀

6 『フォースタス博士』

クリストファー・マーロウ

1 作家紹介

マーロウ（Christopher Marlowe, 1564-93）はイングランド南東のカンタベリーに靴職人の父の元に生まれた。家は裕福ではなかったが，マーロウは学業に秀でていたようで，奨学金を得て，ケンブリッジ大学に進学する。詳細は不明だが，欠席が多かった大学時代にはヨーロッパ諸国で外交諜報活動を行ったと考えられている。修士号を得た後はロンドンで演劇活動に携わり，『マルタ島のユダヤ人』（*The Jew of Malta*, 1590頃）や『フォースタス博士』（*Doctor Faustus*, 1593頃）は長きにわたって人気を博した[1]。オウィディウス（Publius Ovidius Naso, 43BC-AD17）の『愛の歌』（*Amores*, 16BC）の翻訳（*Ovid's Amores Elegies*, 1580年代頃）や長編詩『ヒーローとリアンダー』（*Hero and Leander*, 1598）などの詩作も行った。実生活では無神論的[2]あるいは冒涜的な発言を行っていたことが当時の文書からうかがえる。1593年に酒場の支払いに関する喧嘩で知人に刺殺されたが，その真相は謎に包まれている[3]。

2 作品紹介

様々な学問に倦み飽きたフォースタス博士[4]は魔術を修め，地獄から悪魔メフィストフェレスを呼び出すことに成功する。そして堕天使ルーシファーに魂を捧げる代わりに，24年間メフィストフェレスの力を使って，地上の物理的な力を恣に出来る契約を結ぶ。すぐにフォースタスは悔恨の情に襲われるが，ルーシファーが現れ，七つの大罪の見世物で彼を楽しませる。その後，メフィストフェレスとヨーロッパを自由にめぐり，最後にローマを訪れる。二人は魔法で姿を透明にしてローマ教皇の宴で悪戯をして遊ぶが，聖職者たちに十字を切られた後，呪いの歌を歌われて退散する。次にフォースタスは神聖ローマ帝国皇帝にアレキサンダー大王と妃の姿を見せたり，魔法で藁から馬を作って馬商人に売りつけて大金を儲けたり，学者仲間にトロイ戦争[5]の発端となった美女ヘレンを見せたりする。

しかし24年の契約は終わりに近づく。ある老人がキリストの慈悲を求めるように勧めると，フォースタスは再び悔恨の情に襲われる。しかしメフィストフェレスに脅されると悪魔との契約に戻り，魔法によって召喚されたヘレンの美しさに恍惚とする。学者仲間たちはフォースタスから契約の話を聞き，彼のために祈る。一人になったフォースタスは神に救いを求め，地獄から救われるこ

▷1　作風や当時の劇場形態に関しては，「16世紀の文学」の項目（8-9ページ）3や，「演劇の歴史」の項目（34-35ページ）4を参照。

▷2　女王を国教会の首長とする当時の社会において，これは政治的にも危険な発想であった。

▷3　この12日前に，おそらく無神論的文書が元で逮捕状が出され，その2日後よりマーロウは毎日，枢密院に出頭していた。

▷4　ファウスト伝説はもともとドイツで広がっていた物語である。1587年にドイツで『ヨハン・ファウスト博士の物語』（*Historia von D. Johann Fausten*, 1587）が出版され，1592年には英語翻訳が出版された。マーロウは執筆に当たり，これを参照したと思われる。後にゲーテ（Johann Wolfgang von Goethe, 1749-1832）がこの伝説を元に長編詩劇『ファウスト第1部・第2部』（*Faust*, 1808, 1832）を執筆したことはよく知られている。

▷5　古代のギリシアとトロイとの戦争。トロイ王子のパリスが，ギリシアのメネラオスの妻ヘレンを奪ったことが直接的な原因である。ギリシア兵の隠れ潜んだ巨大な木馬を城内に引き入れたことで，トロイ側が敗北し，10年間続いた戦い

とを祈る。しかしついに契約は終わりを迎え，彼はメフィストフェレスや他の悪魔に連れ去られてこの世を去る。

近代以降，人間は物質あるいは身体に関する知識欲や願望を常に追究してきた。科学もそれゆえに発展し，歓迎されてきたといえよう。フォースタスは悪魔と契約を交わす際に，死後の痛みや地獄などは有り得ないと述べて，物質的力や知識欲を優先する。マーロウ自身の無神論の内実は不明だが，本作は，精神性を省みずにこういった力を追究することで人間に何が達成出来るのか問いかけている。キリスト教を信仰する当時の観客には魂の問題はより切実に映ったに違いない。また，演劇において虚構世界の創出は役者の身体が大きな役割を果たすが，本作は身体と魂との関係を検討することによって，本来，物理的にすぎない上演に独自の奥行きを与えている。この意味で舞台上のフォースタスの魔法が小規模な笑劇風であることも理解できる。彼が最後に直面する魂の危機と比べると，魔法とは所詮舞台表象が容易な，物質・身体的な遊びにすぎないことが示唆されているのである。

は終結した。

3 作品を味わう

マーロウの台詞の特徴は，弱強5歩格[◁6]のリズムが端正に整えられ，印象的な単語が（特に行末に）配置された力強い韻文にある。次の引用は，契約前にフォースタスが地獄について尋ねた際のメフィストフェレスの答えである。

▶6　5ページ，▶6参照。
▶7　34ページ，3参照。

> "Why this is hell, nor am I out of it. / Think'st thou that I, who saw the face of God, / And tasted the eternal joys of heaven, / Am not tormented with ten thousand hells / In being deprived of everlasting bliss!"（下線とスラッシュは筆者。下線は強音節）
>
> 「ここが地獄だ。俺は地獄から出ていない。／神の顔を見，天の永遠の喜びを味わったこの俺が／永久の恵みを奪われたにもかかわらず／幾千もの地獄によって苦しめられない，／お前はそう思うのか？」

映像化作品

Dr. Faustus, 1967, Columbia Pictures Corporation.
Dr. Faustus, 2010, Greenwich Theatre.

4 考えてみよう

1．本作の脚本は1604年に初版（A text）が，1616年には増補版（B text）が出版された（上のあらすじは1604年版）。台詞・登場人物・舞台演出がどのように異なるのか比較してみよう。

2．フォースタスと同様に，例えば『人間』[◁7]（*Mankind*）といった中世の道徳劇でも，善と悪を具現化した登場人物の間で「人間」が揺れ動く。本作と比較してみよう。

3．映像化作品リストのDVDを視聴し，それぞれが作品のどの側面に着目し，現代の観客に訴えようとしているのか，比較してみよう。　（桒山智成）

おすすめ文献

Cheney, Patrick (2004), *The Cambridge Companion to Christopher Marlowe,* Cambridge University Press.
Jump, John (1969), *Marlowe: Doctor Faustus,* Casebooks Series, Palgrave.
Oz, Avraham (2003), *Marlowe,* New Casebooks, Palgrave Macmillan.

B　16・17世紀

7 『夏の夜の夢』
ウィリアム・シェイクスピア

1 作家紹介

シェイクスピア（William Shakespeare, 1564-1616）はエリザベス１世時代にイングランド中部の町ストラットフォード・アポン・エイボンに皮手袋商人の父の元に生まれた。大学に進学した記録はないが，町のグラマー・スクール[1]に通っていたと推測される。ロンドンで演劇活動を始めた時期も正確には分かっていないが，少なくとも1592年には先輩作家の人気に迫る劇作家となっている[2]。主に宮内大臣一座（ジェイムズ１世即位後は国王一座に改称）の座付作家として活躍した。初期作品に『ロミオとジュリエット』（*Romeo and Juliet*, 1595頃），『夏の夜の夢』（*A Midsummer Night's Dream*, 1595頃），詩集『ソネット集』（*Sonnets*, 1609），中期に『ハムレット』（*Hamlet*, 1601頃），『リア王』（*King Lear*, 1605頃），後期に『冬物語』（*The Winter's Tale*, 1610頃），『テンペスト』（*The Tempest*, 1611頃）などがあり，40作以上の劇作や詩作を残した[3]。

2 作品紹介

アテネでは[4]領主シーシアスとアマゾン族女王ヒポリタとの婚礼が近づいている。貴族イジーアスは娘ハーミアをデミートリアスと結婚させたいが，彼女はライサンダーと恋仲である。法に従い，ハーミアは父の望む結婚をするか，修道女になるか，死を選ぶか，選択を迫られる。結局，彼女はライサンダーと駆け落ちし，森に向かう。ハーミアに恋するデミートリアスと，彼に恋するヘレナも森へ向かう。森では機織屋ボトムなど職人がシーシアスの婚礼を祝うための芝居の稽古をしている。妖精の王オベロンとその女王ティターニアも結婚を祝福するために森に来ているが，女王がお付きの少年を王に譲らず，喧嘩中である。オベロンは，起きて最初に見た相手に恋をする魔法の花の汁を女王の瞼に塗る。女王が見たのは，パックによってロバに変えられた職人ボトムだった。ヘレナの片思いを知ったオベロンは，デミートリアスにも魔法の汁を塗るようパックに命じる。しかしパックは間違えてそれをライサンダーに塗り，彼がヘレナに恋してしまう。間違いに気づいたパックはデミートリアスにも汁を塗るので，ヘレナに恋する二人の間で争いが起こり，ヘレナとハーミアも喧嘩を始める。やがてオベロンとパックはライサンダー，ティターニア，ボトムの魔法を解き，夜が明ける[5]。早朝，森に来たシーシアスは，恋人が二組誕生したことを知ると，ハーミアの結婚を許し，三組の男女は共に結婚式を挙げる。祝宴で

▶1　当時のグラマー・スクールはラテン語文法の教育を主とした授業料無料の教育機関。7-15歳頃の生徒を教育した。

▶2　グリーン（Robert Greene, 1558-92）の『無数の後悔で得たちっぽけな知恵』（*A Groatsworth of Wit, Bought with a Million of Repentance*, 1592）において，自分だけが「舞台を揺らす（Shake-scene）」ことが出来ると思い込む「成り上がりのカラス（up-start crow）」についての言及がある。

▶3　作風や当時の劇場形態に関しては，54ページ，▶1参照。『テンペスト』執筆後に故郷に戻り，家族と晩年を過ごしたと思われる。

▶4　シェイクスピアの物語のほとんどは，イタリアやギリシアなどの外国か，過去のイングランドやブリテン島に舞台が設定されている。観客の現実世界とは異質な世界を設定することで，観客の想像力を刺激すると同時に，客観的な視点も与えている。

▶5　つまりデミートリアスへの魔法は解かれないまま芝居は終わる。

ボトムたちが恋愛悲劇『ピラマスとシスビー』を上演した後，三組は初夜のベッドに向かう。最後にオベロンたち妖精が現れ，恋人たちを祝福し，パックの口上で作品は締めくくられる。

本作において恋心は魔法によって簡単に変化してしまうが，台詞からは自然な恋と魔法の恋との区別はつかない。つまり人間の想像力には相手を特別な存在へと変える魔法のような力があることが示唆されている。一方でハーミアとヘレナの喧嘩から分かるように想像力は無から憎しみをも生み出してしまう。このように一つの要素を多面的に捉えるところはシェイクスピアの特徴である。また，祝宴での恋愛悲劇の上演は自らの虚構性を暴露するドタバタ上演になっており，主筋の恋愛物語，ひいては本作の上演自体をも笑い飛ばす趣向になっている。しかしこのドタバタ上演であっても最後に女性主人公が死ぬ場面はやはり悲しい。想像力には簡単に片づけられない不思議な力があることを本作は何度も観客に訴えかけている。◁6

▶6　シェイクスピアには珍しく，本作には物語展開の基になった主要な種本は存在しない。日本語字幕のある本作上演の映像作品に，創意工夫と想像力に満ちたジュリー・テイモア演出作品（2014年）がある（下図）。

『夏の夜の夢』，2017年，アイ・ヴィー・シー，カルチャヴィル。

3 作品を味わう

恋人たちから森での体験について聞いたシーシアスは次のように語る。

"The lunatic, the lover, and the poet / Are of imagination all compact. / One sees more devils than vast hell can hold: / That is the madman. The lover, all as frantic, / See Helen's beauty in a brow of Egypt. / The poet's eye, in a fine frenzy rolling, / Doth glance from heaven to earth, from earth to heaven; / And as imagination bodies forth / The forms of things unknown, the poet's pen / Turns them to shapes, and gives airy nothing / A local habitation and a name."

（下線とスラッシュは筆者。下線は強音節）

「狂人，恋人，詩人は皆／想像力でできている。／広大な地獄以上に悪魔を見る，／これは狂人。恋人の心も同じく乱れ／エジプトの顔にヘレンの美を見る。／詩人の目は狂乱の中ぐるぐる回り／天から地まで，地から天まで一気に見渡し／想像力が未知のものを／生み出すと，詩人のペンは／形を整え，空気のような無に／住処と名前を与えるのだ」

4 考えてみよう

1．本作で使われる台詞の様々な詩形や韻律の効果について考えてみよう。
2．本作の妖精と『テンペスト』の妖精エアリアルとの違いを考えてみよう。
3．本作には絵画・音楽・バレエなど様々な翻案がある。それぞれ，原作のどの側面を取り上げ，どのようにジャンルの特徴を活かしているだろうか。

（桒山智成）

映像化作品

A Midsummer Night's Dream, 2010, ART HAUS.

A Midsummer Night's Dream, 2013, OPUS ARTE.

おすすめ文献

石井正之助編（1987）『夏の夜の夢』大修館書店。

Dutton, Richard, ed.（1996）, *A Midsummer Night's Dream*, New Casebooks, Palgrave.

Price, Antony, ed.（1983）, *Shakespeare: A Midsummer Night's Dream*, Casebook Series, Palgrave.

White, Martin（2008）, *A Midsummer Night's Dream*, Shakespeare Handbooks, Palgrave.

B　16・17世紀

8 『ハムレット』

ウィリアム・シェイクスピア

1 作家紹介

『夏の夜の夢』の項目（56ページ 1 ）を参照。

2 作品紹介

デンマークでは先王の死後，弟が先王の妻と結婚して王位を継いだ[1]。王[2]は即位早々ノルウェー王の甥フォーティンブラスの領土侵犯に対して采配を振るい外交的解決に至る。デンマーク王の甥ハムレットは，父の死だけでなく，母ガートルードが叔父と早々に再婚し，叔父が王位に就いたことを嘆いている。そのような中，彼は城壁で父の亡霊を見る。亡霊は弟に毒殺されたと告げ，復讐するように命じる。ハムレットにはオフィーリアという恋人がいるが，彼女の兄レアティーズは，ハムレットとは身分が異なるので付き合うなと彼女に助言し，留学先のフランスに帰る。王の臣下である父ポローニアスも彼との関係を絶つよう彼女に命じる。一方ハムレットは復讐の機会をうかがうためか狂気を装い，王はその原因をいぶかしがる。ポローニアスは娘への恋ゆえにハムレットが狂ったと思い込んでおり，そのように王に主張する[3]。王はハムレットの友人二人[4]を送り込み様子を探らせるが，やはり理由は分からない。そうした中，旅劇団が宮廷にやってくる。ハムレットは父の殺害を再現した芝居を彼らに上演させ[5]，友人ホレイショ[6]と共に王の反応を見る。王は殺害場面を見て動揺し，退室する。ハムレットは亡霊の話の正しさを確信する。

母の部屋に呼び出されたハムレットは，隠れていたポローニアスを王だと勘違いし，刺し殺す。母に父は殺されたことを告げ，再婚を責めると，彼女は悔恨の意を示す。ポローニアスの死を知った王はハムレットをイングランドに送り，イングランド王に彼を殺すよう密書を書く。父の死を知ったレアティーズは復讐に燃えフランスから帰国し，父がハムレットに殺されたことや，妹オフィーリアが狂気に陥ったことを知る。やがて彼女は小川で溺死する。そうした中，ハムレットが帰還する。イングランドに向かう中，海賊に捕まり，身代金との引き替えに帰国したのである。墓地を通りかかったハムレットは墓堀りと言葉を交わし，幼い頃に遊んだ道化ヨリックの頭蓋骨を目にする。そしてアレキサンダー大王を含め，どのような人間も必ず死を迎えることに思いが至る。そこにオフィーリアの葬列が到着し，ハムレットとレアティーズは摑み合いの喧嘩になる。王は和解のためという名目で両者に剣の試合をさせるが，レアテ

▷1　種本はサクソ・グラマティクス（Saxo Grammaticus, 1160?-1220?）作『デンマーク史』に収められたデンマーク王子アムレスの復讐物語。

▷2　このキャラクターは脚本内の台詞の前には“Claudius”（クローディアス）と表記されているが，台詞の中では“King”として言及されるのみである。

▷3　こうした人間の認識の限界はこの作品の重要なテーマの一つである。

▷4　ローゼンクランツとギルデンスターン。ストッパード（Tom Stoppard, 1937-）はこの二人の視点から『ハムレット』を捉えなおす戯曲を書いた。『ローゼンクランツとギルデンスターンは死んだ』の項目（176-177ページ）参照。

▷5　虚構によって現実を捉えようとする点に本作のメタ演劇的な面白さがある。

▷6　ハムレットは，ホレイショが情熱と冷静さとを併せ持っていることを高く評価しており，役者たちにも演技において情熱に流されないように助言する。情熱と理性との関係も本作の重要なテーマである。

▷7　ガートルードがどのような意図でワインを飲んだのか様々な解釈が可能であり，それによって彼女の人物像は大きく変わる。

ィーズには毒を塗った真剣を使わせ，ハムレット用のワインには毒を入れる。しかし試合はハムレットに優勢に進むので，レアティーズは休憩時にハムレットを毒剣で刺し，同じ剣で刺し返される。この後ガートルードが倒れる。息子の健闘を祈り，ハムレットに用意されたワインを飲んだからである◁7。企みを知ったハムレットは王を殺害する。ハムレットとレアティーズは互いを許し合い，息絶える。そこにノルウェー王の甥フォーティンブラスが登場し，彼がデンマークを引き継ぐことが示唆され，芝居は終わる。

ハムレットは初登場時から女性嫌悪や厭世観を持っており，最初の独白で，身体が溶けてなくなればいいと語るが，聖書が自殺を禁じているので自殺もできず，機能不全に陥っている。劇の半ばでも “To be, or not to be – that is the question”（生きるか否か，それが問題だ）で始まる有名な台詞を述べ，“be”（存在する）かどうか迷うが，死という眠りの中で夢を見ることに思い至り，ここでも死ぬことはできない◁8。実際に復讐を果たそうとするとポローニアスを殺してしまい，レアティーズの復讐の対象になってしまう。このエピソードは復讐の是非を問うだけでなく◁9，人間の認識や行為の限界を示す転換点になっている。終盤でハムレットは，何を成し遂げようと人間には平等に死が訪れること，人生は当人の思惑を超えて展開することを認識し，出来事をありのままに受け入れようとする。剣の試合の前に述べる “Let be”（あるがままにあれ）はハムレットの変化や到達点を示していて意義深い。また，“be” といった基礎的な語彙で深遠な内容を捉える点にも劇作家の力量がうかがえる◁10。

3 作品を味わう

剣試合の前にハムレットは嫌な予感を感じるものの，次のように述べる。

> “We defy augury. There is special providence in the fall of a sparrow. If it be, 'tis not to come. If it be not to come, it will be now. If it be not now, yet it will come. The readiness is all, since no man of aught he leaves knows what is't to leave betimes. Let be.”
>
> 「占いは退けよう。特別な神の意志がある，雀一羽の落下にさえ。それが今なら後では来ない。後で来ないなら，それは今。今でないなら，後で来る。覚悟が全て。自分が何を後にするのか誰にも分からないのだから，早く去ってもそれが何だと言うのだ。あるがままにあれ」

4 考えてみよう

1．物語を通してハムレットが変化した点，しなかった点を考えてみよう。

2．物語の中で「演技」はどのように捉えられているだろうか。

3．例えば『忠臣蔵』といった日本の復讐劇と比較検討してみよう。（桒山智成）

▶8　人生を夢や芝居とみなす演劇は多いが，本作は人生だけでなく死後をも夢と見ている。

▶9　復讐の虚しさや悪循環はシェイクスピアの初期作品『ヘンリ6世』（*Henry VI*, 1590-92頃）三部作から現れるテーマである。

▶10　シェイクスピアの台詞と映像とを有機的に連係させた映画にオリヴィエ（Laurence Olivier, 1907-89）監督・主演作品（1948年公開）がある（下図）。

『ハムレット』，2011年，ファーストトレーディング。

映像化作品

『ハムレット』，1996年，ワーナー・ブラザーズ。

Hamlet, 2016, Royal Shakespeare Company.

おすすめ文献

青山誠子編（2006）『ハムレット』ミネルヴァ書房。

笹山隆編（1988）『ハムレット読本』岩波書店。

河合祥一郎（2000）『謎解き「ハムレット」——名作のあかし』筑摩書房（2016，ちくま学芸文庫）。

松本朗・岩田美喜・木下誠・秦邦生編（2019）『イギリス文学と映画』三修社。

Prince, Joseph, G.（1986）, *Hamlet: Critical Essays*, Routledge.

B　16・17世紀

9 『冬物語』

ウィリアム・シェイクスピア

1 作家紹介

『夏の夜の夢』の項目（56ページ 1 ）を参照。

2 作品紹介

シチリアの王リオンティーズのもとに幼なじみのボヘミア王ポリクシニーズが9カ月逗留している。リオンティーズは，妻ハーマイオニが彼と浮気をしているという思い込みにとらわれ，臣下のカミロに彼の毒殺を命じる。そこでカミロとポリクシニーズはボヘミアに逃げる。妊娠中のハーマイオニは投獄され，牢獄で赤ん坊を産むが，リオンティーズは臣下のアンティゴナスにこの子を捨てさせる。彼はボヘミアの海岸に赤ん坊を捨て，直後に熊に襲われ命を落とす[1]。シチリアでは裁判が行われるが，アポロ神殿に遣わされた使いが戻り，「ハーマイオニは無実。失われたものが見つからなければ王は跡継ぎなしに生きる」という旨の神託[2]が読み上げられる。リオンティーズがこれを否定するや否や，王子マミリアスの死の知らせが入る。リオンティーズはこれを神罰だと確信する。ハーマイオニはその場に倒れ，奥に運ばれるが，侍女ポーライナが戻り，彼女の死を告げる。リオンティーズは毎日墓参りをして悔恨の日々を送る決意をする。一方，ボヘミアの海岸では羊飼いの親子が赤ん坊（パーディタ）を拾い，彼女を育てることにする。

ここで突然「時」が登場し，16年間，歳月を進めることを宣言し，場面はボヘミアの村での羊の毛刈り祭へと変わる。パーディタは美しい女性へと成長し，祭りで女王の役を演じている。彼女はポリクシニーズの息子フロリゼルに見初められ，恋仲にあり，彼も正体を偽って祭りに参加している。二人の関係を怪しむポリクシニーズとカミロも変装して祭りに参加しており，二人の様子をうかがっている[3]。祭りの中，詐欺師のオートリカスも小物を売りに登場する。フロリゼルがパーディタに求婚すると，ポリクシニーズが正体を明かして，王子の身勝手な結婚に激怒し，その場を去る。カミロは，駆け落ちを計画するフロリゼルたちをシチリアに連れて行くことにする。ポリクシニーズも彼らを追い，結局全員がシチリアに集まる。羊飼いの親子が彼らに，パーディタが養子であることを告げ，彼女を拾った時にあった物や手紙を渡すと，その出自が明らかになり，父リオンティーズと娘は奇跡の再会を果たす[4]。この後，ポーライナが一行をハーマイオニの石像が置かれている礼拝堂へと連れて行く。一同は石像

▷1　現実にはボヘミアは海とは接さず，海岸は存在しない。突然の熊の登場は現実の偶然性やこの物語の虚構性，あるいは測りがたい神意や自然を象徴するのかもしれない。“bear” は劇中「熊」だけでなく「子供を産む」「運ぶ」「耐える」「役割を演じる（bear a part）」などの意味でも使われ，それぞれが物語で重要な概念ないし行為となっている。この点で「熊」は劇中の全ての “bear” の象徴ととることもできる。

▷2　デルフォイのアポロ神殿は神託（神の言葉）を得る場所として有名であった。恍惚状態になった巫女の発する音声を神官が書き留めた。シェイクスピアは神託のエピソードで言葉と真実との微妙な関係を検討している。

▷3　変装したポリクシニーズとパーディタの間で「自然（Nature）」と「アート（Art）」との関係に関する議論があるが，これも劇中で重要なテーマとなっている。パーディタは，人間の手による品種改良が行われたカーネーションを嫌うが，ポリクシニーズはそうしたアートも自然の一部だと述べる。

▷4　この場面は貴族の語りによって伝えられ，舞台では表現されない。

の真に迫った様に驚き，リオンティーズは像に触れようとさえする。ポーライナはそれを制止するが，やがて，像を動かしてみせると宣言する。音楽が鳴り，ポーライナが命じると，はたして，石像は動いて台座から降り，リオンティーズの手を取るのであった。ハーマイオニはポーライナにかくまわれ，娘の帰還という神託の成就を望みながら生き延びていたのである。このような再会と和解の中，物語は締めくくられる[5]。

本作の特徴は「時」に表れている。観客は前半において先の見えない暗い悲劇を目にするが，作品中盤の「時」の登場によって劇世界を統御する存在を知り[6]，後半は「時」の視点を意識しながら劇展開を見守ることになる。実際に観客はパーディタに関する真実を知っているので，登場人物たちよりも高い，ある種，超越的な視点を持っている。それゆえに最後にハーマイオニの「石像」が動く時，観客は新たに驚きと感動を覚えることになる。また，この時，彼女のわずかな所作に注目が集まり，劇場内の人々が同じ時間と場所を共有している感覚，つまり観客も登場人物と同様に「時」の中に生きていることが強調される。人間の想像や思考で真実を捉えることや状況を制御することの難しさ，そして「いま・ここ」を共に生きていることを喜ぶことの大切さが全般を通じて示唆されている。

3 作品を味わう

最終場においてポーライナは「石像」を動かす前に次のように述べる。

> Paulina: “It is required / You do awake your faith. Then all stand still. / Or those that think it is unlawful business / I am about, let them depart.” Leontes: “Proceed. / No foot shall stir.” Paulina: “Music, awake her, strike! [*Music*] [*to Hermione*] 'Tis time; descend; be stone no more; approach.”（下線とスラッシュは筆者。下線は強音節）
> P「必要なのは／信じる心を起こすこと。その後は皆じっとして。／あるいは私がすることが法に反すると／思う人は，立ち去るのです」L「進めてくれ。／誰も動くな」P「音楽よ，彼女を起こして。さあ鳴らして！（音楽）（ハーマイオニに）時が来ました。降りて，石はもうやめ，近付いて下さい」

4 考えてみよう

1．本作は人間の想像力をどのように扱っているだろうか。
2．行商人オートリカスにはどのような役割があるだろうか。
3．種本であるグリーン（Robert Greene, 1558-92）の『パンドスト』（*Pandosto*, 1588）と比較してみよう。

（桒山智成）

▷5　日本語字幕のある映像化作品に BBC による TV 映像版（1981年放映）がある（下図）。

『冬物語』，2007年，テレシスインターナショナル，BBC Active，丸善。

▷6　「時」は自分を劇作家に喩えるが，この背後には世界を舞台，人間を役者，神（々）を劇作家ないし観客とする「世界劇場」という発想がある。この発想は多くのシェイクスピア作品で重要な役割を果たしている。

映像化作品

The Winter's Tale, 1999, 2002, Heritage.
The Winter's Tale, 2015, OPUS ARTE.

おすすめ文献

日本シェイクスピア協会編（2002）『シェイクスピア―世紀を超えて』研究社。
Alexander, Catherine M. S., ed. (2009), *The Cambridge Companion to Shakespeare's Last Plays,* Cambridge University Press.
Hunt, Maurice, ed. (1995), *The Winter's Tale: Critical Essays,* Routledge.
Muir, Kenneth, ed. (1982), *Shakespeare: The Winter's Tale,* Casebook Series, Palgrave.

B　16・17世紀

10 『ソネット集』
ウィリアム・シェイクスピア

1 作家紹介

『夏の夜の夢』の項目（56ページ 1 ）を参照。

2 作品紹介

ソネットとは14行詩のこと。14世紀イタリアで発展し，フランス，イギリスに伝わった。イギリス式ソネットは一行10音節，弱強５歩格[1]で書かれる。16世紀前半にワイアット（Thomas Wyatt, 1503-42）がこの詩形をイギリスに導入し，シドニー（Philip Sidney, 1554-86）が『アストロフェルとステラ』（*Astrophel and Stella*, 1591）で初のソネット連作を作り，シェイクスピアがさらにこの詩形の可能性を『ソネット集』（*Shakespeare's Sonnets*, 1609）で広げた[2]。このソネット集は154編から成り，脚韻は abab cdcd efef gg[3]と踏む。美男子の「君（thee）」や，（あるいは同一人物で）恋人の「君（thee）」に関するものが多いが，127番以降には「黒婦人[4]」も登場し，語り手と彼女との関係，あるいは美男子を絡めた三角関係がテーマとなる。連作を通して三者の関係を想像しながら読むことも興味深いが[5]，詩人がそれぞれのソネットでこの表現形式の可能性をどのように広げようとしているかや，いかに多様な恋愛詩のあり方を探求しているかに注目すると言葉の芸術の奥行きをより深く味わうことが出来るだろう。

3 作品を味わう

『ソネット集』で最も有名な18番を取り上げ，その特徴を見てみよう。

Shall I compare thee to a summer's day?（脚韻 a）
Thou art more lovely and more temperate: (b)
Rough winds do shake the darling buds of May, (a)
And summer's lease hath all too short a date; (b)
Sometime too hot the eye of heaven shines, (c)
And often is his gold complexion dimmed; (d)
And every fair from fair sometime declines, (c)
By chance or nature's changing course untrimmed: (d)
But thy eternal Summer shall not fade, (e)
Nor lose possession of that fair thou ow'st, (f)

▶1　5ページ，▶6参照。
▶2　1609年に出版される前に，1598年出版のミアズ（Francis Meres, 1565-1647）作『知恵の宝庫』（*Palladis Tamia: Wits Treasury*, 1598）においてすでに「シェイクスピアの甘いソネット」に関して言及があり，シェイクスピアはローマの詩人オウィディウスに重ねられている。また，『ソネット集』の138番と144番は，シェイクスピア作と銘打たれ1599年に出版された詩集『情熱の巡礼者』（*The Passionate Pilgrim*）に含められている。
▶3　同一のアルファベットは同一の音を示す。
▶4　通常，批評では「ダークレディ（Dark Lady）」と呼ばれている。
▶5　この詩集の献辞で出版者ソープ（Thomas Thorpe, 1569?-1625?）は「これらを生んだ W. H. 氏」に言及しており，これを歴史上の人物に特定しようとする試みもある。しかしテキストから分かる証拠は極めて少ない。18世紀には，W. H. 氏を作品中の美男子に，さらに Willie Hughes という名の少年俳優に結び付ける批評家もいた。ワイルド（Oscar Wilde, 1854-1900）はこの説を元に『W. H. 氏の肖像』（*The Portrait of Mr. W. H.*, 1889）を執筆している。ただし，この少年俳優の実在は疑わしい。

Nor shall death brag thou wand'rest in his shade, (e)
When in eternal lines to time thou grow'st. (f)
  So long as men can breathe or eyes can see, (g)
  So long lives this, and this gives life to thee. (g)

（下線や記号は筆者。下線は強音節）

例えてみようか，君を夏の一日に。／君はもっと愛らしくもっと穏やかだ。／荒れた風は五月の愛しい蕾を揺らし／夏の借り入れはあまりに期間が短かすぎる。／時にあまりに暑く天の目は輝いて／しばしばその黄金の顔は暗く翳る。／そしてどの美も美からいつかは落ちる，／運や自然の移ろう流れに飾られず。／だが君の永遠の夏は色褪せない。／いま持っている，その美の所有も失わない。／死も豪語しない，君が彼の影の中を彷徨うと。／なぜなら君は永遠の流れの中で時と共に育つから。／人が息をし，目が物見る限り／この詩は生きて，与え続ける，命を君に。

本作は「君」に直接語りかけ，「君」を夏の一日に喩えようとするロマンティックな1行で始まる。しかしその後何度も展開が切り替わり，読者に驚きを与える。まず2行目ですぐに「君」の喩えとして夏の一日では足りないことになる。しかし3行目以降では夏の短所だけでなく，愛しい蕾や太陽の輝きなど，夏の美しさも同時に書き込まれ，「君」と結び付けられていく。7行目からは美の短さや死が言及され，暗い雰囲気になるが，最終2行で，この詩が読まれ続けることで君の美が永続するという力強い結句に至る。この2行は単音節◁6の短い単語のみで構成され，〔s〕，〔z〕，〔ð〕，〔iː〕，〔ɪ〕といった同じ音も反復され，音声面でも安定感と力強さに満ちている◁7。また，詩の中央7行目末で "declines"（落ちる）が置かれ，詩行の構成は太陽の一日の動きを，「夏」という言葉は季節のサイクルを想起させる。恋の一行で始まったにもかかわらず，自然界や人の生死をも捉えていくスケールの大きさにこの詩の魅力がある。さらにシェイクスピアは，詩を読む体験を立体的に捉えている。12行目までは絵画的なイメージが広がるが，結句で突然いま紙の上で詩を読む我々読者の姿・呼吸・目の動きが詩の展開に絡められる。「君」の美は自然界の動きに，そしてこの詩を読む全ての人の想像力と命の中に宿り続けるのである。『ソネット集』は人間が「時」に打ち勝つ二つの方法に着目している。一つは子孫を残すこと，もう一つはこうした詩の永続的な力である。

4 考えてみよう

1．『ソネット集』から別の作品を選び，詩の構成や音の特徴を分析してみよう。
2．同時代のジョン・ダン（John Donne）のソネットと比較してみよう。
3．20世紀以降のソネットについて調べてみよう。

（桒山智成）

▷6　それまでの12行では各行に音節が二つ以上の単語が少なくとも一語は配置されている。

▷7　特に最終行の "and" を挟んだシメトリカルな語や音の配列が力強く，美しい。

映像化作品

Shakespeare's Sonnets, 2012, Illuminations.

おすすめ文献

大場建治（2018）『ソネット詩集』研究社。
田村一郎他著（1975）『シェイクスピアのソネット――愛の虚構』文理大学事業部。
Schoenfeldt, Michael, ed. (2007), *A Companion to Shakespeare's Sonnets*, Blackwell.
Vendler, Helen (1997), *The Art of Shakespeare's Sonnets*, Belknap Press of Harvard University Press.

B　16・17世紀

11『錬金術師』

ベン・ジョンソン

1 作家紹介

ロンドンもしくはその近郊で生まれたとされているジョンソン（Ben Jonson, 1572-1637）はウェストミンスター学校に進み，そこで古典学問の世界に触れた。キッド（Thomas Kyd, 1558-94）やシェイクスピアと並んで，俳優兼劇作家として知られるようになったが，投獄されたり，海軍大臣一座の同じ劇団の役者との決闘で相手を殺害したことによって，全財産を没収されたりしている。遺産目当ての隣人から金品などを巻き上げようとする主人公が登場する『ヴォルポーネ』（*Volpone*, 1606）はジェイムズ１世の庇護下にあった国王一座によって上演された，彼の代表作である。

ジョンソンは仮面劇の革新者でもあった。舞台装置家ジョーンズ（Inigo Jones, 1573-1652）による舞台装飾は，古典神話を素材にしたジョンソンの仮面劇の世界を彩り，詩と音楽と情景が一体になる舞台装置を施し，仮面劇を複合芸術にしたが，その莫大な浪費と放漫な過剰さは，清教徒たちの非難の対象となった。ジェイムズ１世はジョンソンの演劇を好んだが，チャールズ１世の時代になって，ジョンソンは宮廷を離れた。

ジョンソンの功績は戯曲にとどまらず詩作品にも及ぶ。『エピグラム集』（*Epigrams*），『森』（*The Forest*）などが所蔵された詩集である，『作品集』（*Works*, 1616）が豪華な大型本（フォリオ版）で出版された。この出版を期に，ジョンソンは桂冠詩人となる。人形亭や悪魔軒などの酒場が，酒を愛するジョンソンの文学談義の場所となり，彼の周囲には，詩人や文人が集まり「ベン一派（'the Tribe of Ben'）」と呼ばれた。

2 作品紹介

『錬金術師』（*The Alchemist*, 1610）は，ペストの流行により一家の主がロンドンを逃げ出している間，残る召使が錬金術の博士と偽る詐欺師サトルを家に招き入れ，実験などを行わせるという設定になっている。この戯曲では，清教徒の牧師が錬金術師の力を利用し，清教徒自身が一種の詐欺師として描かれている。

錬金術師サトルは，実践的錬金術の工程を演出する[1]。また，賢者の石つまりエリクシルを飲用すれば，若返りと長寿が期待できるともいう[2]。さらに錬金術によって得られる秘薬にはペストをはじめとする伝染病の治療効果も存在する

▷１　実践的錬金術の工程については，ロバーツ，ガレス／目羅公和訳『錬金術大全』（東洋書林，2004年）などを参照。

▷２　賢者の石が持ちうる若返りと長寿の効果については，パラケルスス／大槻真一郎訳『奇跡の医書』（工作舎，1980年）を参照。

らしい。一方，賢者の石を手に入れて布教活動を行おうと目論んでいる清教徒トリビュレーションは，職を追われ，イギリス内での説教を禁じられた非国教派聖職者の復位のために，錬金術を利用しようとしていることが諷刺を込めて描かれている。

3 作品を味わう

錬金術師サトルは，信者を増やそうとするトリビュレーションに対して，賢者の石さえ手に入れれば，悩む必要はないと言い，次のように続ける。

SUB. You may be anything, and leave off to make
Long-winded exercises; or suck up,
Your *ha*, and *hum*! in a tune. [...]
....
TRI. Let me find grace, sir, in your eyes; the man
He stands corrected: neither did his zeal
But as your self, allow a tune, somewhere.
Which, now, being toward the stone, we shall not need.
サトル　あなたは何にだってなれますよ，
長たらしい説教や，息を吸い込んで，
正しい音程で，「ほう」とか「ふうむ」とか言わなくてもよいのです。
....
トリビュレーション　あなたの眼の中に慈悲を見出させてください。
その男，彼は懲りて立っております，確かに，彼の熱意は（しかしあなた自身のように）どこかで讃美歌のような金切り声を挙げたりはしませんでした。しかし，今や石の完成が間近ですから，我々はそれを必要とはしないでしょう。

4 考えてみよう

1．引用箇所において，トリビュレーションが言うところの信者の「熱狂（'zeal'）」は錬金術の文脈の中でどのように描かれているか。宗教戦争における「熱狂」の政治的な側面を考慮しながら述べてみよう。
2．『錬金術師』の登場人物の名前は何に由来するか？　登場人物の名を挙げ，その人物が戯曲の中でどのように位置付けられているかに言及しながら解説してみよう。
3．ジョンソンが確立した気質喜劇[◁3]は演劇界にどのような影響を与えたか。17世紀以前の喜劇，および王政復古後の喜劇の特性に注目しながら詳しく説明してみよう。

（松本　舞）

▷3　12ページ，2参照。

おすすめ文献

Roberts, Gareth (1994), *The Mirror of Alchemy: Alchemical Ideas and Images in Manuscripts and Books from Antiquity to the Seventeenth Century*, The British Library.
Linden, S. J. (1996), *Darke Hierogliphicks*, Kentucky University Press.

B　16・17世紀

12『ソングズ・アンド・ソネッツ』
ジョン・ダン

1 作家紹介

ダン（John Donne, 1572-1631）は敬虔なカトリック信者の両親のもとロンドンに生まれた。1598年，大法官トマス・エジャートンの秘書となったが彼の姪，アン・モアと恋に陥り，1601年密かに結婚した。密告によってこの秘密結婚はアンの父親の知るところとなり，アンは勘当されダンも解雇されることになる。アンはダンとの間に11人の子を設け12人目の出産に際して死んだ。

メランコリーに陥ったダンは『自殺論』（*Biathanatos*, 1608）で自殺を擁護する主張も行っている。しかし，1621年にはセント・ポール寺院の主任牧師となり当時の最も有名な説教者となった。1623年頃重病に陥ったダンは，回復までの間の健康，痛み，病気についての一連の瞑想を『不意に発生する事態に関する瞑想』（*Devotions upon Emergent Occasions*, 1624）として出版した[◁1]。その他の代表作として，恋愛詩集『エレジー』（*Elegies*）や『聖なるソネット』（*Holy Sonnets*, 1633）がある。

2 作品紹介

『ソングズ・アンド・ソネッツ』（*Songs and Sonnets*）は50余篇からなる恋愛詩集であり，ダンの死後1633年に『詩集』（*Poems*）に収録され出版された。宮廷風恋愛が片思いを常としたのとは対照的に，ダンは，スペンサー（Edmund Spencer, 1552-99）と同様に，相思相愛の恋愛を描いているが，時には，女性を支配と征服の対象として，また時には，性差を消滅させた，一体となった二人を描こうと試みている[◁2]。現実に存在する恋人の身体を，感覚を通して経験することが「愛」の本質を構成する不可欠な要素であることをダンは主張した。ダンは，「別れの唄，涙によせて」（'A Valediction of Weeping'）の中で，自分の涙に映った女性の姿を「それは多くの悲しみの結実，さらに多くの悲しみのしるし」（'Fruits of much grief they are, emblems of more', 7行目）といっているが，ダンが 'more' という単語を用いる時，それは秘密結婚をしたアン・モアのことだと暗に示している。ダンの表現上の特徴は，似たところのない二つの概念を一つに結合させる拡大したメタファー，いわゆる形而上的奇想（Metaphysical Conceit）である[◁3]。

▶1　ダンの瞑想と詩の関係については，阿部公彦『スローモーション考』（南雲堂，2008年）250-259ページなどを参照。また，『不意に発生する事態に関する瞑想』の17番は，「誰がために鐘は鳴る（'for whom the bell tolls'）」および「なんぴとも一島嶼にてはあらず（'no man is an island'）」というフレーズで知られており，アメリカの作家ヘミングウェイ（Ernest Hemingway, 1899-1961）やマートン（Thomas Merton, 1915-1968）の作品のタイトルは，この説教の一節からとられている。

▶2　宮廷風恋愛と恋愛詩については，桂文子・岡村眞紀子・竹田雅子『ソネット選集――ワイアットからハーバートまで』（英宝社，2016年），吉中孝志『名前で読み解く英文学』（広島大学出版会，2012年）17-49ページに詳しい。

▶3　「別れ 嘆くのを禁じて（'A Valediction: Forbidding Mourning'）」と題された詩では離れ離れになった2人の恋人たちとコンパスの2本の脚が対比され，ダンの奇想の最も有名なものとなっている。

3 作品を味わう

ダンは「聖遺物」（'The Relic'）と題された詩の中で，墓の中に横たわった男女が，ある「工夫」によって，同時に復活できると歌っている。

When my grave is broke up again
　　　　Some second guest to entertain,
　　　　(For graves have learn'd that woman-head
　　　　To be to more than one a bed,)
And he that digs it, spies
A bracelet of bright hair about the bone,
　　　　　　Will he not let us alone,
And think that there a loving couple lies,
Who thought that this device might be some way
To make their souls at the last busy day
Meet at this grave, and make a little stay?
僕の墓が第二の客人をいれるために
　　　　再び掘られ，
　　　　（なぜなら墓というものは学習したのだ，女の頭が
　　　一人だけの寝床でないということを）
　　　　墓掘りが，僕の骨に
　巻きつけてある金髪の腕輪を見つけたとき
　　　　彼はそのままそっとしてあげようと思うだろう
そしてここに愛する二人がよこたわっているのだと思うだろう。
二人はこのような工夫がなんらかの手段になることを
あの最後の忙しい運命の日に
この墓で出会い，少しのあいだ留まっていられる，そういう工夫であると
考えたのだ。

4 考えてみよう

1．「聖遺物」で描かれる表現の中で，どのような表現が奇想と呼べるだろうか。詩の中の表現を引用し，詳しく説明してみよう。
2．「聖遺物」はキリスト教のどの宗派に特徴的なものだろうか。その宗派の解説を施しながら，論じてみよう。
3．ダンの詩の表現にはどのような学問の知識や哲学が反映されているか。それらが反映されている詩の題名を挙げ，ダンが根拠としていると思われる学説について言及し，ダンの詩の表現を引用しながら述べてみよう。

（松本　舞）

おすすめ文献

早乙女忠（2001）『詩人と新しい哲学』松柏社。

岡村眞記子（2008）『パラドックスの詩人 ジョン・ダン』英宝社。

吉中孝志（2012）『名前で読み解く英文学』広島大学出版会。

滝口晴生（2013）『ジョン・ダンの魔術意識と神秘意識』金星堂。

B　16・17世紀

13 『火花散る火打ち石』

ヘンリー・ヴォーン

1 作家紹介

ヴォーン（Henry Vaughan, 1621-95）は，ウェールズの旧ブレックノック州に生まれた。オックスフォードとロンドンで学んだ数年間以外，生涯を地元ブレコンで過ごした。彼は王党派の立場を保持しながら宗教戦争の時代を生きた。ヴォーンの詩群の中で色濃く描かれている，この世からの「隠遁」（'Retirement'）願望，「星のはるかかなたにある／国」である「平安」（'Peace'）に到達したいという願い，死者たちが住まう「光の国」（'the world of light'）に対する憧れ，そして自然への憧憬もまた，革命の混乱の中で，神秘主義思想を拠り所にしたヴォーンが見出した処世術でもあったといえるであろう。

ヴォーンの表現には，神秘主義思想家であった，弟のトマス（Thomas Vaughan, 1621-66）やベーメ（Jacob Boehme, 1575-1624）などの影響が強く見られ，夜や光の描写が神秘主義思想の流れを汲むものとして特徴的である。また，ヴォーンは，ヘルメス医学書の英訳を行っており，晩年は医師として過ごしていたようである[1]。

初期の作品においては，ダン（John Donne, 1572-1631）などの恋愛詩の影響が見られるが，『火花散る火打ち石』（*Silex Scintillans*, 1650, 1655）に収録された宗教詩においては，ヴォーンが敬愛してやまなかった，ハーバート（George Herbert, 1593-1633）の表現に負うところが大きい。

▷1　ヘンリー・ヴォーンの肖像画は残っていないが，地元のブレコン大聖堂の祭壇にはヴォーンの銅像が組み込まれており，「医師」として紹介されている。ページ右上の図版は詩集『火花散る火打石』の表紙のエンブレム。

2 作品紹介

『火花散る火打ち石』の出版時には，すでに清教徒によって，国教会的な儀礼が禁止され，祭壇も破壊されていた。急進派の清教徒たちは，終末の地上に天国を作り出そうと「前進」し，神から受けたと主張する「新しい光」（'New Light'）のもと，聖霊に導かれて革命を押し進めていると主張していた。彼らの「熱心さ」（'zeal'）を叫ぶ甲高い説教の声は，ヴォーンによって一種の騒音として描かれ，またその過度の熱は盲目状態へと陥らせる病として描き出されている。

内乱が作り出した混乱は，詩人を自然の中に神を見出す姿勢へと向かわせた。例えばヴォーンは鳥の中に，神から与えられた「磁気」（'magnet', 'touch'）を見出した。この磁力は「星」（'The Star'）や「石」（'The Stone'）が持ちうる「感応力」（'influence'）や天と地の霊的交渉を説明する要素となっている。

またヴォーンは人間の堕落前の透明で純粋な状態を「幼年時代」（'Childhood'）の中に見て，幼年期が持ちうる「永遠の，輝く光の筋のような若枝を感じた日々」を賛美しており，17世紀という時代において，原罪を負う存在と考えられていた子どもの性質を肯定的に捉えた詩人でもある。

3 作品を味わう

ヴォーンは旧約聖書の時代の神殿や，国教会的な外形的儀式を行う場所がない状態でも，神の「作品」である自然がキリストを宿すと考えている。「夜」（'The Night'）と題された次の詩では，詩人は「夜」に語りかけている。

Dear Night! this world's defeat;
The stop to busie fools; cares check and curb;
The day of Spirits; my soul's calm retreat
Which none disturb!
……………………………………………
There is in God (some say)
A deep, but dazzling darkness [.]

愛しき夜！　この世の敗北と取り消し
忙しい愚か者たちの休止場所。気苦労を止め，抑制するもの。
霊たちの昼。我が魂の静かな後退，
誰も邪魔することのないもの！
……………………………………………
神の中には（ある人達はそう言うのだが）
深い，しかし目の眩む暗闇がある

4 考えてみよう

1．「夜」の中で表現されている 'dazzling darkness' とは何を意味するか。(some say) が括弧付きで表されている理由と併せて述べてみよう。
2．自然を賛美するヴォーンの表現は，後の時代の詩人たちの詩的表現にどのように影響を与えたか。17世紀以前の自然観とヴォーンの自然に対する概念を比較しながら詳しく説明してみよう。
3．医学に準じたヴォーンの表現はどのように清教徒批判に利用されているか。当時の医学理論の説明を加えながら論じてみよう。

（松本　舞）

おすすめ文献

松本舞（2016）『ヘンリー・ヴォーンと賢者の石』金星堂。
Hutchinson, F. E. (1947), *Henry Vaughan*, Clarendon.
Pettet, E. C. (1960), *Of Paradise and Light*, Cambridge University Press.
Calhoun, Thomas (1981), *Henry Vaughan*, Associated University Presses.
Post, Jonathan (1982), *The Unfolding Vision*, Princeton UP.
Scintilla: The Journal of the Vaughan Association Vol. 1-22, The Vaughan Association.

B　16・17世紀

14『楽園の喪失』

ジョン・ミルトン

1 作家紹介

ミルトン（John Milton, 1608-74）は清教徒の父のもとに生まれ，ケンブリッジ大学でギリシア・ローマの古典を学んだ。初期の作品として，貴族のパーティのために書いた，仮面劇[1]『コウマス』（*A Mask Presented at Ludlow Castle*, 1638初演）や，アイルランドへ向かう船の難破で溺死した，友人キングを哀悼する牧歌詩[2]『リシダス』（*Lycidas*, 1638）などがある。1640年から1650年にかけてミルトンは，言論の自由を説いた『アレオパジティカ』（*Areopagitica*, 1644），性格の不一致による離婚を認める『離婚論』（*The Doctrine and Discipline of Divorce*, 1643）を発表している。1649年にはクロムウェル政権のラテン語秘書官になる。王政復古後に投獄されたが，マーヴェル（Andrew Marvell, 1621-78）の尽力もあって処刑を免れた。1652年，両目を失明したが，視力を失ったことを描いた「私の光がどのようにして消えてしまったか考えるとき」（'When I consider how my light is spent'）という言葉で始まるソネットを残している。革命の後に叙事詩『楽園の喪失』（*Paradise Lost*, 1667），『楽園の回復』（*Paradise Regained*, 1671），旧約聖書を題材にした悲劇『闘士サムソン』（*Samson Agonistes*, 1671）を発表した。

▷1　イタリアで生まれ，16世紀から17世紀初頭にかけて，ヨーロッパの宮廷や貴族の間で流行した娯楽演劇。寓話や神話を題材にすることが多い。

▷2　牧歌には，羊飼いが恋の喜びや悲しみを歌い，互いに歌の優劣を競い合うもの，羊飼いが報われぬ恋の嘆きを恋人の賛美の歌に託するもの，羊飼いが仲間の死の悲しみや葬送の悲嘆，慰めを歌うものなどがある。牧歌はウェルギリウスによってジャンルとして確立され，ルネサンス期には諷刺や寓意の手段としても利用された。また牧歌劇や散文の牧歌的ロマンスもこの時期に生まれた。

2 作品紹介

『楽園の喪失』は，神への叛逆を試みる堕天使サタンを中心に，エデンの園に作られた人間が追放されるまでを描いた12巻の叙事詩である。ダンテ（Dante Alighieri, 1265-1321）の『神曲』（*La Divina Commedia*, 1309?-20?）で描かれた地獄の描写を基本としながらも，ミルトンはこの叙事詩の中で，悪魔に肉付けをしたともいえるだろう[3]。三度の涙を流し，他の堕天使たちに対して演説をする堕天使サタンの言説や，武装をする堕天使たちの軍勢がミカエルの剣と天の軍勢によって打ちのめされる描写の中には，改革を押し進めチャールズ1世を断頭台へと送ってしまった清教徒を擁護したことへの反省も描いているように思われる。

この作品は，堕天使サタンが叛逆の天使たちとともに「武器をとり」「すさまじい勢いで燃え盛る炎に包まれて」「真っ逆さまに奈落の底へと落ち」「のたうち回っている」（第1巻45-47行）ところから始まる。堕落の場面では，イブが禁断の果実を口にした瞬間，「大地は傷の痛みを覚え，自然も呻き声をもら

▷3　地獄の描写については，ターナー，アリス・K.／野崎嘉信訳『地獄の歴史』（法政大学出版会，1995年）などを参照。堕天使については，Davidson, Gustav, *A Dictionary of Angels*, (Macmillan, 1967)，岡田温司『天使とは何か――キューピッド，キリスト，悪魔』（中公新書，2016年）128-164ページなど，様々な解釈が示されている。

し」（第９巻781-783行）またアダムが実を食べた際にも再度「呻き声を上げた」（第９巻999-1001行）とミルトンは描く。

『楽園の喪失』の中では，アダムは，サタンに唆されたイブに単に誘惑されただけではなく，むしろ，イブと共に「死さえも喜んで受け入れよう」と彼の自由意志によって禁断の果実を食べたことが描かれている。天使ミカエルは，やがて生まれてくる「女の末裔」によってサタンに対する復讐がなされることを夢に見させ，楽園の外，「東の門の方」（第12巻637行）へと連れてゆく。そして「手に手を取って」「エデンを通って二人だけの寂しいみちをたどってい」（第12巻648-649行）くアダムとイブが描かれて，この叙事詩は終わる。

3 作品を味わう

以下は天上の闘いの一部である。

[…] it [=sword of Michael from the armoury of God] met
The sword of Satan with steep force to smite
Descending, and in half cut sheer, nor stayed,
But with swift wheel reverse, deep entering shared
All his right side; then Satan first knew pain,
And writhed him to and fro convolved [.]
［中略］それ（神の武器庫からもってきたミカエルの剣）を
サタンの剣は受け止めたが次の瞬間，真っ二つに分断されてしまった。それどころかミカエルは目にも止まらぬ速さで己の剣を後方に弧を描いてふりかぶり，再びサタン目指して振り下ろすと，今度は
彼の右の脇腹をえぐった，このときサタンは初めて痛みを知り
身をよじって転々と転げまわった。

4 考えてみよう

1．上記引用箇所においてサタンが痛みを感じたのはなぜか。天使が涙を流すかという議論を包括しながら，天使の霊気がどのように描写されているか説明してみよう。

2．『楽園の喪失』の中の自然はどのように描かれているか。花の名，動物の名を付ける役割が誰に与えられているかに注目しながら，エデンの園における自然描写について論じてみよう。

3．『楽園の喪失』の中で，実在の天文学者が言及されていると思われる箇所を見つけ，ミルトンが当時の天文学をどのように利用しているか，述べてみよう。

（松本　舞）

おすすめ文献

圓月勝博編（1995）『挑発するミルトン』彩流社。

Rosenblatt, Jason, P. (1994), *Torah and Law in Paradise Lost*, Princeton University Press.

Dickson, Donald R. and Holly Faith Nelson, ed. (2004), *Of Paradise and Light: Essays, on Henry Vaughan and John Milton in Honor of Alan Rudrum*, University of Delware Press.

B　16・17世紀

15『天路歴程』

ジョン・バニヤン

1 作家紹介

金物屋の息子として生まれたバニヤン（John Bunyan, 1628-88）は，1644年に議会軍として内乱に参戦し，その後結婚する。敬虔なクリスチャンであった妻が持っていた二冊の伝道書を読み，自伝的な作品『罪びとのかしらに溢れる恩寵』（*Grace Abounding to the Chief of Sinners*, 1666）を書く。1655年にはベッドフォードの分離派教会に入り，説教師となる。クエーカー教徒を批判した論文や『律法と恩寵の教義』（*The Doctrine of the Law and Grace Unfolded*, 1659）の出版はバニヤンを有名にしたが，1660年に資格なしで説教した科で逮捕された。不法に説教をしないことを宣言しなかったためバニヤンは12年間投獄され，その間に『天路歴程』を執筆する。

2 作品紹介

『天路歴程』（*The Pilgrim's Progress*◁1, 1678, 1684）は，『欽定訳聖書』にならった，平易な散文で書かれている寓意物語で，人生が巡礼に喩えられている。この作品では，「わたし」という語り手が夢を見るという形ですすめられていく。主人公「基督者《キリスト》」（Christian）は，一冊の書物を読み「天からの火で焼かれ，恐ろしい破滅では救われる道がみつからない」ことを恐れ，妻と子に同行を求めるが，賛同を得られず，一人旅へと出かける。大きな荷物を背負い，道を見失った「基督者」の前に「伝道者」が現れ「くぐりの門」へ向かうよう助言する◁2。「落胆の沼」にはまったり，詐欺師でもある「遵法者」の息子「世才者」に騙されて道を逸れてしまったりするが，やがて「基督者」は「解説者」の家に着く。「解説者」は「基督者」に対し，「ほこりの広間」や，「短気児」および「忍耐児」がいる「小さな部屋」，壁と向かい合わせに火が燃えている場所，「鉄の檻」の中に閉じ込められている男，さらに「最後の審判」を思わせる様子に震えおののく男を見せる。「基督者」が「救いの垣」で十字架にたどり着いた時，背中の「重荷」は肩からほどけ，くぼ地の墓の中に落ちた。重荷から楽になった「基督者」は，やがて「虚栄の市」にたどり着く。そこは，この世のありとあらゆる空しいもの，家，地位，名誉，快楽，金，宝石などが売買されている一つの町で，ここで「基督者」は投獄され，裁判にかけられてしまう。共に旅をしていた「信仰者」はこの町で処刑をされるが，処刑を逃れた「基督者」の傍らには「有望者」がやってきて旅を続ける。彼らはロトの妻の話を思

▷1　正式には『この世から来るべきあの世への巡礼者の歩み』（*The Pilgrim's Progress from This World to That Which Is to Come; Delivered under the Similitude of a Dream*, 1678, 1684）という題で出版された。

▷2　マタイ伝第7章13-14節を引用し，「伝道者」は，輝く「光から目を離さずにまっすぐに昇っていきなさい。そうすれば門が見えるでしょう。そこで門を叩けばどうすればよいか聞けるでしょう」と言う。バニヤンは本文の横に聖書からの聖句の箇所を表記している。

わせるような碑を一種の戒めとし，歩みをすすめる◁3。「基督者」は最後には「死の川」を渡り，救済を表す「天上の都市」へとたどり着く。

▷3　アブラハムの子デマスが誘惑をした後に，「有望者」と「基督者」が歩みを進めていると，女の人が柱の形に変わったような碑が立ち，「ロトの妻を思い出しなさい」という筆跡が残されていた。ソドムの町から逃げ出そうとし，貪欲な心で後ろを振り返ったため，ロトの妻は塩の柱にされた。

3 作品を味わう

「屈辱の谷」では「アポルオン」という悪魔が，雨あられとはげしい槍を投げつける。「基督者」は次第に力つきてゆく。アポルオンは「基督者」に詰め寄って組みつき，激しく打ち倒す。その時に「基督者」の剣は飛んで手から離れた。アポルオンが「今こそお前は俺のものだ」と，ほとんど死なんばかりに「基督者」を抑えつけた。以下の描写はその後の闘いの様子である。

But, as God would have it, while *Apollyon* was fetching his last blow, thereby to make a full end of this good man, *Christian* nimbly reached out his hand for his sword, and caught it, saying, *Rejoice not against me, O mine enemy: when I fall, I shall arise,* and with that gave him a deadly thrust, which made him give back, as one that had received his mortal wound. *Christian* perceiving that, made at him again, saying, *Nay, in all these things we are more than conquerors, through Him that loved us.* And with that *Apollyon* spread forth his dragon wings, and sped him away, that *Christian* saw him no more.

しかし，アポルオンがこの善人にとどめの一撃を加えようとしたとき神のみ旨《むね》によって，彼はすばやく手を伸ばして剣をつかみ，「わが敵よ，私について喜ぶな。たとえ私は倒れても起き上がる」といい，ずぶりと一突き刺すと，アポルオンは致命傷を受けたもののようにたじろいだ。「基督者」はこれを見るなり再び彼に詰め寄って，「しかし私たちを愛してくださった方によって，私たちはこれらすべての事において勝ち得るのだ」と言った。それと同時にアポルオンは龍の翼をひろげて逃げていった。それで「基督者」はもはや彼を見なかった。

4 考えてみよう

1．「基督者」がアポルオンに加えた一撃を，ミルトンの『楽園の喪失』の中でサタンがミカエルの剣に刺された一撃（71ページ，3参照）と比較してみよう。

2．「解説者」が見せた寓意の中で，「最後の審判」の日の様子はどのように描かれているか。「雲に座している人物」の「書物」や，「毒麦」「もみ殻」「刈株」の描写が何を表すかに言及しながら答えてみよう。

3．「基督者」が背負っていた「荷物」と，それを引き替えに得た「巻物」はそれぞれ何を意味しているか，その説明を包括しながら，「荷物」が消え，「巻物」が現れた理由を述べてみよう。

（松本　舞）

映像化作品

Pilgrim's Progress: Journey to Heaven, 2008, DRC Films.

おすすめ文献

永岡薫編（1991）『イギリス革命におけるミルトンとバニヤン』御茶の水書房。

C　18世紀

16 『批評論』
アレグザンダー・ポウプ

1 作家紹介

新古典主義[1]の詩人ポウプ（Alexander Pope, 1688-1744）は，ロンドンにて裕福なリネン商の父親のもとに生まれた。一家は国教会体制下で差別的待遇を受けるローマ・カトリック信徒であった。ポウプ自身はといえば，少年期から結核の諸症状に悩まされ，脊椎カリエスによる骨の変形が原因で成人後も身長は4フィート6インチ（約1メートル37センチ）に止まったという。そうした宗教上および健康上の理由から学校教育を受けた期間は短かったものの，古典文学や外国語は独学で修めている。1709年に出版した『牧歌』（*Pastorals*）で名声を獲得し，その後，同時代の文学者たちと交流を深めながら諧謔や諷刺に富んだ作品を多数執筆していった。

代表作は，『批評論』（*An Essay on Criticism*, 1711），『髪盗人』（*The Rape of the Lock*, 1712），『愚物列伝』（*The Dunciad*, 1728）など。ホメロス[2]などの古典作品の翻訳を手がけ，英訳版『イリアス』（*Iliad*, 1715-20）および『オデュッセイア』（*Odyssey*, 1725-26）も出版している。

▶1 「詩の歴史」の項目 3 （32ページ）参照。

▶2 英語では，Homer。古代ギリシアの叙事詩『イリアス』および『オデュッセイア』の作者とされている。実在したかはさだかでない。これらの作品を執筆したのは複数の人物であるという説もある。

2 作品紹介

『批評論』は，ヒロイック・カプレット[3]で書かれた全744行の詩（韻文体の論考）である。批評を論じることは，批評の向かう対象である詩を論じることにも繋がるから，広義の詩論と見てよい。その点において，ホラティウス（Quintus Horatius Flaccus, 65BC-8BC）の『詩論』（*Ars Poetica*, 19?BC）や，フランスの新古典主義者ボワロー（Nicolas Boileau-Depréaux, 1636-1711）の『詩論』（*L'Art poétique*, 1674）を先駆とする，韻文体で書かれた詩論の系譜上に位置付けられる作品である。

本作品においてポウプは，批評家がつい陥りがちな誤りを指摘しつつ，詩作（想像力）に負けず劣らず重要な批評（判断力）の意義を強調する。例えば，批評する際には作者の「目的」に着目するのが大切であって，作品にわずかな瑕《か》疵《し》が見られたとしても目をつぶるべき，であるとか，詩の文体や音声的要素を過度に評価しすぎないようにせよ，といったように，細部よりも全体性を重視する姿勢が色濃い。さらには，ポウプの関心は批評家の人格にも及び，アリストテレスやホラティウス，ロンギヌス[4]（Longinus）などの古代の批評家や，その精神の継承者であるルネサンス期の批評家が体現する高い道徳性を理想化す

▶3 「英雄対韻句」。連続する二行ごとに押韻した弱強5歩格（5ページ，▶6参照）のこと。主として叙事詩などに使われる詩形である。次頁の「3作品を味わう」に載せた例から，二行ごとに押韻している様子を確認してほしい。

▶4 偽ロンギヌスとも呼ばれる。1世紀に書かれた『崇高論』の作者とされている人物であるが，その正体は不明である。

る一方で，彼自身ならびに彼が信奉するドライデン（John Dryden, 1631-1700）を非難するデニス（John Dennis, 1658-1734）など同時代の批評家たちに仮借ない攻撃を加える箇所も見られる。

なお，『批評論』は名言の宝庫であり，それらをたどっていくだけでも本作品の魅力にいくらか触れることが出来る。中でも，「過つは人，許すは神（“To err is human, to forgive, divine”）」や「愚者は天使も踏むを恐れるところに突進する（“Fools rush in where angels fear to tread”◁5）」などは特に有名である。

▶5　これはE. M. フォースターの小説『天使も踏むを恐れるところ』（*Where Angels Fear to Tread,* 1905）のタイトルに使われている（138ページ参照）。

3 作品を味わう

『批評論』で，文体を重視型の批評の欠点が指摘される箇所より。

Words are like leaves; and where they most abound,
Much fruit of sense beneath is rarely found,
False Eloquence, like the prismatic glass,
Its gaudy colours spreads on ev'ry① place;
The face of Nature we no more survey,
All glares alike, without distinction gay:
But true expression, like th'② unchanging Sun,
Clears and improves whate'er③ it shines upon,
It gilds all objects, but it alters none.
ことばは葉のようなもの。最もよく繁るところでは，
奥にある意味の果実があまり見つからない。
偽の雄弁は，プリズムのように
派手な色彩を四方に飛ばす。
われわれは自然の相貌を吟味することをやめ，
すべてが明確な区別なしに一様に輝いてしまう。
だが，真の表現は，不変の太陽のようなもの。
照らす先が何であれ，それを明るみにし，価値を高め，
全ての対象物を輝かせつつ，変化までは及ばさない。

① ev'ry = every の短縮形／② th' = the の短縮形／③ whate'er = whatever の短縮形

4 考えてみよう

1. 3 にあるように，ポウプは文体を過剰に評価するような批評を批判している。ここでの「文体（Style）」とは文章のどのような側面を指すのだろうか。
2. ポウプによれば，批評家は道徳的存在であるべきだという。そのような主張をあなたはどう捉えるか。
3. 「ヒロイック・カプレット」で書かれた作品には他にどのようなものがあるか調べ，『批評論』と比べながら読んでみよう。　　（田代尚路）

おすすめ文献

Mack, Maynard (1985), *Alexander Pope: A Life,* Yale University Press.
酒井幸三（1979）『ポウプ前期の詩と詩論研究——ヒロイック・カプレットの言語技法』あぽろん社。
酒井義孝（1935）『ポウプ』研究社。

C　18世紀

17 『ロビンソン・クルーソー』
ダニエル・デフォー

1 作家紹介

デフォー（Daniel Defoe, 1660?-1731）はロンドン生まれの作家・ジャーナリストである。長老派[1]の家系であったことから大学には入学できず，非国教徒向けの学院で教育を受ける[2]。『生粋のイングランド人』（*The True-Born Englishman*, 1701）で外国生まれの国王ウィリアム3世（William III, 1650-1702）を支持する主張を展開したあと，非国教徒を擁護する目的で『最も手のかからない非国教徒対策』（*The Shortest Way with the Dissenters*, 1702）を発表するが，これが扇動文書として当局の逆鱗に触れ，さらし台にあげられてしまう。のちの宰相ハーリー[3]（Robert Harley, 1661-1724）に救われ，お抱えのプロパガンダ要員として定期刊行誌『レビュー[4]』（*Review*, 1704-13）を執筆し，ライター・工作員としての地歩を固めるも，政権が崩壊すると政界からは一歩引いて活動することになった。その後は小説作品の創作が世評を得るようになり，『ロビンソン・クルーソー』（*Robinson Crusoe*, 1719）のほか，『モル・フランダーズ』（*Moll Flanders*, 1722），『ペスト』（*A Journal of the Plague Year*, 1722），『ロクサーナ』（*Roxana*, 1724）など，数々の散文の名作を残す。

2 作品紹介

『ロビンソン・クルーソー』は，リアリズムを駆使して中産階級の信仰心と自立精神を描き出し，イギリス小説の原点ともみなされることの多い作品である。主人公クルーソーは，ヨーク市の商人の三男[5]として生まれ育った。中流の暮らしの幸せを説く父に逆らって船乗りとなった彼は，ブラジルでの農場経営に成功するものの，アフリカでの奴隷取引に興味を抱いて新たな航海に出たために，難破して無人島に流れ着く。苦労の末に自給自足の生活を軌道に乗せた彼は，島での生活も25年を過ぎた頃，食人種の蛮族から捕虜の若者を救うと，フライデーと名付け，従僕とする。やがて船員に裏切られたイングランド人の船長を助け，船を奪還して島を脱出するが，イングランドに帰国したのは実に35年ぶりであった。不在の間ブラジルの農場は順調に収益を上げており，資産を整理したクルーソーは豊かな余生を過ごせる身となった。だが結婚して3人の子に恵まれた彼は，妻の死後に甥の誘いを受けるとまた放浪癖に突き動かされ，島を再訪するのであった[6]。

▶1　カルヴァン派の系統に属する，プロテスタントの宗派のひとつ。教会統治の体制としては，司教・主教を位階の頂点とした監督制ではなく，聖職者と信徒の双方から選出された長老が運営を担う長老制を採用する。イギリスではとりわけスコットランドに多くの信徒がおり，国教会に恭順しないプロテスタント系非国教徒の最大勢力であった。

▶2　父は獣脂ろうそくの製造にたずさわる商人であった。デフォーを牧師にしたがっていたようで，本人もそのつもりで学んでいたが，結局作家以前の最初のキャリアとしては商業に手を染めることになった。

▶3　ロンドン生まれ。家系は長老派に属し，非国教徒の学院で学ぶ。政治家としては転向を繰り返し，急進派ホイッグにはじまり，地方派・宮廷派・野党を経て，最終的に穏健派トーリーとなる。1710年に財務府長官，1711年に第一大蔵卿となり，それまでのホイッグ政権を打ち破って，トーリー系連立政権を築く。世論工作に通じ，デフォーやスウィフトのような文人を登用しては手駒として活用した。ユトレヒト条約（1713）を締結して，長引くスペイン継承戦争（1701-14）を終結に導く。腹芸に長け，「寝業師ロビン」

3 作品を味わう

無人島生活を開始した翌年にクルーソーはマラリアにかかる。それまでの無鉄砲な自分を真摯に省みなかった彼は，死の恐怖を目の前にし，夢にうなされ，苦しみの中ではじめて神に祈るようになる。奇跡的に回復を遂げたあと，神に救われたと感じたクルーソーはついに聖書を読みはじめる。

July 4. In the Morning I took the Bible, and beginning at the New Testament, I began seriously to read it, and impos'd upon my self to read a while every Morning and every Night, not trying my self to the Number of Chapters, but as long as my Thoughts shou'd engage me: It was not long after I set seriously to this Work, but I found my Heart more deeply and sincerely affected with the Wickedness of my past Life: The Impression of my Dream reviv'd, and the Words, *All these Things have not brought thee to Repentance,* ran seriously in my Thought: I was earnestly begging of God to give me Repentance, when it happen'd providentially the very Day that reading the Scripture, I came to these Words, *He is exalted a Prince and a Saviour, to give Repentance, and to give Remission.*

7月4日。朝になって聖書を手にとると，新訳から始めて，真剣に読み出した。そして毎朝毎晩しばしの時間を割いて読むことを自分に課した。何章読めるかというのではなくて，心の赴くままに読み進んだ。この作業に真剣にとりくんでほどなく，これまでの自分の人生のただれぐあいを思うと心底から気持ちが揺り動かされるようになった。あのとき見た夢の印象がよみがえり，「これだけのことがあってもおまえは悔い改めなかった」という言葉が深く胸のうちを駆けめぐった。悔い改めさせてほしいと本気で神に乞うたところ，幸いなことにまさにその日に，聖書を読んでいて次のような言葉にゆきあたった。「悔い改めさせ，罪の赦しを与えるために，彼は君主にして救世主となられた。」

4 考えてみよう

1．（非国教系の）プロテスタントと思われるクルーソーの信仰態度の特徴を挙げてみよう。
2．クルーソーの人生行路から垣間見える，当時のイギリスの交易の実情を想像してみよう。
3．中産階級の発達がイギリス社会にもたらした影響にはどのようなものがあるか，本作品をきっかけに考えてみよう。

（中島　渉）

(Robin the Trickster) ともあだ名された。

▷4　原則として週3回，9年間にわたって，デフォーがほぼ独力で執筆した。当初はホイッグ党寄りの論調であったが，やがて穏健中道のハーリー政権を支持する方向にシフトする。

▷5　ヨーク市はイングランド北部の州ノースヨークシャーの都市。クルーソーの父はドイツ・ブレーメンからの移民，母は地元ヨークのよい家柄の出であった。

▷6　映像化作品の一例として，1954年のアカデミー賞主演男優賞にノミネートされた映画がある。

『ロビンソン漂流記』，1954年，ジュネス企画。

映像化作品

『ロビンソン・クルーソー』，1996年，クロックワークス。
『ロビンソン・クルーソー』，2002年，ウエストブリッジ。

おすすめ文献

塩谷清人（2011）『ダニエル・デフォーの世界』世界思想社。
林直樹（2012）『デフォーとイングランド啓蒙』京都大学学術出版会。
仙葉豊（2018）『さまざまなるデフォー』関東学院大学出版会。

C　18世紀

18 『ガリバー旅行記』

ジョナサン・スウィフト

1 作家紹介

スウィフト（Jonathan Swift, 1667-1745）はダブリン生まれの諷刺作家・詩人にして，アイルランド国教会の牧師である[1]。ダブリンのトリニティ・コレッジで文学士と神学博士，オックスフォード大学で文学修士の学位を取得。中央政界での出世をもくろむ彼は，たびたびイングランドに出てきては，自らの文才を有力政治家に向けてアピールしていた。最初はホイッグ党支持の論陣を張っていたが冷遇されたため，穏健派の宰相ハーリー（Robert Harley, 1661-1724）との出会いを機にトーリー党支持に転向。デフォーとならぶ政府系プロパガンダの旗手として起用され，大いに貢献を果たす[2]。だが自身の栄達はついにかなわず，女王アン（Anne, 1665-1714）の崩御に伴って政権交代が起こると，後ろ盾をなくした彼はアイルランドへの帰国を余儀なくされた。それからは聖パトリック大聖堂の首席司祭として，持病のめまいと闘いながら，失意のうちに執筆活動にいそしむことになる。

出世作『桶物語』（*A Tale of a Tub*, 1704）は，国教会への恭順を拒むカトリックと非国教徒を激しく諷刺したものとして知られる。ダブリン帰還後に発表した『ドレイピア書簡』（*The Drapier's Letters*, 1724）や『慎ましい提案』（*A Modest Proposal*, 1729）は，イングランドの圧政に苦しむアイルランドの窮状を痛烈に訴えたものだが，こうした一連のアイルランド擁護は，彼を愛国の英雄に押しあげる機縁ともなった[3]。

▷1　スウィフトの父と母方の祖父は，それぞれイングランドからアイルランドにやってきた移民である。この「アングロ＝アイリッシュ」という出自は，彼の人生に濃い影を落としていたようだ。スウィフトの様々な言動からは，貧しく抑圧されたアイルランドの脆弱さに対する憎悪に似た感情と，宗主国のように振る舞うイングランドの尊大さに対するコンプレックスとが交錯した，複雑な国家意識がうかがえるとされる。

▷2　トーリー党の機関誌『エグザミナー』（*The Examiner*, 1710-16）の主筆をつとめ，政治パンフレット『同盟諸国の行状』（*The Conduct of the Allies*, 1711）を著して，ハーリー政権の運営と，彼が進めるスペイン継承戦争（1701-14）の和平工作をサポートした。

▷3　1725年にはダブリンの名誉市民権を授与されている。

2 作品紹介

『ガリバー旅行記』（*Gulliver's Travels*, 1726）はスウィフトの代表作にして，イギリス文学史上でも最高峰の諷刺物語である。船医レミュエル・ガリバーは，南海を目指す航海の途中で難破し，小人の国リリパットに漂着する。捕虜となった彼は，隣国ブレフスキュとの戦争に駆り出され，大いなる戦功を挙げるが，やがて宮廷の不興を買い，謀殺の危機に遭う。次の航海では巨人の国ブロブディンナグに流れつき，農夫に拾われて見世物にされたあと，王妃にその身を買いとられ，宮廷でペットとして飼われる体験をする。以後は，空飛ぶ島ラピュータ，その首都のある地上の国バルニバービ，死者の霊を呼び出す魔術師のいる国グラブダブドリッブ，不死者のいる国ラグナグを歴訪し，日本にも立ち寄る。最後は理性をもった馬フウイヌムが，まるで野獣と化した人間そっくりの

▷4　映像化作品の一例として，淀川長治総監修「世界クラシック名画100撰集」に収録されたアニメーションがある。

種族ヤフーを支配する国にたどりつくが，両者の品性のあまりの違いに衝撃を受ける。ついに人間嫌いとなったガリバーは，帰国してからというもの，妻子を遠ざけて2頭の馬と会話する日々をおくるようになる[4]。

3 作品を味わう

『ガリバー旅行記』第1部第1章の冒頭では，ガリバーが自らの生い立ちを述べている。この書き出しは，本作品の7年前に発表されたデフォーの『ロビンソン・クルーソー』を意識したパロディとも考えられるものである。

My father had a small Estate in *Nottinghamshire*; I was the Third of five Sons. He sent me to *Emanuel-College* in *Cambridge,* at Fourteen Years old, where I resided three Years, and applied my self close to my Studies: But the Charge of maintaining me (although I had a scanty Allowance) being too great for a narrow Fortune; I was bound Apprentice to Mr *James Bates,* an eminent Surgeon in *London,* with whom I continued four Years; and my Father now and then sending me small Sums of Money, I laid them out in learning Navigation, and other Parts of Mathematicks, useful to those who intend to travel, as I always believed it would be some time or other my Fortune to do.

父はノッティンガムシャー[5]にささやかな地所をもっており，私は5人兄弟の三男であった。父は私が14歳のときにケンブリッジのエマニュエル・コレッジに進学させてくれたので，そこで3年間暮らしながら，しっかりと勉強に励んだ。だが私を養うには（わずかな小遣いはあったものの）乏しい資産からすると費用がかかりすぎるため，ロンドンの高名な外科医[6]であるジェイムズ・ベイツ先生の弟子となり，彼のもとで4年間つとめることになった。父はときどき少額ながら仕送りをしてくれたので，それを使って，旅に出ようとする者の役に立つ，航海術などの理系の学問を修めることにした。いつか旅に出るのがさだめだと常々信じていたからだ。

4 考えてみよう

1. 上で述べられているガリバーの自己紹介から，彼の社会的・政治的・宗教的な背景を想像してみよう。
2. ガリバーは日本を訪れているが，その来日時の描写から，当時のイギリスにおいて日本の事情はどのくらい知られていたと考えられるだろうか。
3. 旅を通じて最終的にたどりついたガリバーの人間観の特徴を挙げてみよう。スウィフトはそこにどんな意図を込めようとしたのだろうか。（中島　渉）

『ガリヴァー旅行記』，1939年，IVC。

▷5　イングランド中北部の州。

▷6　「外科医」を意味する“surgeon”は，より広範囲の医療がおこなえる「医師」である“physician”よりも低い地位にあり，大学でドクター（Dr）の学位をとらずとも，徒弟修業によってなれるものであった。ベイツ先生の敬称がミスター（Mr）なのはそのためであろう。教育程度の低い一般庶民が兼業でもできることから，この時代には藪医者（quack）稼業も横行していた。

映像化作品

『ガリバーの大冒険』，1960年，ハピネット。

『ガリバー旅行記』，2011年，20世紀フォックスホームエンターテイメントジャパン。

おすすめ文献

富山太佳夫（2000）『「ガリヴァー旅行記」を読む』岩波書店。

スウィフト／富山太佳夫訳／原田範行・服部典之・武田将明注釈（2013）『「ガリヴァー旅行記」徹底注釈』（本文篇・注釈篇）岩波書店。

塩谷清人（2016）『ジョナサン・スウィフトの生涯――自由を愛した男』彩流社。

C　18世紀

19 『パミラ』
サミュエル・リチャードソン

1 作家紹介

リチャードソン（Samuel Richardson, 1689-1761）はイングランド中北部ダービーシャーに生まれる。父はかつてロンドンで指物師をしていた。幼年期のあゆみはさだかでないが，一家でロンドンに戻ってからは印刷業者の徒弟奉公をし，独立後には自社の経営を成功に導く。当初は反政府系の政治文書を次々と刊行していたが，のちに立場を変えて下院議事録など政府系出版物の印刷を受注するようになったという。五十路を迎える頃に，手紙の模範文例集を執筆するよう依頼されたことがきっかけとなって，書簡体小説[1]『パミラ』（*Pamela*, 1740）を創作し，これが大ヒットする。以後も長編小説『クラリッサ』（*Clarissa*, 1747-48），『サー・チャールズ・グランディソン』（*Sir Charles Grandison*, 1753-54）が大いに好評を博し，内外を問わず彼の小説家としての名声は確固たるものとなった。

2 作品紹介

『パミラ』は，市民社会に生きる人間の日常と心理をリアルに描写し，新しい文学ジャンルとしての小説を完成の域に高めた作品とされる。15歳の少女パミラ・アンドルーズは，ベッドフォードシャー[2]に地所をもつある婦人のもとで女中勤めをしていた。婦人の死後，主人となった息子のB―氏は，うぶなパミラをあの手この手で誘惑する。家政婦ジャーヴィス夫人にかばわれながら，貧しい実家のために働き続けるパミラだったが，両親宛の手紙すら検閲まがいのことをするB―氏のちょっかいに耐えきれず，屋敷を出ようと決意する。一計を案じたB―氏はパミラをだまし，親元に帰すふりをしてリンカンシャー[3]の別邸に監禁するのであった。B―氏と意を通ずる家政婦ジュークス夫人から冷たい仕打ちを受けるパミラは，牧師ウィリアムズ氏の協力を得て脱走の算段をつけようとするも，彼は逮捕されてしまう。業を煮やしたB―氏は，パミラを手込めにしかかるものの，いよいよというところで彼女は気絶してしまい，難を逃れる。高潔なパミラの態度に心を打たれ改心したB―氏は，やがてパミラに求婚する。とまどいながらも彼への愛をついに意識したパミラはこれを受け入れ，二人は結婚する。B―氏の姉デイヴァーズ夫人は身分違いの婚姻をとがめるが，パミラの貞淑さや気立てのよさに感じ入って彼女を認め，夫婦は皆から祝福される。

▶1　小説の中でも主要な部分が手紙の形式で書かれたもの。詩ではローマの詩人ホラティウス（Horace [Quintus Horatius Flaccus], 65BC-8BC）の『書簡詩』（*Epistles*）やオウィディウス（Ovid [Publius Ovidius Naso], 43BC-AD17）の『名婦の書簡』（*Heroides*）が名高いが，イギリスの散文文学では『パミラ』が先駆けとなった。18世紀のヨーロッパで隆盛を極め，フランスではシャルル＝ルイ・ド・モンテスキュー（Charles-Louis de Montesquieu, 1689-1755）の『ペルシア人の手紙』（*Lettres persanes*, 1721）やジャン＝ジャック・ルソー（Jean-Jacques Rousseau, 1712-78）の『新エロイーズ』（*Julie ou la nouvelle Héloïse*, 1761），ドイツではヨハン・ヴォルフガング・フォン・ゲーテ（Johann Wolfgang von Goethe, 1749-1832）の『若きウェルテルの悩み』（*Die Leiden des jungen Werthers*, 1774, 1787）などが出版された。

▶2　イングランド中東部の州。

▶3　イングランド東部の州で北海に面する。

3 作品を味わう

パミラをものにしたいB—氏は，結婚をちらつかせ，7カ条の提案を突きつけて迫るも不首尾に終わる。後日，ジュークス夫人に手引きされたB—氏は女中姿で寝室に侵入し，パミラのベッドに忍び込む。二人に組み伏せられたパミラにB—氏が襲いかかり，パミラは絶叫。なおもB—氏は粘るが……。

I must say one Word to you, *Pamela*; it is this: You see, now you are in my Power!—You cannot get from me, nor help yourself: Yet have I not offer'd any thing amiss to you. But if you resolve not to comply with my Proposals, I will not lose this Opportunity: If you do, I will yet leave you.

O Sir, said I, leave me, leave me but, and I will do any thing I ought to do.—Swear then to me, said he, that you will accept my Proposals!—And then, (for this was all detestable Grimace) he put his Hand in my Bosom. With Struggling, Fright, Terror, I fainted away quite, and did not come to myself soon; so that they both, from the cold Sweats that I was in, thought me dying—

「ひとこといっておくぞ，パミラ。いいかい。わかっただろう，今や君は僕の思うがままなんだ！—僕から逃げることなどできないし，自力で助かるなんてこともないんだ。それでも僕は君に対してまずいことは何もしていない。ただ僕の提案に応えるつもりがないのなら，この機を逃しはしないぞ。君が応えてくれるというなら，僕はこの場を出ていってあげようじゃないか。」

「ああご主人様，出ていって，出ていってください。そうしてくださるならすべきことはなんでもいたします」と私は答えました。—「なら誓え，僕の提案を受け入れると！」そうあの方はおっしゃると—さらには，（ここまでまったく憎たらしいうわべばかりで）私の胸に手を入れてきたのです。もがき，恐れおののいた私は，すっかり気を失い，すぐには意識が戻りませんでした。それで二人とも，私が冷や汗をかいていたこともあって，今にも死ぬのじゃないかと思ったようです—

4 考えてみよう

1．本作品の副題は「報われた美徳」（“*Virtue Rewarded*”）である。作中でパミラが示した女性の「美徳」はどのような社会的意味をもちうるだろうか。

2．書簡体形式が作品にもたらす効果と，それを読む際に留意すべきポイントを考えてみよう。

3．本作品が近代小説の嚆矢たりうる要因を深く調べてみよう。（中島　渉）

おすすめ文献

イーグルトン，テリー／大橋洋一訳（1987）『クラリッサの凌辱——エクリチュール，セクシュアリティー，階級闘争』岩波書店。

ワット，イアン／藤田永祐訳（1999）『小説の勃興』南雲堂。

C　18世紀

20 『ロデリック・ランダムの冒険』
トバイアス・スモレット

1 作家紹介

スモレット（Tobias George Smollett, 1721-71）は，スコットランド中西部ダンバートンシャーに生まれる。法曹関係者や軍人を輩出する家系の出で，早くに父を亡くすものの，グラズゴー大学で学び，外科医の見習いとなる。1739年に大学を中退し，『国王殺し』（*The Regicide*, 1749）という悲劇の原稿をたずさえてロンドンにやってくるが，上演はかなわなかった。1740年に海軍の軍医となってジャマイカに渡り，1741年にはカルタヘナの海戦[1]に参加する。その後は再度のジャマイカ滞在を経て帰国し，ロンドンで開業医をしながら文筆業に手を染める。

1748年に発表したピカレスク小説[2]『ロデリック・ランダムの冒険』（*The Adventures of Roderick Random*）は，彼にとっての出世作となった。以降，多岐にわたる精力的な執筆活動を展開し，作家として名をはせる。1763-65年には疲弊した心身の回復をはかって大陸をめぐり，『フランス・イタリア紀行』（*Travels Through France and Italy*, 1766）を書く。さらに転地療養を目指して内外を渡り歩いた末，イタリアで傑作『ハンフリー・クリンカーの旅』（*The Expedition of Humphry Clinker*, 1771）の完成を迎えるが，自身は出版の３カ月後にかの地で客死した。

2 作品紹介

ロデリック・ランダムは，裕福なスコットランド紳士の家系に生まれた。だが両親は祖父の許しなく結婚したために勘当され，母は出産後まもなく死に，ショックを受けた父は行方不明となる。ロデリックは祖父から邪険な扱いを受けて育つが，母方の伯父で海軍につとめるトム・ボウリングが世話を焼いてくれ，大学にも通った。ボウリングの援助がとだえるとロデリックは大学をやめざるをえず，一山当てにロンドンへと向かう。その途上で幼なじみの床屋ヒュー・ストラップと再会し，旅をともにすることになる。

世間知らずのロデリックは，風評に振り回され，詐欺に遭うなど，たびたび窮地に立たされるが，自身の才知と献身的なストラップらの厚意に支えられて少しずつたくましくなってゆく。海軍に入れられてカルタヘナの海戦に加わったり，密輸団に襲われたあげくフランスに置き去りにされたり，ロンドン帰還後にも借金がもとで収監されたりするが，最後はボウリングに救われる。彼の

▶1　ジェンキンズの耳の戦争（1739-48）の一環として起こった戦闘で，イギリスはスペインに大敗を喫した。カルタヘナはコロンビア北部の都市で，当時はスペイン領。

▶2　悪漢小説，悪者小説ともいい，スペイン語で「悪党」を意味するピカロ（picaro）が主人公となる。ピカロは下層階級の出身であり，一人称を用いて自身の尋常ならざる体験や冒険を語るのが典型的なパターンである。物語はときに整然としないエピソードを積み重ねていく構造をとり，社会に対する辛辣な諷刺も目立つ。このジャンルのはしりとされるのは，スペインで出版された作者不詳の『ラサリーリョ・デ・トルメスの生涯』（*La vida de Lazarillo de Tormes*, 1554）やマテオ・アレマン（Mateo Alemán, 1547-1614?）の『悪党グスマン・デ・アルファラーチェの生涯』（*Vida y del Picaro Guzmán de Alfarache*, 1599-1604）である。イギリスではナッシュ（Thomas Nashe, 1567-1601?）の『不運な旅人』（*The Unfortunate Traveller*, 1594）が草分けで，デフォーの『モル・フランダーズ』やフィールディングの『トム・ジョウンズ』なども同じカテゴリーに含ま

すすめでギニアからブエノスアイレスへの奴隷貿易に同行すると，そこで生き別れの父と再会。財産を譲られたロデリックはロンドンに戻り，かねてから焦がれていたナーシッサとついに結婚を果たすのだった。

3 作品を味わう

スコットランドを出てロンドンにやってきたロデリックは，海軍医の口を求めて軍医会館に出向き，試験を受ける。イングランド人とおぼしき試験官のスナーラー氏がロデリックに対して面接を始めると――

'Where was[3] you born?' To which I answered, In Scotland.—'In Scotland (said he) I know that very well—we have scarce any other countrymen to examine here—you Scotchmen have overspread us of late as the locusts did in Egypt: —I ask you in what part of Scotland was[4] you born?'—I named the place of my nativity, which he had never before heard of: He then proceeded to interrogate me about my age, the town where I served my time, with the term of my apprenticeship; and when I had informed him that I served three years only, he fell into a violent passion; swore it was a shame and a scandal to send such raw boys into the world as surgeons.

「生まれはどこだ？」これに私はスコットランドと答えた。―「スコットランドだと」（と彼はいった）「そんなことはよくわかっとる―ここで試験をしてほかの地方からくる人間などまずおらん―君たちスコットランド人はエジプトのイナゴみたいに最近我々の間にはびこっているからな[5]。―いったいスコットランドのどこで生まれたのかと聞いとるんだ。」―私は出身地の名を告げたが，彼にとってはこれまでまったく聞いたことのないものだった。次に彼は私の年齢と，年季をつとめた町，それに奉公した期間をたずねた。そこで3年だけつとめたと伝えると，彼は激しく怒り出し，こう断じた。こんなろくすっぽ経験もない小僧どもを軍医として世に送り出すのは恥だ，あるまじきことだ。

4 考えてみよう

1．上のような，スコットランド人に対するイングランド人の心理が透けて見える場面を作中から探し出し，両国の複雑な関係性の背景を調べてみよう。
2．ロデリックが成り上がっていく過程で，自身を利する武器となりえたものをできるだけ挙げてみよう。
3．本作品が招いた称賛と批判の双方について，その要因を考えてみよう。

（中島　渉）

れる。フランスではアラン＝ルネ・ルサージュ（Alain-René Lesage, 1668-1747）の『ジル・ブラース物語』（*L'Histoire de Gil Blas de Santillane*, 1715-35）が刊行されたが，この作品はスモレットが1748年に英訳を出版しており，『ロデリック・ランダムの冒険』の創作にも影響を与えたという。

▷3　この "was" は現代では非標準の用法だが，当時は会話で用いられることがあった。

▷4　この "was" についても▷3と同様。

▷5　旧約聖書『出エジプト記』10章12-15節参照。イスラエルの民を奴隷として虐げるエジプト王ファラオに対し，モーセやアロンを通じて神が下した十の災いの8番目がイナゴの災いであった。

おすすめ文献

村上至孝（1955）『笑いの文學――スターンとスモレット』研究社出版。
宮崎孝一（2001）『スモレットを読む愉しみ』鳳書房。
服部典之（2008）『詐術としてのフィクション――デフォーとスモレット』英宝社。

C　18世紀

21 『トム・ジョウンズ』
ヘンリー・フィールディング

1 作家紹介

フィールディング（Henry Fielding, 1707-54）は，イングランド南西部サマセット州に生まれる。伯爵家の血を引く家系で，父は軍人であった[1]。イートン校[2]を卒業後，オランダのライデン大学に留学するも，学資が続かず帰国し，ロンドンで劇作家として活躍する。だがウォルポール政権[3]に対する諷刺がにらまれ，演劇検閲法が成立して劇場の締めつけが厳しくなると，演劇界から足を洗う。法学院で学ぶかたわら新聞の編集長[4]をつとめ，やがて法廷弁護士の資格を取得する。1740年にリチャードソンの『パミラ』が成功を収めると，その道徳的な偽善性に反発してパロディ小説『シャミラ』（*Shamela*, 1741）を発表。さらに主人公をパミラの弟という設定にした『ジョウゼフ・アンドルーズ』（*Joseph Andrews*, 1742）では，自身が「散文による喜劇的叙事詩」と呼ぶ物語の構築に挑戦し，パロディを超えた独自の小説世界を展開して人気を得る。代表作『トム・ジョウンズ』（*Tom Jones*, 1749）は，彼をイギリス小説のパイオニアたる地位に押しあげた。1748年からはロンドンの治安判事として犯罪の抑止にもつとめる[5]。晩年は持病の痛風に悩まされ，リスボンに転地療養するが，客死。他の主要作品には，『大盗ジョナサン・ワイルド伝』（*Jonathan Wild*, 1743）や『アミーリア』（*Amelia*, 1751），また死後出版となった『リスボン渡航記』（*The Journal of a Voyage to Lisbon*, 1755）などがある。

2 作品紹介

『トム・ジョウンズ』は，叙事詩のような壮大なスケールで18世紀イギリスの人間像と社会風俗を活写した，当代を代表する小説である。サマセット州の大地主オールワージー氏が，あるとき所用で出かけたロンドンから戻ってくると，なんと自室のベッドに赤ん坊が眠っていた。彼はその捨て子をトム・ジョウンズと名付け，妹ブリジェットの息子ブリフィルとともに自ら育てる。明るく活発な青年となったトムは，近所の地主ウェスタン氏の娘ソファイアと恋に落ちるが，ソファイアは父からブリフィルと結婚するよう迫られていた。陰湿な食わせ者のブリフィルはトムを謀略にかけ，家から追い出す。トムはロンドンへ向かうが，ブリフィルとの結婚をいやがるソファイアも出奔する。トムは女性遍歴を重ねて決闘騒ぎまで起こし，ソファイアとすれ違いを繰り返すが，やがてブリジェットの実子であったことが判明する。ついにはブリフィルの悪

▶1　父エドマンドは，総司令官モールバラ公（John Churchill, 1st Duke of Marlborough, 1650-1722）の指揮下にいたこともあり，陸軍中将にまでなった人物だが，浪費癖が激しく，おかげでフィールディング家は経済的に恵まれなかった。

▶2　イングランド南部の州バークシャーのイートンにある，1440年設立の全寮制男子校。1382年設立のウィンチェスター校に続く，イギリスで2番目に古いパブリック・スクールである。パブリック・スクールについては18ページ，▶3参照。

▶3　宰相R.ウォルポール（Robert Walpole, 1676-1745）の詳細については，『オトラント城』の項目（88-89ページ）参照。

▶4　アメリカ出身の三文文士ラルフ（James Ralph, 1705?-62）と『チャンピオン』（*The Champion*, 1739-44）を創刊し，週3回発行。1740年末頃まで積極的に執筆にたずさわった。

▶5　1749年にロンドン初の警察隊であるボウ・ストリート逮捕団（Bow Street Runners）を組織し，強盗などの凶悪犯罪に対策を講じた。

巧みもばれ，晴れてオールワージー氏の後継者となったトムは，めでたくソファイアと結婚するのであった[◁6]。

▷6　映像化作品の一例として，BBC 制作のテレビドラマシリーズで，小池滋が解説をつとめたDVD がある。

『トム・ジョーンズ』，1997年，IVC。

3 作品を味わう

ウェスタン氏はソファイアとブリフィルの結婚を強引に決めてしまう。望まぬ結婚に嘆き悲しむソファイアは抵抗するが，激怒した父に振り払われた勢いで，顔から床に倒れ，唇から血を流す。突然の縁組みの知らせにショックを受けたトムはたまらずソファイアのもとに向かう。

> 'Do not,' says he, 'impose so harsh a Command upon me—my Heart bleeds faster than those Lips. O *Sophia,* how easily could I drain my Veins to preserve one Drop of that dear Blood.' 'I have too many Obligations to you already,' answered she, 'for sure you meant them such.'—Here she looked at him tenderly almost a Minute, and then bursting into an Agony, cried,—'O Mr. *Jones,*—why did you save my Life?—my Death would have been happier for us both.'—'Happier for us both!' cried he, 'Could Racks or Wheels kill me so painfully as *Sophia*'s!—I cannot bear the dreadful Sound—Do I live but for her?'
>
> それでもジョウンズは声をかける。「そんなきついことをいわないで—僕の心からはその唇よりもすごい勢いで血が流れている。ああソファイア，そのいとおしい血を一滴でも失わずにすむのなら，僕の血管などからっぽになったっていっこうにかまわない。」ソファイアは答えた。「私はもうこれ以上ないくらい大切にしていただいています。きっとあなたもそういうおつもりでしたでしょう。」—ここで彼女はやさしいまなざしを少しの間彼に向け，そしてもだえながら叫んだ—「ああジョウンズさん—どうして私の命を救ったの？—私が死ねば二人とも幸せになれたのに。」—「二人とも幸せだって！」彼も叫んだ。「拷問台よりも車輪刑よりもソファイアに死なれるほうが僕には地獄の苦しみだ！—そんなおそろしいことなんか聞きたくもない—君なしで僕が生きていられるとでも？」

4 考えてみよう

1．トムとソファイアの結婚の障害となった要因をできるだけ挙げてみよう。

2．この作品の形式的・内容的な構成の特徴を考えてみよう。

3．フィールディングおよび『トム・ジョウンズ』がその後の小説に及ぼした影響を調べてみよう。とりわけ後世の作家・批評家からはどのような評価を受けていただろうか。

（中島　渉）

映像化作品

『トム・ジョーンズの華麗な冒険』，1963年，Imagica。

おすすめ文献

朱牟田夏雄（1956）『フィールディング』研究社出版。
澤田孝史（2010）『ヘンリー・フィールディング伝』春風社。

C　18世紀

22 『トリストラム・シャンディ』

ロレンス・スターン

1 作家紹介

スターン（Laurence Sterne, 1713-68）は，アイルランド南部ティペレアリー県クロンメル生まれの牧師・小説家である。曾祖父はヨーク大主教をつとめるほどの人物だったが，父は陸軍少尉で駐屯地を渡り歩く人生をおくり，スターンが17歳のときにジャマイカで病死した。幼年期は貧しく，伯父の援助を得ながら教育を受け，19歳のときにケンブリッジ大学ジーザス・コレッジに入学。かつて学寮長でもあった曾祖父が設立した奨学金を獲得して勉学に励み，卒業後は国教会の司祭の道に進む。1740年代後半から激化したヨークの宗教界の勢力争いを諷刺して『政治ロマンス』（*A Political Romance*, 1759）を執筆するものの，内容の過激さが懸念されて焼却処分となる。これを機に教会での出世は望めなくなるが，文筆の才に火がつき，『トリストラム・シャンディ』（*Tristram Shandy*, 1759-67）の刊行が始まる。作品は大好評でスターンは社交界の華ともなった。だが持病の結核に苦しむ彼は喀血を繰り返し，1760年代に転地療養をかねて二度ほどフランスへ（二度目はイタリアにも）渡る。『センチメンタル・ジャーニー』（*A Sentimental Journey through France and Italy*, 1768）の着想はこのときの経験から得たものと考えられる。女性関係は派手であった一方，妻との折りあいは悪く，理由は判然としないにせよ，死後妻子は彼の葬儀にこなかったという。

2 作品紹介

物語は主人公トリストラム・シャンディの受胎に至る夫婦の営みの場面から始まる。このときの興ざめなしくじりから，トリストラムの人生にはけちがつくさだめになったと父ウォルター[1]は嘆く。実際，誕生時には産科医のミスで鼻がひしゃげる憂き目に遭い，さらには女中の記憶違いがもとでトリストラムという不幸な名前までつく始末であった。話は脱線につぐ脱線を重ね，時系列も錯綜しているため，プロットに一貫性は見出しがたい。作品を動かす主要人物は，衒学的な言動にうつつを抜かすウォルターや，築城術と模擬戦に夢中になる叔父トウビー[2]とその部下トリム伍長らのほうだとすらいえる。ヨリック牧師に至っては一度死んでから生き返る。このほか作中では，トリストラムのフランス紀行や，トウビーとウォドマン未亡人のもどかしいロマンスなどが延々と描かれる。その奔放な筆致は人間の心の動きの複雑さを映し出し，小説に革新をもたらしたといえる[3]。

▶1　50代中盤で，かつてはトルコの貿易商をしていたが，引退して某州（おそらくはヨーク）にある，父から受け継いだ屋敷に住んでいる。古今の書物に通暁するが，やたらと講釈をたれるのが好きである。

▶2　ウォルターの弟。元陸軍大尉で，第2次ナミュール包囲戦（1695）に参戦して鼠蹊部を負傷し，退役する。不能の疑いをもたれかねないこの古傷は，もとより内気な彼にとって深いコンプレックスとなる。

▶3　映像化作品としては，原作の世界観と現代の映画制作風景とを交錯させた，異色のアダプテーション *Tristram, Shandy: A Cock and Bull Story*（2006）がある。

▶4　ヘルメス・トリスメギストス（Hermes Trismegistus）にちなむ。ギ

3 作品を味わう

トリストラム命名の場面。生まれたばかりの赤子が発作を起こし，女中のスザンナがウォルターを急いで呼びにくる。寝ていたウォルターは着がえようとするが，そんな余裕はないとスザンナはせかす。息子にトリスメジスタス[◁4]（Trismegistus）と名付けるつもりだったウォルターは，洗礼を待つ副牧師への伝言をスザンナに託すが，彼女が名前を覚えきれないのではないかと不安を口にする。スザンナは憤慨しながら副牧師のもとへと走り出す。

> *Susannah* ran with all speed along the gallery.
>
> My father made all possible speed to find his breeches.
>
> *Susannah* got the start, and kept it—'Tis, *Tris*—something, cried *Susannah*—There is no christian name in the world, said the curate, beginning with *Tris*—but *Tristram*. Then 'tis *Tristram-gistus,* quoth *Susannah.*
>
> —There is no *gistus* to it, noodle!—'tis my own name, replied the curate, dipping his hand as he spoke into the bason—*Tristram!* said he, *&c. &c. &c. &c.* so *Tristram* was I called, and *Tristram* shall I be to the day of my death.
>
> スザンナは全速力で廊下を駆けていきました。
>
> 父はできるかぎりの速さでズボンを探そうとしました。
>
> スザンナはとびだしてから，その勢いを落とさずに走りました―「トリス―なんとかです」とスザンナは叫びました―「この世のキリスト教徒の名前にトリスではじまるものなぞないわ―トリストラム以外にはな」と副牧師はいいました。「ではトリストラムジスタスです」とスザンナは申しました。
>
> ―「ジスタスなぞつかぬわ，ばかもの！―なにせ私自身の名前だからな」と副牧師は答えながら，洗礼盤に手を浸しました―「トリストラム！うんぬんかんぬん……」と副牧師がいったせいで私はトリストラムと命名され，死ぬまでトリストラムということになったのです。

4 考えてみよう

1．あなたが考える本作品の醍醐味とは何か。
2．「観念連合」をキーワードにして，ロック[◁5]（John Locke, 1632-1704）が本作品に及ぼした影響がどのようなものか調べてみよう。
3．「意識の流れ」という手法を用いた20世紀の作家・作品を挙げ，『トリストラム・シャンディ』の先進性との関わりを調べてみよう。

（中島　渉）

リシア語で「3倍偉大なヘルメス」を意味し，古代エジプトの学芸の神トートのことを指す。そもそもトリストラム（Tristram）という名は，ラテン語の“tristis”に由来するフランス語の形容詞“triste”（悲しい）を連想させるため，ウォルターがもっとも忌み嫌うものだった。

▷5　イングランド南西部サマセット州生まれの哲学者。オックスフォード大学クライストチャーチで学ぶと，ホイッグ党の指導者シャフツベリー伯（Anthony Ashley Cooper, 1st Earl of Shaftesbury, 1621-83）の秘書となり，手厚い庇護を受ける。1683年には，失脚した伯爵を追うようにしてオランダに亡命。旺盛な執筆活動に励み，名誉革命後の1689年に帰国。イギリス経験論，啓蒙思想，社会契約説の代表的人物とされる。主著に『人間知性論』（*An Essay concerning Human Understanding*, 1689），『統治二論』（*Two Treatises of Government*, 1689）など。

映像化作品

Tristram Shandy: A Cock and Bull Story, 2006, Home Box Office.

おすすめ文献

伊藤誓（1995）『スターン文学のコンテクスト』法政大学出版局。
泉谷治（2003）『愚者と遊び――スターンの文学世界』法政大学出版局。
坂本武編（2018）『ローレンス・スターンの世界』開文社出版。

C　18世紀

23『オトラント城』
ホレス・ウォルポール

1 作家紹介

ウォルポール（Horace Walpole, 1717-97）は，ロバート・ウォルポール[1]（Robert Walpole, 1676-1745）の末子としてロンドンに生まれる。イートン校とケンブリッジ大学キングズ・コレッジで教育を受けると，グレイ[2]（Thomas Gray, 1716-71）とともにフランスとイタリアへグランドツアー[3]に出かける。帰国後は1741年から約27年にわたってホイッグ党の下院議員をつとめた。政治家としてより趣味人として生きる彼は，1747年にロンドン南西部トウィッケナムにゴシック様式の屋敷ストロベリー・ヒルを構える。趣味が高じてたびたび増改築を繰り返し，収集した古美術品を収蔵するばかりでなく，1757年には私設の印刷所まで立ちあげ，自身やグレイらの作品を刊行した。代表作となった『オトラント城』（*The Castle of Otranto*, 1764）は，ゴシック小説[4]の創始とされる。

2 作品紹介

オトラント城主マンフレッドは，病弱な息子コンラッドとヴィチェンツァ侯の娘イザベラとの結婚をせかしていた。しかし挙式当日，コンラッドはなぜか巨大な兜の下敷きとなって無残な死を遂げる。お家断絶の危機を前に嗣子を望むマンフレッドは，妻ヒッポリタを離縁し，自らがイザベラと再婚することをもくろんで迫るが，イザベラは農夫の青年セオドアの助けを借りて教会に逃げ込む。イザベラを庇護するジェローム神父はマンフレッドをいさめようとするも，マンフレッドは激高。セオドアが神父の息子であったことが判明すると，城主たる自分に逆らうセオドアの処刑を撤回してほしければ，イザベラの身柄を引き渡せと強要する。

やがてマンフレッドの娘マチルダとセオドアの間に恋が芽生える。マチルダの手引きで脱走したセオドアは，誤解からイザベラの父フレデリックと剣を交え，傷を負わせてしまう。この機に乗じたマンフレッドは，フレデリックとマチルダの結婚をそそのかすが，セオドアの密会の相手をイザベラと勘違いして，図らずもマチルダを刺殺してしまった。悔恨の情に苛まれたマンフレッドは，自身の祖父が真の領主アルフォンソを毒殺し，簒奪者となっていたことを告白。セオドアがアルフォンソの末裔であることも明らかになり，マンフレッドは領主権を返上する。マチルダを失い悲しみに暮れるセオドアは，イザベラと語りあい，心を慰める相手の必要を感じたのであった[5]。

▶1　イングランド東部ノーフォーク州出身。イートン校を経てケンブリッジ大学キングズ・コレッジに入学するも，兄の死がもとで学業を断念することになり，家督を継ぐ。1701年からホイッグ党の下院議員となり，数々の閣僚を歴任。1720年に起きた南海泡沫事件の事後処理を機に政界の中心に躍り出ると，1721年には第一大蔵卿に復帰し，イギリス史上最初の総理大臣となる。以後約20年に及ぶ長期政権を築き，その安定ぶりは「ウォルポールの平和」（Pax Walpoliana）とも称される。

▶2　ロンドン生まれの詩人。イートン校からケンブリッジ大学に進む。ウォルポールとのグランドツアーのさなかに不仲になるが，のちに和解。大学では中退・復学後，教授として教鞭をとるまでになり，古典研究と詩作にふける。桂冠詩人を辞退したこともある。代表作に『田舎の墓畔にて詠む哀歌』（*An Elegy Written in a Country Churchyard*, 1751），『詩仙』（*The Bard*, 1757）などがある。

▶3　17世紀から18世紀にかけて，イギリスの良家の子弟が学業の仕上げとしておこなっていた，ヨーロッパ大陸への大旅行のこと。パリやローマのような主要都市をめぐり，観光のほか，

3 作品を味わう

コンラッドとイザベラの婚礼が始まる寸前に，新郎となるはずだったコンラッドが忽然と姿を消す。いらだつマンフレッドは従者を呼びにやるものの，おびえた様子で中庭を指さすばかりで，ついには「ああ，兜が！兜が！」と叫ぶ始末。しびれを切らしたマンフレッドは自ら中庭に向かう。

The first thing that struck Manfred's eyes was a group of his servants endeavouring to raise something that appeared to him a mountain of sable plumes. He gazed without believing his sight. What are ye doing? cried Manfred, wrathfully: Where is my son? A volley of voices replied, Oh, my lord! the prince! the prince! the helmet! Shocked with these lamentable sounds, and dreading he knew not what, he advanced hastily—But what a sight for a father's eyes!—He beheld his child dashed to pieces, and almost buried under an enormous helmet, an hundred times more large than any casque ever made for human being, and shaded with a proportionable quantity of black feathers.

まずマンフレッドの目を釘付けにしたのは，家来たちが一団となって，山のような大きさをした黒い羽に見えるものをもちあげようとしているところでした。彼は目の前の光景を信じられぬままじっと見つめていました。「何をしている！」マンフレッドは怒鳴り声を上げました。「息子はどこにおるのだ？」すると一斉に答えが返ってきました。「ああ，城主様！若様が！若様が！兜が！」この悲しげな声の響きにぎょっとし，何が起きたのかわからず怖じ気づきながらも，彼は急いで歩を進めました—が，父親が目にするにはなんたる光景であったことでしょう！—我が子の身はばらばらに砕かれ，巨大な兜の下にほとんど埋もれていたのです。その兜はこれまで常人のためにつくられたものの100倍はある大きさのうえ，それに匹敵するほどの大きな黒い羽根飾りの束が影をなしていました。

4 考えてみよう

1．マンフレッドが息子の婚礼を急ぐ遠因となったものとは何か。

2．巨大な兜や幽霊などの怪奇な事象は作中でどのような効果を上げているだろうか。

3．本作品以降のゴシック小説をできるだけ挙げ，ウォルポールおよび『オトラント城』がそれらに与えた影響を調べてみよう。

（中島　渉）

人的交流や留学，美術品の購入などにいそしんだ。

▶4　18世紀後半から流行したジャンルで，中世ゴシック風の建物と超自然的な怪奇を作中に内包する。野蛮と恐怖を特質とし，近代の合理主義的な精神と対極をなすような，幻想的世界観を備える。ストロベリー・ヒルはまさしく中世ゴシック風の邸宅であり，ウォルポールは自身がそこで見た古城の夢から『オトラント城』の着想を得たという。

▶5　映像化作品としては，『ヤン・シュヴァンクマイエル「ジャバウォッキー」その他の短篇』（2005年）に収録された「オトラントの城」という異色の短編アダプテーションがある。

映像化作品

『ヤン・シュヴァンクマイエル「ジャバウォッキー」その他の短篇』，2005年，レンコーポレーション／チェスキー・ケー。

おすすめ文献

小池滋・志村正雄・富山太佳夫編（1982）『城と眩暈——ゴシックを読む』国書刊行会。

杉山洋子他（2000）『古典ゴシック小説を読む——ウォルポールからホッグまで』英宝社。

C　18世紀

24 『無垢と経験の歌』
ウィリアム・ブレイク

1 作家紹介

初期ロマン派の詩人ブレイク（William Blake, 1757-1827）は，ロンドンにて非国教徒の靴下商の子として生まれた。正規の教育は受けず，短期間だけ画塾に通ったのち，彫版師[1]のもとで7年間の徒弟奉公をする。年季が明けたのちは，依頼された彫版の仕事で生計をたてていくが，それと同時に，ほとんど収入源とはならない詩の創作も生涯続ける。もっとも，両者は完全に別物ではなく，しばしば自身の手で彩飾本（エッチング[2]と水彩画と詩が一体となった自家製の本）を作成していることからも分かるように，連続した芸術的営みともいえる。作品は，写実性よりも，幻視的・預言的な要素が濃い。ただし，現実社会への関心が低かった訳ではなく，フランス革命には大いに共鳴。ロンドンの街中を自由の旗を手に歩きまわることもあったという。代表作は，『天国と地獄の結婚』（*The Marriage of Heaven and Hell*, 1790-93），『無垢と経験の歌』（*Songs of Innocence and of Experience*, 1794），『ミルトン[3]』（*Milton*, 1804-10）など。

▷1　銅板に直接刻み込むかたちの版画の作成者。写真が誕生するまでは，絵画などを複製するのに不可欠な技法だった。

▷2　化学薬品による金属の腐食作用を活用した版画の技法。

▷3　大江健三郎（1935-）の小説『新しい人よ眼ざめよ』(1983)のタイトルは，『ミルトン』の一節からとられている。ほかにも，ブレイクの作品からの引用が全体にわたってちりばめられているのでぜひ一読してほしい。

2 作品紹介

『無垢と経験の歌』は44編の詩をおさめた詩集。すでに1789年に完成していた『無垢の歌』と，出来上がったばかりの『経験の歌』を合本のかたちにして出版したものである。「無垢」と「経験」とは「人間の魂の相反する二つの状態」であり，前者は汚れのない状態，後者は現実社会を生きる中で汚れてしまった状態と見ることが出来る。背景には，もともと想像力に恵まれ自由な状態に生まれ落ちた人間が，理性・既成宗教・学校教育などにより自由を阻害されていくのだというブレイク特有の人間観がある。注意が必要なのは，無垢の状態も，性愛や社会悪などといった一見経験の世界だけに属するようなことがらと決して無縁ではないということ。例えば，「煙突掃除の少年」（"The Chimney-Sweeper"）と題された詩は『無垢の歌』と『経験の歌』の双方に見られるが，それぞれにおいて命をすり減らすような状況のもとで煙突掃除の少年が働かされている様子が描かれている。ただし，前者では一日の過酷な労働を終えた少年が見るやさしい夢を紹介し，後者では少年をこのような状態に追いやる大人たちの世界を糾弾・告発しているというのが，特徴的な相違点である。本詩集は活字で読むのもよいが，ブレイク自身の手による彩飾本のファクシミリ版（複製版）もぜひ一読してほしい（図1参照）。

図1　『無垢と経験の歌』所収の「幼児の喜び」（"Infant Joy"）
（出典：Blake, William (1970), *Songs of Innocence and of Experience*, Oxford University Press より）

3 作品を味わう

「煙突掃除の少年」（『無垢の歌』）より，少年（トム）の見る夢の場面。

As Tom was a sleeping① he had such a sight,
That thousands of sweepers Dick, Joe, Ned & Jack
Were all of them lock'd② up in coffins of black③.
And by came an Angel who had a bright key,
And he open'd④ the coffins & set them all free.
Then down a green plain leaping laughing they run
And wash in a river and shine in the Sun.
Then naked & white, all their bags left behind,
They rise upon clouds, and sport in the wind.
And the Angel told Tom, if he'd be a good boy,
He'd have God for his father & never want joy.

トムが寝ているとこんな夢を見た。
ディック，ジョー，ネッドやジャックといった
何千人もの煙突掃除の少年が，
全員黒い棺桶に閉じ込められてしまった。
そこに輝く鍵をもった天使がやってきて
棺桶を開け，みんなを自由にしてくれた。
緑の草地を跳ねて笑いながら駆けおりていき
川で体を洗うと，日に照らされて輝いた。
仕事道具はまとめて放って，白い肌の真裸で
雲のうえに上り，風のなかで遊んだ。
天使がトムにいう。もしいい子でいるなら
神さまがお父さんになってくれるし，ずっと楽しいままだよ。

①a sleeping = a-sleeping／②lock'd = locked／③coffins of black とはここでは煙突のこと。／④open'd = opened の短縮形

4 考えてみよう

1．18-19世紀，煙突掃除の子供たちがどのように酷使されていたのかを調べてみよう。また，彼らを保護する法制度はどのように整えられていったのか整理してみよう。
2．『無垢の歌』と『経験の歌』に，同じタイトルで登場する詩が何組かある。その中から一組を選び，両者のあいだのテーマの扱い方の違いを検討してみよう。
3．『無垢と経験の歌』の彩飾本のファクシミリ版（複製版）を手に入れ，詩と挿絵がどのような関係にあるのか考えてみよう。

（田代尚路）

おすすめ文献

松島正一編（2004）『対訳ブレイク詩集』岩波文庫。
アクロイド，ピーター／池田雅之監訳（2002）『ブレイク伝』みすず書房。
ブラント，アンソニー／岡崎康一訳（1982）『ウィリアム・ブレイクの芸術』晶文社。
大江健三郎（1983）『新しい人よ眼ざめよ』講談社。

C　18世紀

25 「ティンタン寺院より数マイル上流にて詠める歌」

ウィリアム・ワーズワース

1 作家紹介

ワーズワース（William Wordsworth, 1770-1850）は，イングランド北西部の州カンバーランド（現カンブリア）のコカマスにて生まれる。父ジョンは，当地の地主の顧問弁護士であった。両親が相次いで死去したため，ワーズワース本人を含む４人の子供たちは親戚の後見のもとに育てられた。ホークスヘッド・グラマー・スクール[1]を経て，ケンブリッジ大学に入学。おりしも勃発したフランス革命に共鳴したワーズワースは，大学卒業ののち二度にわたり渡仏し，共和主義思想にひたる。二度目の渡仏時（1791-92）にはフランス人女性アネットと恋に落ち，帰国後には娘アン・カロリーヌも誕生しているが，母娘とは後に再会を果たすものの共に暮らすことはなかった。1798年，コウルリッジとともに『抒情民謡集《リリカル・バラッズ》』（*Lyrical Ballads*）[2]を出版。翌年からは湖水地方[3]に居住し，その地で旺盛な執筆活動を行う（ちなみに，当時からワーズワースは，コウルリッジやサウジー（Robert Southey, 1774-1843）とならんで，「湖水詩人」（“Lake Poets”）の一人として知られていた）。1743年にはサウジーの後継者として桂冠詩人[4]に任命される。同じイギリス・ロマン派第一世代のコウルリッジはおろか，本書に登場する第二世代の詩人（バイロン，シェリー，キーツ）の誰よりも長生きし，その晩年はテニスンやブラウニングの活躍期と重なる。

代表作は，「ティンタン寺院より数マイル上流にて詠める歌」（“Lines Composed a Few Miles above Tintern Abbey”, 1798），「幼少時の回想から受ける霊魂不滅の啓示」（“Ode: Intimations of Immortality from Recollections of Early Childhood”, 1807），『序曲』（*Prelude*, 1850）など。長いあいだともに暮らした妹ドロシー（Dorothy Wordsworth, 1771-1855）も詩人である。

2 作品紹介

「ティンタン寺院より数マイル上流にて詠める歌」は「再訪」をテーマとした全159行の抒情詩である。1798年，ワーズワースは妹ドロシーを連れて５年ぶりにウェールズを流れるワイ川の河畔を訪ねる。そこで詩人の眼前に広がった美しい風景に変わりはなく，心地よい記憶としてときおり脳裏に浮かんでいたイメージそのものだったが，それを受け取る自分の心が変化してしまっていて，かつての「めくるめく歓喜」（“dizzy raptures”）をもはや味わえなくなってしまっていることに気づくのだった。詩人はそこに一抹のさびしさを覚えるも

▶1　56ページ，▶1参照。

▶2　難解になりがちだった詩の言葉を，平易なものに戻すことを目指した詩集。ワーズワースとコウルリッジの共作ではあるが，収録されている作品はワーズワースのもののほうが圧倒的に多い。

▶3　イングランド北西部に位置する自然豊かな地域。湖が点在していることからこの名がついた。「湖水詩人」のほか，「ピーター・ラビット」シリーズの作者として知られるポター（Beatrix Potter, 1866-1943）もこの地に居住した。

▶4　宮廷づきの詩人のこと。王室の慶弔時などに詩を書くことが求められる。基本的には終身職である。

のの，そのかわりこの5年のあいだに（伝記に照らしてみるなら，フランス革命への期待と幻滅を通して）「人間性の静かで悲しい音楽」（“The still, sad music of humanity”）に触れることで自分が成長を果たしたのだと納得する。また同時に，傍にいる妹ドロシーが河畔の景色から喜びを得ている様子に，かつての自分の姿を重ねあわせる。

3 作品を味わう

傍らにいる妹ドロシーに語りかける場面より。妹を媒介として，詩人はかつて同じ場所を訪れたときに覚えた自分自身の感情に近づこうとする。ただし，どのように感じているのか妹に直接尋ねるのではなく，彼女の感情を想像するだけなのが興味深いところである。

My dear, dear Friend; and in thy[①] voice I catch
The language of my former heart, and read
My former pleasures in the shooting lights
Of thy wild eyes. Oh! yet a little while
May I behold in thee[②] what I was once,
My dear, dear Sister!
ぼくのいとしい，いとしい友よ，きみの声に
ぼくのかつての心のことばを聞き，
きみのぎらぎらした眼が放つ光に
ぼくのかつての喜びを読む。おお，ほんのしばらく
きみのなかにかつてのぼくの姿を見ていていいかい，
ぼくのいとしい，いとしい妹よ！

①“thy”とは「きみの，あなたの」の意味。“thou”（きみ，あなた）の所有格／②“thee”とは「きみに，あなたに」の意味。“thou”（きみ，あなた）の目的格

4 考えてみよう

1．3 の引用部分にあるように，詩人は妹ドロシーの中にかつての自分の姿を見ようとしている。このような他者との同一化のまなざしに何か問題があるとしたら，どのような点が指摘できるだろうか。
2．詩人が感銘を受けている風景はどのような種類のものだろうか。その特徴を列挙してみよう。
3．5年の不在のあいだも，ワイ川河畔の風景の記憶は詩人の脳裏にしばしば浮かんでいたとある。ワーズワースは「私は雲のようにひとり寂しくさまよい歩いた」（“I wandered lonely as a Cloud”, 1807◁5）という詩においても，記憶の役割について語っている。二つの詩を比較しつつ，ワーズワースにとって記憶とはどのようなものだったのか，考察を深めてみよう。

（田代尚路）

▷5 「水仙」（“The Daffodils”）の名でも知られ，広く親しまれている作品。

おすすめ文献

山内久明編（1998）『対訳ワーズワス詩集』岩波文庫。
ベイト，ジョナサン／小田友弥・石幡直樹訳（2000）『ロマン派のエコロジー――ワーズワスと環境保護の伝統』松柏社。
バーク，エドマンド／中野好之訳（1999）『崇高と美の観念の起原』みすず書房。
出口保夫（2014）『評伝ワーズワス』研究社。

C　18世紀

26 「老水夫の歌」

サミュエル・テイラー・コウルリッジ

1 作家紹介

ロマン派第一世代の詩人コウルリッジ（Samuel Taylor Coleridge, 1772-1834）は，イングランド南西部に位置するデヴォンシャーのオッタリー・セント・メアリーにて，国教会の牧師の子として生まれた。クライスツ・ホスピタル校を経て，ケンブリッジ大学に入学。そこで政治的急進思想の影響を受け，パンティソクラシー計画[1]にも関与するが，実現には至らなかった。1797年３月，ワーズワースと出会い，1798年10月には共同で『抒情民謡集《リリカル・バラッズ》』（*Lyrical Ballads*）を上梓する。さらに翌年，10カ月ほどドイツに留学し，ゲッティンゲンでドイツ観念論哲学[2]やシュレーゲル[3]（Friedrich Schlegel, 1772-1829）などの文学芸術理論に触れた。その後，別居状態にあった妻セアラとの不和や，くしくも妻と同じ名前をもつセアラ・ハッチンソンとの実現不可能な恋愛等に悩み，持病のリュウマチ熱も悪化。1804年から一年半，マルタ島で転地療養をする。帰国後は執筆・講演活動をしつつ，ワーズワースをはじめとする友人たちの支援を受けて生計を営んでいく。1817年には，自らの精神史をまとめた『文学的自伝』（*Biographia Literaria*）と自選詩集『シビルの詩片』（*Sibylline Leaves*）を出版。晩年にはロンドン郊外のハイゲイトに住み，内外から多くの訪問者を迎え，「ハイゲイトの賢人」とも称せられた。

代表作は，「老水夫の歌」（“The Rime of the Ancient Mariner”, 1798），「クブラ・カーン」（“Kubla Khan”, 1816），『文学的自伝』など。

▷1　アメリカのペンシルヴァニアに原始共産制社会を建設しようとした試み。計画にはコウルリッジのほかサウジーも関わったが，結局頓挫した。

▷2　18世紀末から19世紀初頭にかけてドイツで隆盛した哲学潮流。ロマン派と関係が深い。

▷3　ドイツの哲学者・詩人。ドイツ・ロマン派に多大なる影響を与えた人物。

2 作品紹介

「老水夫の歌」は全七部，計625行の物語詩で，初出はワーズワースとの共著『抒情民謡集』である。語り手の「老水夫」が見ず知らずの人物を呼び止め，自身が体験した超自然的な出来事について延々と語るという設定を持つ作品である。

老水夫はかつて遠洋航路の水夫だったが，ある時，嵐によって船が流され，赤道直下から一気に南極方面へと流されてしまった。あたりを見回しても氷しか見えない海域を漂流する水夫たちの心の慰めとなったのは，船を訪れた一羽のアホウドリの存在だった。しかし，彼はほんの出来心でアホウドリを弓で撃ち落としてしまう。それから船は赤道直下の灼熱の海に進み，そこで数々の不運に見舞われることになり，挙句の果てに彼ひとりを残して他の水夫たちは死に果てる。その後，海中を泳ぐ美しい海蛇の群れを見ることで，彼ははじめて悔恨の気持ちを持つことが出来るようになり，やがて故郷に戻ることを許される。とはいうものの，自らが味わった苦悩を思い出すたびに，あてどない旅に出ては自らの体験談を語ることで束の間の癒しを得るという行為を老水夫は強迫的に反復していくことになる。

3 作品を味わう

故郷に帰り着いた際，自身を救ってくれた隠者[4]にことの顚末を語ることで癒しを得るものの，その後も老水夫は苦悩を思い出すたびに体験談を語り続けていく。反復的あるいは強迫的な語り口が彼にとっては必然的なものであることを示す終盤の一節より。

▶4　原文では “Hermit”。世間との交わりから離れて，祈りと瞑想の生活を送るキリスト教の聖職者のこと。ロマン派詩人がしばしば理想化した人間像である。

Forthwith this frame of mine was wrenched	わが身はたちどころに
With a woful agony,	激しい苦悶によじれたが
Which forced me to begin my tale;	それが語りをあとおしし
And then it left me free.	おかげで気分が落ち着いた。
Since then, at an uncertain hour,	それからも，予期せぬ時に
The agony returns:	苦悶がよみがえる。
And till my ghastly tale is told,	恐ろしい話を語りおえるまで
This heart within me burns.	わが心臓は赤々と燃える。

4 考えてみよう

1．老水夫は多くの人々に自らの体験談を語ることで一時的な癒しを得ている。これは人間の心理に及ぼす語りの行為，さらには言語自体の役割を示すものといえよう。語りと癒しを結び付けた文学作品として，他にどのようなものが挙げられるだろうか（イギリス文学作品に限定しなくてもよい）。あるいは，あなた自身どのような時に「語ること」の癒しの効果を実感したことがあるか。

2．老水夫による臨場感あふれる語りが印象的な作品であるが，臨場感をもたらすために言語上どのような工夫がなされているか考察してみよう（老水夫の語りの癖に着目するとよい）。

3．海蛇が泳ぐ様子を見たことで老水夫はアホウドリを殺したことについて後悔の気持ちを持つことが出来るようになったとある。ここでの海蛇とはどのような特徴を備えた生き物だと考えられるか。

（田代尚路）

おすすめ文献

上島建吉編（2002）『対訳コウルリッジ詩集』岩波文庫。

Holmes, Richard (1982), *Coleridge*, Oxford University Press.

山田豊（1986）『詩人コールリッジ——「小屋のある谷間」を求めて』山口書店。

D　19世紀

27 『高慢と偏見』
ジェイン・オースティン

1 作家紹介

オースティン（Jane Austen, 1775-1817）はイギリスを代表する作家の一人であり，現在も多くの読者に愛されている。作品の多くは恋愛と結婚を軸に展開し，紳士淑女の風習や作法を通して垣間見える人間関係の現実と心理の機微を，ユーモアと皮肉たっぷりに描く。自身が過ごしたイングランド南部の「田舎村の３つか４つの家族[1]」を取り上げながら，普遍的恋愛ドラマを完成させた。

▷1　オースティンの有名な言葉で，小説家志望の姪に宛てた手紙に「田舎の村の３つか４つの家族が取り組むべき格好の題材」であると書いている。

牧師の父のもと，本や芝居が好きな一家に育ち，10代で創作活動を始めた。20歳の頃には，のちに改題されて第一作となる『分別と多感』（*Sense and Sensibility*, 1811）と第二作『高慢と偏見』（*Pride and Prejudice*, 1813）の最初の原稿を執筆し始める。生涯結婚はしなかったが，既婚の兄弟の親戚関係や従妹たちなど様々な家族や階級層と交流があり，小説の材料には事欠かなかった。現在では本人の恋愛話も伝えられている。また，２歳違いの姉カサンドラとは数多くの手紙を交わすなどその仲の良さも注目されている。第一作の出版以降，続けざまに作品を世に出すが，病気のため41歳で死去した。

その他の作品に『マンスフィールド・パーク』（*Mansfield Park*, 1814），『エマ』（*Emma*, 1815），死後出版の『ノーザンガー・アビー』（*Northanger Abbey*, 1817），『説得』（*Persuasion*, 1817）がある。どの作品も均整のとれた文章と構成力を保ち，細かな観察眼で現実を描きながら人間の個性や個人の生き方を尊重している。鋭い諷刺は当時の市民社会と階級の問題をも浮き彫りにした。

2 作品紹介

「お金持ちの独身男性がいたら奥さんを探しているはず，これは誰もが認める真実である」という皮肉交じりの有名な一文で始まるオースティンの代表作。現在まで多数の映像化作品や翻案作品が生まれている[2]。エリザベス・ベネットを主人公に，５人の未婚の娘を抱えるベネット一家の結婚騒動を描く。

▷2　映像化作品としてはBBCドラマ『高慢と偏見』，映画『プライドと偏見』が有名である。小説をベースにした翻案作品も世界各国で生み出されている。数例を挙げれば，インドのボリウッド映画（*Bride and Prejudice*, 2004），日本の宝塚歌劇（『天使のはしご』2012）など。現代作家ヘレン・フィールディング（Helen Fielding, 1958-）の小説『ブリジット・ジョーンズの日記』（*Bridget Jones's Diary*, 1996）は，20世紀版『高慢と偏見』として，その映画シリーズ（2001, 2004, 2016）とともに大ヒットした。

資本家の好青年ビングリー氏と，その友人で莫大な財産を持つ上流階級のダーシー氏の二人の独身男性が，ある日ベネット家の近所にやってくる。ビングリー氏は美しく心優しい長女ジェインと恋に落ち，次女エリザベスもダーシー氏に見初められる。だが，観察力があると自負するエリザベスは，無愛想で社交性のないダーシー氏を心の冷たい高慢ちきな人間であると評価し，彼の気持ちに気づかない。他にも牧師のコリンズ氏や将校のウィッカム氏などの花婿候補が現れるが，エリザベスの偏見は拒絶やすれ違いをもたらす。ビングリー氏がジェインのもとを不意に去ると，一家には暗雲が立ち込めた……。

「結婚」というハッピーエンドを想定した筋立ては単純明快な構成を持つと考えられがちだが，結果に至るまでのプロセスには思いがけない展開が待ち受ける。物語の構造も意外に複雑であり，例えば，夫婦や恋人同士以外にも，母娘，姉妹，友人関係など対になる関係が何組も存在し，その多くが小説の題名のように，性格のコントラストを表し，時には対立する概念なども示す。その組み合わせの変化に従って人物の内面や様相は多面的に映り，さらに軽妙な会話や頻繁な手紙のやりとりも，人物たちの複雑な心情を浮かび上がらせる。そのため，読者は戸惑いや矛盾した印象を持ち続けるかもしれない。しかし，一方で主人公の幸せな結婚はただ単純な運命のもとにあるのではなく，人間的な弱点や矛盾をさらしながら到達した結果と理解することにもなるだろう。

3 作品を味わう

ビングリー氏が不意にロンドンに越してしまう。動揺しつつも彼を責めようとしないジェインに，こちらは怒り心頭のエリザベスが話しかける場面。

> *You* wish to think all the world respectable, and are hurt if I speak ill of any body. *I* only want to think *you* perfect, and you set yourself against it. [⋯] There are few people whom I really love, and still fewer of whom I think well. The more I see of the world, the more am I dissatisfied with it; and every day confirms my belief of the inconsistency of all human characters, and of the little dependence that can be placed on the appearance of either merit or sense.
>
> お姉さまは世の中の人はみんなご立派な方と思いたがる。だから，私が誰か一人の悪口を言っても傷ついてしまうのよ。私は世の中でお姉さまだけを完璧な人と思いたがって，そのお姉さまに反対されてしまうの。［中略］私が心から好きになれる人はほんのわずかだし，いい人と思えるような人はもっといない。世間を知れば知るほど，不満がつのるわ。毎日思うの，人の性格なんて矛盾だらけだし，美点なり分別なり一見あるように見えてもそれはほとんど当てになりません，そう確信するばかりよ。

4 考えてみよう

1．この小説が示す結婚観や家族像が現代に通じる点はどこにあるだろうか。
2．ダーシー氏の肖像画はエリザベスにどのような効果をもたらしたのか。
3．結局のところ，ダーシー氏はエリザベスのどこに惹かれたのか。ダーシー氏自身の発言や言葉から考えてみよう。

（佗美真理）

映像化作品

『高慢と偏見』，1940年，MGM。

『高慢と偏見』，1995年，BBC。

『プライドと偏見』，2005年，フォーカス・フィーチャーズ。

おすすめ文献

廣野由美子（2017）『深読みジェイン・オースティン――恋愛心理を解剖する』NHK 出版。
内田能嗣・塩谷清人編（2007）『ジェイン・オースティンを学ぶ人のために』世界思想社。
大島一彦（1997）『ジェイン・オースティン――「世界一平凡な大作家」の肖像』中央公論社。
Morrison, Robert, ed. (2005), *Jane Austen's* Pride and Prejudice: *A Sourcebook,* Routledge.

D　19世紀

28 『ウェイヴァリー』

ウォルター・スコット

1 作家紹介

スコット（Walter Scott, 1771-1832）は，18世紀末から19世紀にかけて大きな人気を博したスコットランドの詩人・小説家である。弁護士の子としてエディンバラに生まれた彼は，幼少の頃よりスコットランドの歴史や文化に深い関心を寄せ，父の法律事務所で働きながら弁護士資格を得る一方で，スコットランドの伝承文学[1]の収集にいそしんだ。その経験を元に『スコットランド辺境歌謡集』（*Minstrelsy of the Scottish Border*, 1802-03），『マーミオン』（*Marmion*, 1808），『湖上の美人』（*The Lady of the Lake*, 1810）等の詩を出版し，人気を博す。その後，同じくロマン派詩人のバイロン（George Gordon Byron, 1788-1824）の人気もあり，自身の関心を寄せるスコットランド伝承を散文で表現しようと小説執筆に乗り出し，『ウェイヴァリー』（*Waverley*, 1814）を匿名で出版する。これが大きな人気となったことから，『ガイ・マナリング』（*Guy Mannering*, 1815），『ロブ・ロイ』（*Rob Roy*, 1817），『ミドロージアンの心臓』（*The Heart of Midlothian*, 1818）などを次々と発表した。彼の小説は皆，過去の歴史を題材として用いていることから，歴史小説[2]の創始者と考えられており，2010年には優れた歴史小説に対して与えられる賞として，「ウォルター・スコット賞[3]」が設立された。近年も彼の歴史小説を扱った研究書が立て続けに出版されるなど，その注目度は変わらず高い。

2 作品紹介

『ウェイヴァリー』は，1745年のスコットランドの反乱を題材にした歴史小説である。この反乱とは，名誉革命の時にフランスに逃れたジェイムズ２世の孫チャールズ・エドワードが，ハノーファー家のジョージ王から王位を取り戻そうとスコットランドに上陸し，イングランド軍と戦った事件を指す。彼の祖父の時代に起こったこの出来事が，スコットに大きな影響を与えたと考えられている。この物語は，青年士官のエドワード・ウェイヴァリーがスコットランドに駐屯している際に恋に落ち，免職され，さらに1745年の反乱ではイングランド軍と戦うことになるが，たまたまイングランド軍のタルボット大佐を救ったことがあったことから反乱の終結後に許され，最終的に恋人と結ばれるというものである。この作品が大きな成功を収めたことから，この後に出された過去のスコットランドを扱ったスコットの歴史小説群は「ウェイヴァリー小説」

▶1　口承文学ともいい，文字で書かれた文学とは異なり，口伝えで伝承される文学のことを指す。文字を持たない民族に多く見られるが，必ずしもそればかりではない。

▶2　歴史上の事実や人物を題材にし，史実を背景として書かれた小説ジャンルのこと。ただし何をもって過去の歴史とするかについては意見が分かれるため，厳密な定義は難しい。後述するウォルター・スコット賞ではスコットの『ウェイヴァリー』にならい，60年以上昔を舞台にした小説，と定義している。

▶3　歴史小説の創始者としてのスコットの偉業をたたえて2010年に誕生した，彼の名を冠した文学賞。イギリス，アイルランド，および英連邦で最初に出版された歴史小説をその対象としている。

という呼称で呼ばれることとなった。本小説はこの作品群のひとつとして他の作品とともに論じられることが多く，文体や技法，さらには挿絵との関連など，幅広く論じられている。また同時代の主要作家の多くは，スコットのこの分野での成功に影響を受ける形で歴史小説執筆に乗り出しているため，彼らの作品との比較という観点から言及されることも少なくない。

3 作品を味わう

本作の主人公エドワード・ウェイヴァリーはともかくロマンチックで，想像力過多の「感性の男」とでも呼ぶべき人物である。そして彼がそうなってしまった理由について，物語の序盤で語り手は次のように説明している。

> To our young hero, who was permitted to seek his instruction only according to the bent of his own mind, and who, of consequence, only sought it so long as it afforded him amusement, the indulgence of his tutors was attended with evil consequences, which long continued to influence his character, happiness, and utility.
>
> Edward's power of imagination and love of literature, although the former was vivid, and the latter ardent, were so far from affording a remedy to this peculiar evil, that they rather inflamed and increased its violence.
>
> 我らが若き主人公は，ただ自分の気の向くままに知識を追い求めることを許され，そして結果としてそれが楽しみをもたらしてくれる場合のみ追い求めたために，彼の教師たる本たちが彼を甘やかしたことで，悪い結果を伴った。それは彼の性格や幸福，有用性に長い間影響を与え続けたのだ。
>
> エドワードの想像力と，文学に対する愛情は，前者は活気に満ち，後者は熱烈なものであったが，この奇妙な問題を改善するのとはほど遠いものだったため，その暴力性をむしろ焚きつけ，増すこととなった。

4 考えてみよう

1．3 で見た引用箇所を含め，本作を教育という観点から読むと，どのようなスコットの思想や意図が感じられるだろうか。
2．スコットは主人公ウェイヴァリーを「卑劣な馬鹿者[◁4]」と低く評価しているが，そもそもなぜそのような主人公を生み出したのだろうか。
3．特に歴史書などと照らし合わせて考えた場合，スコットの歴史描写はどの程度正確といえるだろうか。

（渡部智也）

▷4　原文は “a sneaking piece of imbecility”。友人 J. B. S. モリットに宛てた手紙の中で，スコット自身がウェイヴァリーを評して用いた表現（Herbert Grierson ed.［1932-37］, *The Letters of Sir Walter Scott*, vol. 3, Constable, pp. 478-479）。

おすすめ文献

ロックハート，J. G.／佐藤猛郎他訳（2001）『ウォルター・スコット伝』彩流社。
樋口欣三（2006）『ウォルター・スコットの歴史小説――スコットランドの歴史・伝承・物語』英宝社。
米本弘一（2007）『フィクションとしての歴史――ウォルター・スコットの語りの技法』英宝社。
Hill, Richard J.（2016）, *Picturing Scotland through the Waverley Novels: Walter Scott and the Origins of the Victorian Illustrated Novel*, Routledge.

D　19世紀

29『貴公子ハロルドの巡礼』

ジョージ・ゴードン・バイロン

1 作家紹介

ロマン派第二世代の詩人であるバイロン（George Gordon Byron, 1788-1824）は，ロンドンにて生まれる。誕生時から右足に奇形が見られ，そのことで彼は生涯，身体的・精神的に苦しんだ。父親は男爵家の血を引く陸軍大尉，母親はスコットランドの裕福な家庭の出身。父親と死別した前妻とのあいだには，バイロンにとって異母姉にあたるオーガスタという娘があった（のちにバイロンとオーガスタは近親姦の関係を持ち，娘メドーラが誕生する）。

1798年，大叔父から男爵位を継承し，「バイロン卿」（Lord Byron）となる。その後，ハロー校[1]を経て，ケンブリッジ大学に入学。卒業後は，1809年から1811年まで，友人と共に大陸ヨーロッパを広く旅行し，そこでの体験を『貴公子ハロルドの巡礼』（*Childe Harold's Pilgrimage*）第1・2巻にまとめて1812年に出版。大好評を博した。

1816年にはふたたび大陸に渡ってスイス，イタリアなどを転々とし，シェリーをはじめとする詩人・文学者たちと交流を深め，多くの女性たちと浮名を流した。1823年からオスマン・トルコの支配下にあったギリシアの独立運動に関与するようになり，翌年にはギリシア本土のメッサロンギに上陸するものの，当地で急病のため死去する。

代表作は，『貴公子ハロルドの巡礼』，『ドン・ジュアン』（*Don Juan*, 1819-24）など。なお，バイロンの作品はイギリスに限らず広くヨーロッパの文学者・芸術家に影響を与えた[2]。

2 作品紹介

「ある朝，目を覚ますと，ぼくは有名になっていた」―これは1812年に『貴公子ハロルドの巡礼』第1・2巻を出版して，一躍脚光を浴びたバイロン自身の発言である。この長編物語詩では，主人公の「貴公子[3]」ハロルドがヨーロッパ各地を「巡礼」する。そこには当然バイロン自身の姿が重ね合わされているため，社交界の熱心な読者層（主に女性たち）の視線は作者本人へと向かっていった。そうした事情から，バイロンは「セレブリティ」詩人・文学者のはしりともいわれている。彼の肖像画が多数残っているのはそうした事情による。

第1巻では，ハロルドはポルトガルとスペイン，第2巻ではアルバニアとギリシアを旅するが，それは1809-11年にバイロンが実際に訪れた地域である。

▶1　1572年創立の名門パブリック・スクール（18ページ，▶3参照）。ロンドン郊外のハローに位置する。イギリス元首相のチャーチル（Winston Churchill, 1874-1965）もこの学校の卒業生である。

▶2　例えば，物語詩『海賊』（*The Corsair*, 1814）をベースにしているのがバレエ『海賊』（*Le Corsaire*, 1856）であり，詩劇『マンフレッド』（*Manfred*, 1817）をもとにシューマン（Robert Schumann, 1810-56）は劇音楽『マンフレッド』（*Manfred*, 1852）を作曲している。

▶3　"childe" とは高貴な生まれの若者の名前につける一種の称号で，古風な響きを持つ。

経験に即した写実的な風景描写と，憂鬱症気味かつ直情的で，死や破滅に引き寄せられるようにしてスペインの戦跡や闘牛場，あるいはギリシアの遺跡などを巡る主人公の心理描写が，多くの読者の心の琴線に触れたのだろう。その後，1816年には第３巻（ベルギー，ライン河流域地方およびスイス），1818年には第４巻（イタリア）が出版された。もちろんこれらも実際にバイロンが訪れた土地である。

3 作品を味わう

第１巻の第72歌から第79歌にかけて，ハロルドはスペインのカディスで闘牛を見物する。第79歌の，闘牛士が牛にとどめの一撃を加えて死に至らしめる場面より。

Where his vast neck just mingles with the spine,
Sheathed in his form the deadly weapon lies.
He stops — he starts — disdaining to decline:
Slowly he falls, amidst triumphant cries,
Without a groan, without a struggle dies.
牛の巨大な首と背骨が落ちあうところ，
鞘に収まるかに，死の剣が刺さる。
牛は立ち止まり—また動き—死を潔しとしない。
満場の歓声のなか，牛はおもむろに倒れ，
呻きもせず，あがきもせず，死んでいく。

4 考えてみよう

1．3の引用箇所の臨場感は，言語上（あるいは文法上）のどのような工夫から生み出されていると考えられるか。
2．ハロルドは戦跡などを巡る中で人間の営為の空しさを悟りつつ，同時に自然についての思索を繰り返し行っている。彼にとって自然とはどのようなものなのか，考察してみよう。
3．イギリスにはかつて，富裕層の子弟が大陸ヨーロッパの各地を長期間旅行する文化習慣（「グランド・ツアー」）があった。グランド・ツアーとはどのようなものなのか確認したうえで，ハロルドが訪れた場所をひとつ選び，その土地の特徴や観光資源をまとめてみよう。さらに，同じ土地について他の人物がどのような記述を残しているか調べてみよう。

（田代尚路）

おすすめ文献

笠原順路編（2009）『対訳バイロン詩集』岩波文庫。
MacCarthy, Fiona (2002), *Byron: Life and Legend*, John Murray.
岡田温司（2010）『グランドツアー——18世紀イタリアへの旅』岩波書店。

D　19世紀

30『フランケンシュタイン』
メアリ・シェリー

1 作家紹介

シェリー（Mary Shelley, 1797-1851）は急進派の思想家として名高い両親のもとに生まれた。父はゴドウィン（William Godwin, 1756-1836），無政府主義社会や私有財産の否定などを主張した政治学者である。母はウルストンクラフト（Mary Wollstonecraft, 1759-97），特権や既得財産に拠らない個人の才能や教育の機会を重視し，特に女性の権利拡張を主張したことで有名である。奔放な恋愛でも知られていた母親はゴドウィンと結婚し，娘のメアリを出産直後に亡くなっている。

メアリは両親が培った自由で知的な環境で育ち，16歳の時にロマン派の詩人P. B.シェリー[1]（Percy Bysshe Shelly, 1792-1822）と出会う。駆け落ちした二人はヨーロッパ大陸を巡りながら文筆活動を刺激し合った。生まれた長女は生後まもなく死亡，そのような時期に代表作となる『フランケンシュタイン』（*Frankenstein; or the Modern Prometheus*, 1818, 1831）の執筆を開始，作家として本格的に活動し始めた。既婚であったシェリーの妻が亡くなり二人は結婚するが，夫は6年後にイタリア西海岸で水死する。以後，メアリは53歳で亡くなるまで小説を世に出し続け，夫の詩集の編纂なども務めた。

入れ子式で語られる[2]『フランケンシュタイン』は，当時はやった科学実験[3]の影響を受けて創作され，現代では初のSF[4]と呼ばれる。その他の重要な作品として21世紀末の世界を描く『最後のひとり』（*The Last Man*, 1826）などが挙げられる。ヨーロッパ旅行記や科学者の伝記などにも定評がある。

2 作品紹介

メアリがこの小説を書き始めたのは若干18歳の時で，有名な逸話が残されている。メアリとシェリーは，共通の友人バイロン卿[5]ら他3名とスイスにいた。場所はアルプスの山々に囲まれた湖のほとりに建つディオタディ荘。ある晩バイロンが皆で幽霊話を作り，誰が一番うまいか競い合おうと言い出した。この時メアリが書き始め，約1年半後の1818年に匿名で出版されたのがこの小説である。

物語は，北極を航海中のロバート・ウォルトンが，イギリスにいる姉に宛てた手紙で始まる。ある日氷河の中で出会った男が奇妙な話を語り始めた。男の名はヴィクター・フランケンシュタイン，無生物に命を与える術を探究し，生命創造の偉業を達成したという。ところが，自らの手で作り出したその生き物はあまりに醜い「怪物」だった。数々の非道な行いを始めた怪物を追跡するヴ

▷1　「西風へのオード」の項目（106-107ページ）参照。

▷2　入れ子式の語りとは，「物語」の中にもうひとつの「物語」が含まれているイメージで，『フランケンシュタイン』の場合，ロバート・ウォルトンが姉に宛てた手紙の中に，ヴィクター・フランケンシュタインの回想が挿入され，そのヴィクターが語る「物語」の中に怪物の回想が含まれる。入れ子式によって重層性のある構造が可能になる。

▷3　当時の科学実験として有名なものは，イタリア人のガルヴァーニ（Luigi Galvani, 1737-98）による解剖実験。死んだカエルを電気で刺激すると筋肉がけいれんし，その力は「動物電気」と呼ばれた。1790年代に発表されている。

▷4　130ページ，▷3参照。

▷5　『貴公子ハロルドの巡礼』の項目（100-101ページ）参照。

ィクター。ある日再会した怪物は言葉を習得しており，ヴィクターに切々と心中を打ち明け始めた。そして一つの願い事を叶えてほしいと頼みこむのだが……。

生命創造の野心を抱いたヴィクターが実際に「産んだ」もの，それは醜い生物だけでなく数多くの「死」であることは皮肉である。科学技術の発展に伴う倫理的問題や自然と人間の相克は現代に通じるテーマだが，それ以上に際立つのは二人の主人公の孤独である。言語の習得により社会のシステムを知った怪物は，同時に自分が疎外された身だと理解する。最後には，ヴィクターと名前のない怪物は，氷河の中二人だけで追いかけ合う分身的存在となる。

3 作品を味わう

山中でヴィクターと再会した怪物が，苦しい心中を打ち明ける場面。

I am malicious because I am miserable; am I not shunned and hated by all mankind? You, my creator, would tear me to pieces, and triumph; remember that, and tell me why I should pity man more than he pities me? You would not call it murder, if you could precipitate me into one of those ice-rifts, and destroy my frame, the work of your own hands. Shall I respect man, when he contemns me? Let him live with me in the interchange of kindness, and, instead of injury, I would bestow every benefit upon him with tears of gratitude at his acceptance.

おれが邪悪なのは，みじめだからだ。全人類に疎まれ，ひどく嫌われているのだからな。この身を創ったお前ですら，おれをずたずたに引き裂いて勝ち誇るだろう。となれば，おれに哀れみを感じない人間をどうして哀れむなんてできる。たとえここらの氷河の割れ目におれを突き落とし，この体をこっぱみじんにしても，お前は殺人とは言わないはずだ。自分の手で作り出したものだからな。人間がおれをばかにするのに，どうして尊敬できるものか。お願いだ，お互いに優しい気持ちを持ち寄って暮らしていけないだろうか。そうしたら，危害どころか，おれを受け入れてくれた感謝の涙を流し，できる限りの親切な行いで人間に報いたいと思う。

4 考えてみよう

1．怪物はどのように言葉を覚え，どのようなことを学んだのか。また，言語を習得したことによって得たものと失ったものは何だろう。
2．ヴィクターと名前のない怪物は父と子のような関係であるといえるが，この二人に似ている点はあるだろうか。
3．小説の中に登場する女性たちの特徴と役割を考えてみよう。（佗美真理）

映像化作品

『フランケンシュタイン』，1931年，ユニヴァーサル・ピクチャーズ。

『フランケンシュタイン』，1994年，トライスター・ピクチャーズ。

＊「怪物フランケンシュタイン」のイメージは1931年公開のアメリカ映画が有名だが，本作はシェリーの小説に基づいて制作された。名前のない「怪物」を名優ロバート・デ・ニーロ（Robert De Niro, 1943-）が演じる。

《フランケンシュタイン》（英国ロイヤルバレエ・初演2016年），2017年，Opus Arte。

おすすめ文献

武田悠一（2014）『フランケンシュタインとは何か――怪物の倫理学』彩流社。

久守和子・中川僚子編著（2006）『フランケンシュタイン』（シリーズもっと知りたい名作の世界）ミネルヴァ書房。

廣野由美子（2005）『批評理論入門――「フランケンシュタイン」解剖講義』中央公論新社。

Allen, Graham (2008), *Shelley's* Frankenstein, Continuum.

D　19世紀

31 「ギリシア古壺のオード」

ジョン・キーツ

1 作家紹介

ロマン派第二世代の詩人であるキーツ（John Keats, 1795-1821）は，ロンドンにて貸馬車業を営む父親のもとに生まれた。8歳の時に父親が落馬事故死。次いで14歳で母親を結核により亡くす。学校教育を受けた期間は短いが，そこで文学に開眼する。その後，外科医のもとでの徒弟修業を経て，病院づきの医学生となる。20歳で医師免状を取得したものの，詩に対する思いがあまりに強く，1816年（21歳の時）に医師の道を辞め，詩人として生きていくことを決意する。ところが1818年，肺結核にかかった弟トムを看取ったことが影響してか，キーツ自身も肺結核に罹患。1821年，転地治療先のローマ[1]でわずか25歳の命を閉じる。なお，埋葬先はローマのプロテスタント墓地[2]で，後年P.B.シェリーも同じ墓地に葬られることになる。

代表作は，『エンディミオン』（*Endymion*, 1818），「ギリシア古壺のオード[3]」（“Ode on a Grecian Urn”, 1819），「小夜啼鳥へのオード」（“Ode to a Nightingale”, 1819），『ハイペリオン』（*Hyperion*, 1820），など。詩の他，書簡も重要で，「ネガティブ・ケイパビリティ」（消極的能力[4]），「カメレオン詩人[5]」などの重要な主張は，もともと友人に宛てた手紙の中でなされたものである。

2 作品紹介

「ギリシア古壺のオード」は，古代ギリシア時代に制作されたという設定の架空の古壺に寄せて書かれた詩で，全五連からなる。詩人は第一連の冒頭で古壺に向けて「いまだ汚されぬ静寂の花嫁よ，沈黙とゆるやかな時間の養い子よ，森の歴史家よ」と呼びかけ，そののち第二連から第四連にかけて，古壺に描かれた絵の世界を次々とひもといていく。その点において，絵画や彫刻などの視覚芸術作品を言葉で描写する「エクフラシス（ekphrasis）」の手法にのっとって書かれた詩だと見ることが出来るが，先述の通り，当の古壺が実のところは実在しないというのが特徴的である[6]。

古壺に描かれた世界は静止しているがゆえに，愛（欲望）と死によって構成される人間の生の真実をかえってありありと写し出せる部分がある。しかもギリシアの美しい古壺は，これまで世代を超えてそうした真実を見守ってきたし，今後も見守りつづけることが予測される永遠の存在である（なお，壺のもつ円形というのは永遠性の象徴である）。それが第五連における「美は真であり，真は美

▷1　キーツ終焉の場所は，ローマのスペイン広場に面した建物である。現在，「キーツ・シェリー記念館」として公開されている。

▷2　ローマで客死した主としてプロテスタントの外国人が葬られている墓地。

▷3　「オード（ode）」とは，古代ギリシアに起源を置く抒情詩の形式のひとつであり，多くの場合，ある特定の対象に焦点を当てた内容となっている。キーツは1819年に重要なオード群を集中的に執筆したため，この年は「驚異の年《アンヌス・ミラビリス》」と呼ばれている。

▷4　すぐに解決を求めるのではなく，不確実さの中に止まることのできる能力のこと。

▷5　個性の檻から出て，自由に他者になることのできる詩人の能力のこと。

▷6　キーツは，ルーヴル美術館所蔵の「ソシビオスの壺」や大英博物館所蔵の「エルギン彫刻群」などから古壺のイメージの着想を得たといわれている。

である」という有名な主張に繋がっていると見ることができるだろう。

3 作品を味わう

「ギリシア古壺のオード」第二連。「笛を吹く楽人」と「木陰で憩う若者」と「愛する女性に接吻しようとする恋人」に焦点が当てられている。ちなみに，この三者は第三連において再び登場する。

Heard melodies are sweet, but those unheard
　Are sweeter; therefore, ye① soft pipes, play on;
Not to the sensual ear, but, more endeared,
　Pipe to the spirit ditties of no tone.
Fair youth beneath the trees, thou② canst③ not leave
　Thy④ song, nor ever can those trees be bare;
　　Bold lover, never, never canst thou kiss,
Though winning near the goal — yet do not grieve:
　She cannot fade, though thou hast not thy bliss,
　　For ever wilt thou love, and she be fair!
耳に聞こえる音楽は甘いが，聞こえぬ音楽のほうが
さらに甘い；やわらかな笛よ，吹きつづけてくれ；
この耳にではなく，もっといとしい耳へ，
音のない歌をわが魂に向けて響かせてくれ。
木蔭の美しい若者よ，きみは歌うことをやめないし
木が葉を落とすこともない。
大胆な恋人よ，どれほどお目当てに近づこうとも
きみは接吻できない—でも，嘆いてはいけない：
きみが至福を味わえなくても，彼女は消えないし，
きみは永遠に愛し，彼女は永遠に美しいのだから！

① ye = you／② thou 二人称単数の人称代名詞。「きみ，あなた」／③ canst = can。“-st” は二人称単数現在形の活用語尾／④ thy = thou の所有格。「きみの，あなたの」

4 考えてみよう

1．3 の引用部分に「耳に聞こえる音楽は甘いが，聞こえぬ音楽のほうが／さらに甘い」とある。なぜ「さらに甘い」のか考えてみよう。

2．第三連，第四連で描かれている古壺の絵の世界はどのようなものか。それぞれ簡単にまとめてみよう。

3．この詩が書かれた時点でキーツは，いずれ自分が死んでしまうことをすでに認識していたと考えられる。そのことを作中から読み取ることが出来るだろうか。また，もし出来るとすれば，それはどのような記述に現れているか。

（田代尚路）

おすすめ文献

宮崎雄行編（2005）『対訳キーツ詩集』岩波文庫。

Motion, Andrew（2003）, *Keats*, Faber and Faber.

出口保夫（1997）『キーツとその時代』（上・下）中央公論社。

高橋雄四郎（1973）『キーツ研究——自我の変容と理想主義』北星堂。

D　19世紀

32 「西風へのオード」

パーシー・ビッシュ・シェリー

1 作家紹介

ロマン派第二世代の詩人シェリー（Percy Bysshe Shelley, 1792-1822）は，イングランド南西部に位置する州サセックスのホーシャム近郊のフィールド・プレイス館で生まれた。一家は裕福で，祖父は1802年に準男爵位を授爵している。シェリー自身は，イートン校からオックスフォード大学に進学。だが，在学2年目に「無神論の必然性」（“The Necessity of Atheism”, 1811）というパンフレットを配布した科で放校処分を受ける[1]。その後，コーヒーハウス経営者の娘で，当時16歳のハリエット・ウェストブルックと結婚するものの，婚姻を解消せずにメアリ・ゴドウィン[2]との同居を開始。この状況に心を痛めたハリエットは自殺を遂げる（なお，シェリーとメアリは1816年に結婚する）。1818年以降は生活の拠点をイタリアに移し，旺盛な執筆活動を続けるが，1822年7月8日，イタリア北部のスペツィア湾を航行中，船が沈没し，溺死する。

権威や暴力に抵抗する平等主義者・博愛主義者・無神論者であり，菜食主義者でもあった。代表作は，「理想美へ捧げる讃歌」（“Hymn to Intellectual Beauty”, 1817），「西風へのオード」[3]（“Ode to the West Wind”, 1820），キーツの死を悼んだ哀歌『アドネイス』（*Adonaïs*, 1821），『生の勝利』（*The Triumph of Life*, 1824）など。『詩の擁護』（*A Defense of Poetry*, 1840）をはじめとする評論作品も重要である。

▷1　当時，無神論を唱えるのは，国家と宗教権力に楯突く犯罪行為であった。ただし，シェリー自身はキリスト教的な創造主は否定したものの，霊的存在については信じていたという。

▷2　結婚後は，メアリ・シェリー（『フランケンシュタイン』の項目（102-103ページ）参照）。メアリの父はウィリアム・ゴドウィン，母はメアリ・ウルストンクラフト。両者ともに当時最高の知識人であった。

▷3　オードについては，104ページ，▷3を参照。

2 作品紹介

「西風へのオード」は，五部構成，計七十行の抒情詩である。シェリー自身が語るところによれば，1819年10月末，フィレンツェ近郊のアルノ川沿いの森で着想を得て，その場で執筆された作品だという。ここでの西風とは一義的には秋に吹く強風のことで，森の木々の葉を飛ばし（第一部），空の雲を蹴散らし（第二部），海中にある海藻の森を色褪せさせる（第三部）自然の大いなる力である。ただ比喩の位相も同時に重要で，秋風は詩人に想像力をもたらす霊感の風でもある。「破壊者」としての荒ぶる風は，葉だけではなく種を飛ばすことで春の芽吹きを約束する「保存者」でもあるのだが，詩人も第五部において「自分の葉（言葉）」（“my leaves”）や「死蔵された思想」（“dead thought”）が天地万物のあいだに撒き散らされ，それが枯葉さながらに「新しい生」をつくりなす原動力となることを願うのである。

なお，シェリーにとって「新しい生」とは政治的正義の実現によってもたらされるものであるようだ。したがって最後の「冬が来たなら，春が遠いことなどありえようか[4]」という一節にこめられているのは，季節の推移に寄り添うおだやかな抒情的意識というより，社会におけるよりよい未来を希求する，熱烈な政治的意志だとみるべきだろう。

▶4 「冬来りなば春遠からじ」という訳でも知られるが，この文語訳の考案者が誰なのかはさだかでない。

▶5 このような，無生物あるいはその場にいない相手への呼びかけのことを「頓呼法（apostrophe）」と呼ぶ。

3 作品を味わう

「西風へのオード」冒頭より。「荒ぶる西風」への呼びかけ[5]により詩がはじまるのが印象的である。

O wild West Wind, thou breath of Autumn's being,
Thou from whose unseen presence the leaves dead
Are driven like ghosts from an enchanter fleeing,

Yellow, and black, and pale, and hectic red,
Pestilence-stricken multitudes [⋯]
おお荒ぶる西風，秋の息吹よ
おまえの不可視の体から，枯葉が飛び散る
呪術師から逃れんとする亡霊さながらに。

黄色やら黒やら，青白いのやら熱っぽいのやら，
疫病にみまわれた人の群れのように。[後略]

4 考えてみよう

1．特に第一部から第三部にかけては西風への呼びかけ行為が中心となっており，冒頭部分に見られるように文（センテンス）の構造は見られない（3の引用部分は便宜上文として和訳したが，例えば二行目では“Thou”（「君よ」）という呼びかけの人称代名詞に，関係詞節（“whose”以下）が直接ついていることに注目してほしい）。文を完結させないことにより，どのような効果が生まれているだろうか。

2．ロマン派の詩においては，呼びかけ（頓呼法）が頻出する。それは特にこの詩をはじめとする「オード」形式において顕著である。シェリーは他の詩においてどのような対象に呼びかけているのか調べてみよう。

3．第四部に詩人の子ども時代に触れた箇所が見られる。ワーズワースの「ティンタン寺院より数マイル上流にて詠める歌」（92-93ページ参照）と比較しつつ，ロマン派詩人にとって一般的に子ども時代はどのようなものとして認識される傾向があるのか考察してみよう。

（田代尚路）

おすすめ文献

アルヴィ宮本なほ子編（2013）『対訳シェリー詩集』岩波文庫。

Holmes, Richard (1974), *Shelley: The Pursuit*, Weidenfeld and Nicolson.

日本シェリー研究センター編（2007）『飛翔する夢と現実――21世紀のシェリー論集』英宝社。

坂口周作（1986）『シェリーの世界――詩と「改革」のレトリック』金星堂。

D　19世紀

33 「シャロットの乙女」
アルフレッド・テニスン

1 作家紹介

テニスン（Alfred Tennyson, 1809-92）は，イングランド東部リンカンシャーのサマズビー生まれ。父親は国教会の牧師であった。1828年にケンブリッジ大学に入学し，ハラム[1]（Arthur Henry Hallam, 1811-33）と出会う。テニスンはハラムに誘われて秘密結社的な学生グループである「使徒団」の一員となり，さらに彼のことを天才詩人として評価するハラムの批評活動に支えられて，詩人としての自信を強めていった。ところが，ハラムは1833年に旅先のウィーンで突然病死する。訃報に接するとすぐにテニスンは亡き友に捧げる哀歌を書きはじめ，17年後に『イン・メモリアム』（*In Memoriam*, 1850）を出版。友人の死を契機として芽生えたキリスト教への懐疑と立ち向かい，時を経て信仰に回帰していくという展開が，多くの読者の共感を得た[2]。同年，ワーズワースの次代の桂冠詩人[3]に任命され，1884年には文学上の功績が評価されて，世襲貴族である男爵に叙せられている[4]。

代表作は，『イン・メモリアム』のほか，「マリアナ」（“Mariana”, 1830），「シャロットの乙女」（“The Lady of Shalott”, 1833），『イノック・アーデン』（*Enoch Arden*, 1864），『王の牧歌』（*Idylls of the King*, 1859-92）など。

▶1　歴史家ヘンリー・ハラム（Henry Hallam, 1777-1859）の子。イートン校を経てケンブリッジ大学に入学。詩や批評で頭角を現した。テニスンの妹エミリーの婚約者でもあったが，ハラムの早逝のため二人の結婚は実現しなかった。

▶2　夫のアルバート公を亡くして悲嘆に暮れていたヴィクトリア女王は，「『イン・メモリアム』は聖書の次に私の慰めとなるものです」とテニスンに伝えたとされている。

▶3　92ページ，▶4参照。

▶4　現在（2020年）に至るまで，テニスン男爵家は続いている。

2 作品紹介

第二詩集である『詩集』（*Poems*, 1833）所収。アーサー王伝説[5]を背景に置く，中世伝承的かつ幻想的な雰囲気を漂わせた作品である。主人公は，川に浮かぶ島の中にたつ塔にひとりで住む「シャロットの乙女」。乙女の姿は誰も見たことがなく，周囲の住人たちは彼女の存在をその歌声からかろうじて知るばかりである。彼女は直接窓の外を見るとどういうわけか「呪い」にかかる運命にあり，居室内で鏡に映る外界の様子をひたすら布に織り込んでいく作業を日夜続けている。

ある日，アーサー王配下の騎士のひとりランスロットが彼女の住む塔の下を馬に乗って通りかかる。ハンサムなことで知られ，王妃グィネヴィアとの恋愛沙汰においても有名な人物である。その通過にあわせて，強い日差しに照らされた彼の兜や甲冑などの発する光が一気に部屋の鏡の中に押し寄せてくる。その眩さに幻惑された彼女が思わず窓の外を直に見てしまうと，鏡が割れ，糸は宙に舞う。呪いにかかってしまったのだ。死期が近いことを悟った乙女は，小

▶5　50ページ，▶2参照。

舟に身を横たえて死の船出をする。彼女は川を下るうちに息絶え，亡骸は下流にある王都キャメロットに到着。アーサー王夫妻やランスロットに憐みのまなざしとともに迎えられることになる。

シャロットの乙女の姿は，ラファエル前派[6]の画家であるハント（William Holman Hunt, 1827-1910）やミレー（John Everett Millais, 1829-96）により絵画化されている。また，夏目漱石の短編小説「薤露行《かいろこう》」（1905年）にも大きな影響を与えた。

▶6　1848年にハント，ミレー，ロセッティ（Dante Gabriel Rossetti, 1828-82）により結成された画家のグループ。ラファエロ（Raffaello Santi, 1483-1520）以前の清新な初期ルネサンス絵画を範とした作風で知られる。

3 作品を味わう

シャロットの乙女が機を織る場面より。

There she weaves by night and day	乙女が日夜機織るのは
A magic web with colours gay.	色鮮やかな魔法の布。
She has heard a whisper say,	ある囁き声を乙女は聞いた。
A curse is on her if she stay	動きを止めて, キャメロットを見ると
To look down to Camelot.	呪いにかかるというのだ。
She knows not what the curse may be,	いかなる呪いかわからぬがため
And so she weaveth[①] steadily,	乙女は絶えず機を織る。
And little other care has she,	シャロットの乙女が
The Lady of Shalott.	気にかけるのは，ほぼそのことだけ。

① weaveth = weave の三人称現在単数形。“-th” は古風な活用語尾である（三単現の “-s” と同様の機能を持つ）。

4 考えてみよう

1．乙女と，本作品の発表当時（19世紀）の女性の置かれていた状況には重なる部分があると考えるなら，ここでの「呪い」をどのように解釈することが可能だろうか。

2．乙女の物語は，芸術家の運命を比喩的に語ったものとしても読むことが可能である。その視点に立つと，外界を映し出す「鏡」についてどのようなことがいえるか。

3．乙女の亡骸を見た時のランスロットの発言「彼女は美しい顔をしている」以下の部分は男性目線のいくぶん身勝手な発言のように読めると同時に，彼女の悲しい運命を救済する役割を持っているようにも解釈できる。なぜなら，ここではじめて彼女は姿かたちを備えた一個人として他者に認知されるからである。あなたはどちらの読み方をとるか検討してみよう。

（田代尚路）

おすすめ文献

西前美巳編（2003）『対訳テニスン詩集』岩波文庫。
西前美巳（1992）『テニスンの詩想――ヴィクトリア朝期・時代代弁者としての詩人論』桐原書店。
平林美都子（1993）『女と隠遁――テニスンの十九世紀』山口書店。
高宮利行（1995）『アーサー王伝説万華鏡』中央公論社。

D　19世紀

34『ジェイン・エア』

シャーロット・ブロンテ

1 作家紹介

シャーロット・ブロンテ（Charlotte Brontë, 1816-55）は，姉妹三人が作家として有名な「ブロンテ姉妹[1]」の長姉である。一家はヨークシャーのハワース村にある父親の牧師館で育った。シャーロットは幼少時に母親と年子の二人の姉を亡くすが，その姉たちが通っていた劣悪な環境の学校は，『ジェイン・エア』（*Jane Eyre*, 1847）に登場する厳格な学校のモデルとされる。シャーロットは幼い頃から創作意欲が強く，10歳頃に1つ年下の弟ブランウェルと空想の物語を記録し始めると，架空の王国「アングリア」を舞台とした長大な物語を創作した。

またシャーロットは年長者として弟と妹の教育や創作活動を積極的に助け，学校教師やガヴァネス[2]としても働き，ブロンテ家の生計も支えた。ベルギーに留学し，牧師館での学校設立を企画するなど何事にも積極的な性格で，1846年には三姉妹による詩集[3]の出版を実現させた。ついには小説の出版に乗り出し，困難を伴いながらも『ジェイン・エア』を出版すると，作家として成功した。

三姉妹の中では最多の4作品を出版している。労働運動など社会問題を扱う『シャーリー』（*Shirley*, 1849），ベルギー体験をもとに異国での孤独と愛を語る『ヴィレット』（*Villette*, 1853）はそれぞれ野心作だが，出版前に弟妹全員を病いで亡くした暗さも漂っている。自身も結婚後，38歳で亡くなった。

2 作品紹介

シャーロットがカラー・ベル（Currer Bell）の名で1847年に初めて出版した代表作。すぐにベストセラーとなり，その影響で二人の妹の出版も実現した。売れた最大の要因は，孤児である主人公ジェインが様々な困難を経て幸せをつかむまでの道のりが，ジェイン自身の声で読者に語られていることにある。

ジェインの最初の苦難は引き取られた親戚の家で受けたいじめである。10歳の時に「赤い部屋」に閉じこめられ，恐怖の体験に怯える。その後規律の厳しい寄宿学校での生活を経て，18歳でひとり見知らぬ土地でガヴァネスとして働き始める。そこで運命の出会いが訪れた。ある日颯爽と馬に乗って登場し，ジェインの目の前で滑って転んだ紳士がいた。いかつい体格に強面の風貌の紳士は，勤め先の屋敷の当主ロチェスター氏その人だった。出会った時から，階級の差を越え互いに対等に話し合う二人。心ひかれる二人の運命は……。

すぐにハッピーエンドとはならない。その後最大の事件が起き，屋敷を出て

▶1　「19世紀の文学」の項目（20-21ページ），『嵐が丘』の項目（112-113ページ）参照。

▶2　ガヴァネス（governess）とは良家のお屋敷に住み込みで働く女性の家庭教師のこと。ヴィクトリア朝では，中産階級の女性が家の外で働かなければならない場合，ガヴァネスの職に就けば中産階級の体面（リスペクタビリティ）が保たれるとされた。語学や文学などの学科の他，絵画や音楽の指導，生徒の日々の生活の監督を担う。

▶3　詩集は自費出版であり，ほとんど売れなかった。出版に際し，三姉妹はカラー・ベル，エリス・ベル（Ellis Bell），アクトン・ベル（Acton Bell）というそれぞれ男性的（もしくは中性的）なペンネームを用いている。

▶4　1966年，このバーサ・メイスンを主人公に，彼女の西インド諸島におけるロチェスター氏との出会いやイギリスでの生活を物語にした作品が生まれる。リース（Jean Rhys, 1890-1979）による『サルガッソーの広い海』（*Wide Sargasso Sea*, 1966）は，屋根裏部屋に閉じこめられた「狂女」バーサの表象に異議を唱えた作品である。詳

行くジェインは，様々な経験と出会いを経て「自立」に向けた成長を遂げる。女性が従属的な立場にいた当時の社会において，自らの意志で道を切り開き，男女対等の精神を志し，感情や情熱について語る主人公の物語は，人間の心や「自己」という概念について現代的側面を備える。ジェインは巡礼のように次々と場所を移動し，従属への反抗を原動力に苦難を乗り越えるが，それを導く神の声は自身の内なる声と呼応する。その心の強さは魅力的だが，成し遂げた「自立」がバーサ・メイスンという女性の犠牲の上に成立していることは見逃せない。西インド諸島出身のバーサ[◁4]の反逆性はジェインにどのように映るのか。読者はジェインの矛盾した感情や隠された欲望にも気づかされるだろう。

3 作品を味わう

ロチェスター氏とイングラム嬢の結婚が迫っていると思いこんだジェインは屋敷を出て行くと決意し，同時に初めて心の想いを氏に告白する。

> 'I tell you I must go!' I retorted, roused to something like passion. 'Do you think I can stay to become nothing to you? Do you think I am an automaton?—a machine without feelings? and can bear to have my morsel of bread snatched from my lips, and my drop of living water dashed from my cup? Do you think, because I am poor, obscure, plain, and little, I am soulless and heartless? You think wrong!—I have as much soul as you—and full as much heart! [···]'
>
> 「出て行かなければなりません」私は何か激情のようなものに駆られて反発した。「あなたにとって私は何の意味もなくなるのです。それなのにどうしてここに留まれると思うのですか。私を自動人形だと，感情のない機械とでもお思いですか。私に与えられた，たった一口のパンをこの口からあっという間に奪い取られ，流れる水のひとしずくをこのカップから放り出され，それでもまだ我慢できるとお思いですか。私が貧乏で，無名で，不器量で，小さいからといって，魂もなければ心もないと思うのですか。大間違いです，私にもあなたと同じ魂があります，心だって立派にあります。[···]」

4 考えてみよう

1．冒頭の「赤い部屋」はどのような象徴的な意味を持っているだろうか。
2．エドワード・ロチェスターとセント・ジョン・リヴァーズ[◁5]の二人の男性は，ジェインにどのような理想の妻を思い描いているか。
3．バーサ・メイスンの姿や声はどのように描写されているか。また，バーサはジェインの「分身」ともいわれているが，その意味を考えてみよう。

（佗美真理）

しくは『サルガッソーの広い海』の項目（174-175ページ）参照。

▶5　セント・ジョン（St John）はこの場合ファーストネームだが，実際の英語の発音では「シンジン」に近い。

映像化作品

『ジェーン・エア』，1983年，BBC。

『ジェイン・エア』，1996年，ミラマックス／パテ。

『ジェーン・エア』，2011年，フォーカス・フィーチャーズ／ユニヴァーサル。

＊小説『ジェイン・エア』は恋愛映画として制作されることが多い。本作品のどこか暗く，静かな雰囲気は，原作のどのような要素を表現しているのだろう。

おすすめ文献

桜庭一樹編・佗美真理編集協力（2016）『ブロンテ姉妹』集英社。

内田能嗣編（2010）『ブロンテ姉妹の世界』ミネルヴァ書房。

ギルバート，サンドラ＆グーバー，スーザン／山田晴子・薗田美和子訳（1986）『屋根裏の狂女——ブロンテと共に』朝日出版社。

Lodge, Sara (2008), *Charlotte Brontë:* Jane Eyre*: A Reader's Guide to Essential Criticism*, Palgrave.

D　19世紀

35 『嵐が丘』
エミリ・ブロンテ

1 作家紹介

エミリ・ブロンテ（Emily Brontë, 1818-48）は「ブロンテ姉妹[1]」の一人，2歳上の姉がシャーロット・ブロンテ，2歳下の妹がアン・ブロンテ（Anne Brontë, 1820-49）である。エミリは姉が通った学校に短期間通ったが，極度のホームシックで退学し，ほとんどの教育は牧師の父の指導のもと，家庭内で行われた。姉と兄ブランウェルが物語を創作し始めると，エミリも妹アンと一緒に架空の島「ゴンダル」を舞台に物語を創作する[2]。姉兄妹と文学活動に勤しむ中，エミリは牧師館の外の生活を好まず，学校教師の仕事も，姉と留学で訪れたベルギー生活も1年と続かなかった。内向的で家庭的である一方，姉シャーロットの回顧によると激しい性格の持ち主とされ，自分の詩稿を姉に勝手に読まれて激怒したという逸話も残る。1846年の三姉妹による詩集[3]の出版後，小説の出版に尽力する姉の力を得て，小説『嵐が丘』（*Wuthering Heights*, 1847）を世に出すが，その真価は認められることなく，1年後に肺病で亡くなった。

『嵐が丘』はイギリス小説の古典的名著とされる。しかし，その情熱的かつ暴力的な世界を支える観念性，対称性，入れ子式の語り[4]など，作品全体の緻密な構造が評価されるのは主に20世紀に入ってからである。一方，詩人としての評価は19世紀当時から高く，現在でも三姉妹の中で最も愛誦される。ロマン派の影響を受け，孤独や絶望などの内的感情をうたい，荒野《ムーア》（図1参照）の自然を舞台に精神世界を探究する心は『嵐が丘』の世界にも通じている。

▶1 「19世紀の文学」の項目（20-21ページ），『ジェイン・エア』の項目（110-111ページ）参照。

▶2 エミリとアンの物語の多くは現存しておらず，現在読めるのは残された詩のみである。

▶3 『ジェイン・エア』の項目（110-111ページ）参照。

▶4 入れ子式の語りとは，「物語」の中にもうひとつの「物語」が含まれているイメージで，『嵐が丘』の場合，語り手のロックウッドが語る「物語」の中に，ネリー・ディーンの話す「物語」が含まれ，またそのネリーの語る「物語」の中に，他の書き手の手紙や日記が含まれている。入れ子式によって重層性のある構造が可能になる。他の例として102ページ，▶2も参照のこと。

図1　荒野《ムーア》
（出典：『ブロンテ：家族と作品世界』ブライアン・ウィルクス著，彩流社，口絵5ページ目）

2 作品紹介

1847年に出版されたエミリ唯一の小説。エリス・ベル（Ellis Bell）の名で，妹アンの『アグネス・グレイ』（*Agnes Grey*, 1847）とともに出版される。出版当時，妹の作品の穏やかな評価に対して，『嵐が丘』は物議をかもし，おぞましくて不快，非人間的であると酷評された。

物語の舞台はヨークシャーの荒野《ムーア》，ロックウッドという都会の男が「嵐が丘」と呼ばれる屋敷を訪れ，不意に窓の外の幽霊に出くわすという衝撃的な事件から始まる。これをきっかけに，ロックウッドはかつてこの家の乳母だったネリー・ディーンから，現在の家主であるヒースクリフの話を聞き出した。ヒースクリフはもともとこの家で養われていた孤児だった。かつての所有者アーンショー家の長男ヒンドリーに虐待され，その妹キャサリンを唯一の友に，いつも荒野《ムーア》で遊んで暮らしていた。が，キャサリンが大地主のリントン家の長男エドガーと知り合った頃から孤立を深める。忽然と姿を消したヒースクリフ。３年後に裕福な紳士として戻ってくると，両家に「復讐」を始めた……。

荒野の嵐のように激しい恋愛物語として映画・舞台化されることも多いが，19世紀当時の小説によくある恋愛と結婚の物語とは趣が異なる。キャサリンが愛するヒースクリフはロマンチックな孤高の青年ではなく，暴力的行為にふけるアウトロー的な存在である。いわゆるロマンスの否定は冒頭から明らかで，ロックウッドがキャサリンという名の女性に出会うとすぐに，同じ名前を名乗る幽霊が取って代わる。読者の安易な夢や期待を裏切るように，嵐が丘の閉鎖的な世界は，より厳しい現実とそれに抗う破壊的エネルギーを提示する。その中心にいるヒースクリフとキャサリンの超越的な愛もまた，語り手や読者による安易な理解や解釈を拒絶するものとしてあるのかもしれない。

3 作品を味わう

嵐が丘を訪れたロックウッドが，一夜を過ごす小部屋でうとうとしていると，窓越しにキャサリンの幽霊に遭遇する。あとで「夢」だと分かる場面。

I heard distinctly the gusty wind, and the driving of the snow; I heard, also, the fir-bough repeat its teasing sound, and ascribed it to the right cause: but, it annoyed me so much, that I resolved to silence it, if possible [...]. [...] 'I must stop it, nevertheless!' I muttered, knocking my knuckles through the glass, and stretching an arm out to seize the importunate branch: instead of which, my fingers closed on the fingers of a little, ice-cold hand!

突風とともに，雪が窓にぶつかる音がはっきり聴こえた。もみの木の枝が何度も何度も叩くいやな音も聞こえる。これは枝が窓を叩いているからだ，とまともな理由を考えた。だが，あまりにもうるさい，できるものなら止めてやろうと思った［…］。［中略］「どうしても止めてやる」とつぶやき，こぶしでガラスを叩き割った。腕を伸ばして，どうにもしつこい枝をぐいとつかむ。ところが，それは枝ではなかった。私の指が握ったもの，それは小さくて氷のように冷たい手の指だった！

4 考えてみよう

1．キャサリンの幽霊はなぜ家の中に入りたがっているのだろうか。
2．キャサリンがエドガーとヒースクリフに抱く想いや愛を説明してみよう。どのように異なるだろうか。
3．ヒースクリフはなぜ復讐にこだわり，そして止めるのか。　（侘美真理）

映像化作品

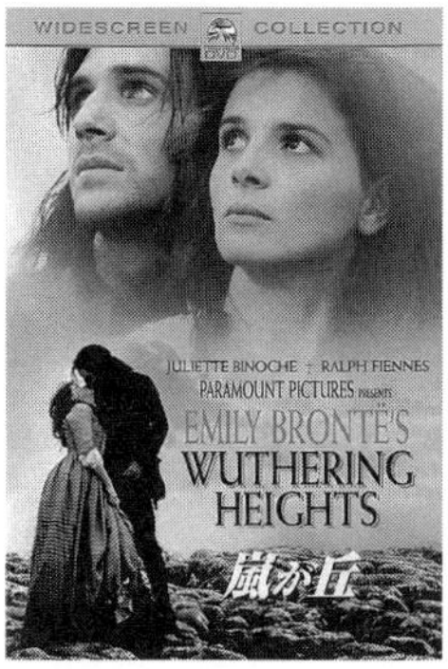

『嵐が丘』，1992年，パラマウント。

＊登場人物のいわゆる第１世代から第２世代まで小説の全編を描いた映画作品。音楽を坂本龍一（1952-）が担当している。

『嵐が丘』，2009年，ITV。

Wuthering Heights, 2011, Curzon Artificial Eye.

おすすめ文献

廣野由美子（2015）『謎解き「嵐が丘」』松籟社。

インガム，P.／白井義昭訳（2010）『ブロンテ姉妹』（時代の中の作家たち１）彩流社。

内田能嗣編（2010）『ブロンテ姉妹の世界』ミネルヴァ書房。

川口喬一（2007）『「嵐が丘」を読む――ポストコロニアル批評から「鬼丸物語」まで』みすず書房。

Brinton, Ian (2000), *Brontë's* Wuthering Heights *: Reader's Guide,* Continuum.

D　19世紀

36 『虚栄の市』

ウィリアム・メイクピース・サッカレー

1 作家紹介

サッカレー（William Makepeace Thackeray, 通称 W. M. Thackeray, 1811-63）は諷刺でならした19世紀イギリスを代表する小説家である。彼はイギリス東インド会社[1]の税務官の一人息子として，1811年にインドのカルカッタ近郊で生まれた。4歳の時に父を亡くした彼は，母の再婚に伴いイギリスに戻り，ジェントルマンとしての教育[2]を受けたもののケンブリッジ大学を中退。大陸に渡って転々とするが，父の遺産を失ったため1830年代半ばより文筆活動を開始する。『パンチ』（*Punch*）誌や『フレイザーズ・マガジン』[3]（*Fraser's Magazine*）といった雑誌にジャンルを問わず次々と記事を寄稿し，名声を得るが，特に小説『虚栄の市』（*Vanity Fair*, 1847-48）は大きな評判となり，小説家としてディケンズと並び称されるようになった。確かに両者には若い頃に苦労をしたという点や，ジャーナリストから始まり，小説執筆に至るという文筆家としての経歴など，いくつかの共通点が見られる。一方で，サッカレーの方が出身階級は上で，教養も豊かであるなど，少なからず違いもある。最大の違いは小説家としての後世の評価であろう。一時はともに文壇の巨頭として扱われた両者であるが，現代においてサッカレーはディケンズほどには研究の対象となっていない。

2 作品紹介

『虚栄の市』はサッカレーの名声を大きく高めた彼の代表小説である。表題はバニヤンの『天路歴程』[4]（*Pilgrim's Progress*, 1678, 1684）の一節から取ったもので，虚しいものを追い求める俗物たちに対する作者の関心が現れている。副題は「主人公のいない小説」（*A Novel Without a Hero*）と付けられているが，実際には女主人公と呼ぶべきレベッカ（ベッキー）・シャープと，彼女とあらゆる点で対照的なアミーリア・セドレーが作品の中心となっている。ベッキーは生まれこそ卑しいものの頭が良く，その美貌と頭脳を生かして数々の男を手玉に取りつつ，社交界でのし上がっていこうとする（ただし，2004年の映画では，邦題に反して良い人物に描かれている）。他方アミーリアは軽薄な恋人ジョージ・オズボーンを盲目的に愛し，彼の死後は2人の間に生まれた息子を溺愛する一方で，彼女を献身的に愛するウィリアム・ドビンには目もくれない。この両者の人生が時に離れ，時に交錯し，複雑な人間ドラマが描かれている。本作は物語の中盤でワーテルローの戦い[5]が描かれており，本作を歴史小説とみなすか否

▷1　1600年にアジアとの貿易を独占的に行うために作られたイギリスの特許会社（この場合の特許とは，国家行政の特別許可状を得たということを意味する）。17世紀から19世紀半ばにかけて，アジア各地の植民地との交易に従事するとともに，徴税・治安維持業務を行い，インドの植民地化を進めた。

▷2　ジェントルマンとは教育によって生み出されるものであるという考え方のもと，ジェントルマンの子弟が受けさせられた教育のこと。パブリック・スクール（18ページ，▷3参照）を出てオックスフォード大学またはケンブリッジ大学（いわゆる「オックスブリッジ」）で学ぶ，というのが典型例。なお，ジェントルマンとは元々は土地を持ち，働かずに生活できる階級の人々を指したが，時代とともに言葉の範囲が広がり，厳密な定義は難しい。

▷3　ともに19世紀半ばに誕生した，同時代を代表する雑誌。特に『パンチ』誌は政治的権威に対して痛烈な諷刺を浴びせる諷刺漫画雑誌として中流階級に絶大な人気を誇り，1992年に廃刊になるまで，実に150年にもわたって刊行され続けた。

かについては長らく議論の的となってきた。近年も郷土史という観点から研究がなされるなど，歴史という視点からの議論は今なお尽きていない。

3 作品を味わう

物語の中盤，ついにジョージと結婚したアミーリアであるが，その結婚生活は思っていたようにうまくはいかない。そのような状況で，語り手は次のように述べて幸せな結婚で幕を閉じる多くの小説を批判する。サッカレーらしい皮肉な一節である。

> As his hero and heroine pass the matrimonial barrier, the novelist generally drops the curtain, as if the drama were over then: the doubts and struggles of life ended: as if, once landed in the marriage country, all were green and pleasant there: and wife and husband had nothing but to link each other's arms together, and wander gently downwards towards old age in happy and perfect fruition. But our little Amelia was just on the bank of her new country, and was already looking anxiously back towards the sad friendly figures waving farewell to her across the stream, from the other distant shore.
> 主人公と女主人公が結婚という境界を越えてゆくと，小説家はたいてい幕を下ろしてしまう。まるでそこでドラマは終わった，人生の悩みや苦しみは終わった，いったん結婚という国に入れば，全てのものが青々と茂り，楽しく，そして妻も夫もただお互いに腕を組み，穏やかに，幸せに，完全に満ち足りた状態のまま，緩やかに老齢という坂を下るだけだと言わんばかりである。しかし，我らがアミーリアは新たな国に着いたばかりというのに，すでに川を挟んで遙か向こう岸から別れの手を振る，悲しげな，しかし優しい人たちのことを不安げに振り返っているのだ。

4 考えてみよう

1．3 で見たように，本作には幾種類もの結婚が描かれているが，それらの描写を読み解くと何が浮かび上がってくるだろうか。
2．本作には「主人公のいない小説」という副題が付けられているが，一方でベッキーのように主人公的な振る舞いをする人物も登場する。この副題に込められたサッカレーの意図は何であろうか。
3．ベッキーは一般的に「悪女」と考えられているが，物語全編を通して彼女の行動を分析することで，彼女はどのような人物といえるだろうか。

（渡部智也）

▷4 『天路歴程』の項目（72-73ページ）参照。

▷5 イギリスとフランスとの戦い，いわゆるナポレオン戦争の終結となった戦い。1815年にベルギーのブリュッセル南東にあたるワーテルローで行われた。この戦いに敗れたことでナポレオンの百日天下は終わり，彼はセントヘレナ島に流刑となった。

映像化作品

『悪女』，2004年，フォーカス・フィーチャーズ。

おすすめ文献

藤田清次（1971）『サッカレー研究』北星堂書店。
鈴木幸子（1993）『不安なヴィクトリアン』篠崎書林。
鈴木幸子（1996）『サッカレーを読む――続・不安なヴィクトリアン』篠崎書林。
Salmon, Richard and Alice Crossley eds. (2016), *Thackeray in Time: History, Memory, and Modernity*, Routledge.

D　19世紀

37 『デイヴィッド・コパフィールド』
チャールズ・ディケンズ

1 作家紹介

ディケンズ（Charles Dickens, 1812-70）はヴィクトリア朝を代表する小説家の一人である。彼の父ジョンは海軍で経理の仕事をしていたが，金銭感覚に乏しく，一家は常に借金に追われていた。やがて父は債務者監獄[1]に入れられ，彼自身も靴墨工場で労働者の子弟とともに働かされる。この経験は彼の心を傷つけ，後々まで残るトラウマとなったという。その後，速記[2]を学んでジャーナリストとして働くかたわら，雑誌に投稿した短編作品が掲載されたことをきっかけに本格的に文筆の世界に足を踏み入れ，『オリヴァー・ツイスト』（*Oliver Twist*, 1837-39）や『クリスマス・キャロル』（*A Christmas Carol*, 1843），『大いなる遺産』（*Great Expectations*, 1860-61）といった，後々の時代まで読み継がれるベストセラーを次々に生み出していった。その一方で自ら雑誌を立ち上げて編集長として辣腕を振るったほか，晩年は公開朗読に精を出すなど，様々な形で活躍した。彼の死後，彼の作品は大衆小説として軽視され，その評価は低かったが，20世紀の後半に再評価が進み，現在は英語圏文学の中でも極めて重要な小説家としての地位を確立している。

2 作品紹介

『デイヴィッド・コパフィールド』（*David Copperfield*, 1849-50）はディケンズの第8作目の長編小説である。本作は主人公デイヴィッド（BBC制作のドラマ版では，ハリー・ポッターでおなじみのダニエル・ラドクリフが幼年期を演じている）が数々の苦難を乗り越えて作家として成功する姿を描いた作品であり，ディケンズの半自伝的小説としても知られている。生まれながらにして父を，そして幼くして母を，それぞれ失ったデイヴィッドは，風変わりだが愛情深い大伯母のベッツィー・トロットウッド，弁護士の娘で聡明なアグネス，非常に美しいが家事が全くできない最初の妻ドーラ，貧乏だが極めて楽天的なミコーバー，気持ちの悪い悪党ユライア・ヒープ，詩人バイロンを彷彿とさせる青年スティアフォースらと邂逅することで成長し，最終的には作家として成功を収め，アグネスと再婚する。ディケンズ作品の中でも，個性的でユニークな登場人物が特に多く見られるという点こそが，本作品の最大の魅力であろう。ディケンズ自身，この作品こそが，自身の作品の中で最も好きな作品だと明言している。半自伝的という作品の性質上，かつては彼の伝記的事実と結びつけた批評が多

▶1　借金の支払いが出来ない人々が入れられた監獄。程度の差はあるが，一般の監獄よりは囚人の自由度が高い。ディケンズの父が入れられていた監獄はマーシャルシー監獄と呼ばれ，後期の大作『リトル・ドリット』（*Little Dorrit*, 1855-57）はこの監獄を舞台としている。

▶2　速記記号や速記符号と呼ばれる特殊な文字を用いて人の発言などを素早く書き記す技法で，ディケンズはジャーナリストとして働くためにこれを身につけた。近年はこの経験が彼の作品及び創作活動に与えた影響を掘り下げて考察した研究も見られる。

▶3　シリングは1971年まで存在していたイギリスの

かった。現在も毎年のように本作品を取り上げた研究論文が出されているが，そのテーマは速記との関連や絵画との関連，時間のイメージを考察したものなど，非常に幅広い。

3 作品を味わう

本作には印象深い登場人物が無数に登場するが，その中でも最も強烈な印象を残すのがミコーバー氏である。次に引用するものは，デイヴィッドが借金で投獄されたミコーバー氏のところへ面会しに行く場面である。

> Mr. Micawber was waiting for me within the gate, and we went up to his room (top story but one), and cried very much. He solemnly conjured me, I remember, to take warning by his fate; and to observe that if a man had twenty pounds a-year for his income, and spent nineteen pounds nineteen shillings and sixpence, he would be happy, but that if he spent twenty pounds one he would be miserable. After which he borrowed a shilling of me for porter, gave me a written order on Mrs. Micawber for the amount, and put away his pocket-handkerchief, and cheered up.
>
> ミコーバー氏は門の中で私を待っていた。そして私たちは彼の部屋まで上がっていき（彼の部屋はてっぺんから１つ下の階にあった），そして思いっきり泣いた。私が覚えているところでは，彼は私に対して，自分の運命を教訓にするようにと厳かに言い，もし男の収入が年に20ポンドで，支出が19ポンド19シリング[◁3]６ペンスならその男は幸せだが，もし20ポンド１シリング使ってしまったら彼は惨めになるのだ，と述べた。それから彼はボーイに支払いをするために私から１シリング借り，その分はミコーバー夫人からもらうようにと書いた紙を私に渡し，ハンカチをしまい，元気になった。

4 考えてみよう

1．ミコーバー氏は金銭感覚の無いディケンズの父をモデルに生み出されたと考えられているが，その描写からは彼の父に対するどのような思いを読みとることが出来るだろうか。

2．本作では主人公デイヴィッドと対をなす形で２人の悪役ヒープとスティアフォースが登場する。このうちデイヴィッドはスティアフォースにかなり惹かれるのだが，それはなぜだろうか。

3．アグネスは典型的な「家庭の天使[◁4]」であるが，その影の薄さを批判する批評家は多い。彼女の役割はどの程度のものだろうか。

（渡部智也）

通貨単位。現在の10進法の通貨とは異なり，１ポンド＝20シリング＝240ペンスというやや複雑な制度だった。「支出が19ポンド19シリング…」という発言になるのはそのため。

▷4　特に19世紀のイギリスにおいて理想とされた女性像の典型を示す言葉。男女の領域は全く異なるという考え方のもと，女性は良き妻・良き母として家庭という私的領域をしっかりと守ることが求められた。

映像化作品

『デビッド・コパーフィールド』，1999年，BBC。

おすすめ文献

西條隆雄・原英一他著（2007）『ディケンズ鑑賞大事典』南雲堂。

トマリン，クレア／高儀進訳（2014）『チャールズ・ディケンズ伝』白水社。

サンダーズ，アンドルー／田村真奈美訳（2015）『チャールズ・ディケンズ』彩流社。

Welsh, Alexander (1987), *From Copyright to Copperfield: The Identity of Dickens*, Harvard University Press.

Slater, Michael (2009), *Charles Dickens*, Yale University Press.

D　19世紀

38 『クランフォード』

エリザベス・ギャスケル

1 作家紹介

ギャスケル（Elizabeth Gaskell, 1810-65）は，「ギャスケル夫人」（Mrs Gaskell）という名でも知られる19世紀の女性小説家である。ユニテリアン派[1]の牧師の娘として生まれた彼女は，１歳の時に母を亡くし，マンチェスターの片田舎のナッツフォードで伯母に育てられた。21歳の時に牧師と結婚してマンチェスターに移り住み，貧民救済活動を通じて労働者の過酷な状況を目の当たりにする。この経験が，彼女が後に書く社会小説[2]に大きな影響を与えた。34歳の時に長男を１歳にならないうちに亡くし，気を紛らわせるために書き，匿名で発表した『メアリ・バートン』（*Mary Barton*, 1848）が大ヒット，それを契機として『クランフォード』（*Cranford*, 1851-53）や『北と南』（*North and South*, 1854-55）といった代表作品を出版していった。また同時期に活躍したシャーロット・ブロンテとは親しい友人となり，その死後に依頼を受けて，初となる彼女の伝記を執筆している。ギャスケルの作品は20世紀前半まではあまり研究対象とされなかったが，20世紀後半には社会小説として積極的に研究されるようになり，現在では19世紀を代表する小説家の一人に数えられている。

▷1　キリスト教プロテスタントの一派。キリスト教の教義である「三位一体」（神は父と子と精霊からなるという主張）を否定して神の唯一性を強調するとともに，キリストを神ではなく人とみなすという特徴を持つ。

▷2　社会問題，あるいは社会的な関心事が作品の中心を占める小説のこと。イギリスでは産業革命の後，貧富の差が拡大し，労働者の貧窮が進んだことを受けて，このジャンルの作品が次々と生み出されるようになった。

2 作品紹介

『クランフォード』はギャスケル自身が幼少期を過ごしたナッツフォードをモデルにしたと思われる架空の街クランフォードで暮らす人々の日常を，ユーモアを交えて描いた作品である。当初は1851年12月13日に，ディケンズの雑誌『ハウスホールド・ワーズ[3]』（*Household Words*）に一話完結のスケッチとして掲載されたが，ディケンズの求めに応じてその後1853年まで続編が同誌に連載された。そのため作品全体として見ると小さな物語の集合体という趣が強く，全体に関わるプロットが見られないと述べる批評家も少なくない。物語は近隣の街ドラムブルに住む語り手メアリ・スミスがクランフォードで暮らす友人の老嬢たちを定期的に訪問し，その際に起こった出来事を彼女が記すという形式をとっている。この作品は出版当初より，当時の市井の人々の日常をリアルに描いた部分が高く評価されていたが，その一方でギャスケルの他の代表作と比べて社会小説的な要素が乏しく，人気はあっても取るに足らない作品として研究対象としない批評家も少なくなかった。しかし徐々に再評価がなされ，現在は語り手メアリ・スミスの役割やジェンダーの問題，作中に見られるインドへ

▷3　1850年から59年まで刊行された，ディケンズが編集長を務める週刊誌。ギャスケルは本作品のほか，『北と南』や複数の記事を寄稿したが，編集長としてのディケンズは厳格で，たびたび彼女に記事の修正を求めたため，最終的に彼女は小説を寄稿しなくなったとされる。

の言及など，幅広い観点から研究されるようになった。

3 作品を味わう

本作の舞台となる架空の街クランフォードには，非常に大きな特徴というべきものがある。その点について語り手メアリ・スミスが述べているのが，以下に挙げる小説冒頭の一節である。

> In the first place, Cranford is in possession of the Amazons; all the holders of houses, above a certain rent, are women. If a married couple come to settle in the town, somehow the gentleman disappears; he is either fairly frightened to death by being the only man in the Cranford evening parties, or he is accounted for by being with his regiment, his ship, or closely engaged in business all the week in the great neighbouring commercial town of Drumble, distant only twenty miles on a railroad. In short, whatever does become of the gentlemen, they are not at Cranford.
>
> まず最初に，クランフォードはアマゾネス[4]によって支配されています。ある程度以上の家賃の家の持ち主はすべて女性なのです。そして既婚者がこの町に引っ越してくると，どういうわけか男性の方がいなくなります。その人はクランフォードの晩餐会で男が自分一人であることに怖じ気づいたのか，あるいは連隊に呼ばれたり，船に乗ったり，はたまた列車でわずか20マイルのところにある大商業都市ドラムブルで丸々一週間，仕事に勤しんでいたりするのです。つまり，男たちにどのようなことが起こったにせよ，彼らはクランフォードからいなくなるのです。

▷4　ギリシア神話に登場する女性だけの部族のこと。戦いが得意な狩猟民族だとされ，強い女性を意味する言葉として使用されることが多い。

4 考えてみよう

1．3 の引用で見たように，クランフォードは女性ばかりが幅を利かせる街として描かれている。しかし，そのような街が現実に存在していたとは考えにくい。このような街を描いた背景にはギャスケルのどのような思いや意図があったと考えられるだろうか。

2．本作の語り手メアリ・スミスは，唯一の外部の人間として，クランフォードの人々の織りなすドラマを眺めている。しかし，彼女は常に冷静な傍観者たり得ているだろうか。その役割を逸脱することはないだろうか。

3．主要登場人物のほぼ全てが老人，という作品構成にはどのような意味があるのだろうか。

（渡部智也）

映像化作品

Cranford, 2007, BBC.

おすすめ文献

中村祥子（1991）『E. ギャスケルの長編小説』三友社出版。
日本ギャスケル協会編（2010）『エリザベス・ギャスケルとイギリス文学の伝統――生誕200年記念』大阪教育図書。
松岡光治編（2010）『ギャスケルで読むヴィクトリア朝前半の社会と文化――生誕二百年記念』渓水社。
足立万寿子（2012）『エリザベス・ギャスケルの小説研究――小説のテーマと手法を基に』音羽書房鶴見書店。

D　19世紀

39 『オーロラ・リー』

エリザベス・バレット・ブラウニング

1 作家紹介

ブラウニング（Elizabeth Barrett Browning, 1806-61）は，イングランド北西部の州ダラムで生まれる（なお，ブラウニング姓は結婚後に付加されたものであり，もともとの名は「エリザベス・バレット」である）。両親ともに，西インド諸島のジャマイカにサトウキビや煙草の農園を所有する富裕な一族の出身であった。15歳の時に落馬事故に遭い，それが原因してか生涯病身で，頭痛と背骨の痛みに悩まされた。1845年に6歳年下の詩人ロバート・ブラウニング[1]（Robert Browning, 1812-89）と出会い，お互いに強く惹かれ合うようになる（出会いから結婚に至るまでの時期のエリザベスの心理については『ポルトガル女性からのソネット』（*Sonnets from the Portuguese*, 1850）に克明に描かれている）。エリザベスの父エドワードが結婚に反対することを見越した二人は，1846年にロンドンの教会で極秘結婚をし，その後イタリアに移住[2]。エリザベスはフィレンツェで生涯を終えた。

ギリシア語やラテン語の素養を備えていた一方で，女性差別や黒人差別など同時代の社会問題にも関心を示し，それを詩作に反映させた。代表作は，『ポルトガル女性からのソネット』，『オーロラ・リー』（*Aurora Leigh*, 1856）など。

2 作品紹介

『オーロラ・リー』は1856年に出版された「韻文体の小説（verse-novel）」で，9巻構成，計1万7000行という大作である。19世紀は小説の時代であり，詩の人気は凋落気味であった。小説のように波乱に富んだ展開を持つ作品を韻文で書くことで，エリザベスは詩の活性化を狙ったと考えられる。また，本作品にはテニスンらの中世主義的な作品への批判も込められており，「心を五百年前に巻き戻し」「自らの時代の特質や栄光を認識しない詩人は信用しない」という一節も見られる。つまり，19世紀の現状を表現することにこそ詩作の意義を見出していた，ということになろう[3]。

主人公であるオーロラ・リーは旧家出身の女性詩人であり，作者エリザベスの分身のようだ。詩人を主人公とし，芸術と人生の問題を扱っているという点において本作品を「芸術家小説[4]」と見ることも可能である。ある時，博愛主義者で社会活動家の従兄であるロムニー・リーにプロポーズされるものの，お互いの人間観と結婚観の相違からオーロラは拒絶。その後，ロムニーは紆余曲折

▶1　ヴィクトリア朝を代表する詩人の一人。興味深い心理を持つ人物（例えば，犯罪者や精神病患者など）に一人称で直接語らせる「劇的独白（dramatic monologue）」の手法を用いて独自の作品世界を切り開いた。代表作は，「ポーフィリアの恋人」（“Porphyria's Lover”, 1836），「先の公爵夫人」（“My Last Duchess”, 1842），『指輪と本』（*The Ring and the Book*, 1868-69）など。なお，『指輪と本』も『オーロラ・リー』と同様に韻文体小説である。

▶2　ヴァージニア・ウルフの『フラッシュ』（*Flush: A Biography*, 1933）は，飼い犬フラッシュの視点からエリザベスの姿を捉えた作品である。

▶3　もっともエリザベス自身も，特に初期の段階では「従者の物語」（“The Romaunt of the Page”, 1839）などの中世主義風の作品を書いている。

▶4　芸術家の成長を描く小説のこと。D. H. ロレンスの『息子と恋人』（*Sons and Lovers*, 1913）やジェイムズ・ジョイスの『若き芸術家の肖像』（*A Portrait of the Artist as a Young Man*, 1916）なども芸術家小説である。

を経て，オーロラの視点（すなわち社会問題を是正するためには，自らの正義を振りかざすのではなく，相手の人間性に対する深い理解が不可欠という視点）を身につけることが出来るようになり，最終的に二人は結婚する。

男女がお互いの心情を理解しあうことで結婚に至るという展開は，『高慢と偏見』（96-97ページ参照）と類似しているといえる。また，自らが救済した気になっていた者たちの手により屋敷が焼き討ちに遭い，そのさなかに視力を失ってしまったロムニーをオーロラが夫として受け入れる場面は，『ジェイン・エア』（110-111ページ参照）の結末を想起させるものがある。

3 作品を味わう

失明したロムニーがオーロラに語りかける言葉から。「男は働き，女は愛情を注ぐ」という同時代の男女の性役割分担が完全に「逆転」しているのが興味深いところである。

Come thou, my compensation, my dear sight,
My morning-star, my morning,—rise and shine,
And touch my hills with radiance not their own.
Shine for two, Aurora, and fulfil
My falling-short that must be! work for two,
As I, though thus restrained, for two, shall love!
おいで，わが償い，いとしい視力よ，
明けの明星，朝の陽よ—天へと昇り，輝いてくれ，
きみの照り輝きで，わが丘にふれてくれ。
オーロラよ，二人のために輝き，わが不足を
充たしてくれ！　二人のために働いてくれ，
身動きとれないぼくは，二人のために，愛をふりまこう！

4 考えてみよう

1．ロムニーの失明には，どのような意味が込められていると考えられるだろうか。
2．三人の女性登場人物（オーロラ・リー，メアリアン・アール，ワルダマー夫人）の性格を比較してみよう。
3．作者自身によれば本作品は「叙事詩」であるという。もともと叙事詩とは「英雄」の行為を描いたものであった。本作品の主人公であるオーロラの「英雄性」はどのような点に現れているか。

（田代尚路）

おすすめ文献

Forster, Margaret (1988), *Elizabeth Barrett Browning: A Biography,* Chatto & Windus.
フォスター，マーガレット／翻訳工房りぶろ訳(2003)『侍女 ——エリザベス・B・ブラウニングに仕えた女性』彩流社。
ウルフ，ヴァージニア／出淵敬子訳（1993）『フラッシュ——或る伝記』みすず書房。

D　19世紀

40『ミドルマーチ』
ジョージ・エリオット

1 作家紹介

エリオット（George Eliot, 1819-80）は19世紀小説の円熟期に登場した女性作家である。本名はメアリアン・エヴァンズであるが，男性のペンネームを用いた。工業化が進む地方都市で育ち，田園生活の変化を経験しながら成長する。10代の頃に姉と学んだ寄宿学校で福音主義[1]を信奉するが，母親と死別後，父親と移り住んだコヴェントリーで著名な進歩的思想家たちと交流しながら聖書や神学の研究を進めた結果，キリスト教の懐疑主義者となった。そのことで対立した父親を30歳で亡くし，ロンドンに移住してから人生の転機が訪れる。雑誌編集の仕事で文芸批評家のルイス（George Henry Lewes, 1817-78）に出会い，彼に勧められて小説を書き始めた。妻子持ちのルイスと実質の夫婦生活を始め，その公然とした関係は非難されながらもルイスが亡くなるまで続き，ほぼ全ての小説，詩，エッセイ，翻訳が共同生活の期間に書かれた。59歳でルイスと死別後，20歳年下の男性と正式に結婚するが，１年も経たずに病死した。

▶1　福音主義はヴィクトリア朝を代表する宗教一派。形式や儀式を中心とする旧来の国教会に異議を唱える立場から，信仰を実践する際にも情熱や心が必要であるとして個人の内面を重視した。心の宗教ともいわれる福音主義は，中産階級など多くの階層の人々に支持され，社会運動とも関わっていく。

エリオットの作品はリアリズム小説としての完成度が高い。初期作品の『牧師たちの物語』（*Scenes of Clerical Life*, 1858）や『アダム・ビード』（*Adam Bede*, 1859）には美しい田園を背景に市井の人々の生き方が描かれる。兄と妹の関係に自伝的要素が色濃く反映される『フロス河の水車場』（*The Mill on the Floss*, 1860），寓意的な『サイラス・マーナー』（*Silas Marner*, 1861）も評価が高い。『ミドルマーチ』（*Middlemarch*, 1871-72）は発表時から繊細な心理描写，知的な文体と物語の手法に定評があり，エリオットの傑作と評される。

2 作品紹介

1871-72年に８回に分けて刊行され，翌年に４巻本として出版された一大長編小説。副題に「地方生活の研究」とあり，1830年前後の架空の地方都市「ミドルマーチ」を舞台に，様々な人間模様が一大スケールで描かれる。商工業化と中産階級の台頭により，共同体の社会的基盤や価値観が大きく揺らぐ中，多くの登場人物たちの生き方が複雑に絡み合う。基本的にはドロシア・ブルックとターシアス・リドゲイトという二人の若い男女のそれぞれの物語が語られる。良家の伯父のもとで育ったドロシアは世のために尽くしたいという純粋な理想主義に燃え，初老の学者牧師カソーボンと結婚する。一方，ミドルマーチにやって来た医師リドゲイトにも近代的な医療改革の志がある。しかし，ドロシアもリドゲイトも結婚生活に幻滅し，理想は打ち砕かれてしまう。

その他，軽佻浮薄な青年とその心優しい幼なじみ，偽善家の銀行家，芸術肌の青年など周辺人物にも次々と焦点が当たり，彼らの生活や心情も克明に描かれる。いくつもの筋や伏線をからませ，複眼的な視点のもとに登場人物の個々の行動や微妙な心理の相互作用を「クモの巣」のように張り巡らせることで，ある共同体の全体像が浮かび上がる。そこにはヴィクトリア朝初期の様々な社会問題が集約され，テーマは宗教と理想主義，女性の地位と結婚，偏狭な地域性と科学的進歩，政治改革や医療改革の現実など多岐にわたる。

3 作品を味わう

ドロシアがカソーボン氏とローマを新婚旅行中，美術館で一人思い悩む場面。

She did not really see the streak of sunlight on the floor more than she saw the statues: she was inwardly seeing the light of years to come in her own home and over the English fields and elms and hedge-bordered highroads; and feeling that the way in which they might be filled with joyful devotedness was not so clear to her as it had been. But in Dorothea's mind there was a current into which all thought and feeling were apt sooner or later to flow — the reaching forward of the whole consciousness towards the fullest truth, the least partial good. There was clearly something better than anger and despondency.

彫像が目に入らないのと同じで，彼女は床に射し込む光の筋を本気で見つめてはいなかった。見つめていたのは心の中の光だった。それはこれから何年も我が家へ，そしてイギリスの畑，ニレの木々，生垣が続く街道へと降り注ぐ光である。同時に，どうしたらその全てを喜ばしい献身の思いで満たしていけるのか，前ほど確かではないと感じていた。それでもドロシアの心には，遅かれ早かれ，あらゆる思考や感覚が流れこみ，その全意識が完全な真実，分け隔てのない善を求める方向へと水が流れるように向かうはずである。それは怒りや失望より明らかにましな感情だった。

4 考えてみよう

1．主人公の一人であるドロシアはどのような性格の持ち主として描かれているか，まずは小説冒頭の章を読み，例を挙げながら考えてみよう。

2．ドロシアとリドゲイトの二人の主人公の共通点と相違点は何だろう。

3．小説の結末はこれでよかったのか，ドロシアに的を絞って考えてみよう。

（侘美真理）

映像化作品

Middlemarch, 1994, BBC.

おすすめ文献

ドリン，T.／廣野由美子訳（2013）『ジョージ・エリオット』（時代の中の作家たち5）彩流社。

松本三枝子（2012）「ポリフォニーとしての『ミドルマーチ』――諷刺家メアリ・ガースの役割と意味」『闘うヴィクトリア朝女性作家たち――エリオット，マーティノー，オリファント』彩流社，55-81ページ。

海老根宏・内田能嗣編（2000）『ジョージ・エリオットの時空――小説の再評価』北星堂書店。

Billington, Josie (2008), *Eliot's* Middlemarch*: Reader's Guide,* Continuum.

D　19世紀

41 『ジーキル博士とハイド氏』

ロバート・ルイス・スティーヴンソン

1 作家紹介

スティーヴンソン（Robert Louis Stevenson, 1850-94）は冒険小説や『ジーキル博士とハイド氏』（*Strange Case of Dr Jekyll and Mr Hyde*, 1886）の著者としてよく知られた作家である。小説のほか，詩，戯曲，旅行記，エッセイなど様々な分野でも活躍した。エディンバラの土木技師の一家に生まれ，工学や法学を学びつつ20代で文筆活動を始める。幼少期から病弱のため各地で保養生活を送った。宗教や文学追求の面で父親と対立後，海外へ放浪の旅に出る。その道中アメリカ人のファニー・オズボーンに出会い，夫との離婚が成立したファニーと結婚後，意欲的に執筆活動を続け，義理の息子ロイドと遊びながら着想を得た『宝島』（*Treasure Island*, 1883）など数多くの作品を発表した。『宝島』と『ジーキル博士とハイド氏』で名声を確立したが，体調が再び悪化し，アメリカや南太平洋の島々を転々とする。最後はサモアに定住し[1]，44歳で死去した。

数々の冒険小説のほか，ゴシック的要素[2]の強い『ジーキル博士とハイド氏』が人気を博し，世紀末の文学の潮流を築いた。南太平洋を舞台とした小説には短編集『南海千一夜物語』（*An Island Nights' Entertainments*, 1893）などが挙げられる。そのほか旅行記や文学評論の評価も高い。詩人としても活躍し，『子どもの詩の園』（*A Child's Garden of Verses*, 1886）や『旅の歌』（*Songs of Travel and Other Verses*, 1895）には作家の想像の源泉が読みとれる[3]。

▷1　日本の作家中島敦（1909-42）の『光と風と夢』（1942）はスティーヴンソンのサモアでの生活を取材した伝記的小説である。

▷2　「ゴシック的」とは，ここでは「ゴシック・ロマンス」（「19世紀の文学」の項目（20-21ページ）参照）という18世紀後半から流行した，「超自然」と恐怖を題材にした小説群の影響や系譜を引き継いでいることを指す。

▷3　スティーヴンソンの詩の一部は歌となり，現在も親しまれている。例えばイギリスの作曲家ヴォーン＝ウィリアムズ（Ralph Vaughan Williams, 1872-1958）は『旅の歌』から9編の詩を取りあげ，同じタイトルの歌曲（初演1904）を作曲している。

2 作品紹介

ジーキル博士に関する恐ろしく不思議な「事件（case）」が語られる。ロンドン市内，弁護士のアタスン氏と友人エンフィールド氏が散策中にある裏通りで見かけたドアには奇妙な話があった。この裏口からジーキル博士の屋敷に出入りする謎の小男エドワード・ハイド氏には，ゆすり，暴力，殺人などのいかがわしい評判があるが，博士は正体不明のこの男に全財産を相続させるという。立派な人物のジーキル博士と，誰もが嫌悪感を抱く性悪なハイド氏。二人に一体どのような関係があるのか。最後には驚愕の事実が待ち受ける。

このミステリー仕立ての物語の真相はよく知られているが，奇怪な二重人格や分身のテーマ，倫理的な善と悪の対立の問題を読みこむ以外にも，作品の面白さを味わう方法はいくつもある。ハイド（Hyde）がhide（隠れる）という単語を想起させるように，実は様々なことが隠されているからだ。一番の謎は結末かもしれない。ジーキル／ハイドがどのように「最期」を迎えたのか，実験室のドアの向こうの出来事は，アタスン氏も読者も，はたまた博士本人も知ることが出来ない。「事件」の「核心」を遠ざける手法は，手紙や手記で成立する小説の構造や，入り組んだ建物の内部や街並みの複雑さとも関係している。また，退廃的傾向の強い世紀末という時代を考察すれば，ハイドの描写に人間の「退化[◁4]」への恐怖，また妙に多い男性の二人組の登場には同性愛やセクシュアリティへの不安が隠されているかもしれない。

3 作品を味わう

ハイド氏との遭遇を狙う弁護士アタスン氏が，初めてハイド氏と出会う場面。

> Mr Hyde was pale and dwarfish, he gave an impression of deformity without any nameable malformation, he had a displeasing smile, he had borne himself to the lawyer with a sort of murderous mixture of timidity and boldness, and he spoke with a husky, whispering and somewhat broken voice; all these were points against him, but not all of these together could explain the hitherto unknown disgust, loathing and fear with which Mr Utterson regarded him. 'There must be something else,' said the perplexed gentleman. '[…] God bless me, the man seems hardly human! Something troglodytic, shall we say? […]'
>
> ハイド氏の顔色は悪く，普通とは思えないほど背が低かった。奇形を指摘できるわけではないが，どこか容姿に正常ではない感じがある。笑うと実に不快だ。臆病と大胆をとり混ぜたような危険極まる態度で話しかけてくる。声はかすれたささやき声で，少し聴きとりづらい。どれもこれもハイド氏のいやな点ばかりだ。しかし，これだけ挙げてみても，アタスン氏が彼を見かけたときのあの今まで感じたことがない，むかむかとした嫌悪感と恐怖は説明のしようがなかった。「他にも何かあるに違いない」と困惑気味のアタスン氏はつぶやく。「[中略] いやはや，あの男はとうてい人間とは思えない。猿人，とでも言ったらいいだろうか。[…]」

4 考えてみよう

1．ハイド氏の身体的特徴はどのように説明されているか。具体性がある部分とそうでない部分とに分けてみよう。
2．ロンドンの描かれ方は小説にどのような効果をもたらしているだろうか。
3．この小説の映画，舞台，ミュージカル版は，多くの場合登場人物の数，筋の運びなどが原作と大きく作り替えられている。その理由はなぜだろうか。

（佗美真理）

▷4 ダーウィン（Charles Darwin, 1809-82）の「進化論」は19世紀後期から世紀末にかけて「退化」への不安を生み出した。いわゆる適者生存の考えは様々な分野で競争や闘争を助長した半面，淘汰されることの恐怖をもたらし，人間の退化と退行，それに伴う社会や文化の衰退に対する不安が増した。

映像化作品

『ジキル博士とハイド氏』，1931年，パラマウント。
『ジキル＆ハイド』（原題：*Mary Reilly*），1996年，トライスター。
『ジキル博士とハイド氏』，2002年，WTTV & Clerkenwell。

おすすめ文献

武田美保子（2018）「『ジキル博士とハイド氏』の優生学的身体——人格と都市」『身体と感情を読むイギリス小説——精神分析，セクシュアリティ，優生学』春風社，107-129ページ。
辻原登編・中和彩子編集協力（2016）『スティーヴンソン』集英社。
ショウォールター，E.（2000）「ジキル博士の秘密の小部屋」富山太佳夫・永富久美・上野直子・坂梨健史郎訳『性のアナーキー——世紀末のジェンダーと文化』みすず書房，190-226ページ。
Fielding, Penny (2010), *The Edinburgh Companion to Robert Louis Stevenson*, Edinburgh University Press.

D　19世紀

42 『ダーバヴィル家のテス』

トマス・ハーディ

1 作家紹介

ハーディ（Thomas Hardy, 1840-1928）は，19世紀イギリスにおける最も偉大な「地方文学[1]」を書いたといわれる小説家・詩人である。イングランド南西部の州ドーセットで石工の父と教育熱心な母の子として生まれた彼は，建築家になることを志してロンドンで建築事務所に勤めるが，健康を損ねたために帰郷。故郷で建築の仕事に携わりつつ執筆活動を始め，第4作の『狂乱を遠く離れて』（*Far from the Madding Crowd*, 1874）で文名を確立する。以後，1890年代半ばに至るまで数々の作品を生み出し，小説家として名声を博す。彼の作品に一貫して見られるのは，彼自身が言うところの「宇宙の内在意志」によって人間が盲目的にもてあそばれるという悲観主義である。また，当時の小説に求められるヴィクトリア朝的な道徳性への反発もあり，『ダーバヴィル家のテス』（*Tess of the d'Urbervilles*, 1891）や『日陰者ジュード』（*Jude the Obscure*, 1895）など，当時の道徳規範を逸脱するような作品を多く執筆する。特に後者に対する批判は強く，これを1つのきっかけとして，彼は小説執筆をやめて詩作に転向，以後は死ぬまで詩人として生き，二度と小説の世界には戻ってこなかった。彼の小説は基本的に1人の女性を巡って2人の男性が争うという三角関係が中心にあり，ジェンダーやセクシュアリティの観点から多く研究がなされている。

2 作品紹介

『ダーバヴィル家のテス』は，ハーディの代表的な小説である。主人公のテス・ダービフィールドは，奉公先の金持ちの息子アレック・ダーバヴィルと牧師の息子エンジェル・クレアという2人の男性登場人物の誘惑と求愛の間で翻弄され，最終的にはアレックを殺害し，エンジェルとつかの間の逃亡生活を送った末に捕まり，殺人罪で処刑される。このように殺人は言うに及ばず，婚外交渉や非嫡出子といったヴィクトリア朝の道徳規範と相反する要素を多く含んだ作品のため，発表当時は大きく批判された。本作は自然や建築など様々な角度から論じられてきたが，特に副題に「清純な女」（*A Pure Woman*）と付けられていることから，この副題と矛盾するように思われるテスのセクシュアリティについて，とりわけフェミニズム批評[2]が隆盛した1980年代以降に多く論じられた。その後も現在に至るまで，性を持たない女性という男性中心主義に基づく女性像に対抗する性欲を持った女性という観点や，逆に男性のアイデンティ

▷1　文学作品のジャンルのひとつで，都市部とは異なる地方の風土およびそこで暮らす人々を描いた作品を指す。ハーディは小説の舞台を故郷のあるイギリス南西部に定めており，その地域の古代の名称を用いて「ウェセックス」と呼んでいた。

▷2　文学テクストに込められた，男性や家父長制イデオロギーによって抑圧された女性の姿を読み解く批評。1970年代前半までは男性作家の描いた女性を中心に考察したが，その後女性作家の作品分析に移り，それまで無名だった多くの作家の再評価に繋げた。

▷3　イングランド南部のウィルトシャーにある，円陣を描くように配された複数の巨大な石で構成される先史時代の遺跡。何のために作られたのか，その目的については諸説あり，未だ謎が多い。1986年にユネスコの世界遺産に文化遺産として登録された。

図1　ストーンヘンジ
（出典：筆者撮影）

ティとの関連など，セクシュアリティの問題は作品批評のひとつの重要なキーワードとなり続けている。また本作はハーディ作品の中では映像化されることが多く，特に評価の高い1979年の映画は第53回アカデミー賞の撮影賞など３部門を受賞した。

3 作品を味わう

物語の終盤，アレックを殺し，エンジェルとともに逃避行を行うテスは，ストーンヘンジ（図１参照）[3]に辿り着き，何故か眠りにつく。本作のクライマックスにふさわしい，非常に印象的な場面である。

In a minute or two her breathing became more regular, her clasp of his hand relaxed, and she fell asleep. The band of silver paleness along the east horizon made even the distant parts of the Great Plain appear dark and near; and the whole enormous landscape bore that impress of reserve, taciturnity, and hesitation which is usual just before day. The eastward pillars and their architraves stood up blankly against the light, and the great flame-shaped Sun-stone beyond them, and the stone of sacrifice midway. Presently the night wind died out, and the quivering little pools in the cup-like hollows of the stones lay still.

１，２分経つと，彼女の呼吸はより規則正しくなり，彼の手を握る彼女の手も緩み，彼女は眠りに落ちた。東の地平線に沿って，銀色の青白い線が大平原の遙か向こうを暗く，そして近いものに見せていた。この一大風景全体が，夜明けの直前によく現れる，あの遠慮，静けさ，ためらいという印象を帯びていた。東を向いた柱とそのアーキトレーブ[4]は光を背にぼんやりと立っていた。そしてその向こうには，大きな炎の形をした太陽石が，また中間には犠牲の石が，それぞれ立っていた。やがて夜風は弱まり，石の杯のようなくぼみの震える小さな水たまりも動きを見せなくなった。

4 考えてみよう

1．3 で扱った場面も含め，本作をよく読むと，重要な場面に限ってテスは眠りに落ちているように思われるが，その眠りの描写にはどのような意味があるだろうか。

2．テスの本名は「テス・ダービフィールド」だが，なぜハーディは本作に「ダーバヴィル家のテス」という表題をつけたのだろうか。

3．作品展開を踏まえたうえで，彼女を求める２人の男性アレックとエンジェルを比較すると，何が見えてくるだろうか。

（渡部智也）

▷４　建築用語。特に古典建築などで柱の上に構築された水平の梁をエンタブラチュアというが，その最下部にあたり，柱と柱の間をつなぎ，屋根を支える重要な部分。このような専門用語が登場するのは，ハーディが建築家を志していたことに起因している。

映像化作品

『テス』，1979年，ヘラルド。
＊日本での公開は1980年。

『テ ス』，2008 年，BBC & PBS。
＊日本での公開は2010年。

おすすめ文献

土屋倭子（2000）『「女」という制度――トマス・ハーディの小説と女たち』南雲堂。

森松健介（2006）『テクストたちの交響詩――トマス・ハーディ14の長編小説』中央大学出版部。

日本ハーディ協会編（2007）『トマス・ハーディ全貌――日本ハーディ協会創立五〇周年記念論集』音羽書房鶴見書店。

Page, Norman, ed. (2002), *Oxford Reader's Companion to Hardy,* Oxford University Press.

D　19世紀

43 『真面目が肝心』

オスカー・ワイルド

1 作家紹介

ワイルド（Oscar Wilde, 1854-1900）はアイルランドのダブリンに生まれた。トリニティ・コレッジ入学後，オックスフォード大学に移り，西洋古典を専攻し優秀な成績で卒業する。独特なファッションや機知に富んだ言動，審美主義は大学時代から有名であった。童話『幸福な王子とその他の物語』（*The Happy Prince and Other Tales*, 1888），小説『ドリアン・グレイの肖像』（*The Picture of Dorian Gray*, 1890, 91），戯曲『サロメ』（*Salomé*, 1896）[1]，『真面目が肝心』（*The Importance of Being Earnest*, 1895）など数々の名作を執筆した。作家として活躍中の1895年に同性愛に関する裁判にかけられ，有罪となり２年間服役する[2]。刑期が終わった３年後に病死した。

2 作品紹介

ジャックは田舎で，18歳の少女セシリの後見人をしており，彼女が父親から引き継いだ莫大な遺産の管理をしている。しかし時々，アーネストという弟の世話をするという嘘をついてロンドンを訪れ，そこで自分が「アーネスト」と名乗り，友人アルジャノンに会う等，息抜きをしている（アルジャノンの家に置き忘れたタバコ入れが原因でこの嘘は冒頭で彼にばれる）。ジャックがアルジャノンの従姉妹グウェンドリンに求婚をすると，彼女が，アーネストという名の男性を愛することが夢だったと言って求婚を受けるので，彼は複雑な状況に置かれる。求婚のことを知った彼女の母ブラックネル卿夫人は彼を面接する。すると，ジャックが赤ん坊の時に，駅の荷物預け室で，彼が入れられた手提げ鞄とカーデュー卿の鞄が間違われ，卿の養子となったことが分かり，彼女は結婚に反対する。一方，セシリに興味を抱くアルジャノンはジャックの田舎の屋敷を秘かに訪れ，自分が弟「アーネスト」だと彼女に告げる。すると驚くことに彼女は彼と３カ月前から婚約していると述べる。ジャックから「アーネスト」の話を聞いて，彼女は彼を好きになり，これまでの恋の成り行きを創作して，日記に書き込んでいたのである。そして彼女もアーネストという名の男性を愛することが夢だったと告白する。やがてグウェンドリンもこの屋敷にやってくる。彼女とセシリは互いが「アーネスト」と婚約したと知り，喧嘩が始まる。そこにジャックとアルジャノンが現れ，真相が明らかになる。二人が新たに洗礼を受けてアーネストに改名する計画を打ち明けると，彼女たちは満足する。そこに

▷１　ワイルドが獄中にいる間にパリにて初演。1891年にフランス語で執筆され，1892年にロンドンでベルナール（Sarah Bernhardt, 1844-1923）主演で上演される予定だったが，聖書の登場人物を扱うことから検閲を通らず，リハーサルは中止となった。出版は1893年。1894年にはダグラス（Alfred Douglas, 1870-1945）による翻訳，ビアズリー（Aubrey Beardsley, 1872-98）による挿絵の英語版が出版された。

▷２　ワイルドは恋人ダグラス（▷１参照）の父親から男色をあてこするカードを受け取り，名誉棄損でその父親を訴えたが，逆に，法律で禁じられていた男性との猥褻行為が問題となり，有罪になる。

▷３　近年の映画化作品に以下のもの（2002年公開）がある。

『アーネスト式プロポーズ』，2008年，アルバトロス，ニューセレクト。

ブラックネル卿夫人が到着する。するとセシリの家庭教師プリズムが，かつて夫人の甥（アルジャノンの兄）の乳母であり，その赤ん坊と共に失踪していたこと，さらに，当時彼女は自分の小説の原稿と間違えて赤ん坊を手提げ鞄に入れ，小説を乳母車に置き，駅に預けた鞄が間違ってカーデュー卿に引き取られたことが判明する。この赤ん坊こそジャックだったのである。しかも調べてみると，その赤ん坊の名前はアーネストであった。かくして彼は出自と名前の両方においてグウェンドリンと結婚できることになる。「アーネスト」という偽名も，ロンドンで「弟」に会っているという嘘も，本人の意図とは裏腹にじつは真実だったのである。◁3

本作の面白さは，現実と虚構との境界が曖昧であること◁4が示唆される点にある。人間はそのどちらも制御できず，むしろ言葉が自立的に現実を生み出している感さえある。言葉遊びや機知に富む台詞も本作の魅力であり，丁寧で長い文章の意味が最後の単語で逆転し観客の意表を突くことも多い。*The Importance of Being Earnest*（『真面目が肝心』）という題名もこの例外ではなく，最後の “Earnest” には，「真面目」の意味と名前「アーネスト」がかけられている。◁5観客の予想を超える，物語展開と文章の動きが本作に独特の魅力を与えている。

3 作品を味わう

次の引用は，最終場で自分の名前が本当にアーネストだったと分かったジャックと，グウェンドリンとのやりとりである。

> Gwendolen: “Ernest! My own Ernest! I felt from the first that you could have no other name!” Jack: “Gwendolen, it is a terrible thing for a man to find out suddenly that all his life he has been speaking nothing but the truth. Can you forgive me?” Gwendolen: “I can. For I feel you are sure to change.”
>
> G「アーネスト！私のアーネスト！始めから感じてたの，あなたに他の名前はあり得ないって！」J「グウェンドリン，男にとってたいへんなことだよ，これまでの人生，語ってきたのが真実だけって突然わかるなんて。許してくれる？」G「許すわ。だって感じるの，あなたきっと変わってくれるって」

4 考えてみよう

1．初演当時の劇評と現代の上演の劇評とを比較してみよう。
2．本作では創作行為はどのように捉えられているだろうか。
3．本作は他の作家のどのような作品を意識しているだろうか。（桒山智成）

▷4　ワイルドの作品を特徴付けるのは芸術至上主義（art for art’s sake）である。この芸術観は『虚言の衰退』（*The Decay of Lying,* 1891）の「芸術が人生を模倣する以上に，人生は芸術を模倣する」という言葉によく反映されている。芸術至上主義は特に19世紀半ばにフランスのゴーチェ（Théophile Gautier, 1811-72），ボードレール（Charles Baudelaire, 1821-67），イギリスのペイター（Walter Pater, 1839-94），アメリカのポー（Edgar Allan Poe, 1809-49）などによって強調された。

▷5　つまり，「名前がアーネストであることのたいせつさ」も意味している。この題名は作品をしめくくるジャック（あるいはアーネスト）の台詞の最後の言葉にもなっている。

映像化作品

The Importance of Being Earnest, 1952, The Rank Organisation（UK）.

おすすめ文献

新谷好（2018）『オスカー・ワイルドの文学作品』英宝社。
富士川義之・玉井暲・河内恵子編（2013）『オスカー・ワイルドの世界』開文社。
山田勝編（1997）『オスカー・ワイルド事典』北星堂書店。
Raby, Peter, ed.（1997）, *The Companion to Oscar Wilde,* Cambridge University Press.

D　19世紀

44 『タイムマシン』
ハーバート・ジョージ・ウェルズ

1 作家紹介

ウェルズ（Herbert George Wells, 通称 H. G. Wells, 1866-1946）は1866年にケント州ブラムリーに，三人兄弟の末っ子として生まれた。商業学校に通った後，1884年に奨学金を得て，ロンドンのサウス・ケンジントンの科学師範学校に入学。ここで過ごした３年間が非常に大きく，特にハクスリー[1]（Thomas Henry Huxley, 1825-95）のもとで生物学を学んだことで，後々に生み出す数々の科学ロマンス[2]の下地を作った。1880年代終わり頃から文筆活動を開始し，最初の小説『タイムマシン』（*The Time Machine*, 1895）で一躍有名となる。その後も『透明人間』（*The Invisible Man*, 1897），『宇宙戦争』（*The War of the Worlds*, 1898）といった科学ロマンスを立て続けに発表し，SF[3]というジャンルを確立したといわれる。20世紀に入ってからはリアリズム小説にも取り組み，特に女性の自由恋愛等を扱った『アン・ヴェロニカ』（*Ann Veronica*, 1909）はフェミニズムの観点から重要な作品と考えられている。一方で，政治にも関心の強かったウェルズは，1922年と23年に労働党から国会議員を目指して立候補した他，1933年には国際ペンクラブの会長を務めるなど，多岐にわたる活動を行った。文学作品は単なる芸術ではなく，社会や政治に一石を投じるべきものという考えのもと，彼は小説だけでも50編以上執筆した。作品数の膨大さに比べ，文学研究の対象となる機会は少なかったが，21世紀に入って以降，本格的な研究書が複数出版されており，今後さらに研究が進む可能性がある。

▶1　19世紀のイギリスを代表する生物学者の一人。ダーウィン（Charles Darwin, 1809-82）の進化論を弁護した人物として知られ，自身も1863年にヒトは類人猿から進化したという説を唱えた。

▶2　アメリカで発達したSFとは別に，19世紀末から20世紀にかけてイギリスで流行した文学ジャンルのひとつ。SFとは異なる歴史・思想に基づき，科学技術の発達を中心に扱ったものだが，SFとの明確な区別は難しい。後にSFに融合される形で消滅する。

▶3　サイエンス・フィクション（science fiction）の略称で，主に20世紀に盛んになった文学ジャンルのひとつ。科学の発達とその驚異を扱い，架空の未来，現在，過去を舞台とするのが基本。

2 作品紹介

『タイムマシン』はウェルズの名を一躍有名にした，彼の最初の小説である。本作は，タイムトラベラーと呼ばれる主人公が，自ら作り出したタイムマシンで紀元802,701年の未来に旅をし，そこで目の当たりにした衰退した人類の有様を友人たちに語る，という物語である。元は「時の探検家たち」というタイトルで雑誌『サイエンス・スクールズ・ジャーナル』に投稿した短編に大幅な加筆・修正を加えたもので，ダーウィンの進化論やその副産物として流行した退化論の影響，共産主義への言及など，当時の世相を大きく反映した作品となっている。特に，衰退した未来の地上人エロイと，彼らを襲う凶暴な地底人モーロックの対立は，当時の退廃的な知識人と，暴力的なプロレタリアート[4]の姿を投影したものと考えられている。他のウェルズ作品同様，予言的な側面の強

▶4　資本主義社会における賃金労働者階級の人々を指す。無産階級とも呼ばれる。資本家階級を表すブルジョワジーと対になる形で用いられる。

い作品であり，この後に続く時間旅行を扱ったSF作品に大きな影響を与えた。現代において研究対象となる頻度の高い作品とはいえないが，例えばウェルズが提示した未来観とダーウィンの進化論との関連など，作品に描かれる「時」に着目した論考は複数見られる。映像化も何度かなされたが，特に評価が高いのは1960年の映画で，第一次世界大戦やロンドン空襲など，原作にない要素をふんだんに盛り込んでいる。

3 作品を味わう

本作の序盤，時間旅行から帰ってきたタイムトラベラーは，友人たちに自身の経験を語る。しかしその前に腹ごしらえをしなくてはたまらない，とばかりに食事にいそしむ姿が描かれる。一見何気ない場面だが，この後で語られる未来の世界では人類の子孫エロイが同じく人類の末裔モーロックに捕食されている，ということを考えると，看過しがたいやりとりといえる。

The Time Traveller came to the place reserved for him without a word. He smiled quietly, in his old way. “Where's my mutton ?” he said. “What a treat it is to stick a fork into meat again !”

“Story !” cried the Editor.

“Story be damned !” said the Time Traveller. “I want something to eat. I won't say a word until I get some peptone into my arteries.”

タイムトラベラーは何も言わずに自分の席に着いた。彼はいつものやり方で，静かに笑みを浮かべて言った。

「僕の肉はどこだい？再び肉を食べられるなんて，ありがたいことだねえ！」

「さあ，話を聞かせてくれ！」と編集者が大きな声を出した。

「話なんて知るか！」とタイムトラベラーは答えた。「食べ物が欲しい。血管にペプトン◁5を入れるまで，一言もしゃべらないからな。」

4 考えてみよう

1．3 に見られるように，未来から帰ってきたというタイムトラベラーが真っ先にすることは，喜んで肉を食べることであるが，この描写からは何が読みとれるだろうか。

2．端役の人物にフィルビー，未来人の少女にはウィーナと名が与えられる一方で，語り手やタイムトラベラー自身には名前がないのは何故だろうか。

3．タイムトラベラーが未来世界から持ち帰ったものは見慣れぬ花1つだった，という物語展開，およびこの花にはどのような意味があるだろうか。

（渡部智也）

▷5　ペプトンとは，摂取したタンパク質が胃のペプシンによって分解されて生じるもの。これが最終的にはアミノ酸になり，体内に取り込まれる。

映像化作品

『タイム・マシン 特別版』，1960年，メトロ・ゴールドウィン・メイヤー。

『タイムマシン』，2002年，ワーナーブラザーズ。

おすすめ文献

ノーマン＆ジーン・マッケンジー／村松仙太郎訳（1978）『時の旅人 —— H. G. ウェルズの生涯』早川書房。

橋本槙矩他（1993）『裂けた額縁 —— H・G・ウェルズの小説の世界』英宝社。

宗洋（2017）『世紀末の長い黄昏 —— H・G・ウェルズ試論』春風社。

Partington, John S. *et al.* (2007), *H. G. Wells's “Fin-de-Siècle”*, Peter Lang.

D　19世紀

45『ねじの回転』

ヘンリー・ジェイムズ

1 作家紹介

ジェイムズ（Henry James, 1843-1916）はアメリカ，ニューヨーク市に生まれた。父は宗教哲学家，兄は著名な心理学者のウィリアム・ジェイムズ。教育熱心な父親の意向で幼少期よりしばしばヨーロッパ各地に滞在し，この経験が作風に大きな影響を与える。1876年以降はロンドンに居住して数々の作品を世に送り，死の前年イギリスに帰化した[1]。

代表作は『デイジー・ミラー』（*Daisy Miller*, 1878），『ある貴婦人の肖像』（*The Portrait of a Lady*, 1881），後期三部作と呼ばれる『鳩の翼』（*The Wings of the Dove*, 1902），『使者たち』（*The Ambassadors*, 1903），『黄金の杯』（*The Golden Bowl*, 1904）など。歴史が浅く文化的に未成熟なアメリカを無知と無垢，長い歴史と成熟した文化を持つヨーロッパを洗練と道徳的腐敗に結びつけ，この対比を男女関係に映し出し，緻密な心理描写で表現している。

ジェイムズの語りの手法として特筆すべきは，作品の多くが伝統的な「全知の語り手[2]」ではなく「視点人物」を採用し，特定の登場人物の視点から出来事が語られることである。言いかえれば，読者はある人物の心理や意識のフィルターを通して物語を読んでいることになり，この手法はジョイス[3]やウルフ[4]など，人間の「意識の流れ[5]」を描き出そうとしたモダニズムの作家たちに多大な影響を与えた。

▷1　ジェイムズは通常，近代的なリアリズム小説を完成させたとしてアメリカ文学史で取り上げられる作家だが，最終的にはイギリス国籍を取得し，イギリス文学に多大な影響を与えたことから本書に含める。

▷2　あたかも全てを知っているかのように登場人物たちに起こる出来事を語る語り手。登場人物の一人ではなく，三人称を用いて登場人物たちに言及する。20世紀に入るまではこれが最も一般的な語りの手法だった。

▷3　144ページ参照。
▷4　146ページ参照。
▷5　24ページ，▷4および147ページ，▷4参照。

2 作品紹介

難解といわれることも多いジェイムズ作品だが，ここではスリリングな展開を持つ中編の傑作『ねじの回転』（*The Turn of the Screw*, 1898）を例に，ジェイムズの心理描写の緻密さと視点の工夫を味わってみる。舞台はイギリス，物語はあるガヴァネス[6]の手記という形で展開される。ガヴァネス（彼女に名前は与えられていない）は，両親のいない二人の子供の世話を任され，ある屋敷に赴任してくる。兄のマイルズ，妹のフローラは天使のように愛らしく純真そのものに見えるが，マイルズには何らかの理由で学校を放校になり家に帰されているという謎がある。やがてガヴァネスは，以前屋敷に奉公していた男女の幽霊を見るようになり，彼らが邪悪な意図を持って子供たちに近づいていると信じ込む。彼女は二人を守るため幽霊と対決するが，衝撃的な結末を迎えることになる。

▷6　110ページ，▷2参照。

こうした経緯の全てはガヴァネスの視点から描かれるため，読者はその主観的な語りの外に真実を求めることは出来ない。幽霊は本当にいたのか，それとも彼女の心理状態が見せた幻だったのか。そして幽霊たちが体現する「悪」とは何なのか。全ては読者の想像に委ねられ，従来の幽霊物語とは次元の違う恐ろしさを醸し出している。

なお『ねじの回転』は映画やTVドラマ，オペラにもなっている（オペラ化したのは20世紀イギリスを代表する作曲家，ベンジャミン・ブリテン◁7）。それぞれが幽霊たちの存在をどのように解釈し演出しているか，見比べてみるのも面白い。

3 作品を味わう

ある日の夕暮れ時，ガヴァネスは初めて塔の上に男の幽霊を見る。幽霊の存在と彼女の心理状態の関連が示唆される場面。

He did stand there!—but high up, beyond the lawn and at the very top of the tower to which, on the first morning, little Flora had conducted me. [...]

It produced in me, this figure, in the clear twilight, I remember, two distinct gasps of emotion, which were, sharply, the shock of my first and that of my second surprise. My second was a violent perception of the mistake of my first: the man who met my eyes was not the person I had precipitately supposed.

彼があそこにいる！芝生の向こうの高い所，私がここに来て初めての朝，フローラが案内してくれた塔のてっぺんに。[中略]

澄んだ夕暮れの中に浮かび上がったその姿を見て，私は最初の驚きと，それに続く別な驚きに二度打たれた。別な驚きというのは，最初に頭をよぎったことが間違いだと気づいたのだ。というのも，私が見た男はとっさに思い浮かべたあの人ではなかったのだ。

4 考えてみよう

1．ジェイムズの細かな心理描写と独特の文体はこの短い場面にも表れている。どのような部分にそれが感じられるか，英文を読んで検討しよう。
2．この場面でガヴァネスが最初に思い浮かべた男とは誰なのか。また，その男の存在と，ガヴァネスが幽霊を見たこととはどのように関係付けられるか。作品を読んで考えてみよう。
3．当時のガヴァネスが置かれた社会的な状況を調べたうえで，幽霊は本当にいたのかどうか，自分なりの結論を導き出そう。

（浦野　郁）

▶7　Benjamin Britten, 1913-76。代表作はオペラ『ピーター・グライムズ』（*Peter Grimes*, 1945），『戦争レクイエム』（*War Requiem*, 1962）など。

映像化作品

『回転』，1961年，20世紀フォックス。

オペラ『ねじの回転』，2001年，ニホンモニター。

『回転』，2009年，BBC。

おすすめ文献

海老根静江（2012）『総体としてのヘンリー・ジェイムズ——ジェイムズの小説とモダニティ』彩流社。
川本静子（1994）『ガヴァネス（女家庭教師）——ヴィクトリア時代の〈余った女〉たち』中央公論社。
Freedman, Jonathan, ed. (1998), *The Cambridge Companion to Henry James*, Cambridge University Press.

D　19世紀

46 『闇の奥』
ジョゼフ・コンラッド

1 作家紹介

コンラッド（Joseph Conrad, 1857-1924）は海洋小説[1]で名を馳せた，ポーランド出身の異色の作家である。彼は1857年にポーランド人の両親の元，現在のウクライナのベルディチフに生まれた。少年時代に両親を失い，伯父に引き取られた彼は，1874年に船員としてフランス商船に乗り込む。これが以降20年にもわたる船乗りとしての生活の始まりであった。彼はその途中の1889年から執筆活動を開始し，『オールメイヤーの阿呆宮』（*Almayer's Folly*, 1895）でデビュー。『闇の奥』（*Heart of Darkness*, 1899）や『ロードジム』（*Lord Jim*, 1900）など，自身の船乗りとしての経験を生かした海洋小説を書いて評判となる。20世紀に入ると，『ノストローモ』（*Nostromo*, 1904）や『密偵』（*The Secret Agent*, 1907）など，政治色の強い意欲的な作品が増えていく。しかし，海洋小説以外はあまり一般読者の関心を引かなかったため，晩年は再び海洋小説に戻った。船乗りとしての自身の経験を生かしたリアルな描写を行いながらも，多様な読みを可能にする複雑性が特徴。20世紀半ばにリーヴィス[2]（Frank Raymond Leavis, 1895-1978）が『偉大な伝統』（*The Great Tradition*, 1948）で取り上げたことで本格的評価が始まり，ポストコロニアル批評[3]の隆盛とともに議論が活発化した作家である。

2 作品紹介

『闇の奥』はコンラッドの海洋小説の中でも最も知名度の高い，彼の代表作である。コンゴの奥地の貿易中継地点に派遣された白人のクルツが，武力を背景に原住民を支配し，自らの欲望を追求して戻ってこないことから，彼を連れ戻す任を帯びたマーロウがコンゴの川を遡り，彼のいるアフリカ奥地に赴くという話。物語は一人称の語り手「私」によって語られるが，その語り手が船乗り仲間のマーロウの話を聞く，という複雑な構造になっており，この語りの形式もよく研究対象となる。コンラッドは1889年に船員としてコンゴを訪れており，その際にヨーロッパによるアフリカの搾取を目の当たりにした。本作のアフリカの描写にはその時の経験が反映されており，帝国主義の暗部を白日の下にさらした作品として評価する声がある。一方で，ナイジェリアの作家アチェベ[4]（Chinua Achebe, 1930-2013）は本作に見られる黒人の描写を元に，コンラッドは徹底した人種差別主義者である，と全く異なる評価を下している。このよ

▶1　海洋冒険小説ともいう。小説のジャンルのひとつで，海洋を舞台にしたものを指す。このジャンルはヨーロッパの国々を中心に発達したが，中でもイギリスは島国という性質もあって，同ジャンルに分類される人気小説を多く生み出す土壌があった。

▶2　20世紀のイギリスを代表する批評家の一人。正しい文学の重要性を主張し，著書『偉大な伝統』の中で，真にイギリスらしい伝統を受け継ぐ作家としてコンラッドを取り上げ，その本格的評価への道筋を作った。一方でリーヴィスの権威主義的批評のあり方は，特に現代においては批判の対象となることが多い。

▶3　批評理論の一種。西欧諸国の文学作品に植民地がいかに描かれているか，また逆に旧植民地国の文学にどのように旧支配国が描かれているかを中心に扱ったもの。

▶4　ナイジェリア出身イボ人の作家で，アフリカ英語文学の先駆者と考えられている人物。1975年2月に行った講演「アフリカのイメージ――コンラッドの『闇の奥』における人種差別」の中で『闇の奥』を痛烈に批判し，世界的な反響を得た。

うに正反対の解釈が行われる最大の理由は，本作の多義性・曖昧性の度合いが特に高いためであり，今なお読み直しや再評価が行われている。またその複雑さゆえに映像化は困難を伴うが，物語の舞台をベトナム戦争に移した大作映画『地獄の黙示録』は人気・知名度とも非常に高い。

3 作品を味わう

コンゴの出張所にたどり着いたマーロウは，そこで働く様々な人々から奥地の出張所にいるクルツという人物の噂を耳にするが，まだ実際に会ったことがないのではっきりとしたことは分からない。そのような状況下でクルツについて語ることを，彼は夢になぞらえて次のように説明する。

> "He was just a word for me. I did not see the man in the name any more than you do. Do you see him? Do you see the story? Do you see anything? It seems to me I am trying to tell you a dream—making a vain attempt, because no relation of a dream can convey the dream-sensation, that commingling of absurdity, surprise, and bewilderment in a tremor of struggling revolt, that notion of being captured by the incredible which is of the very essence of dreams…"
>
> 「俺にとって，彼は単なる言葉にすぎなかった。君たち同様，俺はその名前の男を見ていなかった。君たちには彼が見えるか？物語が見えるか？君たちには何か見えているか？俺には，自分が夢を語ろうとしているように思えてくる。無駄な努力だがね。なにせ，夢をどれだけ語っても，夢の感覚を伝えることはできないからだ。ばからしさと驚きと当惑が反感の震えの中でお互いに混ざり合っている，あの感覚だ。信じがたい何かに捕まったという気持ち，それこそが夢の本質なんだが…」

4 考えてみよう

1．3 の引用にも見られるように，マーロウは物事を「語る」ということそれ自体に言及することが多いが，その語りからはどのような思想・考え方を読みとることが出来るか。

2．本作には6名の女性が登場するが，特に重要なのがヨーロッパでクルツの帰りを待つ婚約者と，アフリカ現地にいる彼の妻である。彼女たちの描写を比較することで，何が読みとれるだろうか。

3．物語の最後，マーロウはクルツの婚約者に対し，「彼の最後の言葉はあなたの名前だった」と有名な嘘をつくが，なぜ彼はここで嘘をつかねばならなかったのか，そしてこの行為自体は何を意味するのだろうか。

（渡部智也）

映像化作品

『地獄の黙示録』，1979年，ユナイテッド・アーティスツ。

＊日本公開は1980年で，日本の配給会社は日本ヘラルド映画。

おすすめ文献

中野好夫編著（1966）『20世紀英米文学案内3　コンラッド』研究社出版。

武田ちあき（2005）『コンラッド――人と文学』勉誠出版。

藤永茂（2006）『「闇の奥」の奥――コンラッド／植民地主義／アフリカの重荷』三交社。

J. H. ステイプ編著／社本雅信監訳／日本コンラッド協会訳（2012）『コンラッド文学案内』研究社。

E　20世紀前半

47 『キム』

ラドヤード・キプリング

1 作家紹介

キプリング（Rudyard Kipling, 1865-1936）は，19世紀末から20世紀前半にかけて活躍した，短編小説の名手と称される作家・詩人である。1865年にイギリス領インドのボンベイ（現ムンバイ）に生まれた彼は，6歳で妹とともに教育のためにイギリスへ戻される。その後，在学中に執筆活動を始め，1882年に新聞記者として再びインドへ。1889年にイギリスに戻ったあと，アメリカ人女性と結婚し，今度はアメリカへ。その後居を構えたヴァーモントで執筆した『ジャングル・ブック』（*The Jungle Book*, 1894）が大ヒットを収める。1896年にイギリスに戻り，唯一の長編『キム』（*Kim*, 1901）や『プークが丘の妖精パック』（*Puck of Pook's Hill*, 1906）などを発表する。1907年には42歳にして史上最年少の，そしてイギリス人としては初のノーベル文学賞を受賞する。このように華やかな経歴の持ち主ではあるが，詩作「白人の責務」（"The White Man's Burden", 1899[1]）に見られるような偏った思想ゆえに，その評価は時代の流れに応じて大きく変化してきた。特に20世紀の後半に至るまでは帝国主義の代名詞として批判の的となった。しかし1980年代から再評価が進み，現在も精力的に研究されている。

2 作品紹介

『キム』は，短編の名手としてならしたキプリングの書いた唯一の長編小説であり，同時に彼の最高傑作とも評される作品である。主人公の白人の少年キムは，インド生まれインド育ち。13歳のある日，伝説の河を探すというラマ僧[2]と出会い，彼に興味を引かれて旅の供をしようと決意する。しかし，旅に出るのに先立ち，金の無心をしにいった知人の商人がイギリスのスパイであったことから，グレート・ゲーム[3]に巻き込まれてゆく。このようにスパイ物語という側面を持つ作品ではあるが，本作の最大の特徴はそこではなく，植民地時代のインドの様々な階層の人々，および文化や風習を余すところなく生き生きと描いた点である（ただしその描写を，外から見ただけの表面的なものにすぎない，と批判する批評家もいる）。必然的に作品に現れる帝国主義的な要素を問題とする批評が多く，例えば東洋と西洋の二項対立や，異文化理解の可能性（あるいは不可能性）といった観点からの批評が多く見られる。一方で決してそれだけの作品ではなく，例えば本作をキムの魂の成長物語として考察する研究や，「キム

▷1　キプリングの代表的な詩のひとつ。フィリピン独立をめぐって行われた米比戦争（1899-1902）に際し，フィリピンの植民地化を目指すアメリカ合衆国を称揚する内容で，非白人の人々を支配し，植民地化を通じて教化することは白人の責務であるとうたっている。

▷2　ラマはチベット語で上人《しょうにん》，聖人を意味する言葉で，チベット仏教の高僧を指す。なお，1984年の映画版では名優オトゥール（Peter O'Toole, 1932-2013）がキムを優しく導くラマ僧役を好演している。

▷3　中央アジアの覇権を巡り，19世紀から20世紀にかけてイギリスとロシアが行ったスパイ合戦のこと。一進一退の攻防が続いたことから，チェスになぞらえてこの名称が付けられた。

とは誰か？」というキムのアイデンティティを巡る問題を追求する研究も見られる。

3 作品を味わう

ラマ僧と旅を続ける中でかつて自身の父が所属していた連隊と出くわしたキムは，その連隊に引き取られ，イギリス人子弟の学校に入れられる。以下の引用は，学校へと向かう列車に乗せられたキムが，ラマ僧との楽しい旅とは正反対の寂しい旅に孤独を感じ，一人嘆息する場面である。

"*Hai mai*! I go from one place to another as it might be a kick-ball. It is my *Kismet*.① No man can escape his *Kismet*. But I am to pray to Bibi Miriam,② and I am a Sahib.③" He looked at his boots ruefully. "No; I am Kim. This is the great world, and I am only Kim. Who is Kim?" He considered his own identity, a thing he had never done before, till his head swam. He was one insignificant person in all this roaring whirl of India, going southward to he knew not what fate.

「まったく，なんだってんだ！あっちへ行ったかと思えばこっちへ行かされて，まるでサッカーボールじゃないか。これがおいらの運命なんだ。誰も自分の運命からは逃げられないんだ。でも，おいらはこれからミリアム様にお祈りして，そんでもってサーヒブになるんだ。」彼は悲しげに自分のブーツを見た。「いや，おいらはキムだ。この世はでっかいけど，おいらは単なるキムだ。キムって誰だ？」彼はいままで考えたこともなかった，自分は何者かという問題を考え出し，とうとう頭がぐるぐると回ってしまった。彼は一人のちっぽけな人間で，この猛り狂うインドにおいて，自分も知らない運命を目指して南へ進んでいるのだ。

4 考えてみよう

1．3 で引用した場面も含め，作品の中でキムは２度も「キムって誰だ？」と自問している。この問いに対する答えはどのようなものになるだろうか。

2．キムとラマ僧の関係は，一見すると従者のキムが世間知のない主を導く印象だが，必ずしもそればかりではないようにも思われる。この両者の関係はどのように読み解けばよいか。

3．本作に見られるアジアの描写から，キプリングはどの程度，東洋の文化，風習を理解していたと考えることが出来るか。

（渡部智也）

① Kismet「配分」を意味するアラビア語を語源に持つ言葉で，「宿命」「運命」という意味で用いられる。／② Miriam キリスト教でいうところの聖母マリア。ミリアムはイスラム教の表現で，イスラム教では聖母も聖なる存在として尊敬されている。／③ Sahib「主人」「旦那」を意味するアラビア語を起源に持つ言葉。当時，インド人がヨーロッパ人に呼びかける際に尊称として用いた。

映像化作品

Kim，1984，London films.

おすすめ文献

橋本槇矩・高橋和久編著（2003）『ラドヤード・キプリング——作品と批評』松柏社。

橋本槇矩・桑野佳明編著（2005）『キプリング——大英帝国の肖像』彩流社。

橋本槇矩（2012）『青い薔薇——キプリングとインド』松柏社。

Booth, Howard J., ed. (2011), *The Cambridge Companion to Rudyard Kipling*, Cambridge University Press.

E　20世紀前半

48 『ハワーズ・エンド』
エドワード・モーガン・フォースター

1 作家紹介

フォースター（Edward Morgan Forster, 通称 E. M. Forster, 1879-1970）は，ロンドンに生まれた。建築家だった父の死後，母親や大伯母をはじめとする女性の手で育てられる。パブリック・スクール[1]を経てケンブリッジ大学に進み古典を専攻，ここでの交友関係をきっかけにブルームズベリー・グループ[2]の一員とみなされるようになった。

フォースターの作品は，いずれも異なる文化的・社会的背景を持つ者同士がいかにして理解しあえるか，という問題を扱っている。初期の『天使も踏むを恐れるところ』（*Where Angels Fear to Tread,* 1905）と『眺めのいい部屋』（*A Room with a View,* 1908）は，イタリアの風土や物の考え方に触れて内面的な成長を遂げる女性主人公を，社会喜劇《ソーシャル・コメディ》風に活写する。代表作『ハワーズ・エンド』（*Howards End,* 1910）は，文芸を愛するリベラルな姉妹と実業家一家との交際に，ハワーズ・エンド邸の相続問題が絡む。もうひとつの代表作『インドへの道』（*A Passage to India,* 1924）では西洋と東洋を対比させ，植民者であるイギリス人と被植民者インド人の間に本当の理解と友情が成り立つかという問いを投げかけている。

『インドへの道』以降は小説を発表することはなく，多くのエッセイや評論を手掛けた。死の翌年に出版された『モーリス』（*Maurice,* 1971）によって同性愛者であったことが明らかになり，1990年代のクィア批評[3]の隆盛と共に，この観点から作品が読み直されるようになっている。

▷1　18ページ，▷3参照。

▷2　146ページ，▷3参照。

▷3　文学作品における同性愛や同性愛的要素の描かれ方に着目する批評。ゲイ・レズビアン批評とほぼ同義に使われる。

2 作品紹介

『ハワーズ・エンド』が世に出た1910年は，エドワード7世（Edward VII, 1841-1910）が死去しジョージ5世（George V, 1865-1936）が即位した年である。エドワード朝が終わり加速度的に変化する社会を背景に，ドイツ系で文芸愛好家のシュレーゲル家と，植民地で財を成した実業家のウィルコックス家の結びつきを描くのが本作品である。

正反対といっていい二家族の関係は，ヘレン・シュレーゲルとウィルコックス家の次男ポールの婚約騒動から始まる。この婚約は短命に終わるが，次にヘレンの姉マーガレットがポールの父親ヘンリーとの結婚を決める。これは，不労所得[4]で生活する自分たちの生き方を可能にしているのは働き者のウィルコッ

▷4　労働によらない収入のこと。シュレーゲル家は財産の一部を鉄道の株に投資し，その利益で生活している。

クスのような人々である，という認識からきている（下記 3 を参照）。ここに姉妹が偶然知り合った下層中産階級の青年レナード・バストの存在も絡み，教養や文化の獲得と経済活動の関係に読者の目を向けさせる。

その一方で，急死したウィルコックス夫人は田園地帯に建つ美しい屋敷ハワーズ・エンドを血の繋がりのないマーガレットに遺そうとするが，それはうまくいくのだろうか。屋敷の運命は，どのような人々が新しい時代のイギリスを担うべきか，という問題にも繋がっていく。有名な題辞 ‘Only connect ...’（「ただ結びつけよ…」）が示す通り，異なる思想や背景を持つ人々が結びつくことの可能性と困難を掘り下げる作品である。

3 作品を味わう

以下はマーガレットがヘレンに対し，なぜ自分はヘンリーのような男との結婚を選ぶのか説明する箇所である。

> If Wilcoxes hadn't worked and died in England for thousands of years, you and I couldn't sit here without having our throats cut. There would be no trains, no ships to carry us literary people about in, no fields even. Just savagery. No—perhaps not even that. Without their spirit life might never have moved out of protoplasm. More and more do I refuse to draw my income and sneer at those who guarantee it.
> もしイングランドで何千年もの間，ウィルコックスのような人たちが働いて死んでいかなかったら，あなたや私のような人間はとっくに喉を掻き切られて，ここに座っていられなかったはずよ。私たちみたいな文芸愛好家を運ぶ汽車や船だってなくて，畑すらなくて，あるのは野蛮な状態だけ。いいえ，それすらなかったかもしれない。彼らのような精神がなければ，生命は原形質のままに留まっていたかもしれないじゃないの。収入を得る一方でそれを保証してくれる人たちのことを見下すことが，私はだんだん嫌になってきたの。

4 考えてみよう

1．上記の考えに見られる，マーガレットの “Only connect” の精神は最終的に成功したといえるだろうか。
2．ハワーズ・エンドは結局誰の手に渡り，それは何を意味するか。作中で描かれる当時の住宅事情と関連させながら考えてみよう。
3．この作品にレナード・バストが登場することの意義とは何か，妻ジャッキーの描かれ方と併せて考えてみよう。

（浦野　郁）

映像化作品

『ハワーズ・エンド』，1992年，ヘラルド・エース。

＊イギリスを代表する名優，アンソニー・ホプキンス（Anthony Hopkins, 1937-）とエマ・トンプソン（Emma Thompson, 1959-）が，ヘンリーとマーガレットを演じている。トンプソンは本作でアカデミー賞主演女優賞を獲得した。

おすすめ文献

小野寺健（2001）『E. M. フォースターの姿勢』みすず書房。

トリリング，ライオネル／中野康司訳（1997）『E. M. フォースター』みすず書房。

林文代編（2009）『英米小説の読み方・楽しみ方』岩波書店（所収の丹治愛論文二本を参照）。

Bradshaw, David, ed. (2007), *The Cambridge Companion to E. M. Forster*, Cambridge University Press.

Tambling, Jeremy, ed. (1995), *E. M. Forster : Contemporary Critical Essays* (New Casebooks), Palgrave.

E　20世紀前半

49 『ピグマリオン』

ジョージ・バナード・ショー

1 作家紹介

ショー（George Bernard Shaw, 1856-1950）はアイルランドのダブリンに生まれた。15歳で不動産会社に勤めるが，20歳の時にロンドンに移り，主に小説の執筆を始める。1884年にフェビアン協会[1]に入会。この頃，イプセン[2]作品の翻訳も行った批評家アーチャー（William Archer, 1856-1924）と知り合い，彼の紹介で書評，音楽評，劇評の執筆を始める。『やもめの家』（*Widowers' Houses*, 1892）が劇作第一作。その後『武器と人』（*Arms and Man*, 1894）などで成功を収め，1904-7年にはロイヤル・コート・シアターにて『人と超人』（*Man and Superman*, 1905）など多数の新作が上演された。『ピグマリオン』（*Pygmalion*, 1913, 1914[3]）は1938年に映画化され[4]，56年には『マイ・フェア・レディ』（*My Fair Lady*）として舞台ミュージカル化され[5]，64年にはさらにそれが映画化され[6]，三作品全て人気を博した。1925年にノーベル文学賞受賞。

2 作品紹介

音声学者ヒギンズはロンドンのコヴェント・ガーデンで，インド帰りの音声学者のピカリングと花売り娘のイライザに出会う。イギリスでは話し方によって教育や階級が示されるが，ヒギンズは自分がイライザを指導すれば，彼女は公爵夫人のように話せるようになれるとピカリングに話す。それを覚えていた彼女は後日ヒギンズを訪ね，住み込みでレッスンを受けることになる。そこに彼女の父ドゥーリトルが現れ，娘を渡す代わりに金を要求する。単なるゆすりではなく，独自の哲学を語るのでヒギンズは感銘を受ける[7]。発音特訓の後，ヒギンズはイライザを母の自宅パーティーに連れて行く。イライザの発音と外見は洗練されたが，客の女性，その息子（フレディ）と娘の前で，品のない言葉や話題を連発してしまう。その半年後，ヒギンズは大使館のパーティーに彼女を連れて行く。イライザは美しい貴婦人として称賛を集め，ヒギンズの弟子の優秀な音声学者でさえも彼女がロンドンの下町出身とは見抜けなかった。帰宅後，ヒギンズは自分の達成に喜んでいる。しかしイライザは何も語らず，突然に怒り出す。ヒギンズがイライザに個人的な関心を寄せていないこと，上流英語を覚えても行き場がないことを嘆いているのである。口論の後，彼女は密かに家を出る。彼女への熱烈な愛情ゆえに，家の外にはフレディが控えており，彼女はその愛に応える。翌朝，彼女は助言を求め，ヒギンズの母を訪ねる。彼

▷1　1884年に設立された，啓蒙活動を重視する穏健的社会主義団体。この団体でショーは中心的役割を果たした。社会主義思想は彼の創作にも影響を与えている。

▷2　イプセン（Henrik Johan Ibsen, 1828-1906）はノルウェーの劇作家。『人形の家』（*Et Dukkehjem*, 1879）など社会劇によって近代演劇を確立した。

▷3　1913年にウィーンにおいてドイツ語で翻訳上演され，翌年にロンドンで原語上演された。「ピグメイリオン」の方が英語発音（/pɪgmeɪliən/）に近い。

▷4　ショー自身が他三人とともに脚本を担当し，翌年，アカデミー脚本賞を受賞した（下図）。

『ピグマリオン』，2006年，ファーストトレーディング。

▷5　翌年のトニー賞でミュージカル作品賞や男優賞など7部門で受賞した。

▷6　同年のアカデミー賞

女の失踪に動揺するヒギンズも助言を求めてそこに現れ，イライザと対面する。彼はピカリングと3人で再び楽しく暮らすことを提案するが，イライザは彼の誘いに乗らず，フレディの愛を受けると宣言する。

ピグマリオンは，自分の作った女性像に恋をし，それを神によって人間に変えてもらい，彼女と結婚するギリシア神話の人物である。この題名によって，神話とは対照的に，ヒギンズが恋愛を求めないこと，イライザが彼の元を去ることがより印象深くなっている。本作では，登場人物は皆，自由な存在であり，男女間には異なる発想や理想が存在している。もしイライザが変身したならば，それはパーティーでの言葉遣いではなく，5幕のヒギンズとの対峙においてであろう。1幕や2幕の彼女の台詞は短い文章が多く，内容も力強いとは言えないが，5幕ではヒギンズと同量の語数を使って渡り合い，最後には彼もその発言内容の価値を認める。そのうえで，彼女は学問を優先するヒギンズではなく，愛情豊かなフレディを選択する。ここにおいてショーは，独立した一人の女性を生み出したといえよう。だが初演[◁8]も1938年版映画やミュージカル『マイ・フェア・レディ』も最終場においてヒギンズとイライザの恋愛の成就を示唆し，観客もこれを歓迎した。しかし，ショーがこのような期待感を高めつつも，最後には二人に独自の道を歩ませていることには十分留意すべきであろう。

3 作品を味わう

最終場でイライザは独立心に満ちた台詞を述べ，ヒギンズは感銘を受ける。

Eliza: "[Y]ou can turn round and make up to me now that I'm not afraid of you, and can do without you." Higgins: "Of course I do, you little fool. Five minutes ago you were like a millstone round my neck. Now 〔you're〕 a tower of strength: a consort battleship. You and I and Pickering will be three old bachelors instead of only two men and a silly girl."

E「考えを変えて，私に埋め合わせをしてみたらどうかしら。もう，私はあなたを怖れていないし，あなたなしでやっていけるんだから」H「もちろんだ。5分前までお前は首に掛かった石臼みたいにやっかいだった。だが今は力の塔，共に進む軍艦だ。お前と俺とピカリングは，いい独身3人組になれる，単なる二人の男と一人の馬鹿な娘じゃない」

4 考えてみよう

1．登場人物たちの台詞にはどのような文体の違いが見られるだろうか。
2．本作と1938年版映画と映画版『マイ・フェア・レディ』とを比較してみよう。
3．本作は男女の違いをどのように描いているだろうか。

（桒山智成）

で最優秀作品賞や監督賞など8部門で受賞した（下図）。

『マイ・フェア・レディ』，2011年，NBC ユニバーサル・エンターテイメントジャパン。

▶7　それゆえヒギンズは彼を独創的な道徳観の持ち主として，道徳改革運動を行うアメリカの富豪に推薦する。その結果，結末でドゥーリトルは不覚にも大金を手にし，結婚で身を固めることになる。コミカルな，もうひとつの変身物語となっている。

▶8　1916年の脚本出版の際にショーは後日譚を付け，イライザがフレディを選んだ理由や，その後の登場人物たちの生活について説明している。

おすすめ文献

現代演劇研究会編（1980）『現代演劇』no. 3，英潮社。

松本朗・岩田美喜・木下誠・秦邦生編（2019）『イギリス文学と映画』三修社。

Gibbs, A. M., ed. (1991), *Bernard Shaw : 'Man and Superman' and 'Saint Joan'*, Casebook Series, Palgrave Macmillan.

Innes, Christopher, ed. (1998), *The Cambridge Companion to Bernard Shaw*, Cambridge University Press.

E　20世紀前半

50 『荒地』
トマス・スターンズ・エリオット

1 作家紹介

エリオット（Thomas Stearns Eliot, 通称 T. S. Eliot, 1888-1965）は，アメリカ合衆国のミズーリー州セントルイスで生まれた。1906年にハーヴァード大学哲学科に入学。在学中にシモンズ[1]（Arthur Symonds, 1865-1945）の『象徴主義の文学運動』（*The Symbolist Movement in Literature,* 1899）やラフォルグ[2]（Jules Laforgue, 1860-87）の作品に触れ，詩の世界に開眼する。学士号取得後は，パリのソルボンヌ大学（現在のパリ第四大学）への留学を経て，再度ハーヴァードで古代インド哲学とサンスクリット語を研究。1814年に再び渡欧し，ロンドンでアメリカ人詩人パウンド[3]（Ezra Pound, 1885-1972）らと親交を深め，詩人としての足場を固めていく。1922年には『荒地』（*The Waste Land*）を出版。一躍モダニスト詩人の中心的人物のひとりとなる。1927年にはイギリス国籍を取得し，国教会に改宗。1948年にはノーベル文学賞を受賞した。

作者の個性よりも文学的伝統を重んじる古典主義者[4]を自認していたが，『荒地』に見られるような「伝統」とのアクロバティックなつきあい方にこそモダニスト詩人としてのエリオットの特質があるといえる。

代表作は，詩においては「J・アルフレッド・プルーフロックの恋歌」（“The Love Song of J. Alfred Prufrock”, 1915），『荒地』，『四つの四重奏』（*Four Quartets,* 1941）。戯曲においては『大聖堂の殺人』（*Murder in the Cathedral,* 1935），『カクテル・パーティー』（*The Cocktail Party,* 1949）。評論においては『文化の定義のための覚書』（*Notes Towards the Definition of Culture,* 1948）など。

2 作品紹介

『荒地』は五部構成，計433行の作品である。各部にはそれぞれ，「Ⅰ．死者の埋葬」「Ⅱ．チェス遊び」「Ⅲ．火の説教」「Ⅳ．水死」「Ⅴ．雷が語ったこと」という題がつけられており，詩の末尾には本文中にちりばめられた引用の典拠などを示した自注が置かれている。「荒地」とは第一次世界大戦で荒廃したヨーロッパの状況を意味しつつ，同時に神話的・人類学的意味においての「死」を示唆するものである。同時代の社会情勢を直接的に描くのではなく，「聖杯伝説」（アーサー王物語の一部）や，フレイザー（James George Frazer, 1854-1941）の『金枝篇』（*The Golden Bough,* 1890），さらにはダンテやシェイクスピアなど過去の文学作品を縦横無尽に駆け巡りながら，死と再生の物語を織り

▶1　ウェールズ出身の詩人・批評家。フランス象徴主義詩人の影響を受けて詩作した。なお，象徴主義とはリアリズム文学の台頭に対抗して19世紀半ばに生まれた文学運動のこと。イギリスにおいてはラファエル前派（109ページ，▶6参照）との関連性も顕著である。

▶2　ウルグアイ生まれのフランス象徴主義詩人。

▶3　エリオットと同様に，ヨーロッパを活躍の舞台としたアメリカ人モダニスト詩人。ヨーロッパの文学的伝統を幅広く参照しつつ，東洋の文化（例えば，日本の俳句）からもインスピレーションを得て創作した。

▶4　エリオットの伝統観，とりわけ個々の詩人と文学の伝統の関係性については，「伝統と個人の才能」（“Tradition and the Individual Talent”, 1919）が詳しい。

なしていく。

なお，本作品の扉には，パウンドへの献辞，*“il miglior fabbro”*（ダンテ『神曲』煉獄編からの引用。「私にまさる名匠」という意味）が置かれている。本作品はパウンドの手が入ったかたちで出版されており，エリオットがいかにこの先輩モダニスト詩人に負うところが大きかったかが分かる。

3 作品を味わう

第一部「死者の埋葬」の冒頭より。ここでの「四月」への言及には，チョーサーの『カンタベリ物語[◁5]』の冒頭部分からの影響が色濃く反映されている。

▷5 『カンタベリ物語』の項目，（48-49ページ）参照。

April is the cruellest month, breeding
Lilacs out of the dead land, mixing
Memory and desire, stirring
Dull roots with spring rain.
Winter kept us warm, covering
Earth in forgetful snow, feeding
A little life with dried tubers.
四月は残酷な月。ライラックを
死んだ土地から芽吹かせ，
記憶と欲望を混ぜあわせ，
鈍くなった根を春の雨で刺激する。
冬はわたしたちを暖かく包み込んだ。
忘却の雪で大地を覆い，
乾ききった球根で小さな命を養った。

4 考えてみよう

1．『荒地』と『カンタベリ物語』の冒頭部分を比較し，「四月」の扱いがどのように異なるか考えてみよう。

2．エリオットは個性よりも伝統を重んじる詩人である。その点を踏まえて，『荒地』に見られる「私」とはどのような特徴を持つ存在なのか考察してみよう。出発点としてここでの「私」はエリオット自身だと理解してよいのかどうか検討してほしい。

3．『荒地』には過去の文学作品だけでなく，同時代特有の声も引用されている。例えば，第二部「チェス遊び」では閉店を告げるパブの店員の声“HURRY UP PLEASE ITS TIME”（「お急ぎください，時間です」）が用いられているが，この声の持つ効果について検討してみよう。

（田代尚路）

おすすめ文献

ケナー，ヒュー／松本朗訳（2009）『機械という名の詩神』上智大学出版。
高柳俊一ほか（2010）『モダンにしてアンチモダン —— T. S. エリオットの肖像』研究社。
徳永暢三（1992）『T・S・エリオット』清水書院。

E　20世紀前半

51　『ユリシーズ』

ジェイムズ・ジョイス

1　作家紹介

ジョイス（James Joyce, 1882-1941）は，アイルランドはダブリンの収税吏の家庭に10人兄弟の長男として生まれた。10代の頃からエッセイ・詩・戯曲を執筆し始め，18歳の時に書いたイプセンに関する評論は『フォートナイトリー・レヴュー』誌[1]に見事受理された。ユニバーシティ・コレッジ・ダブリン在籍中は学友らが国内で高まりつつあったアイルランド文芸復興運動[2]に影響されて民族主義に流れる中，芸術は世論から自由であるべきとの自説を固持した。自由を求める精神はコスモポリタンな姿勢へと結びつき，自国で優勢なカトリックの結婚制度に反発を覚えて伴侶と共にヨーロッパ大陸へと逃れて後は，生涯にわたり，大陸の各地を移り住むことになった。初めのうちは語学教師として学校で働く傍ら執筆に勤しんでいたが，1913年，イェイツやパウンドの力添えで作品が世に出始めると徐々に助成金や寄付金が手に入るようになり，作家業に専念することが出来るようになった。『ダブリナーズ』（*Dubliners*, 1914），『若き芸術家の肖像』（*A Portrait of the Artist as a Young Man*, 1916），『ユリシーズ』（*Ulysses*, 1922）などの代表作は，1905年から10年間暮らしたイタリアのトリエステで構想したものである。『ユリシーズ』は完成当時，猥褻性を理由に英米では出版を禁じられたが，文壇の支持を得て，1922年の誕生日[3]にようやくパリでの出版にこぎつけた。錚々たる文士ら[4]が作品を絶賛したことでジョイスは一躍時の人となる。次作『フィネガンズ・ウェイク』（*Finnegans Wake*, 1939）は造語などをふんだんに含み，前作を上回る複雑さと難解さとで有名。

2　作品紹介

『ユリシーズ』はダブリンを舞台とし，1904年６月16日の一日の出来事を描いている。筋立てはいたってシンプルであり，若者のスティーブン・ディーダラスと中年のレオポルド・ブルームが各々瞑想に耽りながらダブリン市内を歩き回り，その間ブルームの妻モリーが家で不倫をするというもの。しかし，語りの様式が一様ではないがゆえに，この小説は極めて複雑な様相を呈している。実際，この小説には伝統的な三人称の語りの他，内的独白[5]，擬音語による語り[6]，新聞様式の語り[7]などといった複数の語りの様式が見られ，しかもこれらが入り乱れている。実際にその日にダブリン市内で起きた事件や出来事があちこちに挿入されてもいる。また，この小説は古代ギリシアの詩人ホメロス[8]の叙事詩『オデュ

▷1　*The Fortnightly Review*。イギリスの一流文芸評論雑誌。1865年創刊。隔週で出ていたが，後に月刊誌となる。初代編者は19世紀の女性作家ジョージ・エリオット（122ページ参照）の愛人で文芸評論家のルイス（George Henry Lewes, 1817-78）。寄稿者には，サッカレー（114ページ参照）やハーディ（126ページ参照）などがいた。

▷2　イングランドの長年の支配により蔑ろにされてきたアイルランド特有の文化や言語を再評価することを目指す運動で，しばしば熱狂的な民族主義と結びついた。19世紀末頃に始まる。

▷3　ジョイスは占星術を信じており，誕生日を重要視していた。『ユリシーズ』出版の際も，自分の40歳の誕生日に間に合うように出版社を急かしたという。

▷4　パウンド（142ページ，▷3参照），T. S. エリオット（142ページ参照），アメリカの小説家ヘミングウェイ（Ernest Hemingway, 1899-1961），イェイツ（150ページ参照）など。

▷5　登場人物の心の動きを，流れやリズムはそのままに読者に提示する語りの様式。例えば第３挿話はスティーブンによる内的独白の章である。

ッセイア[◁9]』（*Odysseia,* 800BC 頃）を下敷きにしており，家や妻を思いながらも戸外を彷徨い続けるブルームはオデュッセウスに，理想の父を求め続けるスティーブンはテレマコスに，そしてその間，不倫しながらも，表向きは従順に夫の帰りを待つモリーはペネロペーに対応する。崇高な叙事詩の世界が卑小な日常の世界へと歪められていることが分かる。緻密な言語分析から神話的・文化的・歴史的解釈に至るまで，未だに幅広い読みに対応し続ける，懐の深い作品である。

3 作品を味わう

以下は第18挿話を成すモリーの長大な思考の一部。句読点のない散漫な内的独白は女性の思考一般のパロディである。夫の奇癖を軽蔑しながらも，愛おしくも誇らしくも感じる妻の複雑な心境に注目のこと。

> [⋯] besides something always happens with him the time going to the Mallow concert at Maryborough ordering boiling soup for the two of us then the bell rang out he walks down the platform with the soup splashing about taking spoonfuls of it hadnt he the nerve and the waiter after him making a holy show of us screeching and confusion for the engine to start but he wouldnt pay till he finished it the two gentlemen in the 3rd class carriage said he was quite right so he was too hes so pigheaded sometimes when he gets a thing into his head a good job he was able to open the carriage door with his knife or theyd have taken us on to Cork [⋯]
>
> おまけに彼はいつも何か起こすしマローのコンサートに行ったときだってメアリバラでグツグツしたスープをわたしらふたりぶん注文してそしたらベルが鳴って彼ったらスープをはねちらしながらプラットフォームを歩いていくのよスプーンですくって何ばいも飲みながら図々しいじゃないするとウェイターが追いかけてきて金切り声をあげてわたしらはひどい見世ものそれにエンジンのスタートで大混乱でも彼ったら飲み終えるまでお金を払おうとしなくって３等車の紳士二人は彼がしごく正しいと言ってたわそうよそのとおり時々ひどくつむじまがりなのよねこうと信じこんでいるときはよかったわよ彼が客車のドアをナイフで開けられてでなきゃコークまで連れて行かれるところだったもの

4 考えてみよう

1．第18挿話の結びの Yes. はモリーのどのような心境の表れか。
2．妻の不貞を素知らぬ顔でやり過ごすブルームの真意とはどのようなものか。
3．本作品が叙事詩を下敷きにすることの意義は何か。

（奥村沙矢香）

▷6　声や物音を，知覚されるままの状態で文字化する語りの様式。例えば第1挿話では，スティーブンがステッキをひきずる音が“Steeeeeeeeeeeephen!” という具合に文字で書き起こされている。

▷7　他ならぬ作者自身が小説の語りをコントロールしているということを読者に印象付けるための，語りの一様式。第7挿話の各セクション冒頭に付けられた新聞の見出しのようなものがその典型。

▷8　74ページ，▷2参照。

▷9　トロイ戦争を生き残ったギリシアの英雄オデュッセウスが，筏に乗って故国イタカへ帰ろうとするも，海の神ポセイドンに恨まれて阻まれ続け，延々10年にもわたり異郷を巡り続ける話。その間，イタカでは息子テレマコスが留守を預かり，妻ペネロペーは求婚者たちを退けて貞操を守り続けた。

映像化作品

James Joyce's Ulysses, 1967, Image Entertainment.

おすすめ文献

ファーグノリ，A. ニコラス＆ギレスピー，マイケル・パトリック／ジェイムズ・ジョイス協会訳（1997）『ジェイムズ・ジョイス事典』松柏社。

結城英雄（1999）『「ユリシーズ」の謎を歩く』集英社。

Bulson, Eric (2006), *The Cambridge Introduction to James Joyce,* Cambridge University Press.

Attridge, Derek (2007), *How to Read Joyce,* Granta.

E　20世紀前半

52 『灯台へ』

ヴァージニア・ウルフ

1 作家紹介

ウルフ（Virginia Woolf, 1882-1941）はヴィクトリア朝末期，ロンドンのハイド・パーク南側の，貴族や文人の集い住む閑静な住宅地に生まれた。著名な評論家であった父レズリー（Leslie Stephen, 1832-1904）のもとには錚々たる文士[1]らが集い，さながら文芸サロンのような家庭環境であった。高等教育を受ける機会には恵まれなかったものの，知的刺激にあふれるこのような環境のもと，着実に文芸家としての素養を身に着けた。しかし，実際に作家としての才覚を現すのは，女性に対する制約の多いヴィクトリア時代が終わり，生粋のヴィクトリア朝人であった両親が相前後してこの世を去った後のことである。遺されたスティーヴン家の兄弟姉妹は旧態依然とした住宅地から，ロンドン中心街にある，より開放的なブルームズベリー地区[2]へと移り住んだ。新居には兄トウビーのケンブリッジ大学在籍時代の友人らが集い，政治・経済・文学・絵画など，多岐にわたる分野について盛んな議論を繰り広げた。やがてブルームズベリー・グループ[3]と称されることになるこの集いには，社会全体の刷新を図るという共通の目標があった。ウルフもその一員として，小説のジャンルにおける改革を試みた。具体的には「意識の流れ[4]」と呼ばれる手法を用いて，従来の小説では十分に顧みられてこなかった人の心の襞に分け入り，万華鏡のように変幻自在に移り変わる人の意識の有り様を緻密に描き出そうとした。円熟期の作品に，『ダロウェイ夫人』（*Mrs Dalloway*, 1925），『灯台へ』（*To the Lighthouse*, 1927），『波』（*The Waves*, 1931）などがある。

2 作品紹介

『灯台へ』は第Ⅰ部（「窓」），第Ⅱ部（「時は過ぎゆく」），第Ⅲ部（「灯台」）の三部から成り，スコットランドはスカイ島の別荘を舞台に，ヴィクトリア朝の大家族ラムジー家とその客人らを中心に展開する小説である。第Ⅰ部には，近隣の島の灯台に行くかどうかを巡って心密かに争うラムジー夫妻をはじめ，様々な作中人物の刻一刻と移り変わる心模様が描かれている。第Ⅱ部には，ラムジー夫人の死をきっかけに一家の訪れなくなった別荘が徐々に朽ち果てていく様子が描かれる。実はこれは，背後にある社会の変動（ヴィクトリア朝の終焉・第一次世界大戦の勃発・大英帝国という幻想の崩壊）の寓意表現である。第Ⅲ部は，一家の遺された人々とその客人らが別荘に戻ってくるところから始まる。

▷1　美術評論『ルネサンス』（*Studies in the History of the Renaissance*, 1873）のペイター（Walter Pater, 1839-94），ハーディ（126ページ参照），ジェイムズ（132ページ参照），スティーヴンソン（124ページ参照）など。

▷2　この地区は，大英図書館・博物館・ロンドン大学・出版社などが並ぶ，知的・学術的エリアとして知られている。

▷3　グループのメンバーには，作家のウルフ夫妻のほか，フォースター（138ページ），伝記作家・批評家のストレイチー（Lytton Strachey, 1880-1932），ウルフの姉で画家のヴァネッサ・ベル（Vanessa Bell, 1879-1961），その画家仲間のグラント（Duncan Grant, 1885-1978）や美術評論も手がけるフライ（Roger

図1　ウルフの終の住処となった，サセックス州の別邸モンクス・ハウス（Monk's House）の庭。奥に，隣の教会の尖塔が見える
（出典：筆者撮影）

第Ⅰ部では果たされなかった灯台行きがラムジー氏とその子供たちによって決行される一方，同じく第Ⅰ部で描き終らなかった絵に，客人の画家リリー・ブリスコウが再挑戦する。失った夢，現在の苦悩と喜び，未来への希望……大きな出来事は何ひとつ起こらないものの，無数の心の旅を内包した小説。1980年代のフェミニズム批評の隆盛によって読み直しが進んで以来，社会学的・歴史主義的・芸術学的考察など，幾多の批評をひきつけてやまない。

3 作品を味わう

以下は，子どもたちの出入りによって別荘がみすぼらしく変貌していく様を，ラムジー夫人が諦めに似た気持ちで見つめるくだりである。次世代の成長と共に家が古びていく様は，続く第Ⅱ部の内容の伏線ともとれる。

> At a certain moment, she supposed, the house would become so shabby that something must be done. If they could be taught to wipe their feet and not bring the beach in with them—that would be something. Crabs, she had to allow, if Andrew really wished to dissect them, or if Jasper believed that one could make soup from seaweed, one could not prevent it; or Rose's objects—shells, reeds, stones; for they were gifted, her children, but all in quite different ways. And the result of it was, she sighed, taking in the whole room from floor to ceiling, as she held the stocking against James's leg, that things got shabbier and got shabbier summer after summer.
>
> いずれどうにかしなくてはならないほど，家がみすぼらしくなってしまう時が来るわね。足を拭いて，砂利を持ち込まないようにあの子たちに言って聞かせれば，だいぶいいはず。でも蟹は，アンドリューが本当に解剖したいのなら許さなくちゃ。海藻も，ジャスパーがスープを作ることができると思っているのなら，だめとは言えない。それにローズの貝殻や葦や石も。うちの子たちは才能があるのだけれど，みんな違った才能なのよね。その結果，ひと夏ごとに家のものがどんどんみすぼらしくなってしまうのだわ。と夫人は，ジェイムズの脚に靴下を当てて測りつつ，床から天井に至るまで部屋中を見渡して，ため息をついた。

4 考えてみよう

1．登場人物によって，意識の流れの描かれ方や特徴に違いはあるだろうか。
2．第Ⅱ部は小説の構成において，どのような役割を担っているだろうか。
3．小説の結びにおいて，画家のリリーが得ることが出来た"vision"とは，具体的にどのようなものだろうか。

（奥村沙矢香）

Fry, 1866-1934)，哲学・数学者のラッセル（Bertrand Russell, 1872-1970)，経済学者のケインズ（Maynard Keynes, 1883-1946）などがいた。

▶4 「意識の流れ」はもとは文芸用語ではなく，アメリカの心理学者・哲学者ウィリアム・ジェイムズ（William James, 1842-1910。▶1のジェイムズの兄）が造った言葉。人の認識には，意識的・無意識的なものが入り混じっている。思考・感情・欲望・連想などの意識的・無意識的な要素が途絶えることのない連なりとなり，人の心の内側に意識の流れというものを形成している，とした。

映像化作品

Virginia Woolf's To the Lighthouse, 1997, The Monterey Movie Company.

おすすめ文献

Auerbach, Erich (1953), "The Brown Stocking," *Mimesis : The Representation of Reality in Western Literature* (1946), Trans. Willard R. Trask, Princeton University Press. pp. 525-553.

Goldman, Jane, ed. (1998), *Virginia Woolf :* To the Lighthouse*;* The Waves, Columbia University Press.

ゴードン，リンダル／森静子訳（1998）『ヴァージニア・ウルフ――作家の一生』平凡社。

ウィットワース，マイケル／窪田憲子訳（2011）『ヴァージニア・ウルフ（時代のなかの作家たち）』彩流社。

窪田憲子編著（2006）『ダロウェイ夫人』ミネルヴァ書房。

E　20世紀前半

53 『チャタレー夫人の恋人』
デイヴィッド・ハーバート・ロレンス

1 作家紹介

ロレンス（David Herbert Lawrence, 通称 D. H. Lawrence, 1885-1930）は，1885年にノッティンガムの炭坑町に生まれた。炭坑労働者の父と上昇志向の強い母とは折り合いが悪く，その様子は自伝的作品『息子と恋人』（*Sons and Lovers*, 1913）に描かれる。奨学金を得て大学に進み教員資格を取得，小学校教員として勤務しながら詩や小説を発表する◁1。1912年，大学時代の恩師の妻でドイツ貴族の血をひく女性フリーダと恋に落ち，大陸へ出奔した。2年後フリーダの離婚が成立しイギリスに戻った二人は正式に結婚する◁2。この時すでに『息子と恋人』で作家としての評価を確立していたロレンスだが，大戦下にあってドイツ人の妻を持つことから迫害を受ける。さらに，三世代の男女の愛と結婚を描いた『虹』（*The Rainbow*, 1915）が性描写のため発禁処分となった。

1919年には冷遇の続く母国を後にし，ヨーロッパ各地やオーストラリア，メキシコ，アメリカ等を転々としながら，『恋する女たち』（*Women in Love*, 1920），『羽鱗の蛇』（*The Plumed Serpent*, 1926）などの代表作を次々書き上げるが，肺結核の悪化により1930年に南仏にて死去。『チャタレー夫人の恋人』（*Lady Chatterley's Lover*, 1928）が完成をみた最後の小説となった。ロレンス作品はいずれも強烈なメッセージ性を持つが，この最後の作品にも彼の産業主義批判や，性を真っ向から取り上げる姿勢がはっきり表れている。

▷1　投稿先の『イングリッシュ・レビュー』（*The English Review*）誌はフォード（24ページ，▷5参照）が編集を務めており，ここからウェルズ（130ページ参照）やパウンド（142ページ，▷3参照）ら，文人たちとの交流が生まれた。

▷2　この頃にブルームズベリー・グループ（146ページ▷3参照）のメンバーらと知り合うが，ロレンスの労働者階級という出自も影響し，当時の知識人たちとは結局相容れなかったとされる。

2 作品紹介

『チャタレー夫人の恋人』は，戦争と工業化によって自然から切り離され，価値観の崩壊した世界に生きる男女が時代の悲劇を乗り越え，よりよい生を模索する姿を描く作品である。主人公コンスタンス（コニー）は貴族のクリフォード・チャタレーと結婚するが，夫は結婚してすぐに従軍し，半身不随で性的不能になって戻ってくる。心身ともに夫と温かい交流の出来ないコニーは追い詰められていくが，夫の雇う森番で階級的には遥かに下の男メラーズと出会って生きる力を取り戻し，新しい人生を歩む決意をする。

度重なる性交渉のシーンが「猥褻」のレッテルを貼られ，日本でも1951年に出版された伊藤整による邦訳が発禁となり関係者が有罪となった「チャタレー裁判」がよく知られる。しかし，性表現のタブーがほとんどなくなった現代の読者としては，性愛ばかりに注目して本作を読むことは避けたい。半身不随となったクリフォードが象徴的に表す，肉体から乖離した知性の在り様や，炭坑町テヴァーシャル村の醜悪さを通じ，ロレンスは同時代を生きるいずれの階級にも批判の目を向け，産業主義社会の生み出す「冷たさ」に対する解毒剤として，生き生きとした身体の触れ合いを通じて人間の心が再生する豊かな可能性を描いている。

3 作品を味わう

以下は森の小屋を訪れたコニーが，偶然にも裏手で水浴びするメラーズを目にして感じる衝撃の描写である。コニーがメラーズに惹かれるきっかけとなる場面。

> Yet, in some curious way, it was a visionary experience: it had hit her in the middle of her body. She saw the clumsy breeches slipping away over the pure, delicate white loins, the bones showing a little, and the sense of aloneness, of a creature purely alone, overwhelmed her. Perfect, white solitary nudity of a creature that lives alone, and inwardly alone. And beyond that, a certain beauty of a pure creature. Not the stuff of beauty, not even the body of beauty, but a certain lambency, the warm white flame of a single life revealing itself in contours that one might touch: a body!
>
> しかしそれは奇妙にも啓示的な瞬間で，コニーの身体の芯を貫いた。不格好なズボンが純粋で優美な白い腰の上にずり落ち，腰骨が少し見えていた。その孤独な様子，全くひとりぼっちの人間なのだという感じがコニーを圧倒した。ひとりで生活し，内面的にも孤独な男の，完璧なる白く孤独な肉体。その先にあるのは純粋な人間の持つ美しさだった。それは単なる美しい物体ではなく，美しい肉体ですらなかった。一つの生命がほのかに揺れるあたたかな白い炎が，手で触れられる形でそこにある――それがあの身体なのだ！

4 考えてみよう

1．この場面には，メラーズの「孤独」を示す表現が数多く見られる。彼がこれほど孤独な存在であるのはなぜだろうか。

2．作品の舞台となるのは主に①ラクビー邸（チャタレー夫妻の屋敷），②森，③テヴァーシャル村，の三カ所である。それぞれの場の描かれ方と作品中で担う役割を検討してみよう。

3．『チャタレー夫人の恋人』出版の歴史について調べ，芸術表現の自由と検閲の問題について考えよう。

（浦野　郁）

映像化作品

『チャタレー夫人の恋人』，1981年，コロンビア。

『チャタレイ夫人の恋人』，1993年，東宝東和。

＊話題作であり，何度も映画化されている本作。どれが一番原作のメッセージに忠実であると感じるだろうか。

『レディー・チャタレー』，2006年，ショウゲート。

おすすめ文献

井上義夫（2013）『ロレンス游歴』みすず書房。

英米文化学会編（2016）『英米文学にみる検閲』彩流社。

大平章他編（2002）『ロレンス文学鑑賞辞典』彩流社。

武藤浩史（2010）『「チャタレー夫人の恋人」と身体知――精読から生の動きの学びへ』筑摩書房。

Fernihough, Anne, ed. (2001), *The Cambridge Companion to D. H. Lawrence,* Cambridge University Press.

E　20世紀前半

54 「学童たちの間で」

ウィリアム・バトラー・イェイツ

1 作家紹介

イェイツ（William Butler Yeats, 通称 W. B. Yeats, 1865-1939）は，イギリスの支配下にあったアイルランドのダブリンで，アングロ＝アイリッシュ（イギリス系アイルランド人）の一家のもとに生まれた。父ジョンは画家であった。1867年，家族でロンドンに転居し，ダブリンに戻る1881年までその地で過ごした。帰郷後のイェイツは高校を経てメトロポリタン美術学校に在籍するものの，文学に魅せられ，画業は断念。1887年，ふたたびロンドンに移り，当地で詩人としての地歩を着々と固めていく[1]。

アイルランド独立運動に対してはあくまで傍観者的立場を貫きつつも，アイルランド文芸復興運動[2]には詩と演劇の両方で積極的に関与。アイルランドの民話や伝承に取材した作品を多数創作した。その他，イェイツの詩には神秘主義的・象徴主義的[3]な特徴も顕著であり，1909年以降親交を深めたパウンドと同様，モダニスト詩人としての側面も持つ[4]。1923年にはノーベル文学賞を受賞している。

代表作は，『オシーンの放浪』（*The Wanderings of Oisin*, 1889），「一九一六年復活祭」（“Easter, 1916”, 1921），『ヴィジョン』（*A Vision*, 1925），「学童たちの間で」（“Among School Children”, 1928），など。戯曲『鷹の井戸』（*At the Hawk's Well*, 1917）は能の影響を受けた作品である。

▶1　アイルランドがイギリスから独立し，アイルランド自由国（1922-37）が成立すると，イェイツは上院議員に就任し，定住先をロンドンからアイルランドに戻した。なお，彼は様々な場所に住んだが，作品世界と特に関わりが深いのは「塔」（“The Tower”, 1928）に描かれるアイルランド，ゴールウェイ州の「バリリー塔」であろう。

▶2　144ページ，▶2参照。

▶3　142ページ，▶1参照。

▶4　イェイツは自身のことを「最後のロマン主義者」と認識していた部分もある。

2 作品紹介

「学童たちの間で」は詩集『塔』（*The Tower*, 1928年刊）が初出で，八連構成，全64行の作品である。アイルランド自由国の上院議員になったイェイツが，「六十歳の微笑む公人[5]」として小学校を視察している最中に心に浮かんできた老いについての感慨をまとめた作品である。

イェイツはアイルランド独立運動に積極的に関与した活動家ゴン（Maud Gonne, 1866-1953）に長年想いを寄せていた。学童たちの様子に彼女の幼き日の姿と共通する要素を見てとって心が乱されたり（第三連），白髪頭の彼自身の姿を母親が見たとしたら，産みの苦しみは報われたと感じるだろうかと想像したりと（第五連），愛する女性と我が身を襲う老いという現実に照らした，若さへの憧憬の念（あるいは，老いへの嫌悪感）が繰り返し述べられていく。歴史に名を刻む古代ギリシアの哲人たちにしても，いったん老いてしまったなら老いた

▶5　本作品の８行目に見られる言葉。原文は，“A sixty-year-old smiling public man”。

体に古くなった衣服をまとう案山子《かかし》にすぎないとすらいう（第六連）。しかし，最終的には老いを受容するよう努め，人生というのは若さから老いへと至る過程の中で総体的に（葉と花と幹が有機的統一体をなす木のように，踊り手と踊りの区別がつかないダンスのように）捉えるべきだと主張するが（第八連），最後まで若さを愛惜する気持ちは消えないようだ。

3 作品を味わう

第八連（最終連）より。

Labour is blossoming or dancing where
The body is not bruised to pleasure soul,
Nor beauty born out of its own despair,
Nor blear-eyed wisdom out of midnight oil.
O Chestnut-tree, great-rooted blossomer,
Are you the leaf, the blossom or the bole?
O body swayed to music, O brightening glance,
How can we know the dancer from the dance?
労働が花ひらき，舞い踊るところ，
魂の歓びのために肉体が傷つくことはなく，
美が絶望感から生まれることもなく，
徹夜仕事からかすみ目の知恵が出てくることもない。
おお，栗の木よ，大いなる根をもつ，花の木よ。
おまえは葉なのか，花なのか，幹なのか。
おお，音楽に身を任す体よ，おお，輝く眼差しよ，
踊り手と踊りを分かつことなど，どうしてできよう。

4 考えてみよう

1．「踊り手と踊りを分かつことなど，どうしてできよう」という最後の有名な疑問文（修辞疑問文）をあなたの言葉でパラフレーズしてみよう。また，ここでより顕著に現れているのは，「老いの受容」と「若さへの憧憬」のどちらだと見ることができるか考えてみよう。

2．イェイツとゴンの関係について調べてみよう。

3．人間というものは老いると穏やかになるという固定観念があるが，イェイツはそれに抗った詩人だといえる。この作品と「老人どもが怒り狂わずにはいられるか？」（“Why should not Old Men be Mad?”）を比較し，イェイツの老人観について考察を深めてみよう。

（田代尚路）

おすすめ文献

高松雄一編（2009）『対訳イェイツ詩集』岩波文庫。
エルマン，リチャード／小田井勝彦・グレース宮田訳（2017）『イェイツをめぐる作家たち――ワイルド，ジョイス，パウンド，エリオット，オーデン』彩流社。
出淵博（2000）『出淵博著作集1　イェイツとの対話』みすず書房。
高松雄一（2001）『イギリス近代詩法』研究社。
及川和夫（2018）『アイルランド詩とナショナル・アイデンティティ』音羽書房鶴見書店。

E　20世紀前半

55 『一握の塵』

イーヴリン・ウォー

1 作家紹介

ウォー（Evelyn Waugh, 1903-66）は，1903年ロンドン郊外ハムステッドに生まれた。父は編集者から名門出版社の社長となった人物で，兄アレグザンダーも後年作家となる。パブリック・スクール[1]を経て1922年オックスフォード大学に進み歴史を専攻するが，前衛芸術にかぶれ飲酒や同性愛に耽る奔放な学生生活を送り，二年後に中退。その後に入りなおした美術学校もすぐに辞めるが，芸術への関心はロセッティ[2]（Dante Gabriel Rossetti, 1828-82）の評伝に結実する。同時期に発表した初の小説で，オックスフォード大学を放校になった学生の紆余曲折を描く『大転落』（*Decline and Fall*, 1928）が評判となった。

▶1　18ページ，▶3参照。

▶2　ラファエル前派を代表する画家，詩人。ラファエル前派については109ページ，▶5参照。

ウォー作品の多くは辛辣なユーモア，過度なほどの皮肉を特徴としており，『大転落』もウォー自身がその一員であった当時の上流階級の若者たち[3]の生活ぶりを揶揄したものである。しかし皮肉屋である一方，伝統的なイギリス社会を愛する感性も備えた多面的な作家で，その美意識や懐古趣味は代表作『一握の塵』（*A Handful of Dust*, 1934）の主人公，トニーの性格付けによく表れている。もうひとつの代表作『回想のブライズヘッド』（*Brideshead Revisited*, 1945）は，第二次世界大戦に従軍中の中尉が貴族の青年との若き日の友情を振り返る形でカトリック一家の命運を描く。感傷的との批判はあるが，1980年代にTVドラマ化され人気を博した。ウォーは戦後も多くの小説や伝記を手掛けたが，特にハリウッドを舞台にアメリカの葬式産業を描いた中編『ご遺体』（*The Loved One*, 1948）では痛烈なブラックユーモアが光る。

▶3　派手な服装と行動で第一次世界大戦後の時代を謳歌したことから，「ブライト・ヤング・ピープル（シングス）」（Bright Young People/Things）と呼ばれた。

2 作品紹介

「一握の塵（a handful of dust）」とはT. S. エリオットの詩『荒地[4]』からとった一節で，人間の骨灰を指す。一見したところ上流階級の人々の暮らしと恋愛模様を描く作品に，かくも不穏なタイトルがついているのはなぜだろうか。

▶4　『荒地』の項目（142-143ページ）参照。第Ｉ部第30行に「一つかみの骨灰で死の恐怖を見せてやろう（"I will show you fear in a handful of dust"）」とあり，この一節はウォーによって巻頭にも掲げられている。

主人公トニー・ラスト（Tony Last）はロンドンの社交界を避け，自身の所有するゴシック建築の館ヘットンで妻子と静かに過ごす日々を愛している。しかし妻ブレンダの心がジョン・ビーヴァに移り，一人息子も不慮の事故で失ったことで，理想の生活はあっけなく崩壊する。失望したトニーはイギリスを離れ，南米の奥地にあるという伝説の都を探す旅に出るが，現地で出会った白人トッドによって奇怪な終身刑的境遇に捕らわれ，祖国では亡き者と考えられるようになる。

カントリーハウス[5]での静かな生活を愛するトニーの嗜好はまさしく上流階級的なものであるが，「ラスト」という姓が示す通り，この作品は彼のような種族を滅びゆくものとして描き出す。トニーにとって代わるのはジョン・ビーヴァやその母に代表される，上昇志向の強い新興中産階級である。さらに南米でトニーを待ち受ける悲惨な運命を通じ，イギリスによる支配体制が弱体化した植民地が，もはや19世紀的な冒険譚の舞台となり得ないことも示される。上流階級の優雅な暮らしぶりと帝国主義の夢という，イギリス繁栄の象徴は力を失って「一握りの塵」となったのである。感傷と諷刺精神という，ウォー作品が持つ一見相容れない要素が，ここではバランスをとりながら見事に共存している。

▷5　上流階級の人々が自分の領地に所有する広壮な邸宅。ロンドンの別宅（タウンハウス）と区別してこのように呼ばれる。イギリスの上流社会を体現する文化的アイコンとしてしばしば文学作品に登場する。

3 作品を味わう

次の箇所は，ブレンダが離婚訴訟を起こし，ヘットンを売らなければ工面できないほど多額の生活費を要求しようとしていることを知ったトニーの心境である。彼のロマンチックな中世趣味の夢と理想が崩壊する瞬間を捉えている。

> His mind had suddenly become clearer on many points that had puzzled him. A whole Gothic world had come to grief...there was now no armour glittering through the forest glades, no embroidered feet on the greensward; the cream and dappled unicorns had fled...
> これまで彼を当惑させていた色々なことを，トニーは急にはっきりと理解した。ゴシックの世界は丸ごと崩れ落ちた。緑の森にきらめく甲冑，芝生を歩む貴婦人たちの刺繡模様の靴――今やこうしたものは失われた。クリーム色で斑《ぶち》のあるユニコーンは逃げてしまった…。

4 考えてみよう

1．ヘットンの描かれ方と役割を，カントリーハウスが持つ社会的意味合いを考慮しながら考えてみよう。
2．トッドの描かれ方を，『闇の奥』[6]のクルツと比較し，共通点や差異について，作品が書かれた時代を考慮に入れて考察してみよう。
3．物語の最後にトニーが延々と続ける「ディケンズの読み聞かせ」は何を意味するのか，なぜディケンズなのか考えてみよう。

（浦野　郁）

▷6　『闇の奥』の項目（134-135ページ）参照。

映像化作品

A Handful of Dust, 1988, New Line Cinema.

おすすめ文献

小池滋編著（1983）『イーヴリン・ウォー』山口書店。
イーヴリン・ウォー／高儀進訳（2016）『イーヴリン・ウォー傑作短篇集』白水社。
イード，フィリップ／高儀進訳（2018）『イーヴリン・ウォー伝　人生再訪』白水社。

E　20世紀前半

56　『パリの家』

エリザベス・ボウエン

1　作家紹介

ボウエン（Elizabeth Bowen, 1899-1973）は，アイルランドはダブリンの17世紀から続く地主階級の家に生まれた。7歳の時，法律家であった父が過労のため神経衰弱となり，医師の勧めで父から離れて母と共に渡英，アングロ＝アイリッシュ[1]であった母の知己を頼ってイギリス南部の州ケントに移住する。しかし今度は母が癌にかかり，ボウエン13歳の時に他界。母方の叔母に育てられることになる。10代のうちはイギリスの寄宿学校とアイルランドの邸宅ボウエンズ・コート[2]を行き来して過ごした。20歳の時，ロンドンの芸術学校に2学期間在籍したことがきっかけで短編小説を書くようになり，以来，作品を出版し始めて30代までには作家として名が知られるようになる。死後は徐々に文壇の周縁へと押しやられるが，1980年代に入り，フェミニズム批評[3]やアングロ＝アイリッシュの研究が盛んになると，再評価され始めた。個人のトラウマや不安を主題とした小説が多いが，その背景には，厳密な意味においてイギリス人にもアイルランド人にもなれないボウエン個人の宙ぶらりんな心理があるといえよう。代表作に『パリの家』（*The House in Paris*, 1935），『心の死』（*The Death of the Heart*, 1938），『日ざかり』（*The Heat of the Day*, 1949）など。短編にも優れたものが多い。文体・形式面で，先達のモダニズム小説ほどの革新性はないものの，精緻な心理描写によって，ウルフ[4]と並び称されることもある。

2　作品紹介

『パリの家』は11歳のイギリス人少女ヘンリエッタが一人，早朝のパリの北駅に降り立つところから始まる。早くに母親を亡くし，このほど，娘をもてました父親のもとから母方の祖母のもとへと引き取られることになったのだった。祖母はフランスのマントンにおり，今はそこへ向かう旅の途上である。イギリスからパリへ，パリからマントンへの列車の旅では，それぞれ見ず知らずの女性に付き添われ，乗り換えの間の一日は祖母の友人宅に滞在し，パリ見物をして過ごすことになっていた。その家は10年ほど前まで，パリに学芸を修めに来る上流階級の少女たちの下宿屋であったところで，女主人のマダム・フィッシャーが彼女らを監督していた。女主人はここ10年ほど病床に伏しており，看病している娘によれば，今や瀕死の状態であるという。家全体が息をひそめたような，緊迫した静寂の中で，少女は2つ年下の少年レオポルドに出会う。

▷1　家系のうえではイギリス人であるものの，先祖の代よりアイルランドに移り住んで根を下ろしている者らを指す。彼らアングロ＝アイリッシュは長らくアイルランド社会の支配者層を形成していたが，20世紀初頭に起こったアイルランド独立運動により没落することになる。

▷2　Bowen's Court。アイルランドのコーク州にあったボウエン家所有のビッグ・ハウス（大邸宅）。ボウエンは41歳の時，父の死によりこの邸宅を相続する。しかし1959年，当邸宅は人手にわたり，取り壊されることになる。ボウエンの自伝『ボウエンズ・コート』（*Bowen's Court*, 1942）には，17世紀のクロムウェル時代から1914年までの，当邸宅におけるボウエン家の歴史が記されている。

▷3　126ページ，▷2参照。

▷4　146ページ参照。

幼い頃に生き別れた母親と，これからこの家で会う約束があるのだという。しかし結局，母親は現れず……[◁5]。心の拠り所としての家を持たない少年と少女の束の間の魂の触れ合いと共感を描いた作品。本作品には，二人の子どもの不安定な立場を物語るように，「亀裂」や「綻び」に纏わるモチーフや単語が散りばめられている。死の床にある家の主と鬱屈した家の空気は，その家の社会的な存在意義を支えてきた貴族階級の零落を表象してもいる。

3 作品を味わう

フィッシャー家の外観とその周囲を描いた一節である。物語の舞台となるこの家自体が，まるでひとつの割れ目の中に沈んでいるかのようである[◁6]。

The Fisher's house, opposite which the taxi stopped, looked miniature, like a doll's house: it stood clamped to the flank of a six-storied building with balconies. On its other side was a wall, with branches that in summer would toss gaily showing over the top. Up and down the narrow uphill street the houses were all heights: none so small as the Fishers'. At each end, the street bent out of sight: it was exceedingly quiet and seemed, though charged with meaning, to lead nowhere. Unbright light struck between the flanks of the houses, making their inequality odder still: some were trim and bright, some faded, crazy or sad.

タクシーのとまった向かい側のフィッシャー家は，人形の家のように小さく見えた。バルコニーのついた6階建ての建物の側面に，留められたように建っていたのだ。家のもう一方の側には塀があり，夏には楽しげに上下するのであろう枝々が塀越しに見えていた。上り坂になった狭い道に立ち並ぶ家々はどれも非常に背が高く，フィッシャー家ほど小さいものはなかった。道は曲がって両端とも見えなくなっており，じつに静かで，意味深長ではあったが，どこへも通じていないように見えた。暗い街灯が家々の側面と側面の間を照らしており，家々の不揃いな様子をいっそう奇妙な具合に見せていた。こぎれいで明るい家もあれば色あせたものもあり，ガタガタなもの，陰気なものもあった。

4 考えてみよう

1．家の内装や庭の描写は，登場人物らの心理とどのように関わっているか。
2．レオポルドの父親は，なぜ自ら命を絶ったのか。
3．本作品を，ジェンダー・民族・時代などをキーワードに，社会学的観点から考察してみよう。

（奥村沙矢香）

▶5　レオポルドは上流家庭に生まれ育ったイギリス人女性がユダヤ人男性との間にもうけた婚外子である。その経緯がレオポルドの母の物語として当小説の半ばで語られることで，レオポルドの疎外された現状が民族・階級・ジェンダーの問題と複雑かつ密接な関わりを持つことが暗示されている。

▶6　フィッシャー家の家名 Fisher が「裂け目」・「割れ目」を意味する単語 fissure と同じ音を持つという点も興味深い。

おすすめ文献

エリザベス・ボウエン研究会 編（2016）『エリザベス・ボウエンを読む』音羽書房鶴見書店。

山根木加名子（1991）『エリザベス・ボウエン研究』旺史社。

Lee, Hermione (1999), *Elizabeth Bowen*, Vintage.

Walshe, Eibhear, ed. (2009), *Elizabeth Bowen* (*Visions and Revisions, Irish Writers in Their Time*), Irish Academic Press.

Lytovka, Olena (2016), *The Uncanny House in Elizabeth Bowen's Fiction*, Peter Lang.

E　20世紀前半

57 「美術館」

ウィスタン・ヒュー・オーデン

1 作家紹介

オーデン（Wystan Hugh Auden, 通称 W. H. Auden, 1907-73）は，イングランド北部のヨークにて生まれる。1925年，生物学を学ぶためにオックスフォード大学に進むものの，結局専門を英文学に変更することになる。在学中は，スペンダー[1]（Stephen Spender, 1909-95）やデイ＝ルイス[2]（Cecil Day-Lewis, 1904-22）らと交友関係を結んだ。1928年から翌年にかけて，ヴァイマル共和国[3]の首都ベルリンに滞在。1930年代のいわゆる「政治の季節」には反ファシズムの立場を明確にし，1937年に内戦中のスペイン[4]において反フランコのプロパガンダ放送を行っている。1938年にはアメリカに渡り，翌年，同国に移住。生涯の友人であった詩人のカルマン[5]（Chester Kallman, 1921-75）ともこの時出会う。1946年にはアメリカ国籍を取得。1949年以降は，夏はヨーロッパ（特に，オーストリアのキルヒシュテッテン），冬はニューヨークで過ごす生活を続ける。1956年にはオックスフォード大学詩学教授に就任。1973年，ウィーンのホテルにおいて心臓発作のため死去する。

代表作は詩集『見よ，旅人よ』（*Look, Stranger!*, 1936），『不安の時代』（*The Age of Anxiety*, 1947），評論集『染物屋の手』（*The Dyer's Hand*, 1962）など。イシャウッド[6]（Christopher Isherwood, 1904-86）との『F6 登頂』（*The Ascent of F6*, 1936）など，他の詩人・作家との共作も見られる。

2 作品紹介

「美術館」（"Musée des Beaux Arts"）は三連構成，全21行の作品で，初出はオーデンやオーウェル（George Orwell, 1903-50）をはじめとする新進作家・詩人の作品集『ニュー・ライティング』（*New Writing*, 1939）である。"About suffering they were never wrong,/The Old Masters"（「苦悩について彼らは誤ることがなかった，／往時の絵画の巨匠たちは」）という印象的な冒頭部分からも分かる通り，本作品の主題は「苦悩」であり，それを特に16世紀フランドル絵画[7]の「巨匠」であるブリューゲル（Pieter Brueghel, 1525?-69）の作品を通して考察する構えとなっている。絵を言葉により描写する「エクフラシス」の手法がとられている詩である。ポイントは，人間の苦悩は決して劇的なものではなく，日常空間においてさりげなく起きるということ。例えば第二連では，悲惨な殉教の光景のかたわらで，刑吏の馬が木で背中を掻く光景などに注意が向けられている。

なお，タイトルはフランス語であるが，そこには本作品で取り上げられてい

▶1　いわゆる「オーデン・グループ」（オーデンの仲間として1930年代に活躍した詩人・作家の集団）の一人。

▶2　「オーデン・グループ」の一人。1951年から1956年まで，オックスフォード大学詩学教授。1968年には桂冠詩人に就任する。

▶3　1919年に制定されたヴァイマル憲法下の戦間期ドイツ。1933年，ヒトラー内閣の成立とともに崩壊した。オーデンら同性愛者にとって，同時期のベルリンはロンドンよりも自由で寛容な場所であったという。

▶4　スペイン内戦（1936-39）は，人民戦線政府とフランコ（Francisco Franco, 1892-1975）率いる反乱軍のあいだで繰り広げられた。結局，フランコ側が勝利を収め，ファシスト政権が樹立された。

▶5　ニューヨーク生まれの詩人。オーデンの生涯の友人であり，一時期は恋愛関係にあった。

▶6　「オーデン・グループ」の一人。オーデンの親しい友人であり，1938年には共に日中戦争下の中国へ旅行をしている。代表作は，ヴァイマル期のベルリン滞在経験をもとにした小説『ベルリンよ，さらば』（*Goodbye to Berlin*, 1939）など。

るブリューゲルの作品の所蔵先がフランス語を公用語の一つとするベルギーの王立美術館だからという事情がある。

図1　イカロス墜落のある風景
（出典：ベルギー王立美術館所蔵）

3 作品を味わう

「イカロスの墜落」を扱う最終連より。ギリシア神話に登場するイカロスは，発明家の父ダイダロスがつくった蠟製の翼を身につけて飛行するものの，自分の力を過信し太陽に近づきすぎてしまったため，翼の蠟が溶け出し，結果として海に墜落してしまった。当時ブリューゲル作とされていた（現在は別人のものと考えられている）ベルギー王立美術館所蔵「イカロスの墜落のある風景」（図1参照）の「エクフラシス」である。この絵画においてイカロスの墜落を示すものは海面から突き出された「白い足」だけであり，しかも画面の右下に小さく，さりげなく描かれている。

▶7　現在のベルギーを中心とするフランドル地方の絵画のこと。ブリューゲルの他，ルーベンスなどもフランドルの画家である。

In Brueghel's *Icarus,* for instance: how everything turns away
Quite leisurely from the disaster; the ploughman may
Have heard the splash, the forsaken cry,
But for him it was not an important failure; the sun shone
As it had to on the white legs disappearing into the green
Water; and the expensive delicate ship that must have seen
Something amazing, a boy falling out of the sky,
Had somewhere to get to and sailed calmly on.
例えば，ブリューゲルの『イカロス』では，すべてのものが
悲惨な出来事から悠長に目をそむける。農夫の男は
水しぶきや孤独な叫びを聞いたかもしれないが
それは彼にとっては重大な失敗ではない。太陽の光は
緑色の大海原に消えてゆく白い足を当然のように
照らしている。絢爛優美な船も，少年が空から墜ちるという
腰を抜かすような出来事を目撃したはずだが，
目的地へと，平静に航海を続ける。

4 考えてみよう

1．3の引用にある農夫にとって「重大な失敗」とはどのようなことだと考えられるか。
2．3の引用部分と絵画『イカロスの墜落』を比較してみよう。
3．第二連で扱われているのはキリストを取り巻くユダヤ人の苦悩である。初出の時代背景を考えると，そこにオーデンのどのような政治的意識が働いていると考えられるか。

（田代尚路）

おすすめ文献

Hynes, Samuel (1976), *The Auden Generation : Literature and Politics in England in the 1930s,* Faber and Faber.
橋口稔（1996）『詩人オーデン』平凡社。
風呂本武敏（1996）『W・H・オーデンとその仲間たち――1930年代の英国詩ノート』京都修学社。

E　20世紀前半

58 『動物農場』

ジョージ・オーウェル

1 作家紹介

オーウェル（George Orwell, 1903-50）の本名はエリック・アーサー・ブレア（Eric Arthur Blair）。父がインド文官[1]であった関係で英領インドに生まれ，一歳の時に母親に連れられて渡英する。家計が苦しい中奨学金を得てイートン校[2]に入学，卒業後はビルマ（ミャンマー）の警察官となる。5年後にデング熱に罹って帰国したことがきっかけで人生を再検討し，作家になることを決意。比較的早くに社会に出たこともあって，その目は社会問題へと，中でも貧困の問題へと向けられており，まずはジャーナリストとして活躍することになる。ペンネームを使ったのも，社会の実態を誰に気兼ねをすることもなく公表するためであった。やがて民主社会主義[3]に傾倒するようになり，1936年，スペイン内乱が勃発すると「ファシズムと戦うために」自ら出征。戦地での体験に基づいてノンフィクション『カタロニア讃歌』（*Homage to Catalonia*, 1938）を著した。第二次世界大戦中に執筆した『動物農場』（*Animal Farm*, 1945）は，イギリスの同盟国であったソビエト連邦の政治体制を批判するものとして危険視され，複数の出版社に刊行を拒絶されるが，戦後ようやく日の目を見ると，反ファシズムの時流に乗って世界的な反響を得た。文体は敏腕ジャーナリストらしく極めて明快。また，遺作の『1984年[4]』（*Nineteen Eighty-Four*, 1949）に登場する造語が一般的な用語となるなど，社会文化的な影響力には目を見張るものがある。

2 作品紹介

『動物農場』はイギリスの「荘園農場」が舞台。そこには農場主ジョーンズの管理のもとで様々な動物たちが暮らしていたが，ある日のこと，年老いた一匹のオスブタが次のように言い残して死ぬ。「人こそは，我々動物の唯一の敵だ。人を追い払え。そうすれば飢餓や過重労働の根本的原因は永遠に取り除かれるであろう」。動物たちはこの遺言を教えとして3カ月後に決起。農場から人間を追い出すことに成功する。動物たちは自由を得たことを喜び，農場名を「動物農場」と改称。「全ての動物は平等である」「全ての動物は人間と同じ行為をしてはならない」などという理想を永遠に守るべき戒律として定め，その戒律を軸とした「動物主義」を実践すべく，自ら農場の運営に乗り出すことになる。この動物たちの「共和国」において大統領に選ばれたのは，最も知恵のあるブタであった。しかし，ブタは悪知恵を働かせてじわじわと自らの特権と

▷1　インドがイギリス東インド会社の，後にはイギリス王室の統治下にあった間（1765-1947），インドに置かれていた官職。

▷2　18ページ，▷3参照。

▷3　共産主義をファシズムと同一視して忌避する一方で，民主主義によってのみ社会主義が実現可能であるとする思想のこと。

▷4　全体主義・独裁主義に対する批判を，思想や行動の自由が奪われた架空の未来社会を描くことによって表した作品。『動物農場』に並ぶ傑作とされる。本作に登場するNewspeak（ニュースピーク）やDouble-think（二重思考）などの造語は，それぞれ，「人心を惑わす目的で政府が用いる曖昧な用語」，「政治的に洗脳された結果，相矛盾する二つの信念を持つに至ること」を意味する一般的な語となった。本作からインスピレーションを得て書かれた小説に，村上春樹（1949-）の『1Q84』（2009, 2010）がある。

勢力を拡大し，やがて人間顔負けの統制力でもって他の動物たちを管理し，こき使うようになる。くだんの戒律も，いつしかブタの有利になるように書き換えられてしまい◁5……。ロシア革命（1917）後の1922年に設立されたソビエト連邦の内政が，スターリンの独裁主義体制によって腐敗していく様を揶揄した寓話。一貫して平明な文体で綴られている。

3 作品を味わう

全ての動物が平等であるはずの「動物農場」で，ある日，ミルクやリンゴがブタたちにだけ配給されていることが明らかになった。しかし，詭弁家のブタのスクウィーラーは次のように言い逃れをする。これぞやさしい言葉の奸計。

'Comrades!' he cried. 'You do not imagine, I hope, that we pigs are doing this in a spirit of selfishness and privilege? Many of us actually dislike milk and apples. I dislike them myself. Our sole object in taking these things is to preserve our health. Milk and apples (this has been proved by Science, comrades) contain substances absolutely necessary to the well-being of a pig. We pigs are brainworkers. The whole management and organisation of this farm depend on us. Day and night we are watching over your welfare. It is for *your* sake that we drink that milk and eat those apples. Do you know what would happen if we pigs failed in our duty? Jones would come back! Yes, Jones would come back! [⋯]'

「同志よ！」と彼は叫んだ。「よもや，我々ブタが自分本位と特権ゆえにこんなことをしているなんて思ってはいまいな。ブタの多くは実はミルクもリンゴも嫌いなのだ。私自身，嫌いだ。そうしたものを摂取する我々の目的はただ一つ，健康を維持することである。ミルクとリンゴはブタの健康に絶対に必要な物質を含んでいる。（このことは科学によって証明されているのだ，同志。）我々ブタは精神労働者。この農場の管理と組織はすべて我々にかかっている。昼夜を分かたず君たちの福利を守っているのだ。まさしく君たちのために，我々はミルクを飲み，リンゴを食べているのだ。もしも我々が任務に失敗したら，何が起こるかわかるか？　ジョーンズが帰ってくる！　そうだ，ジョーンズが帰ってくるのだ！［⋯］」

4 考えてみよう

1．3 の引用の他に，論のねじれが見られる箇所を探して読み解いてみよう。
2．「動物主義」はなぜ破綻したのか。
3．現代においてこの作品を読む意義を考えてみよう。

（奥村沙矢香）

▶5　原作ではブタが術策をめぐらせ始めた時点が曖昧だが，以下の映画では，ブタが初めからずる賢い生き物として登場する。この改変は物語の寓意性にどのように影響するだろうか。

『動物農場』，2008年，三鷹の森ジブリ美術館。

映像化作品

Animal Farm, 2001, Hollywood DVD.

おすすめ文献

Taylor, D. J. (2004), *Orwell : The Life*, Vintage.
Rodden, John and Rossi, John (2012), *The Cambridge Introduction to George Orwell*, Cambridge University Press.
川端康雄（2005）『動物農場――ことば・政治・歌』みすず書房。
河合秀和（1997）『ジョージ・オーウェル（イギリス思想叢書12）』研究社。

F　20世紀後半

59『情事の終わり』
グレアム・グリーン

1 作家紹介

グリーン（Graham Greene, 1904-91）はイングランド東部ハートフォードシャーのバーカムステッドに生まれる。父親が校長を務めていた高校からオックスフォード大学に進学し，近世史を専攻した。『タイムズ』（*The Times*）誌に勤務したのちに『内なる私』（*The Man Within*, 1929）で作家としてデビューするが，創作の傍らでフリーのジャーナリストとしても働いていた。『ブライトン・ロック』（*Brighton Rock*, 1938）や『事件の核心』（*The Heart of the Matter*, 1948）など23の長編小説に加えて，短編集，旅行記，随筆，映画評論，伝記を記すなど，その活動は多岐にわたっている。その作風は人間性の本質に向けられた深い洞察と，エンターテインメント性が奇跡的に結びついたもので，あまたの読者を虜にした作品の多くは映画化もされている。また，MI6[1]のスパイとして海外での諜報活動を行っていたことも知られており，その経験が最も直接的に描かれているのは，イギリスとソ連のあいだでの二重スパイが主題の『ヒューマン・ファクター』（*The Human Factor*, 1978）である。

▷1　陸軍省情報部第六課（Military Intelligence 6）。海外での諜報活動を専門に行う。グリーンが所属していた時の経験は映画『第三の男』（*The Third Man*, 1949）の脚本などのサスペンス作品にも活かされているといわれる。

2 作品紹介

『情事の終わり』（*The End of the Affair*, 1951）の舞台は1940年代頃のこと。作家を生業とするモーリス・ベンドリクスは，かつて友人ヘンリーの妻サラと不倫関係にあった。だが濃密だった関係が終わって１年半が経った後，ベンドリクスがロンドンの街中で見かけたヘンリーに声をかけるところから物語は始まる。妻が誰か別の男と不倫関係にあるようだと相談してきたヘンリーに，ベンドリクスは探偵を雇ってサラを見張らせることを提案する。探偵の部下であるパーキスは彼女の家で開かれたパーティに忍び込んで，彼女の部屋から二年前の日記をこっそり手に入れてくる。それはちょうどサラとベンドリクスが親密になり，熱烈に愛し合い，そして離ればなれになっていった頃のサラの心情を細やかに記したものであった。彼らの別離のきっかけとなったのは第二次世界大戦[2]中の1944年にロンドンを襲った爆撃で，その時二人のいた建物を爆弾が直撃する。ドアの下敷きになって気絶していたベンドリクスがもう死んでいると思ったサラは，「愛する彼をよみがえらせてくれるなら，私はもう彼を諦めて二度と会いません」と神に祈る。その直後に再び眼を覚ました彼を見て，サラは誓い通りベンドリクスとは会わない決心をしたのであり，決して愛が冷めたわけではなかった。

▷2　この不安定な例外状態の中である種の性的開放感が増していたという指摘もある（甘濃夏美「空襲下の夢幻――第二次世界大戦期のロンドンと幽霊物語」武藤浩史他編『愛と闘いのイギリス文化史1900-1950年』慶応義塾大学出版会，140-152ページ）。

サラは自分と会いたいのに，それを自ら拒絶し続ける苦しみにとらわれていることを日記の記述から知ったベンドリクスは強引に彼女を訪問しようとする。それを逃れたサラは冷たい雨の降る中をさまよった結果，肺炎にかかり命を落としてしまう。そして今度はベンドリクスが生身のサラを失った後でも，彼女を愛し続けることが出来るか，という試練を突きつけられる。

サラがベンドリクスを愛しながらも彼との直接的な接触を断とうとする姿勢は，神への信仰の問題とも重ね合わせられている。現世の存在である男性を，神を愛するように，触れることなく心の中で愛し続けることが出来るのか，とサラは日記の中で神に問いかける。それは作者グリーン自身の信仰の問題とも大きく関わるものであった。彼は大学時代に知り合った恋人ヴィヴィアンの影響で1926年，22歳の時にカトリックに改宗している。近代化と合理化の進む時代の中で，信仰を持つことの意義と困難に向き合うグリーンの苦悩が本作におけるサラの問いかけに反映されているともいえる。1955年と1999年に映画化された（邦題はそれぞれ『情事の終わり』と『ことの終わり』）。

3 作品を味わう

以下の引用は，ベンドリクスのサラに対する愛情が嫉妬や憎悪などの醜い感情も入り混じる複雑なものであることを示す場面である。

> Jealousy, or so I have always believed, exists only with desire. The Old Testament writers were fond of using the words ‘a jealous God’, and perhaps it was their rough and oblique way of expressing belief in the love of God for man. But I suppose there are different kinds of desire. My desire was now nearer hatred than love.
> 嫉妬は欲望がなければ存在できないものだ。少なくとも私はいつもそう信じてきた。旧約聖書の書き手たちは好んで「嫉妬深い神」という表現を用いる。神の人間に対する愛を信仰するにあたって，そういう大ざっぱで遠回しな表現を用いたのだろう。しかし私は別種の欲望もあると考える。私の欲望はいまや愛よりも憎悪に近かった。

4 考えてみよう

1．サラがベンドリクスが助かるように神に祈った時，なぜ「彼のことを諦める」必要があったのか。
2．サラが頻繁に訪れる宗教家リチャード・スマイスのほおの痣は作品内でどのような象徴的意味を持っているだろうか。
3．もしサラが死んでいなければベンドリクスとサラの関係はどうなっていただろうか。

（三村尚央）

映像化作品

『情事の終わり』，1955年，コロムビア映画会社。

『ことの終わり』，1999年，ソニー・ピクチャーズ・エンタテインメント。

おすすめ文献

山形和美編（2004）『グレアム・グリーン文学事典』彩流社。
岩崎正也編（2010）『日本におけるグレアム・グリーン書誌』彩流社。
山形和美（2010）『グレアム・グリーン入門』彩流社。
佐藤元状（2018）『グレアム・グリーン――ある映画的人生』慶應義塾大学出版会。

F　20世紀後半

60 『ゴドーを待ちながら』
サミュエル・ベケット

1 作家紹介

ベケット（Samuel Beckett, 1906-89）はアイルランドのダブリン郊外に生まれた。トリニティ・コレッジ・ダブリンを卒業後，ベルファストのキャンベル・コレッジやパリの高等師範学校で講師を務め，一時期は小説家のジョイス[1]（James Joyce, 1882-1941）の助手も務めた。30歳を過ぎた頃からフランスに居住し，フランス語と英語で執筆を行う。第二次世界大戦時にはナチ占領下のフランスでレジスタンス運動にも加わった。批評家エスリン（Martin Esslin, 1918-2002）が「不条理演劇」と呼んだ『ゴドーを待ちながら』[2]（*En attendant Godot*, 1953; *Waiting for Godot*, 1955）によって，世界の演劇に大きな影響を与えた[3]。この作品や『エンドゲーム』（*Fin de partie*, 1957; *Endgame*, 1958）などの戯曲だけでなく，『マーフィー』（*Murphy*, 1938）などの小説，評論，詩を執筆した。1969年にノーベル文学賞を受賞している。

2 作品紹介

木が一本立つ舞台の上でエストラゴンがブーツを脱ごうともがいている。そこにヴラディミールが登場する。この初老の二人はゴドーという人物を木の傍で待たなければならない。しかし本当にこの木なのか，今日なのか，確信が持てない。ゴドーを待つ二人の会話は様々に移ろう。例えば，キリストと共に磔にされた盗人二人に関して聖書の福音書間で違いがあるのはなぜか，二人が木で首を吊れるかどうか[4]など。やがて，首にロープを繋がれ，両手に重い荷物を持ったラッキーと，後ろからロープで彼を制御するポッツォが登場する。ヴラディミールは，ラッキーの扱いについてポッツォを糾弾する。ラッキーは何も話さないが，彼は必ずしも不満を持っていないようである。ポッツォは共に時間を過ごしたお礼に，ラッキーに踊りと「思考」を披露させるが，老齢のせいか大した踊りはできない。「思考」を始めると，主節に至らない従属節の文章が長々と続き，三人が話を終わらせるため彼の帽子を取ると，740語ほど続いた時点でようやく終わる[5]。ポッツォたちが去ると一人の少年が現れ，「今夜は来ないが必ず明日来る」というゴドーからの伝言を二人に告げる。ヴラディミールは少年に，以前に会ったことがないかと尋ねるが，彼は否定する。少年はゴドーのもとで山羊を飼い，ゴドーは彼の兄に辛く当たるらしい[6]。少年が去ると，急に照明が落ち，月が昇る。二人は夜の間この場を去ることにする。二人

▷1　144ページ参照。

▷2　本作はまずフランス語で執筆され，1952年に出版，53年にパリで初演された。54年には本人による英語版が出版され，55年にロンドンで上演された。

▷3　イギリスでの初演については劇評家タイナン（Kenneth Tynan, 1927-80）の評が有名である。例えばShellard, Dominic, ed.(2007), *Kenneth Tynan: Theatre Writings*, Nick Hern, pp. 69-72 を参照のこと。

▷4　エストラゴンの体重は重いから枝が折れて死ぬことができないという結論になり，実行には移されない。

▷5　このシリアスかつコミカルな思考の一つの主題は老化や死の不可避性である。

▷6　「ゴドー」は「ゴッド・神」を彷彿とさせるが，このエピソードから神自体ではないことが分かる。

が静止したまま，幕が降りる。

2幕でも同じパターンが繰り返される。二人のもとに，ポッツォとラッキーが登場し，少年が同じ伝言を告げ，月が昇る。そして去ろうとする二人が静止したまま，幕が降りる。この繰り返しは，人間の生とは，死に至るまで同じ事の繰り返しだと暗示しているかのようである。だが1幕と2幕には明らかな違いや不連続性がある。2幕ではポッツォは視力がなく，1幕のことを覚えていない。少年も初めてここに来たと言う[7]。極めつけには，1幕では裸だった木に2幕の冒頭では葉っぱが数枚付いている[8]。この不連続性には時間という概念や記憶，認識の曖昧さが示されているといえよう。従来の演劇のように登場人物やコーラスによって劇世界の過去や現在の状況が観客に知らされないだけでなく，登場人物も観客と同じような無知な状態に置かれ，両者が共に，過去と現在との関係性を模索することになる。その結果，確かなものは「今ここにいる」という事実のみであることが示唆される。生の不確かさと煌めきの二つを同時に表出するところにこの作品の魅力があるといえよう。そして，二人がゴドーを一緒に待つという行為は，人々が同じ空間で何か（劇的なこと）が起こることを待ちながら同じ時を過ごす「観劇」という行為と類似している。本作の世界観は芸術媒体の性質と巧みに重なり合わされながら，表現されているのである。

▶7　少年は1幕でも同じことを述べている。繰り返しゆえに不連続性が生まれている。

▶8　因果関係で考えると1幕と2幕の間には長い時間が流れていることになる。しかし，ヴラディミールは1幕を昨日のことだと捉えている。その一方でエストラゴンの記憶は曖昧で，1幕が昨日だという認識は薄い。

3 作品を味わう

以下の引用はゴドーを待つことが最初に言及される台詞である。“Let's go.” から “Ah!” までは劇中何度も繰り返される。単音節[9]の単語や〔w〕音が多用され，文章の長短も巧みに調整されている。劇を通して，文の長さ，語句の繰り返し，間によって独特なリズムが生み出され，こうした音楽性に乗って様々なテーマが展開される。

▶9　一母音で成り立つ単語のこと。

> Estragon: “Let's go.” Vladimir: “We can't.” E: “Why not? V: “We're waiting for Godot.” E: ［*Despairingly.*］ “Ah!” ［*Pause.*］ “You're sure it was here?” V: “What?” E: “That we were to wait.”
>
> E「行こう」 V「無理だ」 E「なぜ？」 V「俺たちゴドーを待っている」 E「(絶望したように) ああ！ (間) たしかにここか？」 V「え？」 E「待つ場所は？」

4 考えてみよう

1．本作の喜劇的な台詞や動作の意味や効果について考えてみよう。
2．劇中で使われる小道具には，どのような象徴性や効果があるだろうか。
3．本作に影響を与えた社会背景や思想を調べてみよう。

（桒山智成）

おすすめ文献

岡室美奈子・川島健・長島確編（2012）『サミュエル・ベケット！──これからの批評』水声社。
高橋康成監修（1999）『ベケット大全』白水社。
堀真理子（2017）『改訂を重ねる「ゴドーを待ちながら」』藤原書店。
エスリン，マーティン／小田島雄志他訳（1968）『不条理の演劇』晶文社。
Cohn, Ruby, ed. (1987), *Beckett: 'Waiting for Godot'*, Casebook Series, Macmillan.
Gontarski, S. E., ed. (2010), *A Companion to Samuel Beckett*, Wiley-Blackwell.

F　20世紀後半

61『蠅の王』
ウィリアム・ゴールディング

1 作家紹介

ゴールディング（William Golding, 1911-93）はコーンウォール出身。父親が科学教師で，自身もオックスフォード大学で科学を専攻していたが，後に文学の道を選ぶ。第二次世界大戦中には5年間海軍に従事しており，その経験は『蠅の王』（*Lord of the Flies*, 1954）などの作品にも活かされているだけでなく，人間の抱える暗部を見つめる機会ともなった。

実在の社会から一定の距離を置いた世界を舞台にした寓意的な作風を用いながら，現代社会やそこに生きる人間の内奥をえぐり出す『後継者たち』（*The Inheritors*, 1955）や『可視の闇』（*Darkness Visible*, 1979）などの作品群によって1993年にはノーベル文学賞を受賞する。受賞理由は「現実的な語り口の明快さ，そして神話の多様性と普遍性をあわせ持つ小説を通じて，現代の人間が置かれた状況を照らし出したこと[1]」。

2 作品紹介

『蠅の王』は「いかなる状況においても理性的に行動できるイギリス人」という『ロビンソン・クルーソー』以来続いてきたイメージを打ち壊して，誰しもが抱える内なる暗黒面を活写し，イギリスだけでなく世界中の人々に衝撃を与えた作品である。1963年と1990年に映画化された。未来の核戦争[2]のさなか，イギリスの少年たちの乗った飛行機が撃墜されて南海の無人島に不時着する。少年たちはそれまで学校で受けてきた通りの，イギリス人らしく規律正しい生活を維持しようとする。主なメンバーはリーダー格のラーフ，合唱隊の隊長をつとめるジャック，肥って近眼であるが合理的な思考力を持ったピギー，内気で夢想傾向を持ったサイモンである。少年たちは助けを求めながら日々を生き抜いてゆくために，ラーフやジャックをリーダーにした小集団を編成して島内の探索，および沖を通る船に向けたたき火（ピギーの眼鏡を使って火を起こした）による狼煙などに従事する。

だが近代的な文明社会から隔たった温暖な無人島での暮らしは次第に少年たちから理性的な秩序を奪ってゆき，彼らは自分たちの奥深くに潜んでいた野性を増大させてゆく。その契機となるのが食料調達のための豚狩りであった。ジャックたち合唱隊が担当していたが，最初は豚の荒々しさに気圧されて捕らえることが出来ない。そして何度かの挑戦の後，子豚の息の根を止めたことで少

▶1　“for his novels which, with the perspicuity of realistic narrative art and the diversity and universality of myth, illuminate the human condition in the world of today”，ノーベル賞公式ウェブサイトより。（https://www.nobelprize.org/nobel_prizes/literature/laureates/）

▶2　この架空の戦争が第二次世界大戦後に始まった資本主義的な西側諸国と，社会主義的な東側諸国とのあいだでの東西冷戦を反映するものとする見方もある。

年たちは次第に暴力的な衝動に飲み込まれてゆく。「イギリスの少年らしく」理性的に行動することを主張するラーフと対立したジャックは，合唱隊とともに森の奥へと消えてゆき，ジャック率いる合唱隊とラーフ，ピギー，サイモンらの一団のあいだでの覇権争いへと発展する。ジャックたちの暴力はエスカレートする一方であり，原住民のように全身に彩色を施してラーフたちを急襲して火起こしのためのピギーの眼鏡を奪うと，崖の上から巨岩を落としてピギーを殺害する。最終的に海軍将校が島を訪れて少年たちは救出されるが，彼らの荒れ果てた様子に将校は素朴に「君たち，イギリスの少年だったら，もっとうまくやれてたんじゃないか？」とラーフに問いかける。だが，ラーフは自分たちの無垢が失われたことにただ嗚咽する。

3 作品を味わう

以下の引用は，初めて豚を仕留めたジャックたちが高揚して戻ってくるという，野性の覚醒を描いた場面である。

Behind Jack walked the twins, carrying a great stake on their shoulders. The gutted carcass of a pig swung from the stake, swinging heavily as the twins toiled over the uneven ground. The pig's head hung down with gaping neck and seemed to search for something on the ground. At last the words of the chant floated up to them, across the bowl of blackened wood and ashes.

"Kill the pig. Cut her throat. Spill her blood."

ジャックの後には双子が続き，肩には巨大な棒を担いでいた。その棒からは，内臓を抜かれた豚の死骸がぶらさがっており，双子がでこぼこの地面を歩くたびに大きく揺れていた。豚の頭は首が大きく開くほどの傷を受けており，地面を何か探すように揺れていた。やがて詠誦の文句が真っ黒に焼けた木と灰のすり鉢の底のような山腹のかなたから，はっきりと漂ってきた。

「豚を殺せ。喉を切れ。血を絞れ」

4 考えてみよう

1．「蠅の王」の正体は何か。また「蠅の王」との対話は何を表わしているか。

2．子供たちを恐怖におとしいれる「獣」とは何か。またそれはどこからやってきたか。

3．本作について「近視用の眼鏡で火を起こすことはできないはず」という指摘がある（サザーランド『現代小説38の謎』)。この点から芸術作品の表現と事実との関係についてあなたの考えを述べよ。

（三村尚央）

映像化作品

『蠅の王』，1963年，IVC。

『蠅の王』, 1990年, 東北新社。

おすすめ文献

吉田徹夫・宮原一成編（1998）『ウィリアム・ゴールディングの視線』開文社。

宮原一成（2017）『ウィリアム・ゴールディングの読者』開文社。

サザーランド，ジョン／川口喬一訳（1999）『現代小説38の謎——「ユリシーズ」から「ロリータ」まで』みすず書房。

F　20世紀後半

62 『怒りをこめて振り返れ』

ジョン・オズボーン

1 作家紹介

オズボーン（John Osborne, 1929-94）はロンドンに生まれた。15歳の時に学校を中退し，雑誌社に勤めたり，劇団の子役に学業を教える仕事をしたりしていたが，やがてその劇団で役者となり，その後，共作で劇作を始める。初単独作『怒りをこめて振り返れ』（*Look Back in Anger*, 1956）は多くの出版社に出版を断られた後，新設の劇団イングリッシュ・ステージ・カンパニーによってロイヤル・コート・シアターにて上演された。上演は社会現象となり，当時の新進作家たちは「怒れる若者たち」と呼ばれることになった。翌年にはニューヨークのブロードウェイで上演され，1959年には映画翻案も公開された[1]。他の劇作に『エンターテイナー』（*The Entertainer*, 1957），映画脚本にアカデミー脚本賞受賞の『トム・ジョーンズの華麗な冒険』[2]（*Tom Jones*, 1963）などがある。『狙撃手』（*Get Carter*, 1971）などの映画にも出演した。

2 作品紹介

4月の日曜の夕方，イングランド中部地方。ある屋根裏の貸間で，駄菓子売店を営むジミー・ポーターと，店手伝いで友人のクリフが新聞を読み，ジミーの妻アリソンがその横で洗濯物にアイロンを当てている。ジミーはフラストレーションを抱えているようで，新聞を読みながら，停滞するイギリス社会だけでなく，中産階級のアリソンの家族[3]や，果ては大人しい彼女の性格までにも毒舌を振るう。二人はそれを聞き流しているが，やがてクリフがふざけてジミーにじゃれつくと，苛ついたジミーは彼をアイロン台へと投げ飛ばす。台は倒れ，アリソンは腕に火傷を負い，ジミーは部屋を飛び出す。彼女はクリフに，自分が妊娠したこと，しかしそれをジミーに伝えられないこと，そして将来の結婚生活に不安があることなどを打ち明ける。ジミーは戻り，彼女と仲直りをするが，それも束の間，彼が毛嫌いする彼女の友人，女優のヘレナから電話がかかり，ロンドン公演の間，彼女が家に泊まることになり，ジミーは再び荒れる。

2週間後アリソンはヘレナに，両親の猛烈な反対の中ジミーと結婚した経緯や，ジミーの親友ヒューとの苦しかった付き合いについて語っている。その後，食事になり，ジミーは彼女たちに挑発的な言動を続ける。アリソンはヘレナと教会に行くことを彼に告げるが，これは教会嫌いのジミーへの挑戦状であった。そこに，かつてジミーの店を援助してくれたヒューの母親が危篤になったとの

▷1　トニー・リチャードソン監督の映画（下図）。

『怒りを込めて振り返れ』，2013年，紀伊國屋書店，マンゴスティン。

▷2　85ページ，「映像化作品」参照。

▷3　ジミーは大学を出ているが労働者階級出身である。

知らせが入る。見舞いに付いてきてくれと言うジミーを後に，アリソンは教会に向かう。その日の夕方，彼女は，ヘレナが呼び寄せた父と実家に戻る。後に残ったジミーとヘレナは激しい口論をするが，彼女は平手打ちをした後，彼にキスをし，二人は恋愛関係となる。数カ月後，流産をして失意に沈むアリソンが部屋に戻ってくる。彼女の様子を見たヘレナはこれ以上ジミーとの生活を続けられないと判断し去っていく。最後にジミーとアリソンは互いを労りながら生きていく決意をする。

舞台セットは同じ部屋のまま一切変わらないが，この小さな部屋において，大英帝国の縮小や階級間格差といった社会的問題が，ジミーの毒舌によって捉えられ，社会と個人の閉塞感が浮き彫りになる。そして，自分自身と社会への彼の苛立ちは家庭を蝕んでいく。変化しない舞台セットとは対照的に物語は観客の予想を超えて激しく展開し，ジミーとアリソンそれぞれの人生で失われた多くのことが語られ，劇中，二人の結婚生活やお腹の中の子供などさらに多くが失われていく。しかし様々な挫折の後で家庭を再生しようとする登場人物の姿には力強さや互いへの愛情を見ることができるであろう。現実社会にコミットするジミーの毒舌は初演当時，その言葉の勢いによっても，観客に訴える力があった。しかし社会の性質がさらに大きく変化する21世紀において，今後どのように観客に捉えられるかは興味深い。

3 作品を味わう

最終場面でジミーは，別れを告げるヘレナに次のように述べる。

> "[Love] takes muscle and guts. And if you can't bear the thought (*takes out a dress on a hanger*) of messing up your nice, clean soul (*crossing back to her*) you'd better give up the whole idea of life, and become a saint. (*He puts the dress in her arms*) Because you'll never make it as a human being. It's either this world or the next."
> 「愛には筋力や根性が要る。もし耐えられないなら（ドレスをハンガーから取る）自分のきれいな魂を汚すってことを，（部屋を横切りヘレナのところに戻る）それなら生きること自体あきらめて，聖人にでもなればいい。（彼女の腕にドレスを押しつける）人間である以上うまくいくなんてことはないんだ。この世か，あの世か，そのどっちかなんだ」

4 考えてみよう

1．本作に関係している1950年代の具体的な時事問題を調べてみよう。
2．劇中使われる小道具はどのような機能を果たしているだろうか。
3．映画版独自の面白さについて考えてみよう。

（桒山智成）

映像化作品

Look Back in Anger, 1959, Warner Bros.
Look Back in Anger, 1989, Thames Television.

おすすめ文献

テイラー，ジョン・ラッセル／喜志哲雄・中野里皓史・柴田稔彦訳（1975）『怒りの演劇――イギリス演劇の新しい波』研究社。
Denison, Patricia D.（1997），*John Osborne : A Casebook,* Garland.
Osborne, John（1981），*A Better Class of Person : An Autobiography 1929–1956,* Faber and Faber.
Osborne, John（1991），*Almost a Gentleman : An Autobiography Vol II : 1955–1966,* Faber and Faber.

F　20世紀後半

63 『雨の中の鷹』
テッド・ヒューズ

1 作家紹介

ヒューズ（Ted Hughes, 本名 Edward James Hughes, 1930-98）は，ヨークシャー，ウェスト・ライディング[1]のマイザムロイドにて生まれる。7歳の時，一家は同じウェスト・ライディングに位置するメクスバラに転居し，煙草屋兼新聞販売店を営むことになる。メクスバラ・グラマー・スクール在学中に詩に開眼し，卒業後2年間の兵役を経て，1951年に奨学金受給生としてケンブリッジ大学に入学。1956年には，ケンブリッジ大学に留学中のアメリカ人詩人プラス[2]（Sylvia Plath, 1932-63）と出会い，結婚する。二人のあいだには二児が生まれるが，プラスは1963年に自殺を遂げる（プラスはもともと鬱病に悩まされており，10代の頃から自殺未遂歴があった。また同時に，ヒューズの不倫が彼女を追い詰めた点も無視できない）。1984年には桂冠詩人に就任。

代表作は，詩集『雨の中の鷹』（*The Hawk in the Rain*, 1957），『鴉』（*Crow*, 1970），『誕生日の手紙』（*Birthday Letters*, 1998）など。

▷1　現在はウェスト・ヨークシャー。1974年まで，ヨークシャーはウェスト・ライディング，ノース・ライディング，イースト・ライディングという三つの行政区（riding）に分かれていた。

▷2　ボストン生まれ。フルブライト奨学生としてケンブリッジ大学に留学し，ヒューズと出会った。亡き父親や夫ヒューズに対する愛憎の念を表す作品も見られ，フェミニズム批評や精神分析批評の視点からの研究が盛んである。代表作は，詩集『エアリエル』（*Ariel*, 1965），小説『ベル・ジャー』（*The Bell Jar*, 1963）など。

2 作品紹介

ヒューズは「イングランドの背骨」と言われるペナイン山脈の谷間で育ったため，幼少時には自然が最高の遊び場であった。彼の詩作の原点が自然との関わりあいにあることは，『詩の創作過程』（*Poetry in the Making*, 1967）に，動物をつかまえることと詩を書くことは共通した楽しみを与えてくれるものであり，詩は動物のように「それ自身の生き生きした命」を持つものだと記されていることからも分かる。また，詩と動物は似たもの同士というだけでなく，動物を細やかに観察する中から詩作のインスピレーションを得ていたようだ。第一詩集『雨の中の鷹』から，そうした「詩」と「動物」の緊密な関係性はすでに現れている。

『雨の中の鷹』は40編からなる詩集であり，表題作の「雨の中の鷹」（"The Hawk in the Rain"）にはじまり，動物を主題にとった作品群がまず5編連続して置かれている。「馬」（"The Horses"）以降は詩のテーマは動物以外にも広がっていくのだが，詩集の導入部付近に動物詩群が集中的に配置されているのは，ヒューズにとってやはり動物が想像力・インスピレーションの源泉となっているということなのだろう。これらの詩に登場する動物たちは自由かつ気まぐれな存在であり，人間への従属を固く拒絶する野生の高貴さを備えている点が注目できる。

3 作品を味わう

「想像の狐」（“The Thought Fox”）より。ヒューズにおける動物観察と詩作の関係が一目瞭然の作品である。

I imagine this midnight moment's forest:	真夜中どきの森を想像する。
Something else is alive	時計の孤独と
Beside the clock's loneliness	わが指の動くこの真白な頁のほかに，
And this blank page where my fingers move.	そこでは何か別のものが息づいている。
Through the window I see no star:	窓の外に星は見えないが，
Something more near	もっと近く，といっても
Though deeper within darkness	暗やみの奥深くで，
Is entering the loneliness:	何かが孤独のなかに入り込んでくる。
Cold, delicately as the dark snow,	薄黒い雪のように冷たく，かすかに
A fox's nose touches twig, leaf;	狐の鼻が小枝や葉に触れる。
Two eyes serve a movement, that now	二つの眼が動きをつかさどり，それがほら，
And again now, and now, and now	またほら，ほら，ほら，
Sets neat prints into the snow	雪に足跡をつけてゆくではないか
[…]	[…]

4 考えてみよう

1．「想像の狐」を読み，想像の中の狐の行動を追う行為がどう詩作と繋がっているのか整理してみよう。
2．「想像の狐」に登場する狐は概念的な存在だろうか，それとも，現実的で生々しい存在だろうか。あなたの考えをまとめてみよう。
3．『雨の中の鷹』所収の動物詩をいくつか読み，ヒューズの人間観を考察してみよう。

（田代尚路）

おすすめ文献

Bate, Jonathan (2015), *Ted Hughes : The Unauthorised Life*, William Collins.
皆見昭（1987）『詩人の素顔――シルヴィア・プラスとテッド・ヒューズ』研究社出版。
木村慧子（2005）『シルヴィア・プラス――父の娘，母の娘』水声社。

F　20世紀後半

64 『管理人』
ハロルド・ピンター

1 作家紹介

ピンター（Harold Pinter, 1930-2008）はロンドン生まれの役者，劇作家，詩人。王立演劇学校中退後，役者として活動を始める。短編『部屋』（*The Room*, 1957）で劇作を始めた後，『管理人』（*The Caretaker*, 1960）で成功を収める[1]。その後，『帰郷』（*The Homecoming*, 1967）や『背信』（*Betrayal*, 1978）等，多くの戯曲を執筆した。『フランス軍中尉の女[2]』（*The French Lieutenant's Woman*, 1981）など映画脚本も執筆している。反戦思想を貫き，例えば2003年のアメリカのイラク侵攻の際には反戦詩を発表した[3]。2005年にノーベル文学賞受賞。

▷1　1963年に公開された映画翻案ではピンター自身が脚本を担当している。

▷2　ファウルズの同題小説が原作。『フランス軍中尉の女』の項目（178-179ページ）参照。

▷3　「神よアメリカに祝福を」（*God Bless America*, 2003）など。ノーベル文学賞受賞記念講演を含む，芸術と政治についての講演やインタビューは「おすすめ文献」の『何も起こりはしなかった』に収録されている。

2 作品紹介

舞台はロンドン郊外の一部屋。奥に窓が，両側にベッドが置かれており，男（ミック）が上手のベッドに座っている。物音がすると彼は去り，男が二人（ミックの兄アストンとデイビス老人）登場する。デイビスは働いていたカフェで同僚に殴られそうになったが，見知らぬ客アストンに助けられ，部屋に招かれた。都合が付くまで居てもいいと言われると，デイビスはそれを受ける。彼は，ロンドン南東のシッドカップに身分証を預けているが天候不順で取りに行けない，ジェンキンズという偽名を使って生活している等と語る。明朝アストンはデイビスの寝言について尋ねるが，彼は寝言など言わないと主張し，過去について尋ねられると話をごまかす。アストンの外出後，ミックが忍び入り，部屋を物色するデイビスを背後から床に倒す。ミックは自分が家主であり，兄に室内装飾を任せていると述べ，賃貸に関わる法律用語をまくしたてデイビスを威嚇する。そこにアストンが戻り，ミックは去る。アストンはデイビスに家の管理人になることを持ちかけるが，デイビスは偽名がばれると言って答えを渋る。

舞台暗転後，薄暗がりの中，デイビスは掃除機に追いかけられ床に倒れる。明かりが付くと，ミックが大掃除をしていたと言う。彼は兄が仕事嫌いで困るとデイビスに相談し，推薦書があればデイビスを家の管理人にしてもいいと提案する。デイビスはシッドカップに行けば用意できると答える。明朝アストンがデイビスの寝言で眠れないと伝えると，彼は逆にアストンを責める。その後アストンは自分の過去を語り出す。若い頃よく幻影を見たが，カフェや働いていた工場でそのことを周囲に話すと，病院に入れられて頭に電気ショック療法を施され，しばらく後遺症に苦しんだと言う。2週間後，デイビスがミックにアストンの文句を言っていると，アストンがデイビスのために靴を買って帰ってくる。しかし，デイビスは自分の足に合わず，これではシッドカップにも行けないと言う。その夜，アストンが，寝言を言うデイビスを起こすと，デイビスは彼は気が狂っていると言って非難する。アストンは彼に家を出ていくよう宣告する。しかしデイビスは自分は管理人として働くので，出て行くのはアストンだと主張する。アストンはデイビスの荷物をまとめ，彼を冷静に追い出す。その後デイビスはミックに取り入るが，ミックにも相手にされない。アストンがそこに帰ってくると，兄弟は微笑みを交わし，ミックは去る。デイビスは今度はアストンに取り入るが，やはり相手にされず，作品は終わる。

ピンター作品はベケット[4]作品と同様，背景の詳細が観客に示されず，登場人数の少なさからも象徴性や寓話性に富んでいる。しかし同時に劇世界はより具体的で，登場人物の抱える現実的問題や危機感が示される。また，閉ざされた室内における言葉と沈黙が人間間の力関係やテリトリー争いを浮かび上がらせていく点に独特な緊張感がある[5]。原題“Caretaker”は「管理人」の意で，本作でも場をめぐる人間の関係性が主題となっている。ここには「世話をする」（“take care”）というテーマも読みとれよう。アストンはデイビスの世話をするようで，彼に家の管理を任せようとする。しかし最後にはデイビスを追い出し，自分自身と家の世話が出来るようになると見ることが可能である[6]。

3 作品を味わう

次の引用はミックがデイビスに威嚇的な長台詞を述べた後の，天井の雨漏り用バケツに関する三人のやりとりである[7]。

> Mick: “You'll be tarring over the cracks on the roof.” Aston: “Yes.” *Pause.* M: “Think that'll do it?” A: “It'll do it, for the time being.” M: “Uh.” *Pause.* Davis: (*abruptly*). “What do you do—?” *They both look at him.* “What do you do…when that bucket's full?” *Pause.* A: “Empty it.”
> M「屋根の割れ目にタールを塗るんだろ」A「そうだ」（間）M「それで充分か」A「充分だ，しばらくは」M「ううむ」（間）D「（唐突に）どうする（二人，彼を見る）どうする…バケツが一杯になったら」（間）A「空にする」

4 考えてみよう

1．3人の登場人物の文体を比較し，その差異が生み出す効果を考えてみよう。
2．バケツ・掃除機・仏像など小道具の意味や効果を考えてみよう。
3．初演のCD録音[8]を聞き，観客がどこで，なぜ笑っているのか考えてみよう。

（桒山智成）

▷4　20世紀後半の劇作家の例にもれずピンターはベケットの影響を受けている。ベケットに関しては『ゴドーを待ちながら』の項目（162-163ページ）を参照。

▷5　言葉や沈黙は時に暴力的なものとして描かれる。

▷6　ミックはアストンを間接的に世話をしているといえる。

▷7　ピンター作品の特徴は日常的でありながら鋭くリズミカルな台詞，そして間や沈黙が生み出す緊張感や喜劇性にある。

▷8　1960年8月4日の公演の録音。*The Caretaker.* CD. 2006. EMI Records.

映像化作品

The Caretaker, 1963, Janus Films（USA）.

おすすめ文献

ピンター，ハロルド／喜志哲雄編訳（2007）『何も起こりはしなかった』集英社。

喜志哲雄（2010）『劇作家ハロルド・ピンター』研究社。

Billington, Michael（2007）, *Harold Pinter*, revised edition, Faber and Faber.

Raby, Peter（2009）, *The Cambridge Companion to Harold Pinter*, 2nd edn, Cambridge University Press.

Scott, Michael（1986）, *Harold Pinter: ‘The Birthday Party’, ‘The Caretaker’ & ‘The Homecoming’*, Casebook Series, Macmillan.

F　20世紀後半

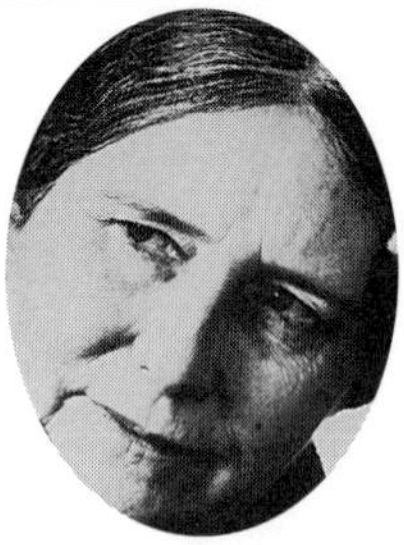

65 『黄金のノート』
ドリス・レッシング

1 作家紹介

レッシング（Doris Lessing, 1919-2011）はイギリス人の両親のもと，イギリス支配下のペルシアで生まれ，その後，南ローデシア（現ジンバブエ）で育つ。1949年に単身ロンドンに移住する。共産主義に傾倒し，一時共産党員として活動するが，その理想に幻滅し，離党。レッシングのアフリカ生活や共産党員としての経験は，彼女の創作にも大きく影響したとされる。長い作家人生において小説，短編，自伝など数々の作品を出版したが，そのテーマや作風は多様で，ひとつの分類にはまらない面が特長である。2007年にはノーベル文学賞を受賞した。

作品は多様で，フェミニズム[1]，ポストコロニアリズム[2]など，いろいろな視点から読まれ，研究されている。多くの作品に共通する関心は，歴史，政治，社会，これらと個人の複雑な関係である。イギリス植民地時代のアフリカに生活した経験は，アウトサイダーとインサイダーのどちらでもない視点と深い洞察力を与えたと思われる。処女作『草は歌っている』（*The Grass Is Singing*, 1950）は，アフリカを舞台とした自伝的要素の強い作品である。また，ジェンダーについて問いかけ，女性の性や創造性を探究する作品も多い。中・後期は，『暮れなずむ女』（*The Summer before the Dark*, 1973）や『夕映えの道――よき隣人の日記』（*The Diary of a Good Neighbour*, 1983），短編「グランド・マザーズ」（“The Grandmothers,” 2003）など，老いを性，身体，介護などの視点から描く作品を発表した。形式面でも実験を重ね，架空の未来世界を舞台にした『シカスタ――アルゴ座のカノープス』（*Shikasta*, 1979）など，SFに近い作品も生んだ。

▷1 「20世紀後半～現代の文学」の項目（28-29ページ）3参照。
▷2 同上，4参照。

2 作品紹介

『黄金のノート』（*The Golden Notebook*, 1962）はブッカー賞[3]を受賞したレッシングの代表作で，20世紀フェミニズムの古典的テクストとみなされている。舞台は1950年代のロンドン，主人公はアンナ・ウルフである。女性，母，娘，そして作家としてのアンナの経験と内面生活が，彼女が回想する過去のアフリカでの体験や，当時の歴史状況（朝鮮戦争，冷戦，共産主義の理想とその幻滅，アメリカ合衆国のマッカーシズム[4]など）と密接した形で，詳細に描き出されている。初期のリアリズム作品と比べ，本作品は実験的要素が顕著である。当時の複雑な社会的現実とそこに生きる個人の経験を理解し，小説として表現するために，

▷3 184ページ，▷2参照。

▷4 1940年代後半から1950年代にアメリカで広まった反共産主義の政治的，社会的運動。国会議員マッカーシー（Joseph Raymond McCarthy, 1908-57）が主導者として有名。

レッシングは新しい形式を求めていたといえる。作品の語りは，*Free Woman* というアンナの短編作品と彼女が記す四色のノートから成っている。黒色は彼女の創作についての考え，赤色は彼女の政治的経験，黄色は感情的経験を記し，青色は日記風に記されている。分別されたノートは，現代世界の複雑な現実を前に戸惑い，どうにか秩序と意味を見出そうとするアンナの試みである。彼女がノートに記す内容はお互いに齟齬があったり，断片的であったりと，現実認識・表象の構築性，困難さ，不完全性を強調している。また，アンナの創作上の行き詰まりを描きつつ，レッシングは現実を理解，表象する媒体としての言語の力について問いかける。

3 作品を味わう

黒色ノート中で，現代社会における小説の意義についてアンナが思索する。

> Most novels [...] are original in the sense that they report the existence of an area of society, a type of person [...] The novel has become a function of the fragmented society [...] Human beings are so divided, are becoming more and more divided, and *more subdivided in themselves,* reflecting the world, that they reach out desperately [...] for information about other groups inside their own country, let alone about groups in other countries. It is a blind grasping out for their own wholeness, and the novel report is a means towards it.
>
> たいていの小説は［中略］社会の一分野や一種の人間の存在を報告するという意味において独創的といえる［中略］小説は断片化した社会の機能となった［中略］人類はすっかり分断され，ますますそうなりつつある。個々の人間の内部もより分断されている。社会を反映するかのように。だから，人間は必死に，［中略］他国のグループについては言うまでもなく，同国の異なるグループについての情報までも求めるのだ。それは，自分全体の統合を盲目的につかみ捕ろうとするようなもので，小説による報告はそれに向けた手段なのだ。

4 考えてみよう

1．上記抜粋において，“wholeness”が何を意味しているか考えてみよう。
2．本作品で描かれた女性人物とその経験に注目し，フェミニズム批評の視点から分析してみよう。
3．本作品中，書くことが女性にとってどんな意味を持っているか論じよう。

（迫　桂）

おすすめ文献

岡村直美編著／現代女性作家研究会編（1999）『50年代・女が問う』勁草書房（第2章）。
窪田憲子編著／現代女性作家研究会編（1999）『60年代・女が壊す』勁草書房（第1章）。
現代女性作家研究会編／伊藤節編著（1999）『80年代・女が語る』勁草書房（第4章）。
近藤康裕（2014）『読むことの系譜学——ロレンス，ウィリアムズ，レッシング，ファウルズ』港の人。
Watkins, Susan (2014), *Doris Lessing,* Manchester University Press.

F　20世紀後半

66 『サルガッソーの広い海』

ジーン・リース

1 作家紹介

リース（Jean Rhys, 1890-1979）は西インド諸島ドミニカにイギリス人の両親（母はクレオール[1]，父はウェールズ出身）のもとに生まれた。1907年にイギリスの寄宿学校に送られ，卒業後はロンドンでコーラスガールとして働いた。二度目の結婚を機に，パリに移住，有名作家フォード[2]（Ford Madox Ford, 1873-1939）と恋仲になり，彼の励ましのもと，1924年に初の短編作品を出版。小説三作『マッケンジー氏と別れた後で』（*After Leaving Mr Mackenzie*, 1930），『闇の中の航海』（*Voyage in the Dark*, 1934），『真夜中にお早うを』（*Good Morning, Midnight*, 1939）で評価を得るが，私生活と執筆活動ともに行き詰まり，公の場から姿を消し，貧困生活を送る。1949年に，『真夜中にお早うを』のラジオドラマ化を目的として雑誌に「尋ね人」広告が出されたことがきっかけとなり，「再発見」された。その後，執筆環境や私生活がある程度安定し，新しい作品を発表すると同時に，過去の作品も再出版された。

リースの色鮮やかな人生を反映する作品は，様々な力関係を描き出す。女性主人公の多くは男性に翻弄され，貧困に苦労する悲運にあり，ジェンダーや階級の問題を提起する。ポストコロニアリズム[3]の視点からリースの作品が読まれることも多い。リースがドミニカに戻ったのは1936年の一度だけで，西インド諸島が何らかの形で登場する作品もごく一部である。しかし，彼女の作品にみられる不平等な力関係と他者[4]へのまなざしは，彼女自身がひとつの社会・文化に完全に属さない他者と感じながら生きた経験に根差すといえるだろう。

▶1　いくつかの定義があるが，現在では，西インド諸島，アメリカ大陸のその他の地域に移住したヨーロッパ系白人の子孫で，現地に生まれ，定住，現地の文化に多少なり同化している白人を指す。

▶2　イギリスの小説家，詩人，批評家。代表作は『かくも悲しい話を……』（*The Good Soldier*, 1915），『パレードの終わり』四部作（*Parade's End*, 1924-28）など。

▶3　「20世紀後半～現代の文学」の項目（28-29ページ）4参照。

▶4　「他者」は現代批評で広い文脈において使われ，対立的，または，不平等な関係において，異質とみなされる，または，そのように表象されている存在を指す。例えば，ポストコロニアリズムの批評家サイード（Edward Said, 1935-2003）は，『オリエンタリズム』（*Orientalism*, 1978）において，西欧が植民地の文化を「他者」として構築，表象する過程を示し，「オリエンタリズム」と呼んだ。

2 作品紹介

『サルガッソーの広い海』（*Wide Sargasso Sea*, 1966）はリースの代表作で，シャーロット・ブロンテ作『ジェイン・エア[5]』に登場する「屋根裏の狂女」，ロチェスターの前妻の物語である。三部構成で，第一・二部の舞台は1838年の奴隷解放後のジャマイカとドミニカ。第一部は主人公アントワネットの視点から語られる。ある夜，白人優位を厭う黒人たちが家族の屋敷に放火し，幸福な幼少時代が終わる。第二部は，成人したアントワネットとイギリス人ロチェスターの結婚生活が，ロチェスターの視点から語られる。ロチェスターは現地生活に馴染めず，夫の不倫を目撃したアントワネットは正気を失う。第三部は『ジェイン・エア』と直接交差し，幽閉中のアントワネットの視点から，放火と投

▶5　『ジェイン・エア』の項目（110-111ページ）参照。

身に至る心理的現実が描かれる。

小説は，大英帝国時代を舞台に，女性の自立が困難な現実を描き，ジェンダーや人種関係を問う。ロチェスターは，帝国主義，その根底にある白人男性や理性を優位にみる思想を体現している。アントワネットは，純真，かつ，性的魅力にあふれ，黒人との親近感が強い人物で，白人／黒人，イギリス／西インド諸島のどちらにも完全に属さない他者として描かれている。ロチェスターが彼女をバーサと呼び始めるのは，彼女の心理的支配とアイデンティティ略奪を象徴している。

3 作品を味わう

放火事件の最中，アントワネットが幼馴染の黒人少女に出会い，人種関係の厳しい現実を経験する場面である。

> Then, not so far off, I saw Tia and her mother and I ran to her. [⋯] We had eaten the same food, slept side by side, bathed in the same river. As I ran, I thought, I will live with Tia and I will be like her. [⋯] When I was close I saw the jagged stone in her hand but I did not see her throw it. [⋯] I looked at her and I saw her face crumple up as she began to cry. We stared at each other, blood on my face, tear on hers. It was as if I saw myself. Like in a looking-glass.
>
> そのとき，それほど遠くはないところに，ティナとその母を見て，彼女のほうに駆け出した。［中略］同じものを食べ，寝るときは隣り合わせで，同じ川で遊んだ仲なのだ。駆けながら，ティナと一緒に生活しよう，私も彼女のようになるんだ，と思った。近くまできたとき，彼女の手にギザギザの石が見えたが，彼女がそれを投げるのは目に入らなかった。［中略］彼女を見ると，彼女が泣き出すところで，顔がくしゃくしゃになっているのが分かった。私たちはお互いを見つめた。私の顔には血が，彼女の顔には涙があった。まるで自分自身を見ているようだった。鏡の中の自分を。

4 考えてみよう

1．抜粋場面を参考に，小説で描かれる人種関係を考察してみよう。
2．西インド諸島の自然描写に着目し，それが大英帝国時代の思想や力関係にどのように関連しているか考えてみよう。
3．小説が女性のアイデンティティについて何を，どう示唆しているか，物語の内容と形式の両面から分析してみよう。

（迫　　桂）

映像化作品

Wide Sargasso Sea, 2006, BBC.
Quartet, 1981, Gaumont.

おすすめ文献

窪田憲子編著／現代女性作家研究会編（1999）『60年代・女が壊す』勁草書房（第5章）。
鷲見八重子・岡村直美編（1986）『現代イギリスの女性作家』勁草書房（第5章）。
ギルバート，サンドラ&グーバー，スーザン／山田晴子・薗田美和子訳（1986）『屋根裏の狂女――ブロンテと共に』朝日出版社。
Johnson, Erica. L. and Moran, Patricia, ed.（2015）, *Jean Rhys: Twenty-First Century Approaches,* Edinburgh University Press.
Sternlicht, Sanford（1997）, *Jean Rhys,* Twayne Publishers.

F　20世紀後半

67 『ローゼンクランツとギルデンスターンは死んだ』

トム・ストッパード

1 作家紹介

ストッパード（Tom Stoppard, 1937-）はチェコスロバキアでユダヤ人の両親のもとに生まれた。1939年のナチス占領の日，父親の会社の配慮により家族でシンガポールに移る。しかしそこには日本軍が侵攻し，父親以外の家族はオーストラリア，次にインドへと渡る。残った父親は日本軍から逃れる中，死亡した。母親はインドでイギリス人と再婚し，戦後，家族でイギリスに移る。1954年グラマースクール卒業後，新聞社の記者，批評家として活動し，劇作も始める。1966年にエディンバラ・フェスティバル・フリンジ[1]で『ローゼンクランツとギルデンスターンは死んだ』（*Rosencrantz and Guildenstern Are Dead*, 1966）の１幕版を上演し，翌年３幕改訂版をロンドンで上演して高い評価を得た[2]。その後も『ジャンパーズ』（*Jumpers*, 1972）や『コースト・オブ・ユートピア』（*The Coast of Utopia*, 2002）など多数の作品を発表している。映画『恋におちたシェイクスピア』（*Shakespeare in Love*, 1998）ではアカデミー脚本賞を受賞した[3]。

2 作品紹介

この演劇はシェイクスピアの『ハムレット[4]』の世界を舞台とし，原作では端役のローゼンクランツとギルデンスターンの視点から物語が捉え直される。原作通り，ハムレットの友人である二人は王の命令で彼の心情を探らせられ，最後にはハムレットの策略に合い，イングランドで処刑される。作品冒頭では，宮廷に向かう途中，二人がコインのトスゲームをしており，92回連続で表が出ている。そこに旅劇団が現れ，芝居を始めるが，突然，場面は宮廷へと変わる。原作通り，王は二人を迎え入れ，ハムレットの変化について調べるように命じる。残された二人はこの命令や状況に大いに戸惑う[5]。やがてハムレットが登場し，三人は原作通りの会話をし，旅劇団到着の知らせとともにハムレットは退場する。二人は王子の本心だけでなく，自分たちのいる場所や時間さえも把握できないことを嘆く[6]。やがて旅劇団が宮廷に現れ，劇団長は彼らに，リラックスして状況に自然に反応するよう助言する。二人は，なくしたコインの話をきっかけに死や永遠について思いを巡らせる。やがて原作の３幕に当たる場面が始まるが，主な展開は舞台裏で進行し，舞台では旅劇団の御前上演のリハーサルが行われる。彼らは原作と同じ黙劇の後に，原作の後半の展開をも黙劇で演じる。これには二人が処刑される場面も含まれるが，彼らは自分たちのことだ

▶1　毎年８月にスコットランドのエディンバラで行われる演劇祭。招待公演を中心とするエディンバラ国際フェスティバルとは異なり，招待や資格審査はない。

▶2　戯曲の年代は初演年。『ローゼンクランツとギルデンスターン』の映画化（*Rosencrantz and Guildenstern Are Dead*, 1990）では自ら脚本と監督を担当している。

『ローゼンクランツとギルデンスターンは死んだ』，2001年，ポニーキャニオン。

▶3　アメリカの脚本家ノーマン（Marc Norman, 1941-）と共同執筆。

▶4　『ハムレット』の項目（58-59ページ）参照。

▶5　こうした二人の反応やコメントは原作にはない。この作品紹介で「原作通り」や「原作の」と記載した以外の箇所はストッパードの創作である。

▶6　この点を含め，本作はベケットの『ゴドーを待ちながら』から様々な影響を受けている。『ゴドーを待ちながら』の項目（162-163ページ）参照。

と気付かない。やがて原作の4幕に当たる場面が展開し，ポローニアスを殺害したハムレットを探すように王に命じられ，二人は彼をイングランドに連れて行くことになる。船の中で彼らがイングランド王への親書を秘かに読むと，そこにはハムレットの処刑が依頼されていた。二人は驚くが自分達には何も出来ないと諦める。やがて船上の樽の中から再び旅劇団が現れる。原作通り，船は海賊に襲われ，ハムレットは船から消える。二人が親書を確かめると，彼らの処刑を依頼する内容に書き換えられていた。すると旅劇団が，主要人物が全員死ぬ，原作の最終場を上演する。ギルデンスターンはこれは死の忠実な表現ではないと言い，劇団長を短剣で刺し，彼は倒れる。しかしこの短剣も芝居の小道具で，死は演技であった。やがて二人の最後の時が近づく。照明は消え，二人は闇へと消えていく。最後に舞台は原作の最終場へと切り替わり，イングランド大使が「ローゼンクランツとギルデンスターンは死んだ」と宣言する。

シェイクスピアの原作が台詞もそのままに展開されることで，脇役の二人を死へと追いやる流れや，それに抗うことの難しさ，流れに巻き込まれる哀しさが巧みに表現される。原作のパロディとしての喜劇性を有しつつ，同時に，人間は死をどのように捉えるべきなのか，死に近づく人間の心境とはどういうものなのかをシリアスに検討する点に独特の魅力がある。二人が舞台に出突っ張りのこの作品に一度接すると，『ハムレット』への見方が決定的に変わるだけでなく，物語上で，あるいは歴史上で全く注目されない人物にも，独自の視点や重みがあることに改めて思いを馳せることになる。

3 作品を味わう

次の引用は，自分たちが処刑されることを知った時の二人の台詞である。

> Ros: “They had it in for us, didn't they? Right from the beginning. Who'd have thought that we were so important?” Guil: “But why? Was it all for this? Who are we that so much should converge on our little deaths?”
> R「奴ら，俺たちを目の敵にしてたよな，始めっから。予想できたか，俺たちがそんなに重要だったなんて？」G「でもなぜ？全てこのためだったのか？俺たちって何者だ？いろんな事が俺たちのちっぽけな死に収斂するなんて」

4 考えてみよう

1．本作の台詞の特徴（語彙，文の長さ，タイミング等）を考えてみよう。
2．本作の映画版を見て，演劇版との表現方法の違いを考えてみよう。
3．『ゴドーを待ちながら』との類似点と相違点を考えてみよう。（桒山智成）

映像化作品

Rosencrantz and Guildenstern Are Dead, 1990, CFD.

おすすめ文献

現代演劇研究会編（1981）『現代演劇』No. 5，英潮社。
Bareham, T., ed.（1989）, *Tom Stoppard: ‘Rosencrantz and Guildenstern Are Dead’, ‘Jumpers’ & ‘Travesties’,* Casebook Series, Palgrave.
Kelly, Katherine E., ed.（2001）, *The Cambridge Companion to Tom Stoppard,* Cambridge University Press.

F　20世紀後半

68 『フランス軍中尉の女』
ジョン・ファウルズ

1 作家紹介

ファウルズ（John Fowles, 1926-2005）は処女作『コレクター』（*The Collector*, 1963）で注目を浴び，イギリスにおけるポストモダニズム◁1小説家の旗手となった。オックスフォード大学でフランス文学を専攻中，実存主義◁2の系譜におかれることの多いカミュ◁3（Albert Camus, 1913-60）やサルトル◁4（Jean-Paul Sartre, 1905-80）の影響を受けた。卒業後は，フランス，その後，ギリシャでイギリス文学を教えていたが，処女作の成功により執筆に専念することが可能になった。小説以外に，詩作品，自伝的な内容から芸術論まで様々なテーマのエッセイも出版している。オックスフォードでの学生時代から50年以上にわたり日記を書いていたが，それが生前と死後，二巻に分けて出版されている。本作品を始め，『コレクター』，『魔術師』（*The Magus*, 1965）は映画化もされている。小説とは異なる表象媒体として映画が作品で言及されることが多く，ファウルズの作品を映像芸術論と絡めて分析する研究もある。

2 作品紹介

『フランス軍中尉の女』（*The French Lieutenant's Woman*, 1969）はファウルズの代表的な作品で，ヴィクトリア朝イギリスを舞台に，ポストモダン文学の核となる，歴史，フィクション，現実，人間主体の存在についての問いかけを行っている。貴族階級のチャールズは裕福なブルジョワ階級の娘エルネスティナと婚約中であるが，謎の女性サラに魅惑される。家庭教師として働いていた彼女は，既婚者のフランス軍中尉を恋い慕った末，捨てられたと噂され，地元で蔑まれている。小説は三つの結末を提供している。一つ目では，チャールズは予定通り婚約者と結婚し，幸福でないにしろ，安定した人生を過ごす。二つ目では，チャールズは婚約を破棄するが，サラは突然姿を消してしまう。その後，小説の終わり近くで二人は再会するが，ここでも二通りの再会が描かれる。ひとつは，楽観的な将来を喚起するもの，もうひとつは，チャールズがサラに対して独りよがりの幻想を抱いていたことを示唆するものである。

本作品は，ヴィクトリア朝の科学（特に進化論）や文化に関する思想を振り返り，現在の視点から批評する。同時に，フィクションが作られるのと同様，歴史や現実が構築される面を，プロットと語りの形式の両面から指摘している。また，語り手が読み手に語りかけ，小説を書く・読む行為について考察を加え

▷1　「20世紀後半～現代の文学」の項目（28-29ページ）2参照。

▷2　一般的に19-20世紀の特定の哲学者と結び付けて考えられる哲学的探究。哲学者ごとに考え方に違いはあったが，単純にいうと，無意味で不条理な世界における人間存在の意味やあり方を問う。

▷3　フランスの哲学者，文筆家。代表作は『異邦人』（*L'Étranger*, 1942）や『ペスト』（*La Peste*, 1947）など。1957年にノーベル文学賞を受賞した。

▷4　フランスの哲学者，小説家，劇作家。20世紀フランス哲学の代表的人物で，その影響は社会学，批評理論など広範な分野に及ぶ。哲学書『存在と無』（*L'être et le néant: Essai d'ontologie*, 1943）や小説『嘔吐』（*La Nausée*, 1938）などが有名。

る語りは，メタフィクション◁5の自意識的語りの典型例といえる。さらに，チャールズを通した人間主体のあり方についての問いかけは，ファウルズの実存主義思想への関心を強く反映している。

3 作品を味わう

上述のように，物語の結末について語り手自身が見解を述べる場面。

And now, having brought this fiction to a thoroughly traditional ending, I had better explain that although all I have described in the last two chapters happened, it did not happen quite in the way you may have been led to believe.

I said earlier that we are all poets, though not many us write poetry; and so are we all novelists, that is, we have a habit of writing fictional futures for ourselves, although perhaps today we incline more to put ourselves into a film. We screen in our minds hypotheses about how we might behave, about what might happen to us; and these novelistic or cinematic hypotheses often have very much more effect on how we actually do behave, when the real future becomes the present, than we generally allow.

さあ，こうしてこのフィクションを全く伝統的な終わりに導いたところで，そろそろ説明をしたほうがよいだろう。この二章で私が描いたことは全て実際に起きたことだが，正確には，あなたたちが信じ導かれたようには起きなかった。

我々の多くが詩を書くわけではないが，我々はみな詩人だと前に述べた。同様に，我々はみな小説家である。つまり，架空の将来を自分に向けて書く習慣がある。とはいえ，恐らく昨今は自分を映画の世界に置く傾向のほうが強いだろうが。自分がとりえた振る舞い，自分に起きたかもしれない出来事についての仮説を，心の中で映画のように想像するのである。本当の未来が現在になった時，我々の実際の振る舞いは，我々が信じる以上に，このような小説，または，映画的な仮説に影響を受けているのだ。

4 考えてみよう

1．各章冒頭で引用されているヴィクトリア朝の様々なテクストについて調べ，各章，または，作品全体の内容との関連を考えてみよう。
2．小説中の女性人物の描かれ方をフェミニズムの視点から分析してみよう。
3．本作品では，過去の描かれ方が，伝統的なリアリズム歴史小説とは様々に異なっている。具体例を見つけよう。

（迫　桂）

▶5　リアリズム小説が伝統的に現実に忠実な本当らしさを目指すのに対し，自らの虚構性についての自意識を明示し，フィクションの構築性について問いかける小説を示す。20世紀後半のポストモダン文学と関連づけられ，それがリアリズム小説の限界とみなすものへの反応と考えられている。技巧の例としては，フィクションの始まりと終わりについてコメントするような始まりと終わり方，語り手が自らの語る行為について言及する，著者が登場人物として登場するなど。

映像化作品

『フランス軍中尉の女』，1981年，United Artists。

＊原作と比べ，映像作品としての特色がどう活かされているだろうか。

おすすめ文献

板倉厳一郎（2005）『魔術師の遍歴――ジョン・ファウルズを読む』松伯社。

近藤康裕（2014）『読むことの系譜学――ロレンス，ウィリアムズ，レッシング，ファウルズ』港の人。

ガラード，チャールズ／江藤茂博監訳（2002）『ジョン・ファウルズの小説と映画――小説と映像の視点』松柏社。

Scheson, James (1996), *John Fowles*, Macmillan.

F　20世紀後半

69『自由の国で』

ヴィディアダハル・スラヤプラサド・ナイポール

1 作家紹介

ナイポール（Vidiadhar Surajprasad Naipaul, 通称 V. S. Naipaul, 1932-2018）は西インド諸島の旧イギリス領トリニダード・トバゴに生まれた。祖父の代から移住してきたインド系であるが家庭内では英語も使っていた。政府からの奨学金を勝ち取り，1950年からオックスフォード大学に通う。卒業後フリーランスのライターとして BBC ラジオ『カリブの声[1]』の制作に関わるなどしながら，作家としての素養を磨く。

最初の作品はトリニダード・トバゴの人々を活写した短編集『ミゲル・ストリート』（*Miguel Street*, 1959）だが，実質的なデビュー作は『神秘な指圧師』（*The Mystic Masseur*, 1957）。ナイポール自身のルーツでもある西インド諸島を舞台とした初期の作品群では旧植民地と宗主国イギリスの文化のあいだの複雑な関係が主題となっている。カリブ地域出身の男性が，イギリス文化への憧れと，その一方で完全に同化することは出来ない幻滅とのあいだで引き裂かれてゆく姿は『ものまね人間たち』（*The Mimic Men*, 1967）でも描かれている。

そうした「ポストコロニアル批評[2]的」視線は『自由の国で』（*In a Free State*, 1971）など，世界各国を舞台として展開された中期以降の作品群でさらに多角的なものとなり，2001年にノーベル文学賞を受賞する。受賞理由は「鋭敏な文体と公正な調査を統合させた作品によって，抑圧的な歴史を我々の前に明らかにした[3]」こと。

▶1　1943年から1958年にかけてイギリスの放送局 BBC がロンドンからカリブ地域に向けて放送していたラジオ番組。故郷を離れてイギリス本国に暮らす西インド地域出身者が家族に向けた手紙を朗読するなど，本国と植民地とを結ぶ働きを果たした。また同地域出身の作家たちを採用していたことでも知られる。

▶2　134ページ，▶3参照。

▶3　"for having united perceptive narrative and incorruptible scrutiny in works that compel us to see the presence of suppressed histories"，ノーベル賞公式ウェブサイトより。（https://www.nobelprize.org/nobel_prizes/literature/laureates/）

2 作品紹介

舞台も登場人物も異なる三つの短編が，アテネからエジプトまで向かう旅船を舞台にしたプロローグと，休暇を過ごすために飛行機でエジプトに向かう作家を主人公としたエピローグにはさまれる構成になっている。この五つの物語は交錯することはないが，文化が混淆してゆく現代社会の様々な諸相を立体的に描き出しており，この作品はイギリス最高の文学賞であるブッカー賞を受賞した。全編を貫くのは民主化が進んで表面的には人々の「自由」が強調される場にも依然として存在し続ける困難やあつれき，そして不自由である。

第一短編「大勢の中で一人は」（"One Out of Many"）。ボンベイ（現在のムンバイ）出身の使用人サントシュは，同じくインド人である彼の雇い主とともにワシントンに移り住むことになる。だがインドからアメリカに移り住むことは費用面の負担が大きく，サントシュは苦境を強いられる。彼は街中で出会ったインドレストラン経営者に雇われ，料理人として働くことになり給料も以前より高額になる。だがもとの雇い主のもとを離れたことで，アメリカに滞在する根拠を失った彼は不法滞在者として強制送還される恐怖にさいなまれることになる。

二編目「教えてくれ，誰を殺るのか」（“Tell Me Who to Kill”）も，やはり先進国であるロンドンに移り住んだ西インド出身の兄弟の苦労を描いている。主人公の男は向学心にあふれる弟ダーヨのために金をかき集めて二人でロンドンへと移り住む。ダーヨを学校に通わせながら，彼は煙草工場とレストランで働く。その後男は働いて貯めた資金を元にカレーとロティの店をロンドン市内に開くが，うまくゆかない。男は店で迷惑行為をはたらく男ともみ合いになって相手をナイフで刺してしまうが，それがダーヨの友人だったことが判明する。

もっとも長い三つ目の短編「自由の国で」（“In a Free State”）はアフリカのある国を舞台に，国家としての独立を勝ち取りながらも，旧宗主国による支配体制と決別出来ていない混乱状態にあることがテーマとなっている。政府の行政官として働くイギリス人ボビーは同僚の妻であるリンダとドライブに出かける。アフリカの自然を背景にして，二人のあいだでは，彼らの滞在する国の不安定な状況が語られる。

3 作品を味わう

以下の引用は「大勢の中で一人は」から。期待を胸にインドを出てアメリカにやってきたサントシュが，経済的な格差の壁に阻まれて結局部屋の外へ自由に出ることもままならない状況であることを自覚する場面である。

> I understood I was a prisoner. I accepted this and adjusted. I learned to live within the apartment, and I was even calm.
> わかったのは，自分が囚人だということだった。ぼくはそのことを受け入れ，適応した。ぼくはアパートメントの中だけで暮らすことを学び，心穏やかでさえあった。

4 考えてみよう

1．三つの短編の主人公たちの出身地と，彼らが過ごす場所との関係をまとめてみよう。

2．船上が舞台のプロローグと，飛行機が舞台のエピローグは本編の短編群とどのような関連性があるだろうか。

3．「自由」という言葉がこの作品全体で，どのような意味で使われているかまとめてみよう。

（三村尚央）

おすすめ文献

サイード，E. W.／大橋洋一訳（2001）『文化と帝国主義』１・２巻，みすず書房（全体を通じてナイポールへの言及）。

高本孝子（2005）「V・S・ナイポール「自由の国にて」における二面性の意味」福岡現代英国小説談話会編『ブッカー・リーダー――現代英国・英連邦小説を読む』開文社出版，15-36ページ。

フィリップス，キャリル／上野直子訳（2007）『新しい世界のかたち』明石書店（272-316ページにナイポール論）。

中井亜佐子（2007）『他者の自伝』研究社（第三章にナイポール論）。

F　20世紀後半

70 『海よ，海』
アイリス・マードック

1 作家紹介

マードック（Iris Murdoch, 1919-99）はアイルランドのダブリン生まれ。生後すぐに両親がイギリスに移り，主にロンドンで育つ。12歳で女子寄宿学校に行き，その後オックスフォード大学で古典を専攻した。1942年に優秀な成績で卒業後，戦時下のロンドンで公務員として働いた。終戦後，ロンドンやヨーロッパ大陸で難民救済の仕事に携わったあと，学業を再開。1948年にオックスフォード大学哲学科で教職に就いた。詩や演劇作品，新聞や雑誌への寄稿も多い。アルツハイマー病で亡くなる。夫で英文学者のベイリー（John Bailey, 1925-2015）が出版したマードックとの生活の回顧録[1]は話題になり，これを土台に映画も製作された。

マードックの哲学分野の経歴は，小説作品にも色濃く反映されている。彼女が初めて出版した本は，哲学者サルトル[2]（Jean-Paul Sartre, 1905-80）の実存主義[3]思想を論じたものであった。マードックは彼の哲学に必ずしも同調はしなかったが，社会における個人のあり方をめぐる道徳的問題への関心は，彼女の小説にもよく表れている。また，マードックは古代ギリシア哲学者プラトン（Plato, 429?BC-347?BC）の哲学に非常に影響を受けたといわれる。真実と現実の認識という，プラトン哲学で重要な問題は，マードックの小説作品群を貫く主題となっている。これは，宗教，神話，小説と人生の関係についての思索に繋がっており，リアリズムを基調としながらも，神話や比喩を通した象徴性と，演劇的な意外性の両方が豊かに共存する作風を作り上げている。

▷1　1冊目の『作家が過去を失うとき――アイリスとの別れ：1』（*Iris: A Memoir of Iris Murdoch*, 1998）の一部は映画『アイリス』（*Iris*, 2002）のもとになった。

▷2　178ページ，▷4参照。

▷3　178ページ，▷2参照。

2 作品紹介

『海よ，海』（*The Sea, the Sea*, 1978）はブッカー賞[4]受賞作品である。大物舞台俳優・監督であるチャールズ・アロウビーが風光明媚な海辺に隠居し，静かな生活を送りながら，自分についての本の執筆を試みる。しかし，ロンドンの知り合いや恋愛関係にあった女性，親類らが訪れ，夢見たような平和な生活は叶わない。さらに，若き時代の恋人ハートレーに思いがけず再会し，今や人妻の彼女と自分の間にまだ特別な感情があると思い込み，夢中になる。彼女の行方不明の息子が訪ねてくると，自分と彼女の間の子供だと思い込み，彼を「えさ」に，ハートレーを呼び寄せ，彼女を自宅に軟禁する。いとこのジェームズが登場し，ハートレーを解放し，溺れかけたチャールズを奇跡的に救う。チャ

▷4　184ページ，▷2参照。

ールズはロンドンのもとの生活に戻っていく。

多くの人物が登場し，複雑に関係しあう本作品世界は，シェイクスピア演劇を想起させる。舞台監督という職業が示すように，チャールズはシェイクスピア作『テンペスト』のプロスペロー[5]を自ら意識する人物である。しかし，ハートレーに対する振る舞いが示すように，自己愛の強い彼は，現実を正確に理解せず，真実を見出すことが出来ない。マードック作品に共通するこのテーマは，作品に登場する洞窟にも示されている。これはもちろん，哲学者プラトンの『国家』（*The Republic*, 375?BC）に比喩として登場する洞窟を指している。また，マードックの他作品と同じく，本作品でも海は重要な存在である。人間を抱擁し魅惑すると同時に，脅し死に至らせる，両義的で不思議な存在として描かれている。人生の演劇性や，自己理解，真実到達の主題は，チャールズの一人称の語り，さらに，彼が自分の本を書いているという設定にこめられている。特に，物語の完結後におかれた「追記――人生は続く」は，マードックが常に関心を向けていた人生と（芸術）形式の関係にふれている。

▶5　主人公で魔術師。劇中，魔術を用いて自然界や他の人物を支配する。

3 作品を味わう

「追記」の冒頭部分である。

That no doubt is how the story ought to end, with the seals and the stars, explanation, resignation, reconciliation, everything picked up into some radiant bland ambiguous higher significance, in calm of mind, all passion spent. However, life, unlike art, has an irritating way of bumping and limping on, undoing conversions, casting doubt on solutions, and generally illustrating the impossibility of living happily or virtuously ever after!

これが，物語が終わるべき形であることは疑いがない。アザラシ，星，説明，あきらめ，和解，全てが，輝かしくぼんやりとした，曖昧な高次の意義にいっぱいに詰められ，心は平静で，全情熱が費やされた状態で。しかし，人生は芸術と違い，がたがたと，足を引きずるかのように進み続け，転換を逆戻しにし，解決のあり方に疑問を投げかけ，大体のところ，幸せに，または，高潔に暮らし続けることが不可能なことを示すものなのだ！

4 考えてみよう

1．上記抜粋中，人生と芸術がどう対比されているか考えてみよう。
2．小説が人生理解の助けとなりうるとすれば，どのようにか考えてみよう。
3．本小説はチャールズの一人称の語りである。これが小説においてどのような意味を持ちうるか考察してみよう。

（迫　　桂）

おすすめ文献

岡村直美編著／現代女性作家研究会編（1999）『50年代・女が問う』勁草書房（第10章）。
日本アイリス・マードック学会編（2008）『アイリス・マードックを読む――全作品ガイド』彩流社。
鷲見八重子・岡村直美編（1986）『現代イギリスの女性作家』勁草書房（第7章）。
ボウヴ，S. K.／山本長一訳（2008）『アイリス・マードック読解――作品批評と分析』彩流社。

F　20世紀後半

71『真夜中の子供たち』
サルマン・ラシュディ

1 作家紹介

ラシュディ（Salman Rushdie, 1947-）はボンベイ（現在のムンバイ）の裕福なイスラム教の家庭に生まれる。イギリスのパブリック・スクール[1]とケンブリッジ大学に通った後，コピーライターとして広告代理店に勤めながら小説を書く。『グリマス』（*Grimus*, 1975）でデビューし，二作目の『真夜中の子供たち』（*Midnight's Children*, 1981）が高く評価され，同年のブッカー賞[2]を獲得する。だが第四長編『悪魔の詩』（*The Satanic Verses*, 1989）にイスラム教を冒涜する一節があるとして論争となり，当時イランの最高指導者であったホメイニ師によって処刑命令まで出される事態となった。宣告は現在も無効にされることはなく（ホメイニ師が撤回することなく死去したため），ニューヨークで生活しながら小説の執筆を続けている。

『ムーア人の最後のため息』（*The Moor's Last Sigh*, 1995）や『彼女の足もとの大地[3]』（*The Ground Beneath Her Feet*, 1999）など，インドやパキスタンだけでなく欧米の都市も舞台とする彼の作品群は，東洋と西洋との価値観の対立という図式に収まらない豊穣な多様性を，神話的あるいは寓話的手法で示す語りが特徴である。

▶1　18ページ，▶3参照。

▶2　イギリス最高峰の文学賞。中でも『真夜中の子供たち』はブッカー賞の25周年を記念した1993年のブッカー賞の中のブッカー賞（the Booker of Bookers），また40周年を記念した最高のブッカー賞（the Best of the Booker prize）にも一般投票で選出されている。

▶3　アイルランド出身のロックバンドU2がこの小説にインスピレーションを受けた同タイトルの楽曲を2000年に製作している。

2 作品紹介

『真夜中の子供たち』は30歳の主人公サリーム・シナイが自らの半生を語る形式で展開される。インドが独立した1947年8月15日の午前0時に誕生したサリームは，9歳の時に自分には人の心の中を読みとるテレパシー能力が備わっていることに気付く。さらに彼は，同日の深夜0時から1時のあいだにインド国内で誕生した同い年の子供たちが，彼同様に空間移動や時間移動などの特殊能力が備わった「真夜中の子供」であることを知る。サリームはテレパシー能力を通じて彼らに呼びかけ，自らの頭の中で「真夜中の子供たちの会議」を召集し，独立後のインドが抱えている問題を解決しようとする。

『真夜中の子供たち』では，このような摩訶不思議なサリームの半生に，インド＝パキスタン戦争[4]インディラ・ガンディー首相[5]による圧政などの実際の歴史的事件が織り交ぜて語られる。このような本作の展開はしばしば「マジック・リアリズム[6]」的とも形容される。これを端的に表すのが，サリーム自身の出生の秘密である。彼の語りは自分の誕生した日の深夜，病院の看護婦の出来

▶4　インド独立後にインドとパキスタンの間で第三次（1947年，1965年，1971年）まで行われた戦争。

▶5　Indira Priyadarshini Gandhi（1917-84）は，インドの女性首相。在職期間は1966年から1977年。

▶6　幻想や夢の中のような描写が展開される物語技法。しばしば非現実的で真偽のつけがたい神話のような場面が描き出される。また，神性なるものと低俗なるものの逆転や交雑が組み合わされることもある。

心から，シナイ家に誕生した赤ん坊と，別の赤ん坊との取り違えがあったことを明かす。そしてもともとは貧しいイギリス人の旅芸人の子供がシナイ家に連れ帰られて「サリーム」となり，シナイ家に生まれていた子供は芸人のもとで「シヴァ」と名付けられて苦難の生活を送ることになったのである。だが，物語は語り手サリームの起源をまちがったものとして糾弾したり正したりすることなく展開してゆく。それはむしろ，このような異分子同士の交雑や交換こそが世界の本来の姿で，一貫した歴史叙述を作り上げることの方が詐術《マジック》であるとさえ宣言しているかのようである。それを象徴するのが作品にしばしば登場する，野菜や果物を渾然一体となるように煮込んだインド特有の調味料チャツネである。

本作品はインド出身でありながら英語で書くというラシュディ自身の経歴もあって，イギリスとインドの関係に基づく「植民／被植民」あるいは「中心／周縁」という構図で論じられることが多く，そうした文献も特に英語圏で充実している。だがそれに加えて，起源の複数的な混淆性（ハイブリディティ[◁7]）にも注目することで，われわれ日本人にとっても文化の枠を超えた作品読解の可能性が広がるだろう。

▶7　187ページ，▶9参照

3 作品を味わう

以下の引用は，サリームたち真夜中の子供がインドの国家や歴史と結びついた存在であることを表す場面である。

> In fact, all over the new India, the dream we all shared, children were being born who were only partially the offspring of their parents——the children of midnight were also the children *of the time*: fathered, you understand, by history. It can happen. Especially in a country which is itself a sort of dream.
>
> 事実，新しいインドの至るところで人々は同じ夢を見ていた。両親から生まれたとは部分的にしか言えないような子供たちが誕生していたのだ——真夜中の子供たちは時代の子供たちでもある。分かるだろう，歴史が父親なのだ。こういうことは起こるものだ。特に存在自体が夢であるような国では。

4 考えてみよう

1．上の引用で，真夜中の子供たちにとって「歴史が父親」であるとはどういう意味か。

2．取り違えられた子がシナイ家の子であると認められた要因は何か。

3．物語の最後でサリームが懐かしさを感じたチャツネの作り手は誰か。またその事実が物語全体にとって持つ意味とはどのようなものか。（三村尚央）

映像化作品

Midnight's Children, 2013, E1 Entertainment.

おすすめ文献

大熊栄（2004）『サルマン・ルシュディの文学』人文書院。

矢次綾（2005）「サリーム・シナイの交雑性——S・ラシュディ『真夜中の子供たち』」福岡現代英国小説談話会編『ブッカー・リーダー——現代英国・英連邦小説を読む』開文社出版，77-98ページ。

F　20世紀後半

72 『夜ごとのサーカス』

アンジェラ・カーター

1 作家紹介

カーター（Angela Carter, 1940-92）は南ロンドンで育つが，戦時中北イングランドの祖母のもとに疎開した。この経験が小説中の女性人物像に影響しているとの指摘もある。ブリストル大学で英文学を学ぶ。卒業後はジャーナリストとして働くが，1967年初期代表作『魔女の玩具店』（*The Magic Toyshop*）を発表，3作目の小説がサマセット・モーム賞を受賞。その賞金を使い，日本に滞在した（1969-1972）。この経験をもとにした作品[1]も発表している。イギリスに帰国後，文学作品を発表し続けると同時に，ラジオや新聞向けにも執筆をした。イースト・アングリア大学の創作学科[2]での教授経験もある。51歳で死去。作家としての全盛期にあっての死は多くの人に惜しまれた。

カーターは常に社会の周縁にある他者に目を向けている作家である。作品に共通するのは，内容と形式の両面から，社会・文化規範に挑む面であろう。戦後イギリス文学で主流であった社会的リアリズムと一線を画し，自らの虚構性を暴露するメタフィクション，現実と非現実の境が曖昧なマジック・リアリズム[3]の要素が強い作品を生み出した。多数の人物の発話，物語（おとぎ話，神話，文学作品），時空間が共存してブリコラージュ[4]のように小説世界を作り上げているところは，バフチン[5]（Mikhail Bakhtin, 1895-1975）が論じた「カーニヴァル[6]」や「多声[7]」の概念をまさに体現している。こうして奇想天外な世界を構築し，「自己」の演技性[8]と「現実」の構築性を指摘する一方，カーターは，これらを構築する力関係を凝視し，批判する。特にジェンダーを鋭く問う面は，フェミニズム批評で高く評価されている。カーターはおとぎ話に関心を持ち，小説にも取り入れたが，「白雪姫」「赤ずきん」「青髭」などをフェミニスト的に書き直した『血染めの部屋』（*The Bloody Chamber*, 1979）がよく知られている。カーターのメタフィクション[9]性の高い物語は，読み手にも，読む行為や自らの歴史的存在について考え，振りかえることを挑むものである。

2 作品紹介

『夜ごとのサーカス』（*Nights at the Circus*, 1984）の舞台は1899年，主人公のフェヴァーズは，ロンドンのサーカスで綱渡り師として活躍する。人間と白鳥のハイブリッド[10]と噂され，サーカスの人気呼び物である。物語は，サーカスの巡業の旅を追う。フェヴァーズの伝説的な「正体」に関心のあるアメリカ人

▶1　短編集『花火——九つの冒涜的な物語』（*Fireworks: Nine Profane Pieces*, 1974）には日本滞在をもとにした作品が複数収録されている。

▶2　イギリスの大学では初の創作学科。イシグロやマキューアンなど著名な作家を輩出している。イシグロは在学時にカーターの指導を受けた。

▶3　184ページ，▶6参照。

▶4　異なる分野の記号や象徴を一見無造作に集めて，新しい表現を創造する形式のこと。

▶5　ロシア人哲学者，文学理論家。現代文学批評に大きな影響を与えた。

▶6　本来は，カーニヴァルはローマ・カトリック教の伝統で受難節の断食前の祭事を指し，一時的な社会体制や構造の転覆の意味を持った。バフチンはカーニヴァルに大衆文化の規範転覆の力を見出し，肯定的に捉えた。その例として『フランソワ・ラブレーの作品と中世・ルネサンスの民衆文化』でフランスの作家ラブレー（François Rabelais, 1494?-53?）の作品を分析した。

▶7　文学作品には，著者（発話者）が語りを支配し，ひとつの意味しか許さない（monologic）ものと対話的（dialogic）なものがあるとする（『ミハエル・バフチ

記者ウォールターも同行するが，彼女の正体は最後まで謎である。サーカスという舞台を通して，カーターはアイデンティティの演技性を強調する。同時に，自分のアイデンティティを構築し，演じるフェヴァーズは，男性の視線に抵抗する女性であり，新しいジェンダー像を示している。時代設定は19世紀末であるが，伝統的な歴史小説と異なり，現在（20世紀）の視点が前景化され，歴史の存在性が問われている。このような歴史表象やサーカスの舞台設定は，バフチンの多声やカーニヴァルの概念を具現し，歴史を複層的で流動的なものとして提示している。

3 作品を味わう

物語冒頭，フェヴァーズがウォールターのインタビューに応じる場面。

‘Lor’ love you, sir!’ Fevvers sang out in a voice that clanged like dustbin lids. ‘As to my place of birth, why, I first saw light of day right here in smoky old London, didn’t I! Not billed the “Cockney Venus,” for nothing, sir, though they could just as well ’ave called me “Helen of the High Wire,” due to the unusual circumstances in which I come ashore—for I never docked via what you might call the *normal channels*, sir, oh, dear me, no; but, just like Helen of Troy, was *hatched*. [...]

「おお，神の愛あれ，サー！」フェヴァーズはゴミ収集ビンのふたをがたがたいわせるような声で高らかに歌った。「生まれの地としたら，はて，霧漂う親愛なるロンドンで，まさにここで，最初に日の光を見たんですよ。『コクニーのビーナス』と売り出されているのには意味があるんですよ，サー，まあ，『綱渡りのヘレン』と呼んでもよかったと思いますけど。私の生まれを考えますとね。だって，いわゆる普通の経路から来たんじゃないんですから，サー，ええ，そうですとも。実際は，ちょうどトロイのヘレンのように，卵から生まれたんですよ。［後略］

4 考えてみよう

1．小説の物語の歴史描写において，20世紀の視点が表出している箇所を見つけ，それが歴史についてどのようなことを示唆しているか考えてみよう。

2．抜粋部分でフェヴァーズは「サー」を多用している。これは，小説で描かれるジェンダーにどのような効果があるか考えてみよう。

3．フェヴァーズは自らの出生を説明しているが，これは彼女の人物造形にどのような意味があるか考えよう。

（迫　桂）

ン全著作5』参照）。ロシア人小説家ドストエフスキー（Fyodor Dostoevsky, 1821-81）の作品は後者の代表例とされた（『ドストエフスキーの詩学』）。

▶8　文学批評理論においては，バトラー（Judith Butler, 1956-）のジェンダー論で広まった概念。ジェンダーは日常的に模倣，繰り返されるとし，その演技性（performativity）を論じた。

▶9　179ページ，▶5参照。

▶10　二つ以上の文化的影響がまとまって，それらとは別の類型を生成していることを指す。ポストコロニアリズムの文脈でアイデンティティを論じる際に使われることが多い。ポストコロニアリズムの代表的な批評家バーバ（Homi Bhaba, 1949-）によれば，どれかひとつの文化要素が他より支配的なのではなく，全てが混合してひとつのアイデンティティを形成しているのが，ハイブリディティ（hybridity）の重要な面である。

おすすめ文献

カーター，アンジェラ／加藤光也訳（2000）『夜ごとのサーカス』図書刊行会。

カーター，アンジェラ／富士川義之訳（1992）『血染めの部屋——大人のための幻想童話』筑摩書房。

カーター，アンジェラ／植松みどり訳（1988）『魔法の玩具店』河出書房新社。

Sage, Lorna (2007), *Angela Carter*, 2nd edn., Northcote House.

現代女性作家研究会編（1992）『アンジェラ・カーター——ファンタジーの森』勁草書房。

F　20世紀後半

73 『抱擁』

アントニア・スーザン・バイアット

1 作家紹介

バイアット（Antonia Susan Byatt, 通称 A.S. Byatt, 1936-）は女子の大学進学者が少数だった1950年代にケンブリッジ大学でイギリス文学を学ぶ。この経験は複数の作品に反映されている。卒業後，ロンドン大学で教鞭を執るが，執筆に専念するために1983年に退職。バイアットの教育・研究歴は，幅広い執筆活動に強く反映されている。短編・小説作品だけでなく，ワーズワース[1]（William Wordsworth, 1770-1850）やマードック[2]（Iris Murdoch, 1919-1990）の研究書を始めとする文芸批評，書評も数多い。彼女の知的形成の主要な影響は，ケンブリッジ大学在学時に影響力のあった批評家リーヴィス[3]（Frank Raymond Leavis, 1895-1978）と，文学研究者として接触することになった現代批評理論といえる。これらは，彼女の作品に通底する関心，つまり，言語，経験および現象世界，人間主体の関係の探究に繋がっている。この関心事が，思索的で観念的な作風を生み，しばしば，リアリズムの伝統を再考する自意識的な語りとして表出している。戦後イギリスを舞台とする四部作があり，最初の二作『庭の処女』（*The Virgin in the Garden*, 1978）と『静物』（*Still Life*, 1985）は特に高く評価されている。四部作執筆の動機について，尊敬するヴィクトリア朝作家ジョージ・エリオット（George Eliot, 1819-80）の代表作『ミドルマーチ[4]』（*Middlemarch*, 1871-72）のような小説を書きたかったと述べている通り，観念的であると同時に，歴史性の強い時代小説ともなっている。言語表象と関連して，視覚表象芸術である絵画にも関心が高く，短編作品にそれが顕著である。

2 作品紹介

『抱擁』（*Possession: A Romance*, 1990）は商業的にも成功したブッカー賞[5]受賞作で，重厚な作風ゆえに，一般読者層が限られがちなバイアットには珍しい例。現代イギリスの文学研究者の男女一組が，ヴィクトリア朝の詩人の男女一組の隠された関係を明らかにする過程を中心に物語が展開し，謎解きの要素に娯楽性がある。一方，現代批評理論に対するバイアット自身の批評も含む。つまり，理論の発達の結果，文学作品の読解が過度に分析的になり，また，人間の経験や感情，欲望を直接的に感じることが難しくなっているという見解である。これは，情熱的で創造的なヴィクトリア朝の男女と，抑圧された現代の男女の対照に表されている。また，原題の副題「ロマンス」は，「恋愛」だけでなく，

▶1　92ページ参照。

▶2　182ページ参照。

▶3　20世紀前半のイギリス文学批評に大きな影響を及ぼした。文学，文学研究，大学教育の意義を論じた文化批評的な著作も多い。代表作は『偉大な伝統』（*The Great Tradition*, 1948）など。

▶4　『ミドルマーチ』の項（122-123ページ）参照。

▶5　184ページ，▶2参照。

▶6　『フランス軍中尉の女』の項（178-179ページ）参照。

▶7　現代の視点から，自意識的に，かつ，批評的に，ヴィクトリア朝を振り返り，再解釈，再評価し，新しい視点から描く小説を指す。20世紀後半，特に1990年頃から顕著になった文学動向（neo-Victorianism）。

▶8　アメリカの小説家。人間の罪や悪を複雑な心理的現実と共に描く作品が多い。『緋文字』（*The Scarlet Letter*, 1850）などが知られる。

▶9　代表的ヴィクトリア朝詩人で，存命時から高く評価されていた。妻のエリザベス・バレット・ブラウ

原義にある「想像力，情熱や冒険心をかきたてるもの」といった意味も指す。

一方で，本作品自体も自意識的要素を多く有している。バイアットが創作したヴィクトリア朝詩人の作品や書簡がテクストに挿入され，現代の男性主人公ローランドが，ヴィクトリア朝詩人アッシュの代表的詩作品の主人公に重ねられている点などは，歴史的過去や小説世界の虚構性，テクスト性を遊戯的に示しており，ポストモダニズム小説に通じる要素である。また，現代の視点からヴィクトリア朝を描く点においては，ファウルズの『フランス軍中尉の女◁6』と同様，ネオ・ヴィクトリア朝小説◁7の系譜に位置付けられる。

3 作品を味わう

小説終わり近く，ローランドが文学作品との関係を見直す場面である。

> There are reading — of the same text — that are dutiful, readings that map and dissect, readings that hear a rustling of unheard sounds. […]
>
> Now and then there are readings which make the hairs on the neck, the non-existent pelt, stand on end and tremble, when every word burns and shines hard and clear and infinite and exact, like stones of fire, like points of stars in the dark — readings which the knowledge that we shall know the writing differently or better or satisfactorily, runs ahead of any capacity to say what we know, or how.
>
> 同じテクストを対象としても，いろいろな読み方がありえる。忠実な読み方，地図を描くような，解剖するような読み方，音なき音のざわつきを聞き取る読み方。［中略］
>
> ごくたまに，一つ一つの語が，火打石のように，暗闇の星のように，強く，鮮烈に，限りなく，正確に，燃え，光り輝く，そんな時，うなじの毛を，まるで存在しない生皮のように，逆立て，震わすような読みがある。実際に何を，どう，と説明できる前に，ここに書かれたものを，自分は違う形で，よりよく，満足に理解することになるのだという実感が先行する，そんな読みがある。

4 考えてみよう

1．ジェンダーの描かれ方に注目して，『フランス軍中尉の女』と比べよう。

2．小説冒頭のホーソーン◁8（Nathaniel Hawthorne, 1806-64）とブラウニング◁9（Robert Browning, 1812-89）の抜粋の意義を考えよう。

3．作家についての知識が作品の読み方にどう影響しうるか考えてみよう。

（迫　桂）

ニング（Elizabeth Barrett Browning, 1806-61）も詩人であった。『オーロラ・リー』の項目（120-121ページ）参照。

映像化作品

『抱擁』，2002年，ワーナー・ブラザーズ。

＊映画としてどのようなジャンルに分類されうるか考えよう。原作も同様だろうか。

おすすめ文献

バイアット，A. S.／池田栄一・篠目清美訳（1993）『シュガー』白水社。

バイアット，A. S.／富士川義之訳（1995）『マティス・ストーリー』集英社。

窪田憲子編著／現代女性作家研究会編（1999）『60年代・女が壊す』勁草書房（第9章）。

現代女性作家研究会著／宮澤邦子編（2000）『90年代・女が拓く』勁草書房（第1章）。

Campbell, Jane (2004), *A. S. Byatt and the Heliotropic Imagination,* Wilfrid Laurier University Press.

Flint, Kate (1997), "Plotting the Victorians: Narrative, Post-Modernism, and Contemporary Fiction," *Writing and Victorianism,* ed. J. B. Bullen, Addison Wesley Longman, pp. 286-305.

F　20世紀後半

74　『世界の妻』

キャロル・アン・ダフィ

1　作家紹介

ダフィ（Carol Ann Duffy, 1955-）は，スコットランド南西部のグラスゴーにてカトリックの家庭に生まれる。父親は労働運動にたずさわる電気機械工であった。ダフィが6歳の時，一家はイングランド中部のスタッフォードに転居。スタッフォード女子高校在学中に詩人ヘンリ[1]（Adrian Henri, 1932-2000）と出会い，影響を受ける。1983年には，ナショナル・ポエトリー・コンペティションで優勝し，1993年にはウィットブレッド賞[2]を受賞。1996年以降はマンチェスター・メトロポリタン大学で教鞭をとる。2009年から2019年まで，女性初の桂冠詩人をつとめた[3]。

代表作は，『裸婦立像』（*Standing Female Nude*, 1985），『世界の妻』（*The World's Wife*, 1999）など。腹話術（ventriloquism）風に，他者（主に女性人物）の声を借りて語る手法に定評がある。

▶1　リヴァプール詩人の一人。ビート・ジェネレーションの影響を受けて詩作した。

▶2　198ページ，▶1参照。

▶3　これまで女性は誰一人として桂冠詩人に選ばれてこなかった。これが（個人の栄誉というより）現代の女性詩人たちの功績を知らしめる意味を持つからこそオファーを受諾したのだと，ダフィ自身が語っている。

2　作品紹介

1999年に出版された詩集『世界の妻』には，30編の作品が収められている。それぞれ「ピラトの妻」「ダーウィン夫人」「ペネロペ」など別々の女性話者が立てられ，彼女らの声色をつかって語る体裁をとっている。その意味では，テニスン[4]（Alfred Tennyson, 1809-92）やロバート・ブラウニング[5]（Robert Browning, 1812-89）といったヴィクトリア朝詩人が創案した「劇的独白[6]」の流れを汲む作品群と見ることが出来る。もっとも，30人の女性たちがひとりひとり独特な個性を輝かせている訳ではない。英語原題（*The World's Wife*）において“wife”が単数形となっていることが示唆するのは，これら多種多様な背景を持つ女性たちは最終的には一人に収斂出来るということなのだろう。つまり，彼女らは皆ダフィ自身の分身なのだ。

▶4　108ページ参照。

▶5　120ページ，▶1参照。

▶6　興味深い心理を持つ人物（例えば犯罪者や精神病患者など）に一人称で直接語らせる手法。

さて，彼女らの共通点は，著名な男性の配偶者あるいは恋人だということである。男たちの姿は，彼らのもっとも身近なところにいる女たちの視点に立ってみると，見え方が変わってくる。そこを発見・提示したのが，ダフィの功績である。例えば，ギリシア神話のミダス王。彼は触れるもの全てを黄金に変える力を得ることで身を破滅させるのだが，「ミダス夫人」（“Mrs Midas”）はそのような夫を持ってしまった妻の不幸を描き出す。夫人はいう，「いまだに恋しいのは／あのひとの手，わたしの肌にあたるあの温かな手，あの感覚」。神話的なミダス王伝説が，男性側の愚かさが原因で引き離されてしまった男女関係のひとつの典型として提示されているところにそこはかとない哀感が漂う。また，それにより読者の心に神話がリアルな姿で迫まってくるともいえる。

3 作品を味わう

「ピグマリオンの花嫁」（“Pygmalion's Bride”）より。ギリシア神話の彫刻家ピグマリオンがつくった女性像が生きた人間に変身したのは，実は彼に触れられるのがたまらなく嫌だったからだという。

So I changed tack,	だから，わたしは方針を変えた
grew warm, like candle wax,	蠟のように身を温かくし，
kissed back,	あのひとにキスを返した。
was soft, was pliable,	やわらかくしなやかになり，
began to moan,	呻きはじめた。
got hot, got wild,	熱くなって乱れ，
arched, coiled, writhed,	背中を反らせ，からみつき，身もだえし，
begged for his child,	赤ちゃんがほしいとせがんだ。
and at the climax	絶頂に至ると
screamed my head off —	ものすごい声で叫んだ—
all an act.	ぜんぶ演技。
And haven't seen him since.	あのひとはそれっきりいなくなった。
Simple as that.	簡単だった。

4 考えてみよう

1．「ピグマリオンの花嫁」とピグマリオン伝説（オウィディウス『変身物語』所収）を比較してみよう。さらにはピグマリオン伝説を元にする映画『マイ・フェア・レディ』◁7（*My Fair Lady*, 1964）とも比較してほしい。

▶7 141ページ，▶6 参照。

2．『世界の妻』における男性はどのような存在だといえるか。男性が語られるだけの存在であることについてあなたはどう思うか。

3．ダフィ自身の手による「あとがき」によれば，彼女は言語，恋愛・夫婦関係，さらには人間性の「賛美」（“celebration”）を目的としてこれら30編の詩を書いたという。ここでの「賛美」とはどのような意味だと考えられるか（例えば「ピグマリオンの花嫁」は何を賛美しているといえるか）。

（田代尚路）

おすすめ文献

中尾まさみ（2017）『英語圏の現代詩を読む——語学力と思考力を鍛える12講』東京大学出版会。

オウィディウス（1981）中村善也訳『変身物語』岩波文庫。

F　20世紀後半

75 『土曜日』
イアン・マキューアン

1 作家紹介

マキューアン（Ian McEwan, 1948-）は，軍勤務のイギリス人の父と，フランス人の母の間に生まれる。サセックス大学でイギリス文学とフランス文学を学んだ後，イシグロ[1]（Kazuo Ishiguro, 1954-）と同様，イースト・アングリア大学で創作を学ぶ。1983年，文芸雑誌『グランタ』（*Granta*）の特集でイギリスの新人作家ベスト20人の一人に選ばれ，小説７作品目の『アムステルダム』（*Amsterdam*, 1998）がブッカー賞[2]を受賞。その後も評価の高い小説を発表し，『愛の続き』（*Enduring Love*, 1997），『贖罪』（*Atonement*, 2001）など映画化された作品も複数ある。初期作品は，殺人，異常性愛，近親相姦などの暗いテーマを扱ったものが多いが，中期以降，政治的傾向が強い作品が増え，新聞などのメディアにもしばしば政治的意見を寄稿している。

▷1　196ページ参照。

▷2　184ページ，▷2参照。

2 作品紹介

『土曜日』（*Saturday*, 2005）はマキューアンの中期以降の作品によくみられるように，政治性が強い作品である。2003年２月15日に大規模なイラク戦争参戦反対運動がロンドンで起きたが，この一日（土曜日）のロンドンが舞台。脳外科医として成功しているヘンリー・ペロウンの約24時間の行動を追いながら，イギリス国内外の現代社会に内在する不平等や亀裂を巧みに描き出している。ペロウンはロンドン市内を高級車で移動中，バクスターといさかいになるが，バクスターが抱える遺伝性難病について助言することで，その場を逃れる。夜，家族が自宅に集ったところに，バクスターが押し入り，危機的状況に陥る。事態が収拾した早朝近く，ペロウンが窓の外を眺める場面で小説が終わる。

小説中重要なテーマのひとつが，階級と人種関係である。ペロウン一家は機会と富に恵まれた特権階層を代表している。一方，バクスターは，育った環境に恵まれないだけでなく，遺伝的難病を患う人物で，人生に楽観的な先行きがない階層を代表している。また，バクスターの人種は曖昧にされているが，非白人であることが暗示されている。よって，この不平等な社会関係には人種的要素も絡んでいる。さらに，小説はペロウンの視点から語られ，階級や人種の異なる人物が他者として描かれている。このような表象は，帝国主義の歴史を喚起させ，現在も残る人種の緊張関係を浮き彫りにしている。

小説では，ペロウンが理性と科学を代表する一方，詩人である義父や娘が芸術の力を代表している。娘の朗読にバクスターが感動する出来事は，芸術の感化力を強調するが，同時に，詩によって「野蛮人」が「啓蒙」されるという構図は，帝国主義的人種観を喚起するものでもある。一方で，平和な生活が予想もしない形で危機に陥るという筋は，西欧世界の秩序が他者（小説で連想されるのがイスラム軍事主義）からの脅威にもろい様子を暴露しているといえる。以上のように，マキューアンは，曖昧性を残しつつ，西洋と非西洋という大きな対立項を浮かび上がらせる。

小説中のロンドンの描写は，無限の可能性を秘めた場として近代都市を捉えたモダニズムの伝統を彷彿とさせる。特に，都市を舞台に主人公の24時間の行動を描く設定は，ウルフの『ダロウェイ夫人』[3]（*Mrs Dalloway*, 1925）やジョイスの『ユリシーズ』[4]（*Ulysses*, 1922）を意識したものといえる。

▶3　146ページ参照。

▶4　『ユリシーズ』の項（144-145ページ）参照。

3 作品を味わう

小説冒頭，ヘンリー・ペロウンが寝室窓から外を眺める場面で，彼の有する，または，象徴する価値観が暗示される。

> Standing here, as immune to the cold as a marble statue, gazing towards Charlotte Street, towards a foreshortened jumble of facades, scaffolding and pitched roofs, Henry thinks the city is a success, a brilliant invention, a biological masterpiece — millions teeming around the accumulated and layered achievements of the centuries, as though a coral reef, sleeping, working, entertaining themselves, harmonious for the most part, nearly everyone wanting it to work.
>
> 大理石像と同じく，寒さに動じず，シャーロット通りのほう，背が縮んだようにみえる雑多な建物の正面や，組まれた足場，テントで覆われた屋根を見つめ，ヘンリーはそこに佇む。この都市は成功だと，素晴らしい発明，生物学的傑作だと思う。何世紀にもわたる人類の達成が複層に蓄積された中に，何百万もの人間がうごめいている。まるで珊瑚礁のように，眠り，働き，遊び，たいていは共鳴しながら，ほぼ全ての人間が，この都市が機能することを欲している。

▶5　ユダヤ系アメリカ人作家。代表作はピューリッツァー賞を受賞した『フンボルトの贈り物』（*Humboldt's Gift*, 1975）など。1976年にノーベル文学賞受賞。

4 考えてみよう

1．上記場面でペロウンがどのような価値観を象徴しているか，また，それがどのように暗示されているかを考えてみよう。

2．小説冒頭にアメリカ人作家ベロー[5]（Saul Bellow, 1915-2005）『ハーツォグ』（*Herzog*, 1964）の一節がある。上記抜粋部とどう関連しているか考えてみよう。

3．小説が近代都市をどのように表象しているか考えてみよう。（迫　桂）

おすすめ文献

マキューアン，イアン／小山太一訳（1999）『アムステルダム』新潮社。

マキューアン，イアン／小山太一訳（2000）『愛の続き』新潮社。

マキューアン，イアン／小山太一訳（2003）『贖罪』新潮社。

Lynn, Wells (2009), *Ian McEwan,* Palgrave.

Groes, Sebastian, ed. (2013), *Ian McEwan: Contemporary Critical Perspectives,* Bloomsbury Academic.

F　20世紀後半

76『美について』
ゼイディ・スミス

1 作家紹介

スミス（Zadie Smith, 1975-）は，イギリス人の父とジャマイカ出身の母の間に生まれた。ロンドン北西部の移民や労働者階級の多く住むエリアで育ち，ケンブリッジ大学に進んで英文学を専攻。在学中に執筆した『ホワイト・ティース』（*White Teeth*）が，各出版社による異例の版権争奪戦を経て2000年に出版される。バングラディシュ出身のサーマッドとイギリス人アーチーの家族がロンドンで繰り広げる悲喜劇を描いたこの作品は絶賛を博し，スミスは一躍時の人となる。第二作『直筆商の哀しみ』（*The Autograph Man*, 2002）では，有名人のサインを売買するユダヤ系の青年を描いた。第三作『美について』（*On Beauty*, 2005）出版後はしばし小説執筆を離れるが，近年はニューヨークの大学で文学を教え，マンハッタンとロンドンを行き来する生活を送りつつ，自らが育ったロンドン北西部を舞台とする『NW』（*NW*, 2012），ダンス教室で出会った二人の少女の物語『スウィング・タイム』（*Swing Time*, 2016）を発表している。

スミスについて語る際に必ずといっていい程ついて回るのが，「多文化的（multicultural）」「異種混淆的（hybrid[◁1]）」という語であり，その通り彼女の作品には多様な人種的・文化的バックグラウンドを持つ登場人物たちが入り乱れ，時に共感し時に反発し合いながら関係を結んでいく。次々と事件が起こる息もつかせぬ展開に加え，軽妙でユーモアの光る文体，欠点の多い登場人物も断罪せず見守るような眼差しが，スミスを人気作家にしているといえるだろう。

▷1　187ページ，▷9参照。

2 作品紹介

『美について』はスミスが敬愛する作家フォースターへのオマージュとして執筆した作品であり，『ハワーズ・エンド[◁2]』同様に二家族の交流を軸に展開する。冒頭部ではハワード・ベルシー（白人，アメリカ在住）の長男ジェロームが，レンブラント研究をめぐってハワードとライバル関係にあるモンティ・キップス（トリニダード出身，ロンドン在住）の家に住み込みのインターンをし，美貌の娘ヴィクトリアに恋をするところから始まる。その後モンティがハワードの勤める大学に移ってきたことから二家族の距離は縮まり，ハワードのアフリカ系の妻キキとモンティのハイチ出身の妻カーリーンが友情を育む一方で，ハワードは息子が恋したヴィクトリアと不倫を始める。

▷2　『ハワーズ・エンド』の項目（138-139ページ）参照。

物語が展開する上で鍵を握るのはタイトルにもある「美」であり，肌の色や容貌などの外見が個人の生に及ぼすインパクトがユーモアと諧謔を交えてつづられる。最大の皮肉は，美の持つ不可思議な力に気付いていないのが美術評論家のハワードとモンティであることで，このことは二人の道徳的欺まん性を表す[◁3]。対照的に，二人の妻は美に対する直観的で繊細な理解力を持っており，病に倒れたカーリーンは故国ハイチの絵画をキキに託す。登場人物たちが結ぶ多彩な関係の中で彼らの道徳的な正直さ／不正直さの問題が追求される点にフォースターの影響がうかがえるが，『ハワーズ・エンド』における階級の問題が本作では人種の問題に置き換えられ，アメリカの大学街を舞台に全く新しい物語を生み出している。

▷3 「美」の概念が持つ道徳的な力に関して，スミスは謝辞の中で哲学者スカリー（Elaine Scarry, 1946-）のエッセイ “On Beauty and Being Just” に影響を受けたと明言している。このエッセイは現在ペーパーバックで読むことが出来る。下記「おすすめ文献」の Scarry（2006）を参照。

3 作品を味わう

手紙で幕を開ける『ハワーズ・エンド』にならい，『美について』はジェロームが父親に送るＥメールから始まる。『ハワーズ・エンド』のヘレンとポールの婚約同様，ジェロームの恋もすぐに終わりを迎えるが，二つの家族が様々な形で交流するきっかけを作る。

> Dear Dr Belsey!
>
> I have no idea how you're going to take this one! But we're in love! The Kipps girl and me! I'm going to ask her to marry me, Dad! And I think she'll say yes!!! Are you digging on these exclamation marks!!!! Her name's Victoria but everyone calls her Vee.
>
> ベルシー博士へ！
>
> 父さんがどう言うか分からないけどね！　僕たち愛し合ってるんだ！　キップスの娘と僕だよ！　プロポーズしようと思うんだ，父さん！　きっと受けてくれると思う!!!　このビックリマークの数で分かってもらえるよね!!!!　彼女，名前はヴィクトリアっていうんだけど，みんなヴィーって呼んでる。

4 考えてみよう

1．ジェロームとヴィクトリアの関係を皮切りに，作中では数々の男女関係が繰り広げられる。そのうちのいくつかに注目し，人種の問題がどのように反映されているか考えてみよう。

2．カーリーンがキキに遺したハイチの絵画の作中での役割とは何か考えてみよう。

3．『ハワーズ・エンド』と『美について』を読み比べ，文化と経済活動の関係の取り上げられ方を，作品が書かれた年代を考慮に入れながら考えてみよう。

（浦野　郁）

おすすめ文献

スミス，ゼイディ／小竹由美子訳（2001）『ホワイト・ティース』（上）（下）新潮社。

スミス，ゼイディ／堀江里美訳（2015）『美について』河出書房新社。

Scarry, Elain (2006), *On Beauty and Being Just,* Gerald Duckworth.

Tew, Philip (2010), *New British Fiction : Zadie Smith,* Palgrave Macmillan.

Walters, Tracey L., ed. (2008), *Zadie Smith : Critical Essays,* Peter Lang.

F　20世紀後半

77『わたしを離さないで』

カズオ・イシグロ

1 作家紹介

イシグロ（Kazuo Ishiguro, 1954-）は長崎で日本人の両親のもとに生まれる。海洋学者だった父親の仕事のため，5歳の時に渡英。その後イギリス式の教育を受け，ケント大学で英文学と哲学を学ぶ。イースト・アングリア大学の創作学科で学んだ後，原爆投下から間もない長崎を舞台にした『遠い山なみの光』（*A Pale View of Hills,* 1982）で小説家としてデビューする。再び戦後の日本を舞台にした『浮世の画家』（*An Artist of the Floating World,* 1986）で注目を集めた後には，第二次大戦後のイギリスを情緒豊かに描き出した『日の名残り』（*The Remains of the Day,* 1989）が大きな話題となりイギリス最高峰の文学賞ブッカー賞を受賞する。その後も，中央ヨーロッパの街を舞台にした『充たされざる者』（*The Unconsoled,* 1995）や，1930年代のロンドンと上海を探偵が失踪した両親を探してさまよい歩く『わたしたちが孤児だったころ』（*When We Were Orphans,* 2000），中世イングランドを舞台にした『忘れられた巨人』（*The Buried Giant,* 2015）など，様々な作風の作品を世に送り出すが，常にその中核にあるのは「記憶」が個人あるいは共同体にとって持つ意味と働きをめぐる普遍的な問題意識である。そして2017年にはノーベル文学賞を受賞する。受賞理由は「感情的な力強さを備えた小説を通じて，我々は世界と繋がっているのだという幻想の下には深淵があることを描き出している」こと[1]。

▷1　“who, in novels of great emotional force, has uncovered the abyss beneath our illusory sense of connection with the world”，ノーベル賞公式ウェブサイトより。（https://www.nobelprize.org/nobel_prizes/literature/laureates/）

2 作品紹介

『わたしを離さないで』（*Never Let Me Go,* 2005）の舞台は1990年代末のイギリス。語り手キャシー・H. は自らを「介護人」と紹介し，その仕事は「提供者」の世話をすることだと説明する。そして彼女は友人のトミーやルースたちとともに，ヘールシャムと呼ばれる施設で過ごしていた幼い頃の思い出を語る。それは時には衝突を含みながらも微笑ましい，子供らしい交流である。だが一見他愛もない生活を描く物語が進むにつれて，彼らの背負っている「使命」が明らかとなる。彼らは臓器移植のために生み出されたクローンであり，「提供」とは臓器をひとつずつ摘出され続けることである。そして，キャシーたちは「猶予」という提供がしばらく保留される権利の噂を耳にする。

本作は現実のイギリスとは大きく隔たった舞台設定であるにもかかわらず，現代社会が抱える問題への寓意でもあるかのように様々な議論を引き起こした。

クローンたちがヘールシャムという特別施設で養育されていることは，科学技術における道徳や倫理の問題を喚起する。またキャシーたちを監督する「保護官」の立場に目を移せば，彼らを取り囲む世界の事実や真実をいつ，どのように子供たちに伝えるべきかという，教育をめぐる問題を提示していると見ることも出来るだろう。それを端的に表すのが，幼いキャシーが居室で「わたしを離さないで」という曲に合わせて踊っている場面である。キャシーは曲が彼女の中に喚起するイメージに没入していたのだが，ふとドアのところにヘールシャムの統括者でもあるマダムが立っていて彼女を見ていることに気付いて驚く。そして奇妙なことにマダムはキャシーを見ながら涙を流している。マダムの涙はキャシーたちを待つ運命が原因であることが後に明らかになるが，結局のところ当時の彼女たちは「伝えられているようで伝えられていない」のである。過去についての事実と想像を結び合わせたキャシーの語りを通じて，薄片を少しずつはがすようにその真実が明かされてゆく過程が胸を打つ作品である。2010年にイギリスで映画化された。また日本でも2014年に舞台化および，2016年にテレビドラマ化された。

3 作品を味わう

以下はキャシーがヘールシャムの部屋の中で「わたしを離さないで」というお気に入りの曲を聴きながら一人で踊っていた時，マダムが自分を見ながら泣いていることに気付いてキャシーが気持ちをかき乱される場面である。

> She was out in the corridor, standing very still, her head angled to one side to give her a view of what I was doing inside. And the odd thing was she was crying. It might even have been one of her sobs that had come through the song to jerk me out of my dream.
> 彼女は部屋の外の廊下でじっと立っており，頭を傾けて部屋の中で私がしていることを見ようとしていた。そして奇妙なことに彼女は泣いていたのだ。私が聞いていた歌の向こう側からやってきてわたしを夢の中から引きずり出したのは彼女のすすり泣きだったのかもしれない。

4 考えてみよう

1．上の引用の場面で，マダムが泣いていたのはなぜか。

2．キャシーたちが森の中の沼地で見つけたものは何か。またそれは作品内でどのような意味を持つか。

3．キャシーたちは苛酷な使命を静かに受け入れているようにも見える。あなたが彼らの立場ならどうするか。またそれはなぜか。

（三村尚央）

映像化作品

『わたしを離さないで』，2010年，20世紀フォックス。

『わたしを離さないで』（テレビドラマ），2016年，TCエンタテインメント。

おすすめ文献

荘中孝之（2011）『カズオ・イシグロ――〈日本〉と〈イギリス〉の間から』春風社。
平井杏子（2011）『カズオ・イシグロ――境界のない世界』水声社。
別冊宝島編集部編（2017）『カズオ・イシグロ読本』宝島社。
荘中孝之・三村尚央・森川慎也編（2018）『カズオ・イシグロの視線――記憶・想像・郷愁』作品社。
田尻芳樹・三村尚央編（2018）『カズオ・イシグロ『わたしを離さないで』を読む――ケアからホロコーストまで』水声社。

F　20世紀後半

78 『探偵ブロディの事件ファイル』

ケイト・アトキンソン

1 作家紹介

アトキンソン（Kate Atkinson, 1951-）はイングランド北部ヨークで生まれ，スコットランドのダンディー大学で英文学を学ぶ。アメリカのポストモダニズム作家の短編をテーマに博士論文を執筆した（博士号は取得せず）。処女作『博物館の裏庭で』（*Behind the Scenes at the Museum*, 1995）でウィットブレッド賞[1]（現コスタ賞）の大賞を受賞した。この賞は5部門に分かれており，各部門の受賞作品からその年の最優秀作品が選ばれる。ブッカー賞受賞作家のラシュディ[2]（Salman Rushdie, 1947-）を退けて，デビュー作家のアトキンソンが受賞したことが，話題となった。また，受賞時42歳と，デビューが比較的遅かったこと，女性であったことも，審査結果が議論を呼んだ原因といえる[3]。

上記の出来事が示すように，アトキンソンは伝統的な文学作家の型におさまらない作家といえる。スコットランドに居住し，作品の舞台を地方においていることも，ロンドンを中心とする，男性的で権威的な文壇との距離を象徴している。また，小説作品はポストモダニズムの詩学に裏打ちされ，語りは自意識的，しばしば喜劇的である。濃密な間テクスト性[4]も特徴的で，神話やおとぎ話が多用される。作品に共通するのは，遊戯的な形式を採用しながら，現実と歴史の物語性を強調し，さらに，見過ごされた人生や歴史，社会と精神の闇に目を向け，その物語を語る姿勢である。特に，抑圧された女性や家族の隠れた過去や秘密への関心の強さは，小説作品の筋にもよく表れている。

▷1　イギリスおよびアイルランドの作家に毎年贈られる賞。小説・デビュー小説・児童書・詩・伝記の5部門に分かれている。2006年，「コスタ賞（Costa Book Awards）」に名称変更された。

▷2　184ページ参照。

▷3　女性作家マンテル（Hilary Mantel, 1952-）がアトキンソンの力量を評価し，彼女の受賞を擁護する記事を出版したことも有名である。

▷4　文学研究においては一般的に，あるテクストが別のテクストをほのめかしたり，顧みたり，パロディ化したりする様を指す。言語構築主義的な考え方として，テクストは常に既存のテクストに依存，言及しながら生産され，存在するという見方もある。

2 作品紹介

アトキンソンの実験的な創作は，ジャンルの壁も超え，大衆的とされる推理小説のジャンルにも及ぶ。私立探偵のジャクソン・ブロディを主人公とする作品が現在5冊出版され，『探偵ブロディの事件ファイル』（*Case Histories*, 2004）はその1冊目である。法の正義や理性的推理が重要な探偵小説のジャンルは，伝統的に男性中心的とされるが，20世紀後半以降女性作家の活躍が著しく，フェミニズム批評の関心も集めている。アトキンソンの作品も，ジャンルの伝統を取り入れると同時に修正しながら，知られない過去，法の正義が及ばない複雑な心理的現実や人間関係に光を当てている。女性作家による探偵小説では，探偵役が女性であることが多いが，ブロディは男性私立探偵である。しかし，インタビューでアトキンソンが「彼は女性」なのだと言うように，ブロディは英雄的な男性探偵像とは異なるタイプである。弱者の痛みに共感し，助けようとする一方で，彼自身も弱くて脆い部分のある人間として描かれている。本作品では，ブロディは失踪や殺人が絡む三つの未解決事件の調査を引き受ける。調査の過程で，事件から立ち直れない被害者家族の苦しみだけでなく，彼自身が抱えるトラウマも描かれる。彼自身襲撃されながらも，苦労して真相を突き止め，被害者家族が新たな人生を歩む手助けをする。

3 作品を味わう

ブロディ独特の揶揄的な声でケンブリッジが描写される場面である。

> [⋯] they [the tourists] didn't want to see what was behind all that [the colleges and history], the money and power [⋯]. Someone had once told him that they used to say that you could walk the length of England and never leave land owned by Trinity. And all those beautiful gardens they had that you had to pay to go into. All that wealth and privilege in the hands of a few while the streets were full of the dispossessed, the beggars, the jakies, the mad. Cambridge seemed to have a particularly high incidence of insanity.
>
> 彼ら（観光客）は，この（コレッジと歴史の）裏側にあるものを見たくないんだ，金と権力を。[中略] かつて，トリニティー・コレッジ所有の土地を一度も出ることなくイングランドの端から端まで歩くことが出来るとよく言われたものだ，と誰かから聞いたことがある。それに，一般人には入場が有料なあのきれいな庭だって，やつらのものだ。あれだけの富と特権がごく一部の人間の手にある一方で，通りは，財産を失った人間，物乞い，薬物中毒者，正気を失った人間でいっぱいだ。ケンブリッジは狂気の発生の割合が特に高いようにみえる。

4 考えてみよう

1．上記抜粋部でケンブリッジがどのように描かれているかに注目し，小説のテーマと関連付けて分析してみよう。
2．小説に登場する家族の関係に注目し，それが家族についてどのようなことを示唆しているか考えてみよう。
3．イギリス文学には探偵小説の豊かな伝統がある。ブロディを，その他の探偵と比較し，共通する点と異なる点を議論してみよう。また，相違点が，作品が発表された時代の社会や文化とどう関連するか考えよう。

（迫　　桂）

図１　観光客で賑わうケンブリッジ市内。右手の建物はキングス・コレッジ
（出典：筆者撮影）

映像化作品

Case Histories (Series 1), 2011, BBC.
Case Histories (Series 2), 2013, BBC.

おすすめ文献

アトキンソン，ケイト／青木純子訳（2016）『マトリョーシカと消えた死体（探偵ブロディの事件ファイル）』東京創元社。
アトキンソン，ケイト／小野寺健訳（2008）『博物館の裏庭で』新潮社。
Norquay, Glenda (2012), "Genre Fiction," *The Edinburgh Companion to Scottish Women's Writing,* ed. Glenda Norquay, Edinburgh University Press, pp. 130-139.
Norquay, Glenda (2017), "Kate Atkinson: Plotting To Be Read," *The Contemporary British Novel since 2000,* ed. James Acheson, Edinburgh University Press, pp. 119-128.
ヘイクラフト，ハワード／林峻一郎訳（1992）『娯楽としての殺人――探偵小説・成長とその時代』図書刊行社。

① Thoughts from a Rainy Country

George Hughes

I used to live in Tokyo, in Kichijoji. When we arrived in Kichijoji we saw a George Coffee Shop. My first name is "George" and my wife joked that they were expecting our arrival. I lived there for fifteen years, when I was teaching at a university in Tokyo, but when I retired from teaching I came back to Europe. I now live in the southwest of Ireland. We can see cows from our window here, as well as fields that lead down to the sea. In the summer a farmer comes to cut our hay. Cutting hay was not something we thought about in Kichijoji.

Here in Ireland there are four seasons, but it rains all the year round. Irish people have many terms for rain. Sometimes it is "soft" rain, sometimes "wetting" rain, and worst of all is "lashing" rain. The rain doesn't fall straight down as in Japan; it comes at an angle because of the wind. Umbrellas get blown away.

Because we live by the sea there is also frequent fog. Before we came here a French friend warned me about the fog. He had come here on holiday with the woman who was later to become his wife, but he spent his whole holiday worried that he was going to lose her. Fog comes rolling down the mountains and blows in from the sea. Many tourists come here to see the southern point of Ireland and we explain that if the fog only cleared you could look over the horizon and perhaps see the United States.

When the sun shines the landscape is wild and beautiful. The ancient smooth grey rock and the intense green of the grass have inspired many painters. The flowers are extraordinary. In summer the countryside is a blaze of red fuchsia.

A friend of ours called Daniel Hearn lives not far from us in a house by the side of the bay. He was once an international rugby player, but was seriously injured in his youth. He has been in a wheelchair since his accident and he is a man with indomitable spirit. When I visit him we talk about the writer Lafcadio Hearn.

Dan is proud to say that he is the first cousin of Lafcadio Hearn, separated by only three generations. He loves to show visitors one of his possessions, a Japanese stamp with the picture of Lafcadio Hearn. You have to be really famous, he says, to have your picture on a national stamp.

Dan and I often wonder what led Lafcadio Hearn to Japan. Many young Irish people travel to other countries like the United States, Canada or Australia. Hearn started off in the United States, wandered on to the Caribbean and then Japan. He had a fascination with places that would present him with a challenge. Hearn loved traditional Japan: he wrote about the customs of old Japan and Japanese religion. What would he think of modern Japan? Of Shinjuku and Harajuku today? Of the crowds at the crossing in Shibuya? Would he still love Japan?

I think he probably would. I imagine he would have been disappointed that old customs had been thrown aside, but he would still have felt there is something in Japan that makes it exceptional. What other capital city is as un-threatening as Tokyo? Where else can we find the same courtesy and general politeness (even if people do push each other on and off the rush hour trains)? I imagine he would not have been much impressed by all the commercial razzmatazz; but he would have been able to find some of the traditional Japanese crafts he admired.

I tell Dan about Japan, but I have a friend living nearby who does not need to be told about Japan because she knows it well. She is a Japanese lady who married an Irish musician, and moved here twenty years ago. We meet once a week to chat in Japanese in a large cafe in the town of Bantry. We have been reading some essays by Murakami Haruki[*1], though my friend complains that Murakami's Japan is not what she remembers from her youth. The cafe is sometimes noisy, especially as there is a children's play area, and the children have the habit of running round shouting. Sometimes children rush up to our table and look at us—two people speaking a strange language and reading a book together that is written in strange writing.

The children stop and stare, listen for a time and then rush on. I think they are somewhat impolite, but I remember how in Japan, especially when we first lived in a country area, children used to come up and stare, and say "gaijin" in tones of amazement. Irish children are not very different, and are surprised by unusual people.

I wonder if one day these Irish children will decide to leave their rainy country and travel to see the world, as Lafcadio Hearn did, and as the members of my own family did. And will they come back to enjoy the rocks and wild flowers and sea fogs? There is a famous French poem that tells us how happy those are who, like the Greek hero Ulysses, make long journeys and then come home[*2]. Here in the rain, we have come home, carrying wonderful memories.

Notes

*1 The book we are reading is *Murakami Rajio* (2001).

*2 The French poem I mention is by Joachim du Bellay, in *Les Regrets* (31): "Heureux qui, comme Ulysse, a fait un beau voyage / ... Et puis est retourné, plein d'usage et raison,/Vivre entre ses parents le reste de son âge."

◇特別寄稿（エッセイ）◇

①雨の国にて想う（Thoughts from a Rainy Country）

ジョージ・ヒューズ[1]

かつて東京の吉祥寺に住んでいた。吉祥寺に着いたらジョージ・コーヒー店なるものがあって，私のファーストネームが「ジョージ」なので，私たちのことを待っていたんだわ，と妻が冗談を言ったものだ。そこに15年間住み東京の大学で教えていたが，退官後はヨーロッパに戻ってきた。いまはアイルランド南西部に住んでいる。窓の外には牛たちと，海へと下っていく牧草地が見える。夏には農夫が来て芝を刈ってくれる。芝を刈るなど，吉祥寺では考えられなかったことだ。

アイルランドには四季があるが，一年中雨が降る。ここの人たちは雨を表現する言葉をたくさん持っている。時にそれは「やわらかな」雨だったり，「濡らす」雨だったり，一番ひどい「鞭打つような」雨だったりする。雨は日本のようにまっすぐに落ちてはこず，風のせいで斜めに降る。傘は飛ばされてしまう。

海のそばに住んでいるので，よく霧が出る。ここに引っ越してくる前，フランス人の友人が霧には注意するよう教えてくれた。彼は以前，女性を伴ってここに休暇に来たことがあって，その人は後に彼の奥さんになるのだが，休暇中ずっと彼女を見失うのでは，と不安に駆られたそうだ。霧は山肌を下りてきて，海からも吹きつける。ここを訪れる観光客の多くがアイルランドの南端を見に来るのだが，霧が晴れさえすれば水平線が見えるし，たぶんアメリカだって見えますよ，と私たちは言う。

日が出ている時の風景は野趣に富み，美しい。古代からある滑らかな灰色の岩や深緑色の草は，多くの画家たちにインスピレーションを与えてきた。花々も素晴らしく，夏には田園がフクシアの花で燃えるような赤に染まる。

ダニエル・ハーンという友人がいて，ここからそう遠くない入り江のそばの家に住んでいる。かつては国際的ラグビー選手だったが，若い頃に大怪我をした。以来車いすに乗っているが，不屈の精神を持った男だ。彼のところを訪ねて，私たちは作家ラフカディオ・ハーン[2]の話をする。

ダン[3]はラフカディオ・ハーンの子孫で，ほんの三代遡ればハーンに行きつくのを誇りにしている。ハーンの絵が入った日本の切手を持っていて，訪ねてきた人に見せたがる。切手になるなんて，本当に有名だってことだ，と彼は言う。

ダンと私はよく，ハーンはなぜ日本へ行ったのか，と考えてみる。現代アイルランドの若者の多くは，アメリカやカナダ，オーストラリアのような国々に旅する。ハーンはまずアメリカを訪れ，カリブ海に向かい，そして日本に行き着いた。何らかの挑戦を与えてくれる土地を愛したようだ。伝統的な日本を愛し，日本の古い慣習や宗教について書いた。現代の日本を見たらどう思うだろう。今の新宿や原宿，渋谷の交差点を行きかう人混みを見たら。それでも日本を愛するだろうか。

たぶん愛するだろうと思う。古いしきたりが失なわれていることにがっかりするだろうけれど，それでも日本には何か特別なものがある，と感じるだろう。東京ほど治安のいい首都が他にあるだろうか。人々がこれほど礼儀正しく品のよい国が他にあるだろうか（通勤電車の内では押し合いへし合いしているとしても）。商業的な賑やかさには感心しないかもしれないけれど，彼が愛した日本の工芸品を見つけることは出来るだろう。

私はダンに日本の話をするが，近所には日本のことをよく知っていてその必要がない友人もいる。アイルランドの音楽家と結婚し，20年前ここにやってきた日本人女性だ。私たちは週に一度，バントリー[4]の街中の大きなカフェで落ち合い，日本語でおしゃべりする。ここしばらくは村上春樹のエッセイ(1)をいくつか読んでいるが，彼女は村上の描く日本が若い頃の記憶にあるものとは違う，と不平を言う。そのカフェには子供が遊ぶスペースがあり，大声をあげて走り回り騒々しいこともある。ときどきこちらにやってきて見ている—聞きなれない言葉を話し，妙な文字で書かれた本を一緒に読んでいる二人を。

子供たちは立ち止まってこちらをじろじろ見て，しばし聞き入り，そして走り去る。少しお行儀が悪いと思うが，日本でも，特に最初地方に住んでいた時には，子供たちがやってきて目を見開き，驚いたように「ガイジン」と言ったものだ。アイルランドの子供たちも似たようなもので，変わった人たちがいてびっくりしているのだ。

このアイルランドの子供たちも，いつかこの雨の国を離れて，ラフカディオ・ハーンや私の家族がしたように，世界を見る旅に出るだろうか。そして，戻ってきてこの岩や野の花や，海の霧を楽しむだろうか。フランスには，ギリシアの英雄ユリシーズのように，長い旅を経て故郷に戻ってきた者がいかに幸福かを謳った有名な詩がある(2)。私たちも帰ってきたのだ，素晴らしい思い出を携えて，この雨の中にいる。

原注

（1） この時私たちが読んでいたのは『村上ラヂオ』（2001年）である。

（2） ジョアシャン・デュ・ベレーの『哀惜詩集』（1558年）には，以下のような一節がある「幸いなるかな，ユリシーズのように大いなる旅をして／…豊かな経験と分別を備えて帰郷し／家族の間で余生を送る者は」。

訳注

［1］ ジョージ・ヒューズ氏はロンドンに生まれ，サセックス大学およびケンブリッジ大学で学んだ後，東京大学を始めとする日本各地の大学で長年イギリス文学を教えた。ラフカディオ・ハーンの研究者としても国際的に知られる。主な著作に *Reading Novels*（Vanderbilt University Press, 2002），『ハーンの轍の中で——ラフカディオ・ハーン／外国人教師／英文学教育』（研究社，2002年）がある。退職後はフランスに移り住み，現在はアイルランド在住。

［2］ 小泉八雲としても知られる作家（1850-1904）。ギリシアにて，アイルランド人の父とギリシア人の母の間に生まれる。1890年に来日し帰化した。日本文化に関する数多くの著作がある。ヒューズ氏と同様，東京大学（当時は東京帝国大学）英文科で教鞭を執った。

［3］ ダニエルの愛称。

［4］ アイルランド南部のコーク州にある都市。

（浦野郁訳）

② What Is a Translator ?

George Hughes

Who or what is a translator ? I am shy about calling myself a translator, as I do not earn my living by translation. On the other hand I have spent a lot of time in recent years translating books. For many readers these days I am the English translator of the French philosopher Emmanuel Falque.

Translation is hard work that requires ability in another language but also patience. The translator should be self-effacing and should concentrate on helping the writer to communicate to a new audience. Kate Briggs, a well-known translator, was advised by her teachers not to take up translation because it is "a thankless thing." When it is good, readers may not even notice that it is a translation. They enjoy reading the book, concentrate on the contents, and assume it was written in their own language.

How did I start translation ? It happened by chance. I was living in France and a friend whom I had met in Japan came to visit. He brought with him a French philosopher, Emmanuel Falque, who noticed that my French was fairly fluent and asked me if I would translate one of his books. I was dubious, but agreed to go up to Paris to meet an American editor. We had an excellent lunch in a Paris bistro. That was probably a mistake. After you have enjoyed a delicious French lunch at somebody else's expense it is difficult to say no. The American explained to me that she just wanted me to make a clear and readable translation. I could read and speak French without much trouble, so she suggested that translating the book would be easy for me. She persuaded me, and I started work.

There were times when I began to think I must have been crazy. I remember struggling with the first chapter. I asked some French friends for help, but they said they did not understand philosophy. I telephoned the author and he became excited, giving me long explanations about what he really wanted to say. But that was no use to me, as I could not possibly put in all that he told me. It would have become a new book. After a time I realised that a translator is essentially on his or her own. There may be things one does not understand, but one just has to put them aside, do something else and then come back to work later on.

I have a shelf of dictionaries to help me, but unfortunately none of them is perfect. One dictionary specialises in contemporary French. Unfortunately the English translations it gives are not impressive. Another boasts that it contains a large number of words, but it does not give alternative meanings. I have an old, very worn dictionary that has scholarly words, but the English translations are often old-fashioned. A French-French dictionary is helpful in understanding words I do not know, but then I still have to find translations. I have to pick and choose among all these books when I start work.

One of the problems I face is when I find a mistake in the original. If a date is wrong, or a name is misspelled, what should I do? I am supposed to be translating Emmanuel Falque's book not correcting it. All the same I would like the reader to understand his meaning, not focus on some error. Sometimes a mistake can be comic. In one of the books I translated there were constant references to "camels". As he was discussing the problem of anxiety, I could not see how camels came into his argument. After a while I realised that the author had really used a French word for "flesh" in his manuscript. In printing this word in French two letters had become muddled, and flesh had somehow turned itself into quite a different word. I did correct that one.

I like to think my translations are clear. And I am happy when someone tells me I have helped them understand Emmanuel Falque's philosophy. Once I attended a conference and spoke to the scholar who translated the same books into Italian. He told me his Italian publisher had given him a deadline, but he found Falque's French too difficult. He looked at my translation and found it easier, so ended up translating my English version of the French into Italian. I did not mind. In fact I was pleased to have been useful.

I sometimes think I am wasting my time. I could be writing my own books. But this morning Emmanuel Falque telephoned to say an American publisher wants to publish a translation of his newest book in English. Someone else has made a translation of the first chapter, but the publisher said it is not good enough. The publisher would, however, be prepared to accept a translation from me. Would I take on the whole book?

I said I would think about it. Maybe I will accept. Spring is in the air, and it is not so dark these days at six o'clock in the morning, when I like to start work at my desk. After all, translating is always an interesting challenge. And it is good to think that through my translations a French philosopher can find a new and wider audience. With any luck I may also be invited to another delicious lunch in Paris.

◇特別寄稿（エッセイ）◇

②翻訳家という存在（What Is a Translator？）

ジョージ・ヒューズ

翻訳家とは誰で，何をする人だろう。自分のことを翻訳家と呼ぶのは気恥ずかしい。翻訳を生業としているわけではないのだから。とはいえ，近年では翻訳に多くの時間を費やしている。今日の多くの読者にとって，私はフランス人哲学者エマニュエル・ファルク[1]の英訳者，ということになる。

翻訳は，外国語の運用能力だけでなく忍耐を必要とするハードな仕事だ。翻訳家は自分を消して，書き手が新たな聴衆に語りかけるサポート役に徹するべきだ。著名な翻訳家ケイト・ブリッグス[2]は，恩師たちから翻訳などやめなさい，「感謝されない仕事」だから，と言われたそうだ。翻訳が良ければ，読者はそれが翻訳されたものだということにさえ気づかない。彼らはただ読むのを楽しみ，内容に集中して，その本は自国語で書かれたものだと思う。

そんな翻訳という仕事をなぜ始めたのか。偶然によるものだ。フランスに住んでいた頃，日本で出来た友人が訪ねてきた。その時にファルク本人が一緒に来て，私がフランス語にかなり堪能なのを見て，自分の本をどれか一冊訳してみないか，と持ちかけてきたのだ。どうしようかと思ったが，ひとまずパリに出てアメリカ人の女性編集者に会うことに同意した。私たちはパリのビストロで素晴らしい昼食を楽しんだ。たぶんこれが間違いだったのだろう。おいしいフランス式ランチをご馳走になった後でノーをいうのはたやすいことではない。ただ分かりやすく，読みやすい翻訳がほしいのです，と彼女は説明した。あなたはフランス語をほとんど問題なく読んだり話したりするのだから，本を訳すのだって簡単でしょう，と言う。彼女に説得され，私は仕事に取りかかった。

引き受けるなんてひどい間違いだった，と何度も思いかけた。第一章の翻訳には苦戦した。フランス人の友人たちに助けを求めたが，哲学は分からないから，と言われた。作者のファルクに電話をかけると，興奮して彼が本当に言いたかったことを長々と説明しはじめた。これも助けにはならなかった。そういったこと全てを訳に盛り込んでいたら，別の本になってしまう。しばらくすると，翻訳家は自分のほかに頼るべきものはない，ということが分かってきた。分からない箇所があれば，いったん脇に置いて何か別のことをして，後で戻ってくればいいのだ。

棚に並んだ辞書も助けにはなるが，あいにく一つとして完璧なものはない。ある辞書は現代フランス語に特化したものだが，残念ながら載っている英語の訳語はあまり優れたものではない。別な一冊は収録語数が多いことを売りにしているが，その代わり語が持つ様々な意味を紹介していない。使い古した学術的な辞書も持っているが，よくある古臭い英訳になっては困る。仏仏辞書は知らない語を調べる役には立つが，訳語は自分で考えなければならない。翻訳する時には，これらの辞書を引き引き，その中から適当な訳語を選んでいくことが必要だ。

原書に間違いを見つけることもある。日付や名前のスペルが間違っていたら，どうしたらいいだろう。私はファルクの本を訳しているのであって，校正しているわけではない。とはいえ，読者にはこうしたミスを気にすることなく内容を理解してほしいとも思う。ときに間違いは喜劇的なものだったりする。以前に訳した一冊は，始終「ラクダ（camel）」に言及していた。ファルクが取り上げているのは不安の問題だったので，なぜラクダが出てくるのか見当もつかなかったのだが，しばらくして作者が原稿で使っている語は「肉体（flesh）」だと判明した。活字になる際に二つの文字が混同されて，肉体は全く別のラクダという語になってしまったのだ[3]。これは訂正しておいた。

自分の翻訳は分かりやすい，と思いたいし，あなたのお陰でファルク哲学を理解できました，と言われるとうれしい。ある学会で同じファルクの著作をイタリア語に訳しているという研究者に会い，こんな話を聞いた。イタリアの出版社から締切を言い渡されたがファルクのフランス語があまりに難しい。そこで私が訳した英語版を見てみたら，そちらの方が分かりやすかったので，結局英語からイタリア語に訳したそうだ。私は別に気にしないし，実のところ役に立てて良かったと思う。

ときには時間を無駄にしていると感じることもある。その時間があれば，自分の本を書けるはずだ。ところが今朝ファルク本人が電話をかけてきて，アメリカの出版社が彼の最新作を出版したがっているという。別の翻訳者が第一章を訳したが，出版社は満足していない。あなたが訳したものならオーケーだと言っているが，丸々一冊引き受けてくれないか。

考えてみる，と言っておいた。たぶん引き受けるだろう。春の気配がしてきて，近頃では机に向かう朝の六時だって，それほど暗くはない。結局のところ，翻訳はいつでも面白いチャレンジだ。そして，私の翻訳を通じてフランス人哲学者が新しく，より幅広い読者層を獲得すると思うと気分がいい。運が良ければ，またパリでおいしい昼食にあずかれるかもしれないではないか。

訳注

［1］ 現在パリ・カトリック大学教授。ヒューズ氏が翻訳を手掛けた *The Wedding Feast of the Lamb: Eros, the Body, and the Eucharist*（2016）や *The Guide to Gethsemane: Anxiety, Suffering, Death*（2018）によって，その思想が英語圏でも知られる。

［2］ 作家，翻訳家。ロラン・バルト（Roland Barthes, 1915–80）の著作の英訳で知られる。

［3］ 英語の flesh に当たる語はフランス語では charnel。これが印刷上のミスで camel になっていた。

（浦野郁訳）

◇特別寄稿（エッセイ）◇

③ Why Do We Read Literature?

Derek Attridge

A friend has recommended a new novel to you. You save it for your holiday, and then, sitting out in the sun and feeling happily relaxed, you start reading. And something strange starts to happen: the little black signs on the page before your eyes draw you into a world that has nothing to do with the sights and sounds of your surroundings, which quickly fade from your consciousness. Your thoughts are shaped by ideas that are not yours, your feelings are stirred by unfamiliar emotional currents, your mind is populated by newly-minted images. People you have never encountered before become real to you, conversations unlike any you have taken part in resound in your ears, scenes foreign to your experience unfold around you. Even your body responds to this new world you have entered—your skin tautens or your eyes prick with incipient tears or you laugh out loud.

And yet—and this is what is strangest of all—you remain perfectly aware that you are reading a book, and that your experience of new thoughts, feelings, and images has been brought about by someone's skilful handling of language, by an author's precise choice of words to convey sights and sounds, motions and emotions, by the sculpting of sentences into sequences that amuse and arouse, arrest and lull, increase tension or achieve relaxation. You may know a great deal about this author, or nothing at all; the words may have been written the previous year or several centuries ago. But your pleasure in being carried along by the fiction is enriched by your admiration for the creativity of the person who brought it into existence.

These are some of the remarkable features of an experience that we tend to take for granted. Of course, much of our reading of literature (in the broadest sense of that word) involves the enjoyment of what is familiar rather than the feeling of being taken into new worlds, but even the most formulaic of genre novels or the most conventional of poetic stanzas can surprise the reader with a little charge of the unfamiliar, a sense that the exact tinge of a colourful scene, or the fine nuance of an expertly conveyed emotion, breaks new ground in one's appreciation of what it means to live on this earth.

The challenge for the student of literature, as I see it, is to understand and articulate this experience (which has analogies in the other types of art); and to do so without, on the one hand, being captivated by the dream of reducing all aesthetic matters to the facts of scientific truth or statistical evidence, or, on the other hand, falling prey to a mystical apprehension shrouded in vagueness and hyperbole. This is not to say that we can't learn interesting details from cognitive theorists about the operations of the brain when it encounters a poem or valuable sociological knowledge about the patterns of works and their readers from carefully accumulated data sets; nor, on the other hand, is it to devalue accounts of literary experience that are themselves highly literary. But no amount of scientific enquiry or colourful imagery can do justice to the intensity and singularity of my experience when I re-read Donne's lines,

> Sweetest love, I do not go,
>   For weariness of thee,
> Nor in hope the world can show
>   A fitter love for me,

and feel all over again that pull at the heart when the perfect rhymes reinforce the speaker's loving reassurance to the woman he is leaving for a long journey. Nor is a historical study or stylistic analysis going to capture my feelings when I see on stage once more (but always as if for the first time) the moment in *Much Ado about Nothing* when Shakespeare's Beatrice, who has learned of her friend Hero's apparent death, utters her sober command to Benedick: "Kill Claudio"—and I am made aware of human lives undergoing a sudden and dangerous transformation.

The work of literature, or any work of art, if it achieves what art uniquely can achieve—for works of art have many functions, most of them shared with other human productions—calls out for a response that does justice to its singular and inventive introduction into the sphere of the familiar and habitual of uncharted ways of thinking and feeling, modes of knowledge or emotional experience whose newness may be combined with a sense of rightness and truth. As readers, we have to be both passive—to let the novel or play or poem do its magical work on us—and active, bringing to bear on the words we are reading all we have imbibed from our culture. A full response to a literary work is deeply pleasurable (though what is depicted in the work might be painful) because it involves a momentary expansion of one's being, a venture into places formerly blocked off, a sharpening of a dulled palate; and although it's never possible to predict exactly what effect a work will have on a reader, or even to state afterwards what its effect has been, one thing is certain: we're never exactly the same when we've been through the powerful transformation a great work of literature can perform. Literature is a social good not because it can be hijacked for this or that cause, but because it fosters an openness to otherness and to the future.

注

［1］ ヨーク大学（イギリス）英文科名誉教授。イギリス学士院フェロー。

英詩の韻律論，モダニズム文学，ポストコロニアル小説の専門家として知られ，著者または編者としてこれまでに手がけた書物は26冊を数える。主な著書に *Peculiar Language : Literature as Difference from the Renaissance to James Joyce*（1988），*The Rhythms of English Poetry*（1982），*The Singularity of Literature*（2004），*Joyce Effects : On Language, Theory and History*（2000）など。

◇特別寄稿（エッセイ）◇

③なぜ文学を読むのか？（Why Do We Read Literature？）

デレック・アトリッジ

友人に新しい小説を勧められたとする。それを休日にとっておき，休みになると外の日なたに出て座り，のんびりとくつろいで読み始める。すると，ある不思議なことが起こり出す。目の前の本のページに散らばる黒い小さなしるしが，周囲の景色にも音にも無関係な世界へと自分を引き入れ，あたりはたちまち意識から消え失せてしまうのだ。思考は自分のものではない考えによって形作られ，感情は未知の感情の潮流によってかき乱され，心には新たに作り出されたイメジが住み着く。出会ったこともない人々の存在が自分にとって真に迫ったものとなり，今までに関わったためしのない会話が耳に鳴り響き，経験したこともないような光景がまわりに広がる。肉体さえもがその新しい世界に反応する——皮膚がこわばったり，涙が出始めて目がちくちくと痛んだり，大声で笑ったりする。

それでいて——これが一番不思議なことなのだが——すっかり気がついているのだ。自分が今，本を読んでいるということに。そして，新しい思考や感情やイメジの経験が，誰かの巧みな言葉の操作によって，すなわち作者が光景や音，動きや感情を伝えるべく，正確な言葉を選択することによって——面白がらせたりハッとさせたり，注意を引いたり心を静めたり，緊張を高めたりくつろぎを与えたりするような具合に文を連ねることによって——もたらされたにすぎないということに。その作者についてよく知っていることもあれば，何も知らないこともあるだろう。小説の言葉は前の年に書かれたものかもしれないし，何世紀も前に書かれたものかもしれない。ともあれ，フィクションに感動する喜びは，それを生み出した人物の創造力に敬意を抱くことによって豊かになるものである。

こうしたことが，私たちが当たり前のものと思いがちな経験の有する，驚くべき特徴である。文学（最も広い意味での）を読む時には，もちろん，新しい世界に引き入れられる感覚を覚えるよりも，自分に馴染みのあるものを楽しむことのほうが多い。しかし，どんなに紋切型のジャンル小説にも，どんなに型にはまった詩のスタンザにも，未知の要素がわずかに含まれており，それが読者を驚かせることがある。読者は，とある興味深い場面のまさにその色合いによって，または巧みに表現された感情のその微妙なニュアンスによって，この世に生きることの意味を新たに理解することが出来たというような感覚を抱くこともあるのだ。

私の考えでは，文学を学ぶ学生にとっての課題は，その経験（他の種類の芸術にも似たような経験があるが）を理解し，そしてそれを明確に表現することである。それも，あらゆる美学的問題を科学的真理や統計的な根拠といった事実に集約するといった夢にとりつかれることなく，また一方では，曖昧な表現や大げさな言い回しに包まれた神秘的な観念のとりこになることなく。とはいえ，私は，認知理論家から，脳が一篇の詩に出会った時の働き方について興味深い詳細を学ぶことが出来ないとか，あるいは，注意深く蓄積されたいくつものデータのまとまりから，作品やその読者の型についての貴重な社会学的知識を得ることが出来ない，などというつもりはない。また一方で，文学的体験についての，それ自体じつに文学的な説明には価値を認めない，というつもりもない。しかし，どれほどの科学的調査も多彩なイメジも，以下のダンの詩行[1]を読み直す時の，私の強烈で特異な経験を十分には表せまい。

最愛のひと　私が去るのは
あなたに飽いたからではないのです
この身にもっとふさわしいひとが　世の中には
いるかもしれない　と期待しているわけでもないのです

詩の語り手が長旅を前に，残していく女性を安心させようとして紡ぎだす愛に満ちた言葉が見事な韻によって強調される時，私の心はまたしても魅了される。また，歴史的な研究にしろ，文体の分析にしろ，以下の私の感情を捉えることは出来ないだろう。シェイクスピアの『空騒ぎ』の中で，従妹ヒーローが婚約者クローディオに侮辱され拒絶されて死なんばかりに苦しんでいるのを知ったベアトリスが，自身の恋人ベネディックに対して「クローディオを殺して」と真剣に言い放つ，あの瞬間を舞台で再び（しかしいつも，まるで初めてのように）見る時の。その時私は人生というものが，突然危険な変化をこうむるものだということに気付かされる。

文学作品は，馴染みのある習慣的なものの領域へと，未知の考え方や感じ方，そして正義や真実の観念と結び付いているかもしれない新しい知識や感情的経験を持ち込むという，それ自身の特異で創意あふれる行いが正しく評価されるような反応を必要としているものである。このことは，文学作品のみならず，どのような芸術作品についてもいえる。ただし，芸術作品が，芸術しか成し遂げ得ないものを成し遂げている場合に限ってのことだが。というのも，芸術作品にはたくさんの機能があり，そのほとんどが人間が生み出す他の物と共通しているからである。私たちは読者として，受け身であると同時に能動的でなければならない。すなわち，小説や劇や詩が自分に不思議な作用を及ぼすに任せると同時に，読んでいる言葉を理解するのに，自分が文化から吸収したありったけのものを生かさなくてはならないのである。文学作品に精一杯反応するのは，じつに愉快なことだ。（たとえその作品に描かれている内容が痛ましいものであったとしても。）というのも，そうすれば束の間，自己の存在が広がり，かつては遮断されていた場所へと冒険することが出来，鈍っていた感性が研ぎ澄まされるからである。それに，作品が読者に及ぼす効果を正確に予測することも，読者への効果がどのようなものであったかを後からですらはっきりと述べることも不可能ではあるが，ひとつ確かなことがある。それは，偉大な文学作品がもたらす強力な変化を経験した時，私たちがその前と少しも変わらないなどということは決してないということである。文学は社会に役立つものだ。それは，文学というものが，あれやこれやの大義を主張するために乗っ取ることが出来るものであるからではない。そうではなくて，文学は他者への，そして未来への寛大さを育むものであるからだ。

訳注

［1］ダンの詩集『ソングズ・アンド・ソネッツ』の項目（66-67ページ参照）からの一篇「唄」（"Song: Sweetest love, I do not go"）の冒頭4行。

（奥村沙矢香訳）

④ What Is a Poem ?

Derek Attridge

What kind of existence does a poem have ? Here's one of Wordsworth's famous 'Lucy' poems, for example:

A slumber did my spirit seal;
  I had no human fears:
She seem'd a thing that could not feel
  The touch of earthly years.

No motion has she now, no force;
  She neither hears nor sees;
Roll'd round in earth's diurnal course
  With rocks, and stone, and trees.

Does the poem exist as the printed block of words on the page above ? Does it consist of the spoken words that these marks on the page give rise to, whether they are uttered by a human or by a machine ? Does it enjoy some ideal existence that every visible or audible manifestation of these words alludes to ? Our habitual use of the word 'poem' has elements of all these conceptions. But if I say, 'I enjoy Wordsworth's "Lucy" poems', I'm referring to my *experience* of the works, and not just their words as they exist apart from me; if I comment that 'Tennyson's poetry leaves me cold' I'm probably summing up several such experiences. These experiences are temporal, emotional, sometimes bodily. Words on the page or the screen—let's call them, as material objects, *texts*—need to be experienced as a particular kind of *event* before they become, in the fullest sense of the term, poems. Even sound-waves travelling through the air remain purely physical events if they are not received by a human ear and brain. (A computer could probably be programmed to distinguish spoken poems from other utterances and perhaps to register in some way their emotional content, but the day has not yet arrived on which it could experience poems as poems.) The poem is a human event, repeatable though never exactly the same in its repetitions, rather than a fixed material object, or even an ideal one.

But is there anything, it might be asked, that distinguishes the particular category of the poem from the more general category of literature ? Isn't any literary work an event that occurs when a suitable text, lying inert on the page, is read in a certain way ?

Poetry, like prose fiction and drama, can exploit any of the powers of which language is capable, whether to horrify, to hearten, to intrigue, to insult, to stir, to excite, to disappoint—the list is endless. What poetry uniquely does, however, is to harness the particular effectiveness that language possesses by virtue of its physical properties: its sounds, its silences, its rhythms, its movement through time. Language's manifold powers are made even stronger in this way and the staging of linguistic acts given even greater emotional resonance. This means that a poem is a real-time event, and if one does not read it in real time—aloud or in a mental representation of speech—one may be reading it as a literary work of some kind, but not as a poem.

To experience a poem as a poem, therefore, is not treat it only as an event of meaning, but an event *of and in language,* with language understood as a material medium as well as a semantic resource. And because this experience is a response to the materiality of language, the physical body is necessarily involved; psychologists have found that even a silent reading in which the words are articulated makes use of slight muscular movements. To quote Paul Zumthor—'one of the great scholars of orality', as a character in a novel by J. M. Coetzee describes him: 'Regardless of the way in which the notion of performance may be recast (or wrung to extract its substance!), there will always be an irreducible element, the idea of the presence of a body'.

The conditions under which poetry can be experienced are highly varied. I can attend a public reading, hear a poem on the radio, read silently or aloud from the printed page, or recite some lines of verse from memory. And what I derive from the experience can include knowledge of the past, moral advice, insight into a writer's life, psychological truths, and more. But when a poem is enjoyed purely for the information or wisdom it contains—and there is no lack of evidence that this frequently happened in medieval and Renaissance times, as it no doubt did in earlier periods as well—it is not being experienced as a poem. Poetry has been read for many other purposes too: it has, for instance, consoled mourners, injured opponents, contributed to social cohesion, reinforced the authority of rulers, and stiffened hearts before battle. But in addition to its other roles, it seems likely that poetry—or a cultural practice we would now call poetry—has, over centuries and across the globe, offered the peculiarly pleasurable experience I have described. The enjoyment of language's powers to move and delight was part of the pleasure felt by those who listened to the Homeric epics in archaic Greece, or attended performances by Roman poets, or sang early Christian hymns, or heard tales in verse during medieval pilgrimages, or read silently from Renaissance anthologies. The choice of verse as the vehicle for so many social and political functions also suggests that it works on its hearers and readers with peculiar force, and this force has always stemmed from the pleasure to be gained from a skilful writer's exploitation of language's properties as a material, temporal medium.

◇特別寄稿（エッセイ）◇

④詩とはなにか？（What Is a Poem？）

デレック・アトリッジ

詩とは，どのような存在なのだろうか。例えばここに，ワーズワースによる有名な「ルーシーの歌」の一篇[1]がある。

まどろみが私のこころをふさぎ
私は人の怖れを抱かなかった
彼女はこの世の歳月を
感じることができないもののように見えた

彼女には今や　動きも力もない
聞こえもせず　見えもせず
地球の日々の自転にあわせて回っているのだ
岩と石と木々とともに

この詩は，ここに印刷された，いくつもの語のかたまりとして存在しているのだろうか。この詩は，ページの上のこれらの記号が人間もしくは機械によって発音されることによって生み出される話し言葉から成り立っているのだろうか。この詩はなにか観念的な存在で，それが目や耳で感じ取ることの出来るこれらの語によって仄めかされているのであろうか。「詩」という語の意味には通常，これら全ての概念が含まれている。しかし，もし私が「ワーズワースの『ルーシー』の詩を楽しんでいる」と言えば，私はその作品についての自分の「経験」のことを言っているのであって，単に，自分とは無関係に存在する詩の言葉のことを言っているわけではない。そして，もしも私が「テニスンの詩には感銘を受けない」と述べるとすれば，私はおそらくそうしたいくつもの経験を要約しているのであろう。こうした経験は時間的，感情的な経験であり，時に身体的な経験でもある。ページやスクリーン上の言葉は――そうした形ある物としての言葉を「テクスト」と呼ぼう――ある特定の「事象」として経験されて初めて，最も広い意味での詩となるのである。空中を伝わる音波でさえ，人間の耳と脳で受容されなければ，全くの物理的な事象のままである。（コンピュータを，おそらくは口語詩とその他の発話とを区別するように，また，ひょっとすると口語詩の感情的な内容を何らかの方法で記録するようにプログラムすることは出来るかもしれないが，コンピュータが詩を詩として経験することが出来る日はまだ来ていない。）詩とは人間がいて初めて成り立つ事象なのであり，不変の，あるいは観念的な有形物であるというよりはむしろ，繰り返し味わうことが出来，しかも繰り返される中でも決して全く同じものとはならない，そんなものなのである。

しかし，このように尋ねられるかもしれない。詩という特定のカテゴリーを，より一般的な文学のカテゴリーと区別するものが何かあるのだろうか。どんな文学作品も，ひとつの事象となるのではないか――ページ上に，ある適当なテクストがただ横たわっているとして，それがあるやり方で読まれる時には，と。

詩は，散文小説や劇と同様に，およそ言語というものに可能ないかなる力をも人に振るうことが出来る。怖がらせたり，元気づけたり，興味を抱かせたり，侮辱したり，奮起させたり，興奮させたり，失望させたり……と，その力は枚挙にいとまがない。しかし，詩だけが行っていること，それは，それ自身の物理的特性の力で言語の持つ特定の効果をコントロールする，ということである。その特性とは，音，沈黙，リズム，律動の流れである。こうして言語の持つ多種多様な力がさらに強められ，言語的作用の演出にさらなる感情的な響きが付与されるのである。ということはつまり，詩とはリアルタイムの事象であり，そのため，もしもリアルタイムで詩を読むのでなければ――すなわち声に出したり，心の中で言葉を音読したりするのでなければ――それをある種の文学作品として読んでいることにはなっても，詩として読んでいるということにはならないということである。

したがって，詩を詩として経験するということは，詩を意味の事象としてだけではなく，「言語の」事象および「言語の中の」事象として扱うということなのである。それは，言語を意味の源としてだけでなく物質的な媒体として理解することによって可能となる。そしてその経験は言語の物質性に反応していることになるので，それには必然的に身体が関わっている。心理学者は，黙読において単語が心の中で音読される時にさえ，わずかに筋肉が動いているということを見出している。ポール・ザムサー――J. M. クッツェーの小説[2]の中で，「偉大な口述学者のひとり」と呼ばれる人物――の言葉を引用すれば，「言語運用の概念がいかに練り直されようとも（または絞られて中身を引き出されようとも！），常に，削ることの出来ない一要素がある。それは身体が存在するという認識だ。」

詩を経験することの出来る状況はじつに様々だ。公開朗読会に参加することも出来れば，ラジオで詩を聴くことも出来るし，印刷されたページを黙読したり，声に出して読んだりすることも出来れば，記憶している詩行を暗誦することも出来る。そしてその経験から得られるものはといえば，過去についての知識であったり，倫理的な助言であったり，ある作家の人生についての見識であったり，心理学的な真実であったりと，これもじつに様々だ。しかし，詩が単に，そこに含まれる情報や知恵だけを目当てに読まれるとすれば――そして，そういうことが中世やルネサンス期に，そしておそらくはそれより前の時代にもしばしば行われていたという根拠には事欠かないわけだが――そのような時，詩は詩として経験されてはいない。詩は他にもたくさんの目的で読まれてきた。詩はこれまで，例えば哀悼者を慰めたり，敵対者を傷つけたり，社会的な結束に寄与したり，支配者の権威を強めたり，闘いに向かう戦士の心を引き締めたりしてきた。しかし，そうした役割に加えて，詩というものは――もしくは今日，詩と称されるような文化的実践は――どうやら，世界中で何世紀にもわたって，私がここに記したような格別に愉快な経験を提供してきたらしい。心を動かしたり喜ばせたりする言葉の力を享受することは，ホメロスの叙事詩に耳を傾けた古代ギリシアの人々や詩人の興行に参加した古代ローマの人々，初期の聖歌を歌った人々や巡礼の旅の道中に韻文で語られる物語を聞いた中世の人々，名詩文集を黙読したルネサンス期の人々，そんな人々の喜びの一部であった。韻文がじつにたくさんの社会的・政治的儀式の伝達手段として選ばれてきたという事実は，また，以下のことを暗示してもいる。韻文は独特の力でもって聞き手や読み手の心に訴えかけるものである。そしてその力は常に，物質的・時間的な媒体としての言葉の特性を書き手が巧みに活用することによってもたらされる喜びから生じているのである。

訳注

［1］ The “Lucy poems” は5篇の詩から成り，ここに挙がっている詩はそのうちの最後の一篇。引用は冒頭の8行である。The “Lucy poems” はワーズワース（92-93ページ）とコウルリッジ（94-95ページ）の共著『抒情民謡集』（*Lyrical Ballads,* 1789）の第二版（1800年出版）に，初めて収められた。

［2］ 小説『エリザベス・コステロ』（*Elizabeth Costello,* 2003）のこと。ポール・ザムサーをこのように呼ぶのは，著名な作家である主人公コステロの，旧友で作家仲間のエマニュエル・エグドゥ（Emmanuel Egudu）である。

（奥村沙矢香訳）

■テクスト引用出典一覧■

44-45ページ[1] *Old and Middle English c.890-c.1450: An Anthology* (2010), ed. Elaine Treharne, 3rd edn, Wiley-Blackwell, p. 202 (Lines 736-757).

46-47ページ[2] Langland, William (1995), *The Vision of Piers Plowman,* ed. A. V. C. Schmidt, J. M. Dent, p. 118 (Passus V, Lines 105-121).

49ページ[3] Chaucer, Geoffrey (2008), *The Riverside Chaucer,* ed. Larry D. Benson, 3rd edn, Oxford University Press, p. 40 (I (A), Lines 1070-1079).

50-51ページ[4] Malory, Thomas (1998), *Le Morte Darthur: The Winchester Manuscript,* ed. Helen Cooper, Oxford University Press, p. 520 (Chapter XXI, 9).

53ページ[5] Spenser, Edmund (1968), *The Faerie Queene,* ed. Thomas P. Roche, Jr., Penguin, Book I, Canto XI, Stanza 53.

55ページ[6] Marlowe, Christopher (1989), *Dr. Faustus,* ed. Roma Gill, New Mermaids Series, A&C Black, Scene 3, Lines 77-81.

57ページ[7] Shakespeare, William (2017), *A Midsummer Night's Dream,* The Arden Shakespeare Third Series, ed. Sukanta Chaudhuri, Bloomsbury, Act 5, Scene 1, Lines 7-17.

59ページ[8] Shakespeare, William (2006), *Hamlet,* The Arden Shakespeare Third Series, ed. Ann Thompson and Neil Taylor, Thomas Learning, Act 5, Scene 2, Lines 197-202.

61ページ[9] Shakespeare, William (2010), *The Winter's Tale,* The Arden Shakespeare Third Series, ed. John Pitcher, Methuen, Act 5, Scene 3, Lines 94-99.

63ページ[10] Shakespeare, William (1977), *Shakespeare's Sonnets,* ed. Stephen Booth, Yale University Press, Sonnet 18, p. 19.

65ページ[11] Jonson, Ben (1953), *Ben Jonson's Plays and Masques,* ed. Robert M. Adams. University of Chicago Press, *The Alchemist,* Act III, Scene 2, Lines 53-55, 65-68.

67ページ[12] Donne, John (2008), *The Complete Poems of John Donne,* ed. Robin Robins, Longman, 'The Relic', Lines 1-11.

69ページ[13] Vaughan, Henry (2018), *The Works of Henry Vaughan: Introduction and Texts 1646-1652,* Ed. Donald R. Dickson, Alan Rudrum, Robert Wilcher, Oxford University Press, 'The Night', Lines 25-28, 49-50.

71ページ[14] Milton, John (2006), *Paradise Lost,* ed. Alastair Fowler. Longman, Book VI. Lines 322-328.

73ページ[15] Bunyan, John (2008), *The Pilgrim's Progress,* ed. Roger Pooley, Penguin, p. 64

75ページ[16] Pope, Alexander (1938-1968), *The Twickenham Edition of the Poems of Alexander Pope,* ed. J. Butt *et al,* vol. 1, Methuen, Lines 309-317.

77ページ[17] Defoe, Daniel (2007), *Robinson Crusoe,* ed. Thomas Keymer, nn. Thomas Keymer and James Kelly, Oxford University Press, p. 82.

79ページ[18] Swift, Jonathan (2005), *Gulliver's Travels,* ed. Claude Rawson, nn. Ian Higgins, Oxford University Press, p. 15.

81ページ[19] Richardson, Samuel (2001), *Pamela; or, Virtue Rewarded,* ed. Thomas Keymer and Alice Wakely, intro. Thomas Keymer, Oxford University Press, pp. 203-204.

83ページ[20] Smollett, Tobias (1999), *The Adventures of Roderick Random,* ed. Paul-Gabriel Boucé, Oxford University Press, p. 86.

85ページ[21] Fielding, Henry (2005), *The History of Tom Jones, a Foundling,* ed. Thomas Keymer and Alice Wakely, intro. Thomas Keymer, Penguin, p. 266.

87ページ[22] Sterne, Laurence (2009), *The Life and Opinions of Tristram Shandy, Gentleman,* ed. Ian Campbell Ross, revised edition, Oxford University Press, pp. 229-230.

89ページ[23] Walpole, Horace (2014), *The Castle of Otranto,* ed. Nick Groom, Oxford University Press, p. 18.

91ページ[24] Blake, William (1988), *The Complete Poetry and Prose of William Blake,* ed. David V. Erdman, University of California Press, Lines 10-20.

93ページ[25] Wordsworth, William (1992), *Lyrical Ballads, and Other Poems* (The Cornell Wordsworth), ed. James Butler and Karen Green, Cornell University Press, Lines 117-122.

95ページ[26] Coleridge, Samuel Taylor (2001), *Poetical Works,* ed. J. C. C. Mays, vol. I, 1, Princeton University Press, Lines 578-585.

97ページ[27] Austen, Jane (2008), *Pride and Prejudice,* Oxford University Press, p. 104.

99ページ[28] Scott, Walter (1985), *Waverley,* ed. Andrew Hook. Penguin, p. 47.

101ページ[29] Byron, George Gordon (1980-1993), *Lord Byron: The Complete Poetical Works,* ed. J. McGann and Barry Weller, vol. II, Clarendon Press, Lines 783-787.

103ページ[30] Shelley, Mary (2008), *Frankenstein; or The Modern Prometheus: The 1818 Text,* Oxford University Press, p. 119.

105ページ[31] Keats, John (1978), *The Poems of John Keats,* ed. J. Stillinger, Harvard University Press, Lines 11-20.

107ページ[32] Shelley, Percy Bysshe (1926-1930), *The Complete Works of Percy Bysshe Shelley,* ed. Roger Ingpen and Walter E. Peck, vol. 2, Ernest Benn, Lines 1-5.

109ページ[33] Tennyson, Alfred (1987), *The Poem of Tennyson,* ed. Christopher Ricks, vol. 1, second edition, Longman, Lines 37-45.

111ページ[34] Brontë, Charlotte (2006), *Jane Eyre,* Penguin, p. 292.

113ページ[35] Brontë, Emily (2003), *Wuthering Heights,* Penguin, pp. 24-25.

115ページ[36] Thackeray, William Makepeace (1998), *Vanity Fair: A Novel Without a Hero,* ed. John Sutherland. Oxford University Press, p. 319.

117ページ[37] Dickens, Charles (1996), *David Copperfield,* ed. Jeremy Tambling. Penguin, p. 161.

119ページ[38] Gaskell, Elizabeth (2011), *Cranford,* ed. Elizabeth Porges Watson. Oxford University Press, p. 3.

121ページ[39] Browning, Elizabeth Barrett (2010), *The Works of Elizabeth Barrett Browning,* ed. Sandra Donaldson *et al,* vol. 3, Pickering and Chatto, Lines 907-912.

123ページ[40] Eliot, George (1998), *Middlemarch,* Oxford University Press, p. 190.

125ページ[41] Stevenson, Robert Louis (2008), *Strange Case of Dr Jekyll and Mr Hyde and Other Tales,* Oxford University Press, pp. 15-16.

127ページ[42] Hardy, Thomas (2008), *Tess of the D'Urbervilles,* ed. Juliet Grindle and Simon Gatrell. Oxford University Press, p. 417.

129ページ[43] Wilde, Oscar (2015), *The Importance of Being Earnest,* ed. Russell Jackson, intro. Francesca Coppa, Bloomsbury, Act 3, Lines 639-646.

131ページ[44] Wells, H. G (2005), *The Time Machine,* ed. Patrick Parrinder, Penguin, p. 15.

133ページ[45] James, Henry (1992), *The Turn of the Screw and Other Stories,* ed. T. J. Lusting, Oxford University Press, pp. 135-136.

135ページ[46] Conrad, Joseph (1998), *Heart of Darkness and Other Tales,* ed. Cedric Watts, Oxford University Press, p. 172.

137ページ[47] Kipling, Rudyard (2000), *Kim,* ed. Edward Said, Penguin, p. 166.

139ページ[48] Forster, E. M. (2000), *Howards End,* ed. Oliver Stallybrass, Penguin, p. 149.

141ページ[49] Shaw, George Bernard (2003), *Pygmalion,* Penguin, Act 5, p. 105.

143ページ[50] Eliot, T. S. (1963), *Collected Poems 1909-1962,* Faber and Faber, Lines 1-7.

145ページ[51] Joyce, James (1986), *Ulysses,* ed. Hans Walter Gabler, Wolfhard Steppe, and Claus Melchior, Vintage, p. 616.

147ページ[52] Woolf, Virginia (2008), *To the Lighthouse,* ed. David Bradshaw. Oxford University Press, p. 25.

149ページ[53] Lawrence, D. H. (2006), *Lady Chatterley's Lover,* ed. Michael Squires, Penguin, p. 66.

151ページ[54] Yeats, W. B. (1957), *Variorum Edition of the Poems of W. B. Yeats,* ed. Peter Allt and Russell K. Alspach, Macmillan, Lines 57-64.

152ページ[55] Waugh, Evelyn (2018), *A Handful of Dust,* Penguin, p. 158.

154ページ[56] Bowen, Elizabeth (1998), *The House in Paris,* Vintage, p. 8.

156ページ[57] Auden, W. H. (2007), *Collected Poems,* ed. Edward Mendelson, Vintage Books, Lines 14-21.

158ページ[58] Orwell, George. (2008), *Animal Farm: A Fairy Story,* Penguin, p. 23.

161ページ[59] Greene, Graham (2004), *The End of the Affair,* Vintage, p. 42.

163ページ[60] Beckett, Samuel (1986), *The Complete Dramatic Works of Samuel Beckett,* Faber and Faber, Act 1, p. 15.

163ページ[61] Golding, William, (2016), *Lord of the Flies,* Penguin, p. 64.

167ページ[62] Osborne, John (1957), *Look Back in Anger,* Faber and Faber, Act 3, Scene 2, p. 100.

169ページ[63] Hughes, Ted (2003), *Collected Poems,* ed. Paul Keegan, Faber and Faber, 2003, Lines 1-13.

171ページ[64] Pinter, Harold (1977), *The Complete Works: Two,* Grove Press, Act 2, p. 146

173ページ[65] Lessing, Doris (1993), *The Golden Notebook,* Flamingo, p. 75.

175ページ[66] Rhys, Jean (1997), *Wide Sargasso Sea,* Penguin, p. 24.

177ページ[67] Stoppard, Tom (1967), *Rosencrantz and Guildenstern Are Dead,* Grove Press. Act 3, p. 122.

179ページ[68] Fowles, John (1996), *The French Lieutenant's Woman,* Vintage, p. 327.

181ページ[69] Naipaul, Vidiadhar Surajprasad (2011), *In a Free State,* Picador, p. 26

183ページ[70] Murdoch, Iris (1978), *The Sea, the Sea,* Chatto & Windus, p. 477.

185ページ[71] Rushdie, Salman (1981), *Midnight's Children,* Random House, p. 158.

187ページ[72] Carter, Angela (1993), *Nights at the Circus,* Penguin, p. 7.

189ページ[73] Byatt, Antonia, Susan (1991), *Possession: A Romance,* Vintage, p. 471.

191ページ[74] Duffy, Carol Ann (2004), *New Selected Poems 1984-2004,* Picador, Lines 39-51.

193ページ[75] McEwan, Ian (2006), *Saturday,* Vintage, p. 5.

195ページ[76] Smith, Zadie (2005), *On Beauty,* Penguin, p. 7.

197ページ[77] Ishiguro, Kazuo (2005), *Never Let Me Go,* Faber and Faber, p. 71.

199ページ[78] Atkinson, Kate (2005), *Case Histories,* Transworld, pp. 161-162.

■イギリス文学史年表■

年　号	歴史事項	主要文学作品
紀元前55年	シーザーによるブリタニア侵攻	
5世紀ごろ	アングロ・サクソン人のイングランド侵入	
597年	キリスト教伝来	
		『ベオウルフ』（7－8世紀？）
1066年	ノルマン征服によりノルマン朝成立（-1154年），ウィリアム一世即位（-1087年）	
1154年	ヘンリ二世即位（-1189年），プランタジネット朝成立（-1399年）	
1215年	マグナ・カルタ制定	
1337年	百年戦争勃発（-1453年）	
		『ガウェイン卿と緑の騎士』，ラングランド『農夫ピアズ』，チョーサー『カンタベリ物語』（14世紀後半）
1455年	ばら戦争（-1485年）	
15世紀頃		
1485年	ヘンリ七世即位（-1509年），テューダー朝成立（-1603年）	マロリー『アーサー王の死』（1485年）
1492年	コロンブスによるアメリカ大陸の発見	
1509年	ヘンリ八世即位（-1547年）	『万人』（1500年頃）
		モア『ユートピア』（1516年）
1534年	国王至上法，イングランド国教会成立	
1536年	ウェールズ統合	
1547年	エドワード六世即位（-1553年）	
1553年	ジェーン・グレイ即位（同年処刑），メアリ一世即位（-1558年）	
1558年	エリザベス一世即位（-1603年）	
1588年	スペインの無敵艦隊を破る	マーロウ『フォースタス博士』（1593年頃）
		スペンサー『妖精の女王』（1590・1596・1609年）
		シェイクスピア『ロミオとジュリエット』，『夏の夜の夢』（1595年頃）
		シドニー『詩の弁護』（1595年）
		シェイクスピア『ヘンリ四世』二部作（1597-98年）
1600年	東インド会社設立	
		シェイクスピア『ハムレット』（1601年頃）
1603年	ジェームズ一世即位（-1625年），イングランドとスコットランドが同君連合になる	
1605年	火薬陰謀事件	
		ウェブスター『白い悪魔』（1608年頃）
		シェイクスピア『ソネット集』（1609年）
		シェイクスピア『冬物語』（1610年頃）
		ベン・ジョンソン『錬金術師』（1610年）
		『欽定訳聖書』（1611年）
1618年	三十年戦争（-1648年）	
1620年	ピルグリム・ファーザーズの北米移住	
1625年	チャールズ一世即位（-1649年）	
		ダン『ソングス・アンド・ソネッツ』（1633年）
1642年	清教徒革命はじまる	

年　号	歴史事項	主要文学作品
1649年	チャールズ一世処刑，共和制へ移行（-1660年），クロムウェルのアイルランド侵攻	
		ヴォーン『火花散る火打ち石』（1650・1655年）
1660年	チャールズ二世即位（-1685年），王政復古	
1666年	ロンドン大火	
		ミルトン『楽園の喪失』（1667年）
		ドライデン『劇詩論』（1668年）
1673年	審査法制定	
		ウィッチャリー『田舎女房』（1675年）
		バニヤン『天路歴程』（1678・1684年）
1685年	ジェームズ二世即位（-1688年）	
1688年	名誉革命，ファルツ継承戦争（-1697年）	
1689年	ウィリアム三世とメアリ二世即位	
		コングリーブ『世の習い』（1700年）
1701年	スペイン継承戦争（-1714年）	
1702年	アン即位（-1714年）	
1707年	イングランドとスコットランドが合同，グレートブリテン王国が成立	
		スティール，アディソン『スペクテイター』（1711-12年，1714年），ポウプ『批評論』（1711年）
1714年	ジョージ一世即位（-1727年），ハノーヴァー朝成立（-1901年）	
1715年	1715年ジャコバイト蜂起	
		デフォー『ロビンソン・クルーソー』（1719年）
1721年	ロバート・ウォルポール，第一大蔵卿に就任	
		ジョナサン・スウィフト『ガリバー旅行記』（1726年）
1727年	ジョージ二世即位（-1760年）	
		ゲイ『乞食オペラ』（1728年）
		トムソン『四季』（1726-30年）
1740年	オーストリア継承戦争（-1748年）	リチャードソン『パミラ』（1740年）
		フィールディング『ジョウゼフ・アンドルーズ』（1742年）
1745年	1745年ジャコバイト蜂起	
		リチャードソン『クラリッサ』（1747-48年）
		スモレット『ロデリック・ランダムの冒険』（1748年）
		フィールディング『トム・ジョウンズ』（1749年）
		トマス・グレイ『田舎の墓畔にて詠む哀歌』（1751年）
1754年	フレンチ・インディアン戦争（-1763年）	
		サミュエル・ジョンソン『英語辞典』（1755年）
1756年	七年戦争（-1763年）	
1757年	プラッシーの戦い	
		スターン『トリストラム・シャンディ』（1759-67年）
1760年	ジョージ三世即位（-1820年）	
		ウォルポール『オトラント城』（1764年）
1765年	ワットが蒸気機関を改良	マクファーソン『オシアン詩集』（1765年）
		ゴールドスミス『ウェイクフィールドの牧師』（1766年）
1775年	アメリカ独立戦争（-1783年）	
1776年	アメリカ独立宣言	
		シェリダン『悪口学校』（1777年）
		ロバート・バーンズ『詩集―主としてスコットランド方言による』（1786年）
1789年	フランス革命	

年　号	歴史事項	主要文学作品
		ボズウェル『サミュエル・ジョンソン伝』（1791年）
1793年	対仏大同盟の結成	
		ブレイク『無垢と経験の歌』，ラドクリフ『ユードルフォーの謎』（1794年）
		ワーズワース，コウルリッジ『抒情民謡集』（コウルリッジ「老水夫の歌」，ワーズワース「ティンタン寺院より数マイル上流にて詠める歌」）（1798年）
1799年	ナポレオン，ブリュメール18日のクーデターで政権掌握	
1801年	グレートブリテンおよびアイルランド連合王国の成立	
1805年	トラファルガーの海戦	
		スコット『湖上の美人』（1810年）
		バイロン『貴公子ハロルドの巡礼』（1812・1816・1818年）
		オースティン『高慢と偏見』（1813年）
1814年	ウィーン会議	スコット『ウェイヴァリー』（1814年）
1815年	ワーテルローの戦い	
		メアリー・シェリー『フランケンシュタイン』（1818・1831年）
		キーツ『エンディミオン』（1818年）
1819年	ピータールーの虐殺	キーツ「ギリシア古壺のオード」，スコット『アイヴァンホー』（1819年）
1820年	ジョージ四世即位（-1830年）	パーシー・ビッシュ・シェリー「西風へのオード」，『鎖を解かれたプロメテウス』（1820年）
1828年	審査法廃止	
1830年	ウィリアム四世即位（-1837年），リヴァプール・マンチェスター間の鉄道開通	
1832年	第一回選挙法改正	
1833年	工場法制定，奴隷廃止法成立	テニスン「シャロットの乙女」（1833年）
1837年	ヴィクトリア女王即位（-1901年）	
1838年	人民憲章起草	
1840年	アヘン戦争勃発	
		カーライル『英雄と英雄崇拝』（1841年）
		ラスキン『近代画家論』（1843-60年）
1845年	アイルランドでジャガイモ飢饉（-1849年）	
1846年	穀物法廃止	
		シャーロット・ブロンテ『ジェイン・エア』，エミリ・ブロンテ『嵐が丘』（1847年）
		サッカレー『虚栄の市』（1847-48年）
		ディケンズ『デイヴィッド・コパフィールド』（1849-50年），テニスン『イン・メモリアム』，ワーズワース『序曲』（1850年）
1851年	ロンドン万国博覧会	ギャスケル『クランフォード』（1851-53年）
1853年	クリミア戦争（-1856年）	
		トロロープ『慈善院長』（1855年）
		エリザベス・バレット・ブラウニング『オーローラ・リー』（1856年）
1857年	インド大反乱（-1858年）	
1859年	ダーウィン『種の起源』出版	
1861年	アメリカで南北戦争勃発（-1865年）	ディケンズ『大いなる遺産』（1860-61年），ジョージ・エリオット『サイラス・マーナー』（1861年）
		キャロル『不思議の国のアリス』（1865年）
1867年	第二次選挙法改正	
		コリンズ『月長石』（1868年），ロバート・ブラウニング『指輪と本』（1868-69年）

年　号	歴史事項	主要文学作品
1869年	スエズ運河開通	アーノルド『教養と無秩序』（1869年）
1870年	基礎教育法制定	
		ジョージ・エリオット『ミドルマーチ』（1871-72年），バトラー『エレホン』（1872年）
		ペイター『ルネサンス』（1873年）
1877年	ヴィクトリア女王，インド女帝として戴冠	
		メレディス『エゴイスト』（1879年）
1880年	第一次ボーア戦争（-1881年）	
		ジェイムズ『ある貴婦人の肖像』（1881年）、
1884年	フェビアン協会設立，第三次選挙法改正	
		スティーヴンソン『ジーキル博士とハイド氏』（1886年）
		ハーディ『ダーバヴィル家のテス』，ギッシング『三文文士』，ワイルド『ドリアン・グレイの肖像』（1891年）
		ハーディ『日陰者ジュード』，ワイルド『真面目が肝心』，ウェルズ『タイムマシン』（1895年）
		ジェイムズ『ねじの回転』（1898年）
1899年	第二次ボーア戦争（-1902年），第一回ハーグ平和会議	コンラッド『闇の奥』（1899年）
1900年	労働党の成立	コンラッド『ロードジム』（1900年）
1901年	エドワード七世即位（-1910年）	キプリング『キム』（1901年）
1902年	日英同盟締結（-1921年）	ゴールズワージー『フォーサイト家年代記』（1906-28年）
		ベネット『二人の女の物語』（1908年）
1910年	ジョージ五世即位（-1936年）	フォースター『ハワーズ・エンド』（1910年）
		ショー『ピグマリオン』（1913・1914年）
1914年	第一次世界大戦勃発（-1918年）	
		フォード『かくも悲しい話を……』，ロレンス『虹』（1915年）
1916年	イースター蜂起	ジョイス『若き芸術家の肖像』（1916年）
1917年	ウィンザー朝成立（-現在），ロシア革命	
		ホプキンズ「鷹」（1918年）
1919年	ヴェルサイユ条約	
1922年	アイルランド自由国成立	T. S. エリオット『荒地』，ジョイス『ユリシーズ』（1922年）
		フォースター『インドへの道』（1924年）
		ウルフ『ダロウェイ夫人』（1925年）
		ウルフ『灯台へ』（1927年）
1928年	普通選挙法	ロレンス『チャタレー夫人の恋人』，イェイツ『塔』（「学童たちの間で」）（1928年）
1931年	ウェストミンスター憲章成立	
		ハクスリー『すばらしい新世界』（1932年）
		ウォー『一握の塵』（1934年）
		ボウエン『パリの家』，T. S. エリオット『寺院の殺人』（1935年）
1936年	スペイン内戦（-1939年），エドワード八世即位（同年退位），ジョージ六世即位（-1952年）	
1937年	アイルランド自由国，国名をエールに変更	
1939年	第二次世界大戦勃発（-1945年）	オーデン「美術館」（1939年）
1940年	第一次チャーチル内閣の発足	
		T. S. エリオット『四つの四重奏』（1941年）
1944年	ノルマンディー上陸作戦	
1945年	広島・長崎への原爆投下	オーウェル『動物農場』（1945年）
		トマス『死と入口』（1946年）
1947年	インド，パキスタン独立	

年　号	歴史事項	主要文学作品
1949年	エール，アイルランド共和国としてイギリス連邦離脱	オーウェル『1984年』（1949年）
		グリーン『情事の終わり』（1951年）
1952年	エリザベス二世即位（-現在）	
		ゴールディング『蠅の王』，エイミス『ラッキー・ジム』（1954年）
		ベケット『ゴドーを待ちながら』英語版上演（1955年）
1956年	エジプト，スエズ運河の国有化を宣言，第二次中東戦争	オズボーン『怒りをこめて振り返れ』（1956年）
		ヒューズ『雨の中の鷹』（1957年）
		ピンター『管理人』（1960年）
1961年	南アフリカ連邦，イギリス連邦を脱退	スパーク『ミス・ブロディの青春』（1961年）
1962年	キューバ危機	レッシング『黄金のノート』，バージェス『時計じかけのオレンジ』（1962年）
1965年	ベトナム戦争勃発（-1975年）	ドラブル『碾臼』（1965年）
		リース『サルガッソーの広い海』，ストッパード『ローゼンクランンツとギルデンスターンは死んだ』，ヒーニー『ナチュラリストの死』（1966年）
1967年	ヨーロッパ共同体（EC）発足（1993年，EU に改称）	
		ファウルズ『フランス軍中尉の女』（1969年）
		ナイポール『自由の国で』（1971年）
1973年	EC 加盟，第四次中東戦争	
		ロッジ『交換教授』（1975年）
		マードック『海よ，海』（1978年）
1979年	サッチャー，首相に就任（-1990年）	
		ラシュディ『真夜中の子供たち』，アラスター・グレイ『ラナーク』（1981年）
1982年	フォークランド紛争	
		カーター『夜ごとのサーカス』（1984年）
		イシグロ『日の名残り』（1989年）
1990年	東西ドイツの統合	バイアット『抱擁』（1990年）
1994年	英仏海峡トンネル開通	
1997年	香港の中国返還，ブレア，首相に就任（-2007年）	
		ダフィ『世界の妻』（1999年）
		スミス『ホワイト・ティース』（2000年）
2001年	アメリカ同時多発テロ事件	マキューアン『贖罪』（2001年）
2003年	イラク戦争に参戦	
		アトキンソン『探偵ブロディの事件ファイル』（2004年）
2005年	ロンドン同時爆破事件	マキューアン『土曜日』，スミス『美について』，イシグロ『わたしを離さないで』（2005年）
2007年	ブラウン，首相に就任（-2010年）	
		マンテル『ウルフ・ホール』（2009年）
2010年	キャメロン，首相に就任（-2016年）	
		バーンズ『終わりの感覚』（2011年）
2012年	2012年ロンドンオリンピック	
2013年	同性婚の合法化	
		イシグロ『忘れられた巨人』（2015年）
2016年	国民投票で EU 離脱派が勝利，メイ，首相に就任（-2019年）	
2019年	ジョンソン，首相に就任（-現在）	
2020年	EU 離脱	

■作者の肖像画・顔写真出典／著作権者一覧■

46ページ[2]　Corpus Christi College, Oxford, MS 201, fol. 1.

48ページ[3]　神山妙子編著（1989）『はじめて学ぶ　イギリス文学史』ミネルヴァ書房。以下，『はじめて学ぶ　イギリス文学史』と略す。

50ページ[4]　『はじめて学ぶ　イギリス文学史』

52ページ[5]　『はじめて学ぶ　イギリス文学史』

54ページ[6]　『はじめて学ぶ　イギリス文学史』

56ページ[7]　『はじめて学ぶ　イギリス文学史』

58ページ[8]　『はじめて学ぶ　イギリス文学史』

60ページ[9]　『はじめて学ぶ　イギリス文学史』

62ページ[10]　『はじめて学ぶ　イギリス文学史』

64ページ[11]　木下卓・野田研一・太田雅孝編著（1996）『たのしく読める　英米詩』ミネルヴァ書房。以下，『たのしく読める　英米詩』と略す。

66ページ[12]　『たのしく読める　英米詩』

68ページ[13]　『たのしく読める　英米詩』

70ページ[14]　『たのしく読める　英米詩』

72ページ[15]　『はじめて学ぶ　イギリス文学史』

74ページ[16]　『はじめて学ぶ　イギリス文学史』

76ページ[17]　『はじめて学ぶ　イギリス文学史』

78ページ[18]　『はじめて学ぶ　イギリス文学史』

80ページ[19]　『はじめて学ぶ　イギリス文学史』

82ページ[20]　Wikimedia Commons（Yale Center for British Art）.

84ページ[21]　『はじめて学ぶ　イギリス文学史』

86ページ[22]　『はじめて学ぶ　イギリス文学史』

88ページ[23]　Wikimedia Commons（National Portrait Gallery）.

90ページ[24]　『はじめて学ぶ　イギリス文学史』

92ページ[25]　『はじめて学ぶ　イギリス文学史』

94ページ[26]　『はじめて学ぶ　イギリス文学史』

96ページ[27]　内田能嗣・塩谷清人編（2007）『ジェイン・オースティンを学ぶ人のために』世界思想社。

98ページ[28]　『はじめて学ぶ　イギリス文学史』

100ページ[29]　『はじめて学ぶ　イギリス文学史』

102ページ[30]　久守和子・中川僚子編著（2006）『フランケンシュタイン』（シリーズもっと知りたい名作の世界）ミネルヴァ書房。

104ページ[31]　『はじめて学ぶ　イギリス文学史』

106ページ[32]　『はじめて学ぶ　イギリス文学史』

108ページ[33]　『はじめて学ぶ　イギリス文学史』

110ページ[34]　『はじめて学ぶ　イギリス文学史』

112ページ[35]　ブライアン・ウィルクス著，白井義昭訳（1994）『ブロンテ：家族と作品世界』彩流社。

114ページ[36]　『はじめて学ぶ　イギリス文学史』

116ページ[37]　『はじめて学ぶ　イギリス文学史』

118ページ[38]　中村邦生・木下卓・大神田丈二編著（1994）『たのしく読める　イギリス文学』ミネルヴァ書房。以下，『たのしく読める　イギリス文学』と略す。

120ページ[39]　Ian Finlayson, *Browning : A Private Life,* London: HarperCollins, 2004.

122ページ[40]　『はじめて学ぶ　イギリス文学史』

124ページ[41]　大神田丈二・笹田直人編著（1997）『たのしく読める英米幻想文学』（シリーズ文学ガイド④），ミネルヴァ書房。

126ページ[42]　Patricia Ingham, *Thomas Hardy.* Oxford University Press, 2003.

128ページ[43]　『はじめて学ぶ　イギリス文学史』

130ページ[44]　『たのしく読める　イギリス文学』

132ページ[45] Wikimedia Commons, © Bain News Service, publisher

134ページ[46] 『たのしく読める　イギリス文学』

136ページ[47] 『たのしく読める　イギリス文学』

138ページ[48] Nicola Beauman, *E. M. Forster : A Biography*. Knopf, 1994.

140ページ[49] Wikimedia Commons, © Frederick H. Evans

142ページ[50] 『はじめて学ぶ　イギリス文学史』

144ページ[51] 『はじめて学ぶ　イギリス文学史』

146ページ[52] 『はじめて学ぶ　イギリス文学史』

148ページ[53] 『はじめて学ぶ　イギリス文学史』

150ページ[54] 『はじめて学ぶ　イギリス文学史』

152ページ[55] Wikimedia Commons, © Carl Van Vechten

154ページ[56] © GRANGER／時事通信フォト

156ページ[57] Wikimedia Commons, © Carl Van Vechten

158ページ[58] Wikimedia Commons (Branch of the National Union of Journalists).

160ページ[59] Wikimedia Commons, (National Portrait Gallery).

162ページ[60] Wikimedia Commons, © Roger Pic

164ページ[61] Wikimedia Commons.

166ページ[62] 『たのしく読める　イギリス文学』

168ページ[63] Ted Hughes, *Birthday Letters,* Faber and Faber, 1999.

170ページ[64] Wikimedia Commons.

172ページ[65] © GRANGER／時事通信フォト

174ページ[66] © Paul Joyce/National Portrait Gallery, London.

176ページ[67] Wikimedia Commons, Кондрашкин Б. Е. (ru: Участник: KDeltaE) [CC BY-SA].

178ページ[68] © AFP＝時事

180ページ[69] Wikimedia, Faizul Latif Chowdhury [CC BY-SA].

182ページ[70] © GRANGER／時事通信フォト

184ページ[71] Wikimedia Commons, © Mariusz Kubik

186ページ[72] © estate of Fay Godwin/British Library/National Portrait Gallery, London.

188ページ[73] © Aurimages

190ページ[74] © AFP＝時事

192ページ[75] Wikimedia Commons.

194ページ[76] Zadie Smith, *On Beauty*. Penguin, 2005.

196ページ[77] Wikimedia Commons, © Frankie Fouganthin

198ページ[78] © AFP＝時事

■DVD 画像出典一覧■

7ページ　『エリザベス1世』，2007年，エイベックス・マーケティング。

57ページ　『夏の夜の夢』，2017年，アイ・ヴィー・シー，カルチャヴィル。

59ページ　『ハムレット』，2011年，ファーストトレーディング。

61ページ　『冬物語』，2007年，テレシス・インターナショナル，BBC Active，丸善。

77ページ　『ロビンソン漂流記』，1954年，ジュネス企画。

79ページ　『ガリヴァー旅行記』，1939年，アイ・ヴィー・シー。

85ページ　『トム・ジョーンズ』，DVD（4800円＋税），発売元　アイ・ヴィー・シー。

97ページ　『高慢と偏見』，DVD（4800円＋税），発売元　アイ・ヴィー・シー。

103ページ　『フランケンシュタイン Blu-ray』，Blu-ray（3800円＋税），発売・販売元　ポニー・キャニオン。

111ページ　『ジェーン・エア』，DVD（3800円＋税）＆Blu-ray（4700円＋税），発売元ギャガ，販売元　ハピネット，© RUBY FILMS (JANE EYRE) LTD./THE BRITISH BROAD CASTING CORPORATIPN 2011, ALL RIGHT RESERVED。

113ページ　『嵐が丘』，DVD（3980円＋税），発売元　NBC ユニバーサル・エンターテイメント。

115ページ　『悪女』，2004年，フォーカス・フィーチャーズ。

117ページ　『デビッド・コパーフィールド』，DVD（2800円＋税），発売元　アイ・ヴィー・シー。

127ページ　『テス』，2013年，角川書店。

128ページ　『アーネスト式プロポーズ』，2008年，アルバトロス，ニューセレクト。

131ページ　『タイム・マシン　特別版』，DVD（1429円＋税），ワーナー・ブラザースホームエンターテイメント。© 1960 Warner Bros. and Dreamworks LLC. All rights reserved.

133ページ　オペラ『ねじの回転』，2001年，ニホンモニター。

133ページ　『回転』，2009年，アイ・ヴィー・シー。

135ページ　『地獄の黙示録』，2017年，KADOKAWA/角川書店。

139ページ　『ハワーズ・エンド』，2001年，パイオニア LDC。

140ページ　『ピグマリオン』，2006年，ファーストトレーディング。

141ページ　『マイ・フェア・レディ』，Blu-ray（1886円＋税），DVD（1429円＋税），発売元　NBC ユニバーサル・エンターテイメント。

149ページ　『チャタレイ夫人の恋人』，2014年，パラマウントホームエンタテイメント。

159ページ　『動物農場』，© RD DR 1954 (renewed 1982)。

161ページ　『ことの終わり』，1999年，ハピネット。

165ページ　『蠅の王』，2003年，20世紀フォックスホームエンターテイメント。

166ページ　『怒りを込めて振り返れ』，2013年，紀伊國屋書店，マンゴスティン。

176ページ　『ローゼンクランツとギルデンスターンは死んだ』，2001年，ポニー・キャニオン。

179ページ　『フランス軍中尉の女』，2004年，20世紀フォックスエンターテイメント。

189ページ　『抱擁』，DVD（1429円＋税），ワーナー・ブラザースホームエンターテイメント。© 2002 Warner Bros. Entertainment Inc. All Rights Reserved.

197ページ　『わたしを離さないで』，ブルーレイ発売中，20世紀フォックス　ホーム　エンターテイメント　ジャパン。© 2018 Twentieth Century Fox Home Entertainment LLC. All Rights Reserved.

人名索引

・頁の**太字**は項目見出しであることを示す。

さ行

た行

な行

は行

ま行

や・ら行

わ行

作品等刊行物索引

• 頁の**太字**は項目見出しであることを示す。

な行

は行

執筆者紹介（氏名／よみがな／現職／主著／イギリス文学史を学ぶ読者へのメッセージ）

＊は編著者

井口　篤（いぐち　あつし）

慶應義塾大学文学部准教授

『中世ルネサンス文学』（共著・放送大学教育振興会），*Walking with Writers: A Literary Journey around England*（共著・放送大学教育振興会），'Translating Grace: The *Scala Claustralium* and *A Ladder of Foure Ronges*', *Review of English Studies*.

近年はやりの「四技能」などよりも，英文学をしっかり学んだ方がより深い英語力が身につくと，あえて挑発的に言っておきましょう。

＊浦野　郁（うらの　かおる）

共立女子大学文芸学部准教授

『二〇世紀「英国」小説の展開』（共著・松柏社），「老艦長は回想し，歌う――オペラ『ビリー・バッド』における欲望の行方」（単著・『ヴァージニア・ウルフ研究』），『文学理論講義――新しいスタンダード』（共訳・ミネルヴァ書房）

イギリスという国の歴史や文化的背景を知って読むと，文学作品の魅力を一層深く味わうことができます。この本がその手引きとなりますように。

＊奥村沙矢香（おくむら　さやか）

神戸大学大学院人文学研究科准教授

"Women Knitting: Domestic Activity, Writing, and Distance in Virginia Woolf's Fiction."（*English Studies*, Vol. 89），"Rhoda Reads Shelley in *The Waves*: Echoes of 'The Question'."（*Virginia Woolf Bulletin*, No. 40），『言葉という謎――英米文学・文化のアポリア』（共著・大阪教育図書）

『文学史』という「地図」を片手に，いろいろな時代や作品を自由に訪ね歩いてください。あなたの心の住処が見つかるかもしれません。

桒山智成（くわやま　ともなり）

京都大学大学院人間・環境学研究科准教授

『シェイクスピア――世紀を超えて』（共著・研究社），『甦るシェイクスピア』（共著・研究社），『イギリス文学と映画』（共著・三修社）

イギリス演劇の魅力は劇場空間におけることばにあります。脚本や上演を通してことばを楽しみましょう。

迫　桂（さこ　かつら）

慶應義塾大学経済学部准教授

Contemporary Narratives of Dementia: Ethics, Ageing, Politics（共著・Routledge），『二〇世紀「英国」小説の展開』（共著・松柏社）

現代社会では，他者を想像，理解する力がますます重要になっています。文学作品を読むことで，その力を養うことができると思います。

侘美真理（たくみ　まり）

東京藝術大学音楽学部准教授

『ブロンテ姉妹』（翻訳・編集協力・集英社），『セクシュアリティとヴィクトリア朝文化』（共著・彩流社），『村上春樹「かえるくん，東京を救う」英訳完全読解』（共著・NHK 出版）

多くの作品に触れることはもちろんためになりますが，一つの作品や作品の一部を原文で徹底的に読んでみることもあなたの力になります。

執筆者紹介（氏名／よみがな／現職／主著／イギリス文学史を学ぶ読者へのメッセージ）

＊は編著者

田代尚路（たしろ　なおみち）

大妻女子大学文学部准教授

『文学理論講義――新しいスタンダード』（共訳・ミネルヴァ書房），『ブロンテ姉妹』（共訳・集英社），『世界文学アンソロジー――いまからはじめる』（共訳・三省堂）

強靭な詩は私たちの知性や感性を目覚めさせ，世界と新しく対峙する喜びを味わわせてくれます。

中島　渉（なかじま　わたる）

明治大学商学部教授

『想像力と英文学――ファンタジーの源流を求めて』（共著・金星堂），『サミュエル・ジョンソン――その多様なる世界』（共著・金星堂），『名誉革命とイギリス文学――新しい言説空間の誕生』（共著・春風社）

文学史も時代とともにアップデートされていきます。もし将来，この本の改訂版が出ることになったとき，今読者であるあなたが執筆者だったら素敵ですね。

松本　舞（まつもと　まい）

広島大学文学研究科助教

『ヘンリー・ヴォーンと賢者の石』（単著・金星堂），『十七世紀英文学における終わりと始まり』（共著・金星堂），*Scintilla: The Journal of the Vaughan Association* 22（共著・The Vaughan Association）

文学研究とは，作家が作品に託した声を復活させることだと考えています。文学作品がもつ，時空間の操作にも眼を向けながら，作者の声に耳を澄ませてみてください。

三村尚央（みむら　たかひろ）

千葉工業大学工学部教授

『記憶をめぐる人文学』（翻訳，アン・ホワイトヘッド著，彩流社），『カズオ・イシグロの視線――記憶・想像・郷愁』（共編著・作品社），『カズオ・イシグロ『わたしを離さないで』を読む――ケアからホロコーストまで』（共編著・水声社）

「なぜこのように書かれているのか」とテクストをしっかり受けとめることで，名作や古典の深さ，すごみ，そして面白みがじわじわと伝わってきますよ。

渡部智也（わたなべ　ともや）

福岡大学人文学部准教授

『言葉という謎――英米文学・文化のアポリア』（共著・大阪教育図書），*Dickens in Japan: Bicentenary Essays*（共著・大阪教育図書），『ディケンズ文学における暴力とその変奏』（共著・大阪教育図書）

この本に載っている文学作品を，時代やジャンルを問わずに出来るだけたくさん読んでみて下さい。そうすれば，間違いなく自分自身のものの見方，視野が広がるでしょう。

特別寄稿（エッセイ）

Derek Attridge（デレック・アトリッジ）

ヨーク大学（イギリス）英文科名誉教授

George Hughes（ジョージ・ヒューズ）

元東京大学客員教授

（執筆担当は本文末に明記）

やわらかアカデミズム・〈わかる〉シリーズ

よくわかるイギリス文学史

2020年4月20日　初版第1刷発行　〈検印省略〉

定価はカバーに
表示しています

編著者　浦野　郁
　　　　奥村沙矢香
発行者　杉田啓三
印刷者　江戸孝典

発行所　株式会社　ミネルヴァ書房
607-8494 京都市山科区日ノ岡堤谷町1
電話代表（075）581-5191
振替口座 01020-0-8076

共同印刷工業・新生製本

ISBN978-4-623-08774-7

Printed in Japan